ハヤカワ文庫NV

〈NV1465〉

レッド・メタル作戦発動

〔下〕

マーク・グリーニー＆H・リプリー・ローリングス四世

伏見威蕃訳

JN083997

早川書房

8508

日本語版翻訳権独占
早　川　書　房

©2020 Hayakawa Publishing, Inc.

RED METAL

by

Mark Greaney and Lt. Col. H Ripley Rawlings IV, USMC
Copyright © 2019 by
Mark Strode Greaney; Lt. Col. Hunter Ripley Rawlings
Translated by
Iwan Fushimi
Originally published by
BERKLEY
an imprint of PENGUIN RANDOM HOUSE LLC
First published 2020 in Japan by
HAYAKAWA PUBLISHING, INC.
This book is published in Japan by
arrangement with
MarkGreaneyBooks LLC and Hunter R. Rawlings
c/o TRIDENT MEDIA GROUP, LLC
through THE ENGLISH AGENCY (JAPAN) LTD.

登場人物

ダン・コナリー海兵隊中佐……………アメリカ国防総省統合参謀本部事務局戦略・計画・政策部（J5）部員。元第2海兵連隊第3大隊大隊長
ボブ・グリッグズ陸軍少佐……………同部員
ニク・メラノポリス博士……………アメリカ国防総省NSA（国家安全保障局）アナリスト
ケネス・キャスター海兵隊大佐……………アメリカ海兵隊連隊戦闘団5団長
エリック・マクヘイル海兵隊中佐……………同作戦幕僚
ベン・ディキンスン海兵隊中佐……………同第3大隊〝ダークホース〟大隊長
カシラス海兵隊三等軍曹……………同下士官
トム・グラント陸軍中佐……………アメリカ陸軍第37機甲連隊（ドイツのグラーフェンヴェーア駐屯）戦車兵站・整備部長
ブラッド・スピレーン陸軍大尉……………同暫定作戦幕僚
サンドラ・〝グリッター〟・グリソン陸軍中尉……………アメリカ陸軍第3航空連隊のアパッチ攻撃ヘリコプター機長

レイモンド・〝ジャンク〟・
　ヴァンス空軍大尉……アメリカ空軍A‐10近接航空支援機パイロット
ダイアナ・デルヴェッキオ海軍中佐……アメリカ海軍ヴァージニア級攻撃原潜〈ジョン・ウォーナー〉艦長
ジョナサン・ヘンリー……アメリカ合衆国大統領
ボリス・ラザール陸軍大将……ロシア連邦軍南部軍管区司令官
ドミートリー・キール陸軍大佐……同参謀長
エドゥアルト・サバネーエフ陸軍大将……ロシア連邦軍西部統合戦略コマンド司令官
フェリクス・スミルノフ陸軍大佐……同作戦主任幕僚
ダニール・ドゥリャーギン陸軍大佐……同実働部隊指揮官
ユーリー・ウラジーミロヴィッチ・
　ボルビコフ陸軍大佐……ロシア連邦軍特殊部隊指揮官
フェドゥーロフ陸軍中佐……ロシア連邦軍第76親衛空挺師団強襲大隊大隊長
アナトーリー・リーフキン……ロシア連邦大統領
アポロ・
　アルク＝ブランシェット陸軍大尉……フランスの特殊部隊、第13竜騎兵落下傘連隊の士官

ルシアン・ダリエル陸軍一等軍曹
コンスタンチン陸軍伍長 ……アポロの部下
パスカル・アルク＝ブランシェット……フランスの海外情報機関ＤＧＳＥ（対外治安総局）諜報員。アポロの父
ブラッツ・オット少佐……ドイツ連邦軍第２０３戦車大隊整備部長
パウリナ・トビアス……ポーランドの民兵
コンラト・ジエリンスキ……ポーランド大統領

レッド・メタル作戦発動

〔下〕

48

ポーランド　ヴロツワフの西
十二月二十七日

　全地形対応のＧＡＺティーグル歩兵機動車六両が、午前五時過ぎにヴロツワフの街の外側を走っていた。一両が通るのがやっとの道幅だが、隠れるのにはうってつけの淋《さび》しい場所で、六両は停止した。三十分かけて、灌木《かんぼく》をまわりに集め、雪を車体の上にスコップで積みあげてから、精確な地図データを調べて、南部の山々でいまも機能しているロシア軍のレーザー・システムを使って確認した。それから、徒歩でヴロツワフを目指した。遠くで街の明かりがまたたいている。ＧＡＺティーグル一両に八人が乗っていたので、士官と兵を合わせて、総勢四十八人だった、全員が第45独立親衛特殊任務旅団《スペッナズ》に属している。

　四十八人は私服で、通信機器、兵器、携帯食糧を収めた重いバックパックを背負っていた。

このスペッツナズ部隊は、八人ずつのチームに分かれて、市販のスマートフォンのように見えるが、じつは軍用の高度なソフトウェアをインストールしてある装置を使って情報を伝えることになっていた。

四十八人は、チームごとに移動しながら、ヴロツワフのさまざまな区域や、あちこちの重要なインフラへ行った。橋、道路の重要な交差点、自動車専用道路、そして鉄道橋。

そして、チームごとに短波《HF》無線機で報告した。なにもかも正常なように見えた。ポーランド軍の警備は、驚くほど手薄だった——民兵がいくつか陣地を設置しているだけだ。ロシア軍の斥候《せっこう》が先行して街路を調べていることには、まったく気づいていないようだった。

一チームは、早朝に走っている路面電車で旧市街をまわった。路面電車は視界がよく、効率よく巡回できるので、偵察にはうってつけだった。オードラ川に達して、橋を渡り、そのまま東へと進んでいった。重要な橋五本の周囲に、異常な活動はなにもないと、チームは報告した。

べつのチームは、中央駅を偵察区域に割り当てられていた。早朝なので通勤列車はまばらだと、そのチームは報告した。旧市街にある地元のホテル数件の前に、バスが何台かとまっている。ヨーロッパの都市は、夜明け前に一般車両で混雑することはないので、ごくふつうの状態だった。

一時間半とかからずに、スペッツナズの偵察部隊はヴロツワフのすべての区域を調べ、エドゥアルト・サバネーエフ大将の幕僚たちは重要な地物《ちぶつ》の情報をすべて把握していた。

車両縦隊を進めても支障はない、と判断された。

ポーランド西部
レッド・ブリザード2
十二月二十七日

ヴロツワフの一〇〇キロメートルほど西では、支援列車ブリザード2の指揮作戦中枢に、デジタル報告が続々と届いていた。コンピューターがデータを処理し、重要地点の対勢図を作成した。中央のデジタル地図には、ヴロツワフの拡大地図が表示されていた。

サバネーエフは作戦主任幕僚の肩越しに見て、スペツナズ偵察チームの報告の生情報を読んだ。冗漫な報告もあれば、短く要点をまとめたものもあったが、第一次偵察報告は全体として、大きな危険を示すものがなにもないことを物語っていた。サバネーエフは、選択肢を比較考量した。

「南に転進する前に確認したい」サバネーエフはいった。「現在の針路を維持すると、ポーランド軍が防御地帯を強化していると偵察が報告しているところへ突入する。きみの意見は？」

「司令官、そろそろ支援列車を捨てる潮時かもしれません。強襲列車同様、役目は終わりました。機甲部隊は卸下《しゃが》したし、車両縦隊は燃料も弾薬も満載しています。それに、ポーランド中心部に近づけば、レッド・ブリザード3から再補給を受けられます。この段階で、ふたたび急襲部隊に戻ることを考えるべきです。そのほうが進軍速度が速く、決定的な打撃力があり、ポーランド軍がなにを仕掛けてきても適応できます」

サバネーエフは、地図をじっくりと見た。「NATOの航空戦力と、ポーランドの航空戦力をまだ見ていない。そういったものが来襲するかもしれない。それには列車で対応するほうがいい。

ヴロツワフにいる特殊部隊には、ひきつづきポーランド軍の活動に目を光らせているよう命じてくれ。夜明け後にもう一度偵察を出して、橋を調べさせ、敵影がないことを確認させろ。わたしの読みが正しければ、ポーランド軍はヴロツワフ周辺に一定の部隊を配置し、市内に向かうのを妨《さまた》げようとするだろうが、その反面、われわれが機甲部隊で市内を抜けるような無謀なことはやらないと確信しているはずだ」

「司令官、たとえポーランド軍がヴロツワフに一部の部隊を移動させても、防御陣地を設置するような時間はありませんよ」作戦副主任幕僚が、発言の許可も求めず頭越しにいったので、作戦主任幕僚は怖い顔をした。

「そうだな……そういうふうに考えを述べるのはよいことだと思う、中佐」

作戦主任幕僚のフェリクス・スミルノフ大佐は、地図の前の金属製の椅子に、乱暴に座った。サバネーエフは、部下を競わせるのが好きだった。規律を守らせるのに役立つし、相手を出し抜こうとして考えるところから、いい解決策が生まれる、と信じていた。

ポーランド　ヴロツワフ
十二月二十七日

パウリナ・トビアスは、二等車に乗っていた。列車がヴロツワフ中央駅に近づいて、減速しはじめた。パウリナは、左手を吊っている白い三角巾を見おろし、前腕に巻かれた包帯のきつさが気になった。包帯の下は掻《か》けないので、手首を掻いた。

ひどい傷跡が残るだろう、と思った。そのとき、窓ガラスに映る自分の顔がちらりと見えた。疲れ、悲しげな目つきをしている。

もう若い娘のようではない。

でも、いまの自分はなんだろう？　鍛えられた戦士？　傷ついたみじめな人間といったほうがいい。パウリナはいつも伝説の女戦士を理想化していた。忍耐強く、女性になにができるかを世界に示してきた、しぶとい女性たち。現実はちがっていたのかもしれない。自分とおなじように、運がよかっただけかもしれない。すべての戦士がそうだったのかもしれない。

戦士はなによりも運に左右されるものなのだろう。

列車が何度か揺れて、さらに速度を落とした。まもなく駅に到着する。

パウリナは三角巾をはずした。腕が痛くなった。ゆっくり動かしてみた。肩がうずいたが、動かせる範囲がひろがった。

凍りついた窓ガラスをふたたび見ると、かすかな朝の光が射していた。

どうしてヴロツワフに派遣されたのだろうと、パウリナは不思議に思った。列車の乗客はすべて民兵で、戦うことばかり話していた。戦闘に参加したいといっていた。

愚かしいと思った。自分たちが望んでいるのがどういうものなのか、彼らにはわかっていない。

列車に乗っている民兵のなかに、ロシア軍がポーランド各地を攻撃したときに戦闘を経験した人間は、ほとんどいないようだった。それに、パウリナ自身も、戦闘を経験したから、他の民兵より有能になったとは思っていなかった。年取った女性が道路を横断するのに手を貸したり、簡単なバリケードを築いたりするために送り込まれたのかもしれない。

三十代とおぼしい男の民兵が、向かいの席に座っていた。十分前から、パウリナのほうばかり見ていた。パウリナはそれに気づかないふりをしていた。列車がとまるとようやく、男がいった。「あんたは、このあいだラドムで敵弾を浴びた民兵だね」

「百人くらいが敵弾を浴びたのよ。わたしは生き延びたうちのひとりにすぎない」

「あんたの写真を見たよ。何千人もが、それをプリントアウトしたんだ。ワルシャワのあちこちに貼ってある。カフェや電柱に。あんたは凄《すご》かった。勇敢に戦った」

パウリナは答えなかった。

男が感心したようにうなずいた。負傷した左腕を指さしていった。「きょうここに来る必要はなかったのに」

列車がとまり、パウリナは窓からプラットフォームを見た。「そんなことはないわ……来なければならなかったのよ」

パウリナは、三角巾を床に投げ捨てて、立ちあがり、紫色の小さなバックパックを右手で棚からおろし、ライフルを肩から吊った。まわりの車両内で、四十人以上の私服の男女が出口に向かいはじめ、パウリナもいっしょに進んでいった。

列車からおりたポーランド民兵は、スペツナズの八人編成のチームに見張られていた。時刻表を見て、臨時列車だったのだとわかると、八人はひそかに監視位置へ移動した。自分たちの推理が裏付けられると、さまざまな服装の領土防衛軍《TDF》民兵が、列車からおりるのを、八人は観察した。男女が入り混じっている民兵の人数を確認した。

民兵の指揮官たちが、点呼にも苦労しているのがわかった。何人かは、うっかり忘れたライフルを車内に取りにいく始末だった。

隠密スペツナズ・チームは、写真を撮った。民兵の武器と装備を仔細《しさい》に調べてから、報告を送った。

・ポーランド民兵がヴロツワフ中央駅にいま到着。

・中隊規模の部隊。
・基本的な歩兵装備と機器。
・第一世代の武器、対戦車兵器は皆無か限定的。
・兵士は装備不足、戦闘準備が整っていない。
・評価：脅威としては限定的ないし無力。
・P－8部隊報告する。

二キロメートル東では、湾曲部の多いオードラ川がヴロツワフ市内を東南から北西へと流れていた。川は中世の旧市街の北東を通っている。数週間前からずっと凍結していて、前日の雪に覆《おお》われていた。

子供、氷の下の魚が目当ての釣り師、散歩者などが、川沿いと凍結した川に無数の足跡を残していた。元気のいいクロスカントリー・スキーヤーが、早朝に平和橋《ポコユ》の下をくぐり、北の早朝の霧のなかに見えなくなった。

ポコユ橋のすぐ南東には、旧市街からオードラ川を渡れる五カ所のうちの一カ所、グルンヴァルト橋がある。早朝から車が走っているのは、その橋だけだった。橋の両端には、二〇メートルの高さの煉瓦《れんが》でできたアーチ状の親柱《おやばしら》があり、鋼鉄に支えられた橋桁《はしげた》を吊っている。西のほうの橋はいずれも狭い道路とつながっているが、グルンヴァルト橋だけは、ヴロツワフの旧市街をほぼ東西にのびる大通りとつながっている。

ブルーの4ドアの大宇《だいう》のピックアップが、煉瓦の親柱が西の護岸に溶け込んでいる部分のそばで、グルンヴァルト橋の南側車線の歩道際に停止した。三十代の男が三人おりて、厚手のコートのジッパーを喉《のど》もとまで引きあげ、毛皮のフードをかぶった。三人は欄干《らんかん》のほうへ歩いていって、下を覗《のぞ》いた。すぐにコンクリートの階段をおりて、オードラ川沿いの遊歩道に出てから、橋の下を見あげた。あたりがまだ暗かったので、フラッシュライトでつかのま照らした。

それから、ぞろぞろと車に戻り、橋の反対側へ行って、おなじように構造物を点検し、通行に支障がないことを無線で上官に報告した。

大宇のピックアップにふたたび乗り込み、ひとりがダッシュボードの下で電源コードをねじり合わせてエンジンを点火させ、つぎの橋を点検しに北西へ向かった。

十分後、アントン・ミハイロフ下級軍曹が、暖かい車内から出て、ポコユ橋へ行った。

ミハイロフは、橋を調べてからピックアップに戻り、助手席に座った。暗号化した戦術データを送る装置をバックパックから出して、メールで報告した。ポコユ橋通行支障なし。爆発物も障害物も見当たらず。

応答を待ってから、リアシートの士官のほうを向いた。「一般車両の通行はどうかときいています」

ミハイロフは、まわりを見た。凍《い》てつく午前六時三十分だったが、早番の仕事に向かっているらしい数人が見えた。

ミハイロフは、車から出て、冷たく爽《さわ》やかな空気を吸いながら、さらに周囲を調べた。煙《たば》草《こ》に火をつけて、車内の士官のほうを覗き込んだ。「活気のない町ですね。ほとんど活動がない。ロシア軍が来ることなど、まったく知らない」

大尉がピックアップから出てきて、ミハイロフが持っていた通信機を受け取り、旧市街ではふだんと異なるような一般車両の通行はないと報告した。

大尉が送信を終えたとき、大宇のそばに立っていたロシア人たちのそばに、タクシーがとまった。

肥《ふと》りすぎの頭の禿《は》げた運転手が、サイドウィンドウをあけて、三人のロシア人をどなりつけた。

「おい！　道路のどまんなかにとめたらだめだ！」話しかけられた大尉には、そのポーランド語がわからなかったので、口をきいて外国人だというのがばれるのを恐れ、腹立たしげに手をふって、タクシー運転手に行けと合図した。

早朝でまだ稼《かせ》ぎのなかった運転手は、機嫌が悪かった。ホンダのタクシーのセレクターレバーをパーキングに入れて、またどなった。英語に切り替えたが、三人はまたしても返事をせず、拳《こぶし》を突き出して、ヨーロッパ式の〝くそくらえ〟のしぐさをした。

機嫌をそこねていたタクシー運転手は、若い世代が道路で勝手に自分たちのルールを決めようとすることに、我慢できなくなっていた。上着のポケットに手を入れて、携帯電話を出そうとした。

ミハイロフ下級軍曹もコートの下に手を入れたが、出したのはサイレンサー付きの九ミリ口径GSh‐18セミオートマティック・ピストルだった。三メートルという至近距離で、ミハイロフは運転手を三回撃った。運転手の顔が破裂し、頭蓋骨《ずがいこつ》の破片や脳の切れ端が、車の後部にふりかかった。頭蓋に大きくあいた傷口から、血が噴き出した。

大尉が目を丸くした。「ミハイロフ！　頭がいかれたのか？　死体をひっぱり出せ。この能なし。タクシー運転手が小言をいったくらいで任務全体が危険にさらされるはめになったら、おまえをあらゆる罪で告発してやる！」

ふたりが死体をタクシーのリアシートに乗せ、ひとりが運転席に乗って、橋の反対側へ走らせた。大宇のピックアップが、そのあとを追った。

タクシーを空いているスペースに駐車すると、兵士三人はピックアップに乗り、大尉は後部の荷台でミハイロフ下級軍曹をずっと叱りつづけた。

ヴロツワフの七五キロメートル西
十二月二十七日

車両縦隊の先頭がヴロツワフの北をまわる国道8号線行きのジャンクションに達する予定時刻の二十五分前に、サバネーエフは最終決定を下した。

　サバネーエフは、無線で命令をダニール・ドゥリャーギン大佐に伝えた。そのとき、ドゥリャーギンはブメラーンク指揮車の上面ハッチに立ち、靄《もや》のかかった夜明けが訪れる東を眺めていた。ドゥリャーギンの車両縦隊は、ヴロツワフのすぐ西で停止し、エンジンをかけたまま命令を待っていた。

　ドゥリャーギンは、サバネーエフの命令に受領通知を返し、ハッチから車内におりた。通信士にくわえて、各中隊長と、機甲部隊と特殊部隊の連絡担当のスペツナズ少佐がいた。指示を受けるために彼らが乗り込んだので、ドゥリャーギンの連隊本部の士官はべつの車両に移った。彼らは狭い車内で、赤い光を浴び、真剣な目でドゥリャーギンを見つめた。

　ドゥリャーギンは、サバネーエフの決定が不服だったが、それを精いっぱい隠し、自信をこめていった。「よし、ヴロツワフへ行くことになった。街を通過するのに支障はないはずだ。シュトゥットガルトのときとおなじように、突っ走って通り抜ける。民兵はなにもわかっていないし、オードラ川を抵抗なしに渡れる。ブメラーンクが四手に分かれて街を通るルート四本それぞれを担当し、縦隊の戦車を掩護《えんご》する。戦車はすべて中央を走る。ブメラーンクが交通課のパトカーのように幹線道路を啓開《けいかい》（部隊が進行できるように障害物・危険物・脅威を取り除くこと）し、全速力で走れるようにする。行く手に現われるものは——民兵だろうと正規軍だろうと警察だろうと——殲滅《せんめつ》して進みつづける」

　中隊長のひとりが質問した。「連隊長、民兵が到着したという報告がありましたが、どう対処しますか」

「ポーランドの工場労働者に銃を持たせただけだ。どこからズドーンと弾丸が出るのかも知らないだろう。街にはいるときに押しのけ、出るときにも押しのける」

「かしこまりました」

スペッナズ少佐が質問した。「わたしのチームのさらなる報告を待つべきではありませんか？　遊撃兵《パルチザン》がレールをはずしたり、通り道に地雷を仕掛けるかもしれません」

「ヴロツワフに民兵二個師団がいても、なんなく街を突破できるはずだ」

ドゥリャーギンは、情報幕僚が首を突き出しているサイドハッチのほうを見た。「ラズヴェドチク、敵航空部隊についての報告は？　ワスク、ポズナニ、クラクフは、あいかわらず動きがないのか？」

「まったくありません、連隊長。飛行中の航空機もすべて監視しています。飛行場はスペッナズが見張っています。NATOの航空機は、休戦協定に従って、ポーランド領空にははいっていません。ワルシャワの東、ベラルーシとの国境付近にポーランド空軍機がいて、北部を警戒していますが、ただ周回しているだけです。われわれの位置を把握していないか、それとも接近してぶっくらわされ――」汚い言葉を使ったと気づいて、いい直した。「撃墜されたくないのでしょう」

「了解」ドゥリャーギンは答えた。「先行部隊をただちに進発させろ」

49

ポーランド西部
十二月二十七日

トム・グラント中佐は、M1A2エイブラムズ戦車の砲塔内で眠ったが、わずか数分で目が醒《さ》めた。入口ランプから高速自動車国道《アウトバーン》に急にはいってきたポルシェ911をよけるために、操縦手が急ブレーキをかけたので、グラントは首を出してあたりを見た。目をこすって眠気をふり払い、水筒に手をのばしたとき、ブラッド・スピレーン大尉の声がヘッドセットから聞こえた。

「中佐？　めずらしく明るい報《しら》せです。GPSが復旧しました！」

「いいぞ！」グラントはいった。「ほんとうに使えるんだな？」

「はい、中佐。味方追尾装置《ブルー・フォース・トラッカー》は、われわれの位置を精確に示しています」

「クリスマスの奇跡だな」グラントは冗談をいった。

それにアンダーソン三等軍曹が、インターコムで答えた。「えー……きょうは二十七日だと思いますよ。お楽しみを味わっているあいだに、時間がすっ飛んでいきましたね」

　グラントは薄笑いを浮かべて、マイクのスイッチを押した。「ブラッド、つぎの出口で停止する。ロシア軍車両縦隊を視界に捉えつづけ、それから追いつく。本部班に無線連絡して、衛星通信網《SATCOM》を急いで確立するよう指示しろ。通信が復旧したかどうかをたしかめる」

　十分後、グラント中佐は、高機動多目的装輪車《ハンヴィー》の小さな輪のまんなかに立っていた。数両が黒い衛星アンテナを立てていた。クモの巣と高さ九〇センチの光線銃を組み合わせたような形をしているアンテナで、三万五〇〇〇キロメートル以上宇宙にあるべつの物体――国防《D》衛《S》星通信《C》システム《S》の衛星と交信できる。グラントが近づくと、通信士の軍曹が、幌型ハンヴィーの後部の入口フラップをめくった。

「中佐、衛星通信で懐かしい声が聞けますよ」

　グラントは、ハンドセットを受け取った。「こちらカーリジ6《シックス》」

　応答の声は遠かったが、はっきりと聞こえた。「カーリジ6ではないと思うね。こちらがカーリジ6指揮官《アクチュアル》だからね」

　ほんとうの連隊長、ジェイムズ・フェントン大佐だった。グラントはいった。「そうですか！　連隊長の声を聞いて、言葉に尽くせないくらいうれしいですよ！」

「同感だ、トム。わたしと副連隊長《XO》は、そっちに向かっている。きみたちはたいへんな戦いをやってきたようだな」

「イエッサー」

「まだロシア軍を追っているんだな？」

「追っています《アファーマティヴ》」

「やつらは行儀よくしているか？」

「これまでのところは。しかし、われわれがやつらのケツを吹っ飛ばせるように、やつらが道路にクソを垂れればいいと思っています」

連隊長が、無線の向こうで笑った。「交戦規則《ROE》には含まれていないと思うぞ。ただぴたりとくっついていてくれ。約二時間後にはそっちへ行ける。そのときにブリーフィングしてくれ。副連隊長もわたしも、戦闘に参加できなくて残念だと思っている。このあとは、ベラルーシ国境までやつらを追いかけることしかできない」

「護衛任務はそれほど気楽ではないです。これまでやつらがやってきたことを見てきましたからね。優秀な兵士がおおぜい殺されました」

「そのとおりだ、トム。きみはすばらしい仕事をやった。これに全面的に対応できた人間は、ほかにはいなかっただろう。それに、人的損耗《そんもう》は指揮官が負わなければならない重荷だ」

「了解です。二時間後にお目にかかりましょう」

ポーランド　ヴロツワフ
十二月二十七日

パウリナと、おなじチームになった五人の民兵たちは、市場《いちば》広場《ひろば》にある銀行の三階のオフィスに陣取った。市庁舎からは半ブロック離れた筋向かいだった。パウリナのチームには、窓のそばの壁に立てかけた携帯式対戦車擲弾発射器《ＲＰＧ》‐７一挺と、ＰＧ‐７ＶＲ対装甲タンデム擲弾《てきだん》（成形炸薬が二段式で爆発反応装甲を貫通できる）三発ずつがはいったカンバスのリュックサックふたつが用意されていた。あとは民兵六人が持つライフルだけが、その陣地の火力だった。

パウリナは、左前腕の痛みを気にしないようにしながら、ＲＰＧを抱え、右肩にかついだ。装塡《そうてん》されていないＲＰＧで通りに狙いをつけると、その重さと感触に元気づけられた。

十二歳のときに、パウリナは学校の遠足でその旧市街中心部へ来たことがあり、下の通りを歩いたことを憶えていた。当時は、ワルシャワほどすてきではないと思ったが、いま見ると、ヴロツワフ中心部には平穏で古風な趣《おもむき》があると気づいた。

ＲＰＧの照準器で見ると、澄み切った朝の風景はどこも正常のように見えたが、視界にある建物すべてに民兵やおそらく特殊部隊もいて、戦闘準備を整えているはずだとわかっていた。ロシア軍が眼下の通りを進軍することにしたら、この地域は戦場になるだろう。

オードラ川に架かる橋数本に向かうときに、ロシア軍の一部が町を通るのを予期しておくようにといわれていた。パウリナは意外には思わなかった。きょう出会った民兵の多くとはちがって、パウリナは戦闘があると全面的に予測して、ここに来た。それでも、恐怖を感じていることに変わりはない。これまで目にしてきたことを思えば、むしろ周囲の民兵よりもずっと大きな恐怖を味わっていた。パウリナと数人の民兵たちは、たった一個の射撃チームを組む。しかし、ロシア軍は自分のためにここに来るのだと、パウリナは考えていた。

パウリナは、RPGを置き、チームのほうを向いて、十九歳ぐらいだとおぼしい大柄な若者にうなずいてみせた。とりたてて力がありそうには見えなかったが、チームのなかではもっとも頑健そうだった。「RPGで射ったことはある？」

「ああ。クラクフで、領土防衛軍の擲弾助手の訓練を受けた。去年の夏に八発射った」

パウリナが訓練と実戦で射った弾数よりも多かったが、だれにもRPGを渡さないつもりだった。きょうロシア軍をRPGで撃つのは、自分がやる。その役目はだれにも譲らない。

パウリナは、チームの他の民兵を眺めた。女性がふたりいて、ひとりは三十代らしく、もうひとりはパウリナとおなじくらいの齢《とし》だった。美人のブルネットだったので、パウリナは即座にウルシュラを思い浮かべた。ただ、彼女のほうが、ウルシュラよりも小柄だった。パウリナは彼女にきいた。「あなたはなにをやっているの？」

「先週の月曜日に志願したばかりよ。なにもやったことがない」

パウリナは、溜息をついた。

チームのあとのふたり——肥満気味の男——は、ライフル銃手の訓練を受けたことがあるといったが、射撃の腕前には自信がなさそうだった。

パウリナは、大柄な若者のほうへふりかえった。「あなたが擲弾助手よ。わたしが擲弾手をやる」あとの四人に向かっていった。「あなたたちはライフルを使って、降車兵からわたしたちを守る。戦車や装甲人員輸送車《BTR》のハッチから体を露出させているロシア兵も撃つ。彼かわたしが撃たれたら、あなたたちが発射器を持って、撃ちつづける」

それを聞いて、チームの面々は目を丸くしたが、黙っていた。女ふたりと男ふたりに、ＲＰＧ‐７の使いかたを教えたが、そのときには発射器をかつがなかった。さきほど重い金属筒をかついだことに、肩がまだ文句をいっていた。

パウリナは、説明を終えてから、小規模なアマチュアのチームに、防御のためにファイルキャビネットをいくつか窓際へ運ぶよう命じた。それからひざまずいて、カンバスのリュックサックから擲弾六発を出し、窓際でＲＰＧ‐７のそばに並べた。

心臓が小さくふるえるのがわかり、それに気づいたとき、うしろでいうのが聞こえた。

「わたし、すごく怖いの。あなたはそういうとき、どうするの？」

パウリナは目をあげた。美人の若い女性だった。名前は知らないし、知りたくもなかった。ジーンズにクラクフ大学のスウェットシャツという格好だった。とても戦闘員には見えないが、旧式のＳＫＳライフルを背中に吊り、予備弾倉を付けた小さな弾帯を肩にかけている。

パウリナは、肩をすくめた。「わたしには簡単よ。わたしは二日前に死ぬはずだった。たぶんきょう死ぬわ——みんな死ぬのよ——でも、わたしは二日余分に生きられた」

若い女はいっそう怯《おび》えた。説明を待ったが、なにもなかった。パウリナはただ背中を向けて、擲弾を装塡しはじめた。

パウリナは、その若い女と友だちになるつもりはなかった。恐ろしい状況がいっそう悪化するだけだし、生き延びられたときにもっと激しい心痛にさいなまれるおそれがある。

　通常、民兵は安物の無線機を持つ——領土防衛軍ではほとんど全員が持っていた——しかし、ヴロツワフに到着する前に、士官たちが列車内をまわって、無線機をすべて回収した。無線機の使いかたに関して、下っ端の民兵は信用されていないのだ。無線封止が守られれば、罠を仕掛けていることがばれるような送信を聞かれるおそれはない。しかし、無線機がないと、民兵には明確な戦術状況がわからない。

　足の下の低い轟《とどろ》きをパウリナは感じた。それが足首、膝《ひざ》、全身へ伝わってきた。怯えているから、恐怖のせいでふるえているのかと思ったが、膝が揺れているのは、そのためではなかった。

　ロシア軍機甲部隊が、西から近づいてくる。

「全員、位置について」冷静で恐れていない口調を装って、パウリナは命じた。

　助手に任命された若者が、パウリナにいった。「叔母が四ブロック離れたところに住んでるんだ」

　パウリナは、目を向けずにいった。「わたしたちのために祈ってから、叔母さんのために祈りなさい」

　そのとき、ポーランド地上軍《PLF》の軍服を着た若い中尉が、角の狭いオフィスを覗《のぞ》き込んだ。

「志願者がひとりほしい。軍服を着ていない人間だ」

　パウリナのチームは、だれも軍服を着ていなかったが、志願しなかった。肥《ふと》った男のうちのひとりがいった。「なんのためだ？」

その正規軍の中尉は、民兵と協働したことがなかったらしく、ほんの一瞬、口答えされたことにむっとした。「通りの向かいの市庁舎に擲弾を運ぶためだ。そこの陣地には発射器があるが、擲弾がない」

年配のもうひとりがいった。「陣地を造ったのに弾薬を忘れたのは、どこのどいつだ？」

「ポーランド特殊部隊が、闇のなかで民兵といっしょに六時間かけて戦闘陣地を設営した。フラッシュライトも使わなかったんだ。しかたないだろう」

機甲部隊の轟きと金属がきしむ音が、遠くから聞こえていた。下の通りを目指しているような感じだった。

「わたしが行く」パウリナはいった。チームのほうを向き、大柄な若者にいった。「あなたが擲弾手よ、助手をひとり選んで。幸運を祈るわ」

「待って」若い女がいった。「あなたはわたしたちのリーダーでしょう」

パウリナは首をふった。「わたしがいないほうが、あなたたちは安全よ」若者を指さした。「彼がリーダーよ。ロシア軍が撃ちはじめたら撃ちなさい。きょうあなたたちが死んだら……まあ、幸いだわね。あなたたちの戦争が終わるわけだから」そういうと、中尉につづいて部屋を出ていった。

ポーランド中部
十二月二十七日

ヴロツワフの約一五〇キロメートル北のポズナニにある31戦術空軍基地は、ロシア軍の爆撃によって漏斗孔《クレーター》だらけになり、いまも使用できなかった。誘導路も被弾したが、昨夜修繕され、離陸できる滑走路があれば、そこまで地上走行できるようになっていた。

その朝はずっと、格納庫の外ではなんの活動も見られなかったが、飛行場の南東の端にある大格納庫ふた棟《むね》で、巨大なドアが人力で同時にゆっくりとスライドしてあいた。

やがて、F‐16戦闘機八機が、一機ずつ早朝の光のなかに出てきた。エンジン音が高まり、平坦な地面の四方へ轟いた。

ロシアはその基地を常時、無人機で監視していたので、F‐16の機首が出てきてから数秒後には、ロシアの戦術航空監視網に連絡がはいった。

無人機の画像を見ていたロシア軍の軍曹たちは、ポーランド軍は離陸試験をやって滑走路が使えるかどうかを調べるつもりなのかと思った。滑走路の五〇〇メートル先にある最初のクレーターで戦闘機が大破するか、あるいはその二五〇メートル先のクレーターでそうなるかどうかを、若い軍曹たちは賭けの対象にした。

しかし、F‐16ファイティングファルコンの最初の一機は、損壊した滑走路には向かわなかった。狭い誘導路の中央に位置し、単発エンジンから長さ五メートルの炎が噴き出して、勢いよく前進した。軍曹全員が同時に気づいた。F-16は、修繕した誘導路を滑走路に使い、離陸するつもりなのだ。

五秒後、一番機がアフターバーナー全開で滑走をはじめると、その数秒後に、二機目も炎を噴き出して、誘導路を滑走しはじめた。

飛行隊のあとの六機もつづいた。

八機のうち四機は、レーダー誘導と赤外線誘導の空対空ミサイルにくわえて、Mk82・五〇〇ポンド爆弾二基を搭載していた。

あとの四機は、機体下面中央のパイロンに、空対地ミサイル一基ずつを搭載していた。統《J》合空対地《A》スタンド《S》オフ・ミ《S》サイル《M》と呼ばれる兵器だった。

ヨーロッパのGPS衛星が使用可能になってから、まだ二時間しかたっていなかったが、GPS兵装パイロンに搭載してあった、ただ落ちるだけの〝馬鹿な〟爆弾を取りはずして、GPS誘導の離隔《スタンドオフ》兵器を取り付けるにはじゅうぶんだった。JASSM《ジャススム》は、通常の爆弾よりも遠くから攻撃でき、任務成功と搭乗員生存の確率が高まる。

ポズナニからF-16八機が出撃すると同時に、ポズナニの約一八〇キロメートル南東のワスクにある32戦術空軍基地の損壊した格納庫からも、同様の爆装を搭載したF-16十機が出てきた。この基地も、ヴロツワフから約一五〇キロメートルしか離れていない。

そのうち四機がJASSMを搭載し、六機はロシア軍の戦闘機を撃退するために空対空ミサイルを搭載していた。

ワスクから出撃した多用途戦術戦闘機十機編隊は、誘導路を滑走路の代用にする必要はなかったが、一本しかない滑走路が被害を受けていた。だが、滑走路の端を中心線と見なして、滑走路北端の着陸帯から一列で滑走を開始すれば離陸できると、あらかじめ判断していた。危険なやりかたではあるが、ポズナニの編隊とおなじように、ポーランド人パイロットたちはつぎつぎと、スロットルレバーを最大推力《ミリタリーパワー》（ジェットエンジンのアフターバーナーを点火しない最大推力のこと）の留めどころを越えて押し込み、アフターバーナーに点火した。十機すべてが滑走路を疾走し、車輪が大きな穴のわずか一メートル横を通過して、一機、また一機と、またたくまに離陸していった。

ポズナニで一番機が敵無人機の前に姿を現わしてから、ワスクの最後尾のＦ‐16が降着装置を収納するまで、わずか百五十一秒しかかからなかった。

Ｆ‐16の八機編隊と十機編隊は、それぞれ機体を傾け、アフターバーナー全開でヴロツワフを目指した。


エドゥアルト・サバネーエフは、シャワーを浴び、髭《ひげ》を剃《そ》って、自信満々で指揮車へ向かった。とはいえ、ドゥリャーギンの部隊がヴロツワフを通過するこれからの二時間、いくらか緊張を味わうだろうと予想していた。

シャワーを浴びる前に受けた最新報告では、これまでのところ、双方とも恣意的《しいてき》な攻撃は一度も行なっていないとのことだった。前進する機甲部隊の列を警察車両が横断したり、一般市民が愕然《がくぜん》と観察したり、混雑する交差点では多少混乱が起きたりしたという報告はあったが、サバネーエフとドゥリャーギンが想像していたよりも順調に、物事が進んでいるようだった。

まもなく、先鋒部隊が民兵のバリケードに達して、週末だけの戦士たちを手早く始末したという連絡があった。サバネーエフは、いまも回顧録のことが頭にあり、シュトゥットガルトからの帰途を、成否が五分五分の危険な旅路のように脚色したかったので、民兵にはもっと激しく抵抗してほしいとふと思った。

サバネーエフが指揮車にはいると、通信士が制御盤から顔をあげた。「司令官、防空班が複数の戦闘機がワスクとポズナニから同時に離陸したと、報告しています」

サバネーエフは、片方の眉をあげた。「何機だ？」

若い通信士が、無線の相手と話をしてからいった。「ポズナニから八機、ワスクから十機です。すべてF‐16のようです。われわれのSu‐30とMiG‐29が接近し、交戦するところです」

「了解」サバネーエフは向きを変え、スミルノフ大佐に向かっていった。「われわれの戦闘機が、数分以内にやつらに襲いかかる。ポーランド側は、われわれが待ち伏せ攻撃の罠にかからず、ヴロツワフに向かっているのを知って、格好をつけるために反応しているのだろう」

ロシア空軍のMiGとスホーイが、ポーランド空軍のF‐16に迫っているとサバネーエフがいったのは事実だったが、その二個編隊のうちの地上攻撃用八機が任務を達成するのに、長く滞空する必要がないことには、気づいていなかった。

F‐16八機は、離陸四分後にJASSM投下命令を受けた。たちまち、ポズナニとワスクのF‐16編隊それぞれから投下されたGPS誘導ミサイルが、ヴロツワフに向けて高速で飛翔《ひしょう》しはじめた。それによってポーランド人も死ぬとわかっていたので、パイロット数人は十字を切ったが、自分たちの任務の意味をよく知っていた。自分たちがなにもせず、ロシア軍が罰を受けずにポーランドを通過したなら、重大な影響が生じるとわかっていた。

爆装を投下した直後に、F‐16一番機のパイロットは、空対空ミサイルが自分の機に向けて発射されたことを告げる警告音をヘッドセットで聞いた。

パウリナ・トビアスは、歩道でベビーカーを押して、西から接近する多数の車両が発するとてつもない騒音から遠ざかった。

ベビーカーに赤ちゃんはおらず、長く太い対戦車榴弾《HEAT》三発に毛布をかけてあった。パウリナは鮮やかなグリーンのふわふわのコートを着て、タッセルのついたニット帽をかぶり、厚いミトンをはめて、うしろからやってきて市場広場にはいりかけているロシア軍の装甲人員輸送車には目もくれず、まっすぐ前を向いていた。

RPGの擲弾は一発五〇キロほどなので、雪が降ったばかりの歩道でベビーカーを押すのはたいへんだったし、左肩が激しく痛んだが、赤ん坊が乗っているのではないとロシア兵に見抜かれないように、精いっぱい落ち着いた態度をつづけていた。

歩道を進むうちに、通りを渡れば目的の場所に行けるところに着いた。エンジン音が苦痛なくらい激しさを増していた。横断するときに目を向けると、装甲人員輸送車五両のうちの先頭車両が、かなり近くまで来ていた。二日前に民兵陣地を撃破したのとおなじ、ブメラーンクだった。ラドムの近くの斜面で遭遇した車両とおなじで、おなじ兵士を乗せている可能性はほとんどないとわかっていたが、だからといって、ここでそれを目にする精神的な打撃が小さくなるわけではなかった。そのブメラーンクの前方でベビーカーを押して、市庁舎の正面出入口に向かったとき、距離は三〇メートルに縮まっていた。

パウリナは、左から接近する装甲車のほうを見ながら、通りを渡った。ゴーグルをかけ、ヘルメットをかぶった、パウリナとおなじくらいの年齢の男が、あけたハッチから見おろした。男が笑みを向けた。

パウリナは作り笑いで応じてから、顔をそむけ、ベビーカーを押していった。ブメラーンクが街の広場に向けて走りつづけた。三ブロック先のオードラ川の橋に向かっているにちがいない。

五両のうちの二両目がそばを通り過ぎたとき、パウリナは市庁舎に正面出入口からはいった。そこで民兵ふたりが出迎え、ベビーカーから急いで擲弾をおろし、階段に向かった。

「わたしはどうすればいいの？」パウリナはきいた。

ひとりがふりむいた。「発射器は扱えるか？」

「ええ」

「それじゃ来い。早く！」

50

ポーランド　ヴロツワフの西
レッド・ブリザード2
十二月二十七日

指揮車で通信士官が、やかましい話し声のなかで聞こえるように、大声でいった。「司令官、ポーランドのF‐16がミサイルを発射したと、防空班が報告しています！」

「空対空ミサイルか？」サバネーエフはきいた。

「ちがいます。それにしては速度が遅いので」一瞬の間を置いて、通信士官がいった。「JASSM158巡航ミサイルのようです」

「巡航ミサイル？」サバネーエフは、指揮統制車の車内を見まわした。「いったいどんなターゲットに向けて発射したんだ？　われわれは移動している。発射した時点から刻々と位置が変わるターゲットに向けて発射するのは無意味だ」

通信士官がいった。「ターゲットは……わかりません」

五十二歳のサバネーエフ将軍は、懸念をあらわにした。「JASSMはGPS誘導だ。ヨーロッパの衛星をもっと長時間、使用不能にすべきだった。まあ……ミサイルを撃墜できるだろう」

スミルノフ大佐がいった。「そうですね、司令官」

通信士官がつけくわえた。「現在の針路で、最初のミサイルが二分十二秒後にヴロツワフ付近に達します。その前に終末誘導を開始しなければですが」

そうなると、弾着前に撃ち落とすには時間が足りない。

サバネーエフは、指揮車内を見まわした。困惑した目つきで、一同が見返した。数秒後に、サバネーエフはどなった。「列車を停止させろ！」

命令が伝えられたが、列車が速度を落とす前に、サバネーエフはいった。「ドゥリャーギンに、部隊を分散させ、わたしが命じるまでいまの進路から離れろと伝えてくれ。ポーランドはこの列車と車両縦隊を狙って巡航ミサイルを発射したのかもしれない」

列車がすぐに減速し、命令がドゥリャーギンに伝えられた。

状況が理解できず、サバネーエフは、まだしばらく考えていた。やがて思い当たった。ポーランド空軍が発射したミサイルのターゲットは自分ではないと、にわかに気づいた。ちがう。ミサイルは、ポーランドがポーランドに向けて発射したのだ。

車両縦隊を分散させろという命令を、スミルノフが無線で伝えているあいだに、サバネーエフは通信士官の肩をつかんだ。「橋だ！　やつらはオードラ川に架かる橋を破壊しようとしていくんだ！」

サバネーエフは、スミルノフからハンドセットをひったくり、ドゥリャーギンにおなじことをいった。ドゥリャーギンがすぐさま応答した。「そんな馬鹿な。民兵の陣地など、ものの数分で一掃しますよ。敵がわれわれを街に封じ込める理由などありません」

サバネーエフは、どなり返した。「われわれはなにかを見落としている！　これは罠だ！」

「どのような命令でしょうか？」

サバネーエフは、壁の対勢図を見た。レッド・ブリザード2とドゥリャーギンの部隊の位置が表示されている。サバネーエフは、マイクのスイッチを押した。「車両縦隊を街から後退させることはできない。すでに街の奥へはいっている。前進するしかない！　オードラ川の北岸に機甲部隊を急行させろ――急げ。渡河《とか》を支援しなければならない！」

ポーランド　ヴロツワフ
十二月二十七日

ボグダン・ノズドリン下級軍曹は、ブメラーンク装甲人員輸送車を全速力でオードラ川のもっとも近い橋に向けて走らせるよう、操縦手に命じた。車両縦隊の先鋒部隊が、大至急川を渡るようにという命令を受けたからだった。

ノズドリンのブメラーンクは、その車列では先頭から五両目で、ブメラーンク二両とGAZティーグル二両につづき、市庁舎前の市場《いちば》広場《ひろば》を通過したばかりだった。後方には装甲人員輸送車四両、偵察用の汎用車両二両がいた。

その小規模な車列は、南西でヴロツワフを通過している車両縦隊主力の左側面に位置していた。戦車が到着する前に橋を偵察するために、先行していたのだ。そのため、命令が届いたときには、オードラ川にもっとも近かった。ノズドリンの操縦手は、前方の緑色の大型車両との間隔を詰めるために、重い装甲車を加速させた。

ブメラーンクR14《ロマーン・アジーン・チエトウイリエ》が、オードラ川の一ブロック手前のシヴィエンテーゴ・ドゥーハという通りに達したとき、遠くで爆発が起きて、付近の建物のガラスが砕けた。ノズドリンの体も揺さぶられ、ハッチの縁の下に身を隠した。

その拍子に車長席に落ちて体をぶつけ、ヘッドセットがはずれたので、ノズドリンはあわててかけ直した。そのときに、さっきの爆発よりも小さい爆発が、もっと近くで起きた。

ノズドリンは、狭い通路とエンジン越しに、五メートル前方の車首近くにいる操縦手を呼び出した。「あれはなんだ?」

「RPGです。おれのまん前で、R13《ロマーン・アジーン・トウリ》の砲塔に命中しました。でも、まだ走っています」

「最初の爆発は、まるで——」

つぎの弾着で、ノズドリンのブメラーンクは、うしろから揺さぶられた。「くそ！」監視カメラを使って、位置を把握しようとした。「砲手、これに応射しろ！」北東でまた大きな爆発音が響いた。自分たちがなにに向けて走っているのか、情報を見つけようとして、ノズドリンは必死にカメラであちこちを見た。

つぎの瞬間、車長席の前で砲塔が左にまわり、一二・七ミリ機銃が激しく震動しながら射撃を開始した。装甲に覆《おお》われた車内でも、不快な銃声が耳朶《じだ》を打った。

車列の先頭車両から、無線で呼びかけるのが聞こえた。「こちらＡ１２《アムバール・アジーン・ドゥヴァ》。川に到着したが、橋は破壊されている！　一部が川に落ちて、煙をあげている。左に転進し、つぎの橋を――」数秒後につづけた。「二本目もだ！　橋が二本破壊された」

「あとの三本は無事か？」

応答はなかった。

「アムバール１２。受信しているか？」

「こちらアムバール１２。三本目の橋にも弾着した。損害を調べている」間があった。「一部が落ちた。あとの二本が、ここから見える。もっと近づかないと――」

マイクが拾った爆発音が、ノズドリンの耳に届いた。数秒後に、そのおなじ爆発音がアムバール１２の位置からブメラーンクの外側に伝わってきた。

だれかが無線でいった。「こちらＩ１１《イヴァン・アジーン・アジーン》。アムバール１２は被弾した。対岸から発射された対戦車擲弾《てきだん》だ。車両は破壊された。生存者はいないだろう！」

ノズドリンは、ひきつづきオードラ川に向かうよう操縦手に命じたが、いまはそこが世界でもっとも行きたくない場所だった。

サバネーエフが停止している列車の指揮所に立っていると、うしろでスミルノフがいった。

「司令官、A中隊《アンナ》がグルンヴァルト橋近くの敵陣地と交戦しているという報告がはいっています」

「橋？　わかっている民兵陣地はその付近にはないはずだ」

スミルノフがいった。「これは待ち伏せ攻撃です。NATO休戦協定にははなはだしく違反しています」

サバネーエフは、スミルノフの意見を斥《しりぞ》けた。「騒ぎたてるな。汚いやりかたができるのは、われわれだけではない。これは予想していたことだ」

たしかに、ポーランドがなんらかの行動を起こすだろうと予想していたが、ここで攻撃されるとは、思っていなかった。機甲旅団が街に深くはいり込んだときに、複数の敵陣地から攻撃されるのは望ましくないし、ぜったいに避けたいことだった。

「先鋒部隊に、強行突破して血路をひらけと命じろ。なんとしても川を渡るんだ。なにをやってもかまわん！」

ポーランド　ヴロツワフ
市場広場
十二月二十七日

パウリナは、市庁舎の隣にある役場の事務室で窓際に立ち、RPG‐7をかついだ。助手の民兵が、片腕で背中に触れるのがわかった。

パウリナの左肩から五〇〇メートル離れた川の爆発が、射撃開始の合図だった。パウリナが狙いを定める前に、もう機関銃のカタカタという音、RPGから擲弾が飛び出すシューッという音、弾着した擲弾の爆発音、その他のロケット弾の音が聞こえていた。ロシア軍の車列を狙った射撃が、眼下の市場広場や、オードラ川に通じている数本の通りで行なわれていた。

だが、パウリナは左肩の灼《や》けるような痛みとそういったことを意識から追い出して、自分の仕事に集中した。

「後方爆風、支障なし」銃撃の音よりひときわ高く、擲弾助手が叫んだ。

パウリナは、一〇〇メートル東のブメラーンク一両に照準を合わせた。パウリナの陣地にもっと近いロシア軍車両数両がいたし、窓の真下にGAZティーグル一両がいたが、そのブメラーンクを選んだのは、攻撃に脆《もろ》い後部下半分を撃てるからだった。

パウリナは、引き金を絞った。発射器が揺れ、後方爆風で背後の空気が熱くなった。擲弾が窓から飛び出し、ロシア軍車両三両の上を越えて、広場の北端を走っていたブメラーンクの左後輪に命中した。

目にはいった爆発は、たいしたものではなかった。小さな閃光につづいて、黒煙が噴き出し、細かい残骸《ざんがい》が飛び散っただけだった。火の玉も二次爆発もなかった。

だが、装甲人員輸送車《BTR》型のブメラーンクは、斜《なな》め右に向きを変えて、煉瓦《れんが》塀《べい》に激突し、動かなくなった。

煙が晴れると、大型装甲車の左側の大きな黒いタイヤ四本のうち二本が消滅し、三本目から煙が流れ出していた。

機動力撃殺《モビリティ・キル》（機甲戦で車両や装備が移動不可能になること、またはそのようにすること。ただし、破壊されたわけではないので、搭載兵器を使って戦闘を続行できる）。それでじゅうぶんだと、パウリナは思った。

後部ハッチがあき、ロシア兵が降車しはじめたが、二、三メートル進んだあたりで、市場広場のずっと西のレンタカー会社に隠されていたポーランド軍の機関銃によっておおかた撃ち殺された。

パウリナは向きを変えて窓から離れ、ひざまずいて、擲弾助手の助けを借りながら再装塡《そうてん》した。そのとき、敵車両の機銃弾が、頭のすぐ上で部屋を破壊しはじめた。パウリナの横で、男ひとりがそれまでずっと、カラシニコフで通りを掃射していた。その男が、来襲する敵弾の源《みなもと》に銃口を向けようとしたとたんに、弾丸をくらって吹っ飛んだ。内臓が飛び出した体が床に落ちたときには、もう死んでいた。

パウリナが伏せて二発目の対戦車榴弾《りゅうだん》を熱した発射器に押し込むあいだ、機銃弾が至るところで壁や天井に穴をあけた。事務室の残骸が後方爆風によって燃えあがり、まわりで飛び散ったが、パウリナはすべての危険を意に介さず。ふたたび立って撃つ準備をした。

だが、下のGAZティーグルの砲手は、パウリナがさきほど発射した擲弾の煙がこの窓から発したのを、見ていたにちがいない。機銃のすさまじい連射でパウリナの陣地を制圧していた。

パウリナは、這《は》ってそこを出て、廊下の先のべつの場所に移ろうとしたが、肩と腕が働いてくれなかった。近くにいた男の体をつかんで、ものすごい騒音のなかでも聞こえるように、顔を引き寄せた。「発射器を持って。移動する！」

パウリナはぴたりと伏せたまま、右前腕の力でタイルの床を押し、テニスシューズで足がかりを探しながら這っていった。


オードラ川に架かる橋は四本破壊されたが、ミレニイニ橋に向けて発射されたJASSMは二基ともターゲットに当たらなかった。一基は一キロメートル手前に落ちて、だれもいない倉庫に弾着し、もう一基は橋の五〇メートル先のアパートメントビルの屋根に突っ込んで、三階下まで破壊した。

ブメラーンクR14《ロマーン・アジーン・チェトウィリエ》の車長ボグダン・ノズドリン下級軍曹は、付近の橋は一本を除いてすべて破壊されたが、オードラ川を迅速に渡る任務はいまも可能だと、戦闘ネットで知らされた。ノズドリンは、後部の車長席に閉じこもって、車外のカメラを動かしながら、目の前の画面を眺め、ターゲットを探すと同時に、指揮官たちの命令ではまり込んだ殺《さつ》戮《りく》地帯から抜け出す方法を探していた。

ブメラーンクの装甲は、小火器の銃弾をたえず浴びていた。それだけなら塗装がはげる程度だが、ロケット推進擲弾が飛ぶ音や爆薬の破裂音が四方から聞こえていた。対戦車榴弾が急所に命中したら、走行できなくなるか、自分と乗員ふたりと、後部に乗っている歩兵九人が殺されるおそれがある。

ノズドリンは、移動地図表示《ムーヴィングマップ・ディスプレイ》で、自分のブメラーンクが大学広場の端に達したのを知り、操縦手に左折するよう命じた。一ブロック先で、オードラ川南岸沿いのグロツカ通りに出た。そこではじめて低いコンクリートの護岸の向こうの凍結した川と、大学橋《ウニヴェルシテツキー》が見えた。ポーランド空軍機が発射したとおぼしいミサイル二基で、橋はまっぷたつになっていた。

まだ一本だけ無傷の橋が残っているが、R14の位置からはるかに離れているし、ポーランド軍が自分たちの橋を破壊していることがわかったいま、そこまで行くのは気が進まなかった。

ノズドリンのブメラーンクの七・六二ミリ機銃が、長い連射を開始した。砲手が対岸のターゲットを発見したが、三〇ミリ機関砲を使用する必要はないのだ。つまり、装甲がない車両か、ひらけた場所にいる兵士にちがいない。

車外で、これまで聞いたことがなかった音が湧き起こった。重い爆発音。道路と近くの建物の壁に弾着している。

操縦手が、周章狼狽《しゅうしょうろうばい》して、インターコムでわめき散らした。「迫撃砲だ！」激しい爆発音がノズドリンの耳朶《じだ》を打った。操縦手がまた叫んだ。「ティーグルを直撃した。粉みじんに吹っ飛んだ！」

くそ、なんてこった、とノズドリンは思った。ポーランド野郎は、こんどは自分たちの街を迫撃砲で射っているのか？　グロツカ通りには遮掩《しゃえん》がなにもなく、車列は対岸の建物すべてから格好の的だった。敵弾が降り注ぎ、残っているたった一本の橋に通じる道路に出る前に、一キロメートル近く敵の砲撃に耐えなければならない。

「よし」ノズドリンは、インターコムで命じた。「おれの指示どおりに進め」

数秒後、R14は、他のブメラーンク三両と生き残りのティーグル三両の列から離れて、右に曲がり、グロツカ通りから歩道に乗りあげた。そして、河岸沿いの欄干《らんかん》にぶち当たり、鉄の欄干をまるで粘土のように押し倒して乗り越えた。激しく車体を揺らして、車首を下げ、オードラ川の白く凍った川面《かわも》に落ちて、氷をいとも簡単に割った。

緑色の巨大な装甲車は、氷と雪をかき分けて、勢いよく川にはいった。

タイヤ八本が水に沈み、ブメラーンクの巨大なウォータージェットが作動して、川を覆《おお》う厚さ二〇センチの氷に乗りあげるような格好で、水上浮航を開始した。速度は遅く、かなり進むのに苦労したが、砕氷船のように結氷を割り、氷の破片をかきわけながら、対岸を目指した。

いまでは三〇ミリ機関砲が砲声を発して、向こう岸の建物を破壊していた。ノズドリンの砲手が、RPGの煙を手がかりにして、敵陣地を発見したのだ。

ブメラーンクは、鋼鉄の車体で前方の氷を砕き、結氷が厚いところでは前輪がその上に出て、しばらく走るとまた氷を割って、暗く冷たい水中にタイヤが没した。R14は何度もその手順をくりかえして、凍結した川を徐々に渡っていった。

他のブメラーンク二両も、ブメラーンクR14につづいた。ノズドリンが、ほかに脅威はないかとカメラで後方を確認すると、装甲人員輸送車から降車したロシア兵数十人が、博物館のほうから走ってくるのが見えた。グロッカ通りに垂れ込める煙と靄《もや》のなかを突っ切り、欄干を跳び越えていた。そのロシア兵たちは、雪に覆われた土手を転びながら下り、凍結した川の上に出て、北岸に銃撃を浴びせながら、徒歩で氷の上を渡っていった。

数秒後に、川に迫撃砲弾が降り注ぎはじめ、泡立つ水、氷、雪が高く噴きあがった。

ノズドリンは上官を無線で呼び出し、ブメラーンク三両がオードラ川を水上浮航《とか》で渡河していることを報《しら》せた。すぐに、あとの装甲人員輸送車中隊も、おなじように渡河するようにという命令を下しはじめた。

ノズドリンは、もっと速く渡れ、目にはいるものはなんでも撃てと、操縦手と砲手を交互にどなりつけながら、カメラの向きを変え、あらたなターゲットを探した。北岸にあるホテルHPパークプラザを左右に見ていったときに、閃光が目に留まり、つづいて、最上階の客室から発射された大きなロケット弾の曳《ひ》く煙が見えた。ロケット弾はスウォドヴァ島の遊歩道橋の上を高速で飛び、川のなかごろまで進んでいたノズドリンのR14の左うしろにいたR13に命中した。

近くで起きた爆発のために、ノズドリンは座席から投げ出されそうになった。カメラの向きを変えて確認すると、八四ミリ対戦車無反動砲から発射された榴弾はR13が水から出て氷に乗ったときに、車体下面に命中し、エンジンの下の薄い装甲に当たって爆発していた。ブメラーンクはフロントエンジンの設計なので、乗員と兵士はロケット弾の爆発では被害を受けなかったが、エンジンが破壊されて、前進できなくなった。あちこちから煙が噴き出し、川のまんなかでじわじわと水に没しはじめた。

ノズドリンが見ていると、R13の後部ハッチから兵士たちがつぎつぎと出はじめ、氷の割れた川に落ちていった。

川の深さはわずか五メートルだが、鋼板入りの抗弾ベストをつけた兵士たちは、あっというまに凍れる水で溺《おぼ》れた。車両後部の左右の割れていない氷に登ることができた兵士たちは、北岸のあちこちとスウォドヴァ島に配置された自動火器に狙い撃たれた。遮掩を必死で探そうとする兵士たちを、敵の銃撃が執拗《しつよう》に追った。

見通しのいいところで銃火を浴びたロシア兵たちは、左のほうへ駆け出して、五〇メートル離れた大学橋《ウニヴェルシテツキー》の残骸《ざんがい》近くに隠れようとした。

ノズドリンは、ふたたびインターコムで操縦手に命じた。「もっと速く！　さっさと川を渡れ、ちくしょう!」

51

ポーランド　ヴロツワフ
十二月二十七日

パウリナは、役場の三階の数室先にある事務所をあらたな射撃陣地に決めた。通りからの銃撃か至るところで起きていた爆発によって窓が壊れていたので、立ちあがってティーグル歩兵機動車の後部に狙いをつけるときに、窓ガラスを割る必要がなかった。パウリナの照準線内では、それが唯一の走っているロシア軍車両だった。ティーグルが移動しながらてっぺんの砲塔から三〇ミリ擲弾《てきだん》をあちこちに発射しているのが見えたが、それが狙い射っているものは見えなかった。

「後方爆風、支障なし！」横で助手が叫んだので、パウリナは引き金を絞ろうとしたが、それと同時にべつのティーグルが発射した擲弾が、窓のすぐ下の壁に激突した。その直後に、遠くにいたそのティーグルが、被弾して大破し、動けなくなった。

パウリナが肩にかついでいたＲＰＧ－７からも擲弾が発射されたが、のけぞったためにティーグルの上を越えて、通りの先にある銀行の壁に当たって爆発した。

二十歳のブロンドのパウリナは、仰向《あおむ》けに倒れた。灰色の埃《ほこり》と息を詰まらせる黒煙が、部屋に充満した。助手が近くで咳き込むのが聞こえたので、自分も助手も生きているとわかった。パウリナのまわりで天井の一部が抜けて、アルミの梁《はり》のねじれた残骸《ざんがい》がぶらさがっていた。

パウリナはなんとか立ちあがって、空《から》の発射器を持ち、よろよろと破壊された窓にひきかえした。通りのほうを眺めると、死と破壊と逆上している市民、炎と煙に包まれている車両、オードラ川に向けて走っているポーランドの民兵と兵士が見えた。

だが、ターゲットはもう見当たらなかった。

動けなくなったブメラーンク二両が下の道路をふさぎ、いずれも後部ハッチがあいていた。乗員も兵士も降車したのだ。ほかにGAZティーグル三両が完全に破壊されていた。

見渡すかぎり、すべての車両のまわりに、ずたずたになった死体が転がっていた。

川のそばでなおも激しい戦闘がつづいていることが、音でわかった。埃と煙が晴れると、パウリナはいっしょにいた男のほうを見た。おたがいに怪我《けが》はなかったとわかり、ようやくふたりともちゃんと立てた。

「べつの窓に陣取るわよ。敵が戻ってくるかもしれないし、べつの縦隊の車両が通るかもしれない」パウリナはいった。

その十分前、一五キロメートル西で、トム・グラント中佐はレトルトパック入り携帯口糧の冷たいビーフパテを指ですくって口に突っ込みながら、曇った空を見あげた。グラントは朝からずっと、機甲連隊とともに東のロシア軍縦隊を追っていたが、ヘリコプター着陸地帯《LZ》で連隊長と落ち合うために、ドイツ軍のレオパルト2戦車中隊に先頭を走るよう指示して先に行かせた。ヤヴォルというポーランドの町の北に、幅の広いひらけた畑地があり、そこが着陸地帯に指定されていた。この連隊本部の停止によって、グラントが望ましくないと思うくらい、連隊の間隔があいてしまった。だが、そもそもこれは護衛任務で、敵部隊のあとをついていけばいいだけだった。それに、グラントが一キロメートルないし一〇キロメートル後方にいたとしても、必要とあればすぐに距離を詰めることができる。

不思議なことに、ロシア軍のBTR‐82装甲人員輸送車一個小隊が、ポーランドから脱出するロシア軍の大部隊とは離れて、かなり後方を進んでいた。休戦の話し合いの際にロシア側は、非武装の医療列車が急襲部隊のあとからドイツとポーランドを抜けるので、列車を守るために、BTR小隊を列車の近くに配置する必要があるのだと説明した。

それは真っ赤な嘘だと、グラントは見抜いていた。ロシアの列車は武装しているし、移動司令部である可能性が高い。それに、BTR小隊が主力の縦隊と距離を置いているのは、米軍を主力から遠ざけるよう命じられているからだ。BTR小隊という小さな武力があるだけで、米軍は最後尾にさがるはずだと、ロシア軍は思い込んだのだろう。

だが、グラントはその計略にひっかからなかった。戦車部隊をBTR小隊の前方に行かせて、ロシア軍が休戦に違反した場合にその主力を攻撃できる距離を維持させた。それでも、BTR小隊は主力とはかなり遅れて、グラントの連隊本部のすぐ前方を走っていた。だが、揉《も》め事はなく、いまは一キロメートル前方にいて、近くの森の蔭にはいり、見えなくなっていた。

連隊長がもうじき復帰するので、グラントはほっとしていた。戦闘中に指揮官がたえず要求される物事のために、疲れ切っていた。いつからまともな睡眠をとっていないのか、わからないくらいだった。ひと月も眠っていないような気がする。

グラントは、ハンヴィーから降りて、オット少佐とスピレーン大尉とともにたたずんだ。警備チームが畑に散開し、着陸地帯に背を向けて、ほとんどが折り敷き、いつでも撃てるように武器を構えていた。

もうじきヘリの爆音が頭上から聞こえるはずだ。

ヘリコプターを見つけようとして、三人は灰色の空に目を凝らした。ハンヴィーの車内から通信士が、低い声でいった。「グラント中佐、前方偵察隊が、ヴロツワフ市内の手前で、ロシア軍縦隊付近から戦車の砲声が聞こえると報告しています」

グラントは、オットのほうを見た。「われわれの戦車とロシア軍縦隊との距離は？」

オットが答えた。「レオパルト中隊は、ロシア軍主力後尾の約五キロメートル西です」

オットの通信士が、ドイツ語で話しかけた。オットが、グラントのほうを向いた。「レオパルト中隊が、上空を航空機が通過するのを見ています。戦車の砲声も聞いたそうです。爆発音は市内から聞こえているようです」

「ちくしょう」グラントはいった。「ポーランドかロシアが、休戦を破ったんだ」

オットがつけくわえた。「こうなっては、どちらが破ったかは関係ない。われわれの部隊は接近しているから、巻き込まれますよ」

グラントは、スピレーンにきいた。「BTR縦隊とわれわれの現在の距離は？」

「BTRは、道路のすぐ先にいますよ」指示を待たずに、スピレーンは無線機で全部隊に、敵が攻撃してくる可能性があるので警戒しろと伝えた。

グラントは、また空を見あげた。連隊長と連隊の指揮幕僚陣が乗るチヌーク・ヘリコプター二機が見えていた。北西から接近してくる。

「くそ！　離れろといえ。着陸地帯《LZ》が近すぎる。一〇キロメートル西にひきかえして、距離を――」

突然、畑の反対側で銃撃の音が湧き起こった。自分たちがターゲットだろうと思い、グラントやオットや、ハンヴィーの車外にいたものは、地面に伏せて、冷たく硬い地面に顔を押しつけた。腹這《はらば》いのまま、音の源《みなもと》がどこなのかを見ようとした。流れ弾が鋭い音とともに上を通過したが、自分たちはターゲットではないようだと、敏感になった耳でだれもが察した。ロシア軍主力から分離されたBTR小隊が、何者かと交戦している。

「どうなってるんだ？」グラントはどなり、そのとたんにロシア軍車両が見えた。二両が砲塔を旋回させ、砲口をうしろに向けて射ちながら、森から高速で跳び出してきた。

グラントはどなった。「何者かがロシア軍を森から追撃している！」

オットがいった。「われわれではない。ポーランド軍にちがいない」

畑のどまんなかに出たロシア軍車両には、打つ手がほとんどなかった。BTRの乗員は、明らかに小火器以外の武器を目にして怯《おび》えている。BTRは、鋤《す》き返されたでこぼこの畑を走りながら、激しく射っていた。炎と煙の条《すじ》が、森から何本かのびてきた。

RPGだ、とグラントは思った。

やがて、最初の射撃よりもしっかりとタイミングを合わせて狙いすましたつぎの斉射が、襲いかかった。対戦車擲弾六発が発射されて、そのうちの一発が、BTRの後部に命中した。弾着と破壊が一瞬のうちに起きた。燃料に引火し、泡をくったロシア兵が後部ハッチから跳び出した、二両目のBTRが停止し、急いで向きを変え、燃えている一両目を森から間断なく撃っている小火器の銃弾からの掩蔽《えんぺい》にして、兵士たちを回収した。ロシア兵を上に乗せた二両目のBTRが走り出し、道路に戻って、さらなるRPGの斉射から逃れようとした。

あわてて逃げ出したBTRが、まだ地面に伏せていたグラントとオットの方角にまっすぐ近づいてきた。もう一両を破壊したポーランド人戦士に米軍が協力していると思い込んだにちがいない。BTRがアメリカとドイツの混成部隊を攻撃しはじめた。三〇ミリ擲弾の爆発が地面を揺らし、逃げ場のないグラントとオットの周囲で、巨大な凍った土くれが飛び散った。

狙いすまして放たれた三〇ミリ擲弾三発が、近くのハンヴィーに当たって、大きな皿くらいの穴があいた。

そのとき、ドーンという音が響いた。

戦車の主砲が発射した一発が、グラントとオットの頭上を越えて、前進していたＢＴＲにすさまじい勢いで突き刺さった。

百分の一秒後、Ｍ８３０Ａ１対戦車榴弾《HEAT》の成形炸薬《さくやく》がＢＴＲの車体を溶かして貫通し、白熱した炎が高速で車内に殺到して、人間や装備など、あらゆるものを焼きつくし、弾薬をすべて誘爆させた。わずか一秒以内で、なにもかも消滅した。

グラントは立ちあがり、燃えるＢＴＲをつかのま見てから、掩蔽物があるところへ移動するためにハンヴィーや戦車に戻るよう、兵士たちに命じた。

グラントは、損壊したハンヴィーの無線機を使い、ヘリコプターに戦術航空通信網で警告した。

「着陸地帯《LZ》は危険、着陸地帯《LZ》は危険！」ヘリが即座に向きを変えるのが見えた。

戦術航空通信網をなおも聞いていると、連隊長がいった。

「グラント？　現況は？」

「ヴロツワフであらたな戦闘が起きています。わたしの位置の一五キロ東。ロシア軍縦隊の最後尾部隊が、森の向こう側で未確認集団と戦闘に陥り、発砲しながらこちらに向かってきました。ロシア軍斥候《せっこう》のＢＴＲ二両が破壊されました。ポーランド側とおぼしい未確認集団が一両、われわれが一両殺《や》りました」

「了解した。危険のないLZを探す。地上で合流しよう、これから——」

無線から聞こえた音に、グラントは暗澹《あんたん》とした。紛《まぎ》れもない、ミサイル来襲の警告音だった。

連隊長がいった。「くそ！　ミサイル来襲。空対空、長射程、レーダー誘導のようだ」

グラントは恐怖におののきながら、機体側面から必死でチャフとフレアーを散布して灰色の空でジグザグに飛んでいる大型ヘリコプター二機を見ていた。

数秒後、チヌーク一機が爆発して火の玉と化し、きりもみしながら落下しはじめた。二基目のミサイルも、もう一機に命中し、そのチヌークも炎の条《すじ》を曳《ひ》いて、機首を先にして、地面へと落ちていった。

二機とも、西に二キロメートルと離れていない低い丘の斜面で爆発した。

第37機甲連隊の連隊長と副連隊長が、トム・グラントの頭上で殺された。

グラントは、無線で警告した。「防空！　MiGかスホーイに警戒しろ！」

「中佐」近くのM1A2戦車の砲塔から、ふるえを帯びた声が聞こえた。アンダーソン三等軍曹だった。「BTRを射ったの、おれです。射たなきゃならなかった。まちがってますか？」

「馬鹿なことをいうな！」血が煮えたぎっていたグラントはどなった。恐怖や連隊長を失ったことなど消え失せて、思ったままを口にした。「おまえはやるべきことをやったんだ！

あいつらはわれわれを殺そうとしていた。なかにはいれ。墜落現場へ行って、生存者がいるかどうか調べる。それからロシア軍を追う。モスクワまで行かなければならなくなったら、そうする」

ワシントンDC
ホワイトハウス
十二月二十七日

休戦を破ったのはポーランドだったが、ロシア軍が米軍を攻撃したという報《しら》せが、国防総省に届いた。数分後にアメリカ大統領がホワイトハウスで、それを知らされた。大統領は、オーヴァル・オフィスで午前零時過ぎまで働いたあとで、就寝していた。

ジョナサン・ヘンリー大統領は、ロシア人には我慢できなくなっていたので、すぐさま対応した。

ロシア軍のヨーロッパ攻撃が、陽攻《ようこう》であるとともにアメリカ・アフリカ軍《USAFRICOM》の能力を奪うための作戦だったことを、大統領はすでに知っていた。ケニアのレアアース鉱山を奪って占領することがロシアの目的だった。休戦そのものが策略で、ヘンリーはまんまとそれに騙《だま》されたのだ。

大統領命令には、ヘンリーの怒りがこめられていた。

電話で国防長官と話をするときに、ヘンリーは直截《ちょくせつ》に告げた。「アメリカ合衆国の全軍が、ポーランド領内の敵性ロシア軍部隊と交戦することを、大統領の権限に基づいて許可する。ロシア軍がポーランドから退去するまで戦い、ロシア軍がベラルーシから米軍部隊を攻撃した場合には、応戦を許可する――いや、応戦するよう命じる」

国防長官は、その明確な指示を理解し、国防総省にそれを伝えた。

国防総省は、機能するようになった通信網で、ヨーロッパに大統領の命令を伝えた。

52

ポーランド南部
十二月二十七日

A-10サンダーボルトII近接航空支援機四機が編隊を組み、東へ向けて飛んでいた。パイロットたちは、まばらな無線交信に耳を傾けて、自分たちの前方になにが待ち受けているかを、もっとよく知ろうとした。

地上部隊と、戦況を理解しようと精いっぱい作業を進めている英語を話すポーランド地上軍アナリストからの報告で、ロシア軍車両縦隊がヴロツワフ中心部で猛攻撃を受けたらしいということがわかっていた。ロシア軍部隊はいま、中隊か小隊の規模に分散し、戦って危地を脱しようとしているようだった。ロシア軍のおもな退路に向けて進もうとする米軍を阻止するために、ロシア軍は後衛を多数配していた。米軍は西にいて、狭い街路、瓦礫《がれき》、破壊された車両、さらには、意外なことに一般市民の車の往来に妨《さまた》げられていた。また、追撃する米軍の戦車連隊を近づかせないために、ロシア軍は猛烈に対砲撃（敵火器の制圧と破壊を図るための砲撃）を行なっているようだった。休戦協定が定めた平和な撤退が完全に放棄されたことは明らかだった。そういった状況すべてのさなかに、地対空ミサイルをふんだんに積んでいて、脅威となるものをすべて撃ち落とす能力がある大規模列車についての噂があった。

四機編隊の指揮官のレイ・〝ジャンク〟・ヴァンス大尉が、前方のくすんだブルーの空に視線を走らせながら、無線で伝えた。「よし……まもなく米軍陣地が見えるはずだ」ジャンクは、目を細くして、バイザーとキャノピイ越しに見た。「あれだ。あの森の際だ……われわれの東側」

第2飛行小隊長のズーマーがいった。「対空ミサイルが発射された！　右正面。レーダー・ロックオン。回避機動を行なう」

「了解。携帯式地対空ミサイル・システム《MANPADS》のようだ。ふり切ってから編隊に戻れ。ロシア軍機甲部隊を攻撃したい」歩兵が肩にかつぐ携帯式地対空ミサイルは、近くを飛ぶ航空機にとってはきわめて危険だ。

「了解。地対空射撃《サファイア》も多数見える」パイロットたちは、地上の対空砲火のことを、そう発音する。使われる兵器を限定せず、銃砲、ロケット弾、ミサイルなどすべてを網羅した警告だった。

だが、ズーマーの小隊には、その警告が遅すぎた。しかも、そのときにはだいぶ高度が落ちていたので、回避機動がとれなかった。樹冠の下からミサイル四発が同時に発射された。ズーマーの二番機《ウィングマン》の近くで一発が起爆した。エンジンに近い左尾部のすぐ前で小さな赤い爆発が起きて、弾子が茶色い花火のように四散した。左エンジンから煙が噴き出し、推力を半分失ったA‐10はたちまち浅い角度で降下しはじめた。

「くそ！」二番機のパイロットは、マイクに向かってどなった。「被弾した。エンジンを切らないといけない」損壊したエンジンを停止し、急な速度と高度の低下に対抗するために、残り一基の推力をあげることに、神経を集中した。僚機と衝突しないように、とっさに編隊から離脱しようとしたが、高度が落ちていたので、制御を失い、地物《ちぶつ》に激突するおそれがあった。

シャンクがいった。「姿勢回復に集中しろ。射出しなければならなくなったら連絡しろ」

傷ついたA‐10はしだいに群れから離れ、あとの三機は索敵をつづけた。

「ほうっておけ、ズーマー」シャンクは命じた。「あいつはだいじょうぶだ。それよりも……」話すのをやめて、風防の外に目を凝らした。「敵機《ボギー》！　二機だ！　二時上方、急速接近中！　ホグズ旋回開始！　いまだ！」

〝ホグズ旋回〟は、シャンクが第66飛行隊の教官だったころに、ラスヴェガスのネリス空軍基地の武器学校で教えた、きわめて実際的な防御機動だった。

A‐10〝ウォートホグ〟三機は、地表と平行に回転半径の小さい旋回を開始した。この戦術によって、つねに編隊のうちの一機が、外側に恐ろしい威力の三〇ミリ機関砲と対空ミサイルを向けていられる。三機はいっぽうの翼端を下に向けた角度で急旋回しており、三キロメートル以内に接近していたロシア軍機が、一機のA‐10のうしろをとろうとすると、他の

A－10にうしろをとられて照準器で狙いをつけられてしまう。

シャンクはいった。「爆装を捨て、巴《ドッグファイト》戦に備えろ」機外に積んでいるものを捨てないと、重いミサイルや爆弾によって加速が落ち、空中戦に欠かせない急旋回が妨げられる。

パイロット三人は、自分の位置を確認してから、マーヴェリック・ミサイルを投下し、安全装置を解除していない爆装は、被害をあたえることなく雪に覆《おお》われた眼下の森に落ちた。

急旋回中のシャンクは、爆装投下にすこし手間取ったが、すぐにホグズ旋回に復帰すると、敵の機影が水色の空にくっきりと見えた。驚いたことに、巴戦を目的に設計されたロシアの最新第5世代戦闘機、Ｓｕ－57だった。

それに対し、A－10はもっぱら地上攻撃のための兵器だった。空中戦にはだれも選ばないような機体だ。

まいった。最悪の事態だ、とシャンクは心のなかでつぶやいた。

A－10は三機なので、数では敵をしのいでいるが、格がちがいすぎるので、あらゆることを有利に使わなければならない。

ロシア軍のＳｕ－57二機は、旋回機動の脅威をすぐに理解したらしく、すこし上の高度で大きな回転半径の旋回を開始し、A－10のうしろをとれる角度を見つけようとした。なめらかな形で高速のＳｕ－57と、旧式で速度が遅いウォートホグの死のダンスが開始された。

シャンクがいった。「敵の接近に隙間《すきま》があったら叫べ」

Ｓｕ－57一機のパイロットが、米軍機の戦術に探りを入れることにした。左に機体を傾けて、ウォートホグ三機の外側で行なっていたゆるやかな同心円旋回から離脱し、精密誘導の開発コード１７０ミサイル一基を発射した。

　西側がＲ－77と呼んでいるそのロシア製ミサイルは、世界でもっとも無敵のアクティヴ・レーダー誘導兵器だった。

「フォックス3《スリー》、フォックス3（アクティヴ・レーダー誘導ミサイル発射を告げる言葉）、チャフを散布しろ！」そのときに旋回の先頭を飛んでいたズーマーがいった。その位置から、他の二機よりも早く発射を見ることができ、最初にアクティヴ・レーダーでミサイルを捉えた。

　Ａ－10は三機とも、チャフとフレアーを散布しはじめた。それぞれのＡＮ／ＡＬＥ44チャフ／フレアー散布機からＲＲ－１２９チャフ・カートリッジが十個ずつ射ち出され、ミサイルが予備として赤外線センサーを備えていた場合のために、Ｍｋ46フレアー・カートリッジも六個射ち出された。

　ロシア軍戦闘機のターゲットに対する要撃角と、Ａ－10三機が旋回の内側に向けてチャフの雲を発射したことによって、ミサイルはターゲットへのロックオンを維持できなかった。被害をあたえることなく旋回の輪の中心を飛び抜け、雪に覆われた眼下の林で爆発した。

　だが、Ｓｕ－57のパイロットは、機首をターゲットに向けたままで、ミサイル発射につづいて正確な銃撃を行なった。ミサイルが失敗した仕事を、機関砲弾数発が果たし、ズーマー機の左主翼に拳《こぶし》大の穴が三つあいた。損害を受けた機の制御を保とうとするあいだ、ズーマーのＡ－10の旋回はわずかに狂った。

ズーマーのA‐10では警報が鳴り響いた。被害を確認しようとして、ズーマーが風防を見ると、左主翼から燃料がうしろに飛び散っていた。

計器を見ると、作動油も漏れているとわかった。

「シャンク、燃料と作動油が漏れてる。まだ旋回をつづけられるが、長くはもたない」

「了解した」シャンクはいった。「なにか手を打たないと、このままじゃ一機ずつ狙い撃たれる」シャンクは、敵の攻撃パターンを見極めて、いくつかの要素を比較して考えた。優勢なロシアの戦闘機に対する適切な戦術が、なかなか思い浮かばなかった。逃げようとすれば、たちまちいまよりも攻撃に脆《もろ》くなる。Ｓｕ‐57は速度でも運動性能でも、A‐10をしのいでいる。このままの状態では、三機とも叩きのめされる。ズーマーが被弾したことが、それを実証している。

もう一機のＳｕ‐57が、A‐10三機の上から降下し、ミサイル一基を発射した。A‐10三機は、ふたたびチャフとフレアーの雲を散布し、それが旋回の外にひろがって、ミサイルのロックオンを妨げた。

Ｓｕ‐57はつづいて機関砲で攻撃し、今回はヌーナー機の尾部に二発が当たった。Ｓｕ‐57の一番機が機首を起こして遠ざかると、二番機がつぎの攻撃の態勢にはいった。

二機が調整攻撃を行なっているのを、シャンクは見てとった。まず射程外にいて、一機が接近して射撃し、離脱するという手順をとっている。

だが、それによって、A‐10の側に勝機がひらけた。

シャンクは、旋回の輪から脱して、操縦桿を引き、上昇するSu‐57の尾部に機首を向けた。

「射て！」シャンクは無線で伝えて、ミサイル一基を発射し、一秒間その姿勢を維持して、三〇ミリ機関砲で二連射した。

Su‐57が左右にジグザグによけながら、フレアーを射出した。ミサイルはロックオンしなかったが、二十発ずつ放った長い連射二度のうち、機関砲弾八発が、Su‐57の幅の広い主翼とキャノピイを貫通した。

A‐10は、装甲がほどこされていて被弾に耐えられるが、それとはまったく異なる先進的な設計のSu‐57は、たちまち空中でバラバラになった。炎が噴き出し、機体のあちこちがめくれた。左翼がもげて落下し、機首が急に上向いて、木から離れた葉のように、制御不能のきりもみを起こし、はためきながら地面に向けて落ちていった。

編隊長機とおぼしいもう一機のSu‐57が、シャンクが旋回から離れたのを格好の機会だと判断した。まだミサイルが二基残っているそのSu‐57が、シャンクのA‐10に機首を向け、うしろをとるために空で弧を描いた。

シャンクは、ふりかえって、なにが起きようとしているかを見た。「チャフとフレアー！左回避機動！ やつにおれを追わせろ。おまえたちふたりで、やつを殺《や》れ！」

ズーマーとヌーナーが、ホグズ旋回から離脱し、シャンクを救うためにミサイルと機関砲で攻撃した。

とっさの機転で、二機が横転して旋回を脱したことにより、Su‐57を二方向から脅《おびや》かすことができるようになった。いっぽうSu‐57は、シャンクを脅かすことしかできない。

シャンクは、スロットルレバーのボタンを指でたてつづけに押してチャフを発射し、両手と両足を巧みに動かして、操縦桿とラダーペダルを操作した。完璧に調和のとれた操縦だった。チャフとフレアーのカートリッジを三度、めいっぱい射ち出さなければならなかったが、四度目の散布をやって最後のバンクをかける前に、ミサイルは二基ともフレアーを追っていった。シャンクは操縦桿を押して、Su‐57のロックオンから逃れるために左に横転した。つぎに操縦桿を引いて、スロットルレバーをめいっぱい押し込み、インメルマンターンに転じた。半円を描いて上昇したA‐10は、一八〇度方向転換した。

高度を稼《かせ》ぎ、敵機に機首を向けた姿勢で、僚機二機を支援できるようになった。

Su‐57のパイロットは、アメリカの近接航空支援機とそのパイロットたちを見くびりすぎていたことに気づいた。アフターバーナーに点火し、急上昇した。逃げるSu‐57に向けて、ズーマーが対空ミサイル一基を発射したが、ステルス性能が高い最新鋭の戦闘機にロックオンすることはできなかった。

数秒後には、ロシア軍のSu‐57は、完全に離脱し、A‐10三機は追わなかった。

「ズーマー、二番機のようすを見にいっていいぞ」シャンクはいった。「捜索するあいだ、無線をつないでおけ。ヌーナー、傷ついた愛機を基地に帰らせたほうがいい」

「シャンク、いまのところ安定してるし、ロシア軍機甲部隊までもうすぐだ。二度航過してから帰投する。あんたが何度か航過するあいだ、近くに残っていられる。それから帰る」

シャンクはしばし考えた。地上の陸軍部隊の連絡は、切羽詰《せっぱつ》まったようすだったので、危険を冒そうと決断した。

「わかった。やろう。機関砲で敵機甲部隊を叩いてから帰投する。機首方位〇七五」

ヌーナーがきいた。「敵機の尾翼マークが見えるくらい接近したか？」

「ああ。鷲の鉤爪《かぎづめ》が赤で描いてあった」シャンクは答えた。「生き延びたほうのパイロットは腕が立つ。きょうのおれたちはついてた」

53

アデン湾
米海軍原潜〈ジョン・ウォーナー〉
十二月二十七日

艦長のダイアナ・デルヴェッキオ中佐は、腰に手を当てて発令所を歩きまわっていた。

「艦長」通信長がいった。「衛星通信《SATCOM》へのアップリンクが使えません。通信科は、こちらの故障ではないといっています。機器類のテスト結果は良好です。衛星一基か二基が反応していますが、遠すぎるか、水平線の向こう側なので、きちんとハンドシェイクできません」

「例の艦隊について、なにかしらデータが得られたんじゃないの？」デルヴェッキオはきいた。

「かもしれません、艦長。確実とはいい切れませんが」

デルヴェッキオはうなずいた。問題の艦隊の新しい画像が前よりも鮮明に表示されている、航海長のブリーフィング・テーブルの液晶画面を指さした。「副長《XO》、航海長《ナヴ》、これをどう思う？」

「マーム……タンカー三隻のようですが」

「そうよ。でも、この二隻のあいだを見て」

「イラン海軍のフリゲイトとコルヴェットですね。アルヴァンド級フリゲイトと、もう一隻は……よくわかりません」

デルヴェッキオはマウスを動かして、統一メタデータ・モデル《UMM》が捉えた画像を拡大した。

「この艦首の形を見て。両舷の対艦ミサイル連装発射機。それと艦首の単装砲」

航海長がいった。「わたしの考えているやつですかね？　タランタル型コルヴェット？」

「ちがう。マストヘッドが傾斜していない」副長が反論した。

デルヴェッキオはいった。「タランタルⅢの最新改良型よ。マストヘッドがまっすぐなのは」

「しかし、イランはタランタルⅢを保有していませんよ」

デルヴェッキオは、副長の顔を見た。「わたしがいいたいのは、それよ」

副長が、びっくりして目をしばたたいた。「まったくそのとおりです、マーム。これはロシア海軍のタランタルだ――そうにちがいない！　インド太平洋軍《INDOPACOM》にいたころに、われわれはタランタルをさんざん追跡しましたよ。黒海のあちこちにもいるし、太平洋にも船団護衛用のタランタルがうようよいます」

デルヴェッキオは質問した。「でも、アデン湾でそれがなにをやっているの？　ロシア連邦軍南部軍管区から南に遠く離れたこんなところに、タランタルが配置されていたわけがない」

デルヴェッキオは、船団の最後尾近くの船を指さした。やはり灰色に塗装され、船首が尖《とが》っている。商船とともに航行し、雨の降る薄暗い気候に溶け込んでいた。

「これよ――これが旗艦よ。〈サバラン〉――イランのアルヴァンド級フリゲイトの一隻。でも、どうして先頭にいないで、うしろに隠れているの？　まんなかにロシアの護衛艦がいるのは、どういうわけ？　目的地はどこ？」

航海長兼運用長がいった。「マーム、タンカーの護衛ではないですか？」

「それにしては船団の規模が大きすぎる。それに、大半はタンカーではなく貨物船よ」

「ロシアがイランに核物質を売ったのかもしれません。前にもペルシャ湾外で船団を組んだことがありました。イランは北朝鮮の連中との取引もあるし」

デルヴェッキオは、首をふった。「いいえ、核物質の通り道は、たいがいその反対よ。イランから出るのではなく、イランに運び込まれる。それに、ロシアはカスピ海を使って輸送する。各国の鼻先をかすめて、ホルムズ海峡、スエズ運河、ヨーロッパを通る理由がない。ちがう。これはもっとべつのものよ」

航海長がいった。「ヨーロッパで起きたことからして、ロシアは付け狙われるのが当然でしょう」

「ちがう」デルヴェッキオが、ぶっきらぼうに否定した。「ヨーロッパの紛争は局地的なものよ。われわれとロシアは、戦争状態にはない。しかし、それに関しても、ロシアの意図はわかっていないから、脅威であることに変わりはない」

「追跡しますか？」副長がきいた。

「ええ、あとを跟《つ》けましょう。やつらはなにかを企んでいる——それはまちがいない」

ドイツ　ゲルリッツ付近
米空軍前進飛行場
十二月二十七日

レイ・〝ジャンク〟・ヴァンス大尉は、乗機の側面の小さな折りたたみ式ステップをおりて、ゲルリッツの町の北西にある高速道路《アウトバーン》４号線の路面まで、最後の九〇センチを跳びおりた。フェアチャイルド・リパブリックA‐10サンダーボルトIIは、爆装と兵装を満載した状態では、一キロメートル以上の長さの滑走路を必要とするので、米空軍の技術・レーダー・兵器設営隊が、この4号線の直線部分を、前進飛行場に最適だと判断したのだ。

　その周囲の山では、町に電力を供給する巨大な風力タービンが回転しているので、当初は、低空を飛行する航空機にとって危険が大きいと判断され、飛行場に適していないとされた。しかし、前進飛行場を攻撃しようとする敵も、風力タービンのあいだをくぐり抜けて低空を航過するような無謀なことはやらないはずだった。

地上作業員たちは、まだ対空ミサイル陣地を設営していなかったが、それらの装備が運び込まれているのが、シャンクのところから見えた。

ズーマーとヌーナーが先に着陸し、そのあいだシャンクは上空で監視していた。ズーマーの二番機《ウィングマン》のファーボールは、ポーランド西部で射出し、地元住民に救出されて、飛行隊に電話で連絡していた。

シャンク、ズーマー、ヌーナーは、空軍の多目的中型テントにはいっていった。前進基地設営チームが、電源をつないで、暖房やラジオを使えるようにしていたので、湯気の立つコーヒーカップを手にした男たちが、ポップスターのピンクの歌を大音量で流しているのが、テントの外にも聞こえていた。けたたましい音は、それだけではなかった。前進飛行場のあちこちで、五十人くらいの男女がハンマーなどの工具でなにかをガンガン叩いているようだった。

パイロットたちの耳には、ピンクの歌よりも建設作業の音のほうが心地よかったが、作業員がロックのリズムに乗ってレンチを使っているのなら、シャンクにも異存はなかった。

パイロットたちは、テーブルにひろげた地図を見た。飛行隊長の大佐が、最新のデータが示すロシア軍の位置を指さした。ロシア軍はヴロツワフを脱け出して、東に進もうとしていた。

話し合いは短く、要領を得ていた。飛行隊は燃料を補給する。A－10がさらに二機、一時間以内にここに到着する。作戦可能なその二機と合流して、シャンクが先頭を飛び、持てるものすべてでロシア軍機甲部隊を攻撃する。

休戦は終わった。ロシア軍とポーランド軍が戦っているし、アメリカ大統領は騙《だま》されたことを知ったので、アメリカも戦う。

これは戦争だ。

ヘルナンデス空軍曹長が、立案会議の場に近づいて、会話に割り込む機会をうかがった。大きなステンレスのポットからコーヒーを注ぎ足すために、話が中断するのを待った。

ヘルナンデスは、大佐に向かっていった。「あの、大佐。ヴァンス大尉に話があるんですが」シャンクにこういった。「大尉、われわれはほとんどフル回転でやってるんですが、何人かが手伝いたいといってきたんです。飛行隊の残りが到着するまで、いまはちょっと人手が余っています。撃墜《キル》マークを機体に描きましょうか？　虎の牙を書いてもいいですよ。部隊の全機に塗装できるくらい、赤と白とブルーの塗料があります」

大佐が鋭い目つきになった。影響と将軍に無許可の塗装を見られる危険を推し量っていたにちがいない。やがて、肩をすくめて、うなずき、許可することを示した。

「ありがとう、軍曹。そいつはすばらしい」

「尾翼に鷲の赤い鉤爪《かぎづめ》を描いた敵機と戦ったと聞きましたよ。敵に思い知らせる目印があるといいんじゃないかと思いました」

「すべてとどこおりなく進んでいるんだな？」シャンクはきいた。

ヘルナンデスが答えた。「つぎはわれわれが渡したとおりの状態で返してくださいよ。ふざけたまねやアクロバットはやめてください。大尉が自分の仕事をやってくれれば、われわれも自分たちの仕事ができるんです。約束してくれますか？」

整備チームにしてみれば、パイロットに乗機を貸し出しているにすぎないのだ。ほんとうの所有者は整備員なのだ。

シャンクは、皮肉をこめて答えた。「しつこいミサイルから、精いっぱい逃げるようにするよ」

地図テーブルの向こう側で、大佐がいった。「ロシア軍車両縦隊は、どんどんベラルーシに近づいている。国境までずっと、やつらのケツを叩いてやれ」

「了解です」シャンクは答えて、他のパイロットたちのほうを見た。「仕事に戻るぞ」

ポーランド　ヴロツワフの西
十二月二十七日

ヨーロッパでの戦闘が再開され、連隊長が乗ったヘリが撃墜されてから三時間後に、トム・グラント中佐は、ロシア軍部隊に接近して交戦するようにという正式命令を受け取った。

その命令にグラントは苦笑を禁じえなかった。なぜなら、その時点でも連隊の先頭部隊は、ヴロツワフの西ですでにそれをやっていたからだ。市内でのポーランド軍の待ち伏せ攻撃から逃れて、幹線道路にひきかえしてきたGAZティーグル一個偵察小隊を、レオパルト2戦車部隊がつるべ撃ちにしていた。

オットが部下とともに前進していて、それまで十分のあいだにティーグル五両を粉みじんに吹っ飛ばしたと、グラントに報告していた。さらに三両が、射程の長いラインメタル社製のドイツ戦車主砲から逃れようと、必死で走っていた。

戦闘は再開され、サバネーエフとその麾下《きか》の部隊は、ポーランドを通過するあいだ、ずっと代償を払いつづけることになると、グラントは確信していた。

ハンヴィーの車内にあるグラントの無線機に連絡がはいった。ヴロツワフの街を巻いてのびている国道の三キロメートルほど先を走っている、先鋒偵察チームからだった。「中佐、市内でさかんに戦闘が行なわれているのが見えます」

「確認しろ。まだ市内なのか？」グラントはきいた。

「はい、そうです。どうやらすさまじい激戦になっているようです」

「だれが戦っているのか、わかるか？」

「えー……われわれが追っているのは、まちがいなくロシア軍ですが」

「ロシア軍に決まっているだろうが。わたしがきいているのは、ロシア軍がだれと戦っているのかということだ。民兵か、ポーランド《P》地上《L》軍《F》か、巻き込まれたNATO軍部隊か？」

グラントは、しばし考えた。先鋒偵察チームにだれを割りふったのか、思い出そうとした。

よほど頭の悪いやつにちがいない。そこで、マカーター中尉だと思い出した。勇敢で一所懸命働くが、とりたてて知性があるとはいえない。

そのマカーターがいった。「あー、了解しました。ちょっと待ってください」先頭の斥候《せっこう》を呼び出しているのが聞こえた。「おい、ディヴィス。ロシア野郎がだれと戦ってるのか、知りたいんだって。確認できるくらい近くに、だれかいるか？」

「いますよ。一部が市内にはいって、交戦しながら観察してます」

グラントは、やりとりを聞いて顔を真っ赤にして怒っている暫定《ざんてい》作戦幕僚のスピレーン大尉のほうを向いた。

「市内にはいるのを許可したか？」

「いいえ。この状況からして、それはまずいでしょう。敵味方を見分けるどころか、双方に攻撃されるおそれがありますよ。マカーターが自主的にやったにちがいありません」

「なんてこった。無線連絡して、マカーターがきょう生まれてはじめて自主性を発揮するのが名案だと思った理由を突き止めてくれ」すこし考えてからいった。「考え直した。さっさとそこから逃げ出せと命じろ。わたしが行く。バンディットに、わたしといっしょに偵察する戦車一個中隊をよこし、彼の偵察部隊を前進させろと命じてくれ。わたしは彼といっしょに街はずれへ行き、この目でたしかめる」

「中佐、それはどうですかね？　マカーターはなにかに巻き込まれていますよ。やりづらいのではないですか」

「マカーターの報告では、明確な状況がまったくつかめない。わたしは前進して、マカーターを引き戻せないかやってみる。ロシアと戦っているポーランド人と連絡を確立したい。とにかく、マカーターは自分がだれと戦っているかもわからないようだ。きみはわかっているか？」

「いいえ」

「すぐに戻る。郊外を迂回して、ポーランドと接触を試みる」

「気をつけてくださいよ。中佐が殺《や》られるときも、わたしはここで無線をきいていますからね」

グラントは、淡い笑みを浮かべた。「熱意に水を差すようなことをいうんじゃない。本部の警備を厳重にして、わたしたちに必要な指揮統制機能をすべて準備してくれ。第2大隊に急遽《きゅうきょ》、周辺防御を設置させ、必要な補給品をなんでも用意しろ。ドイツ軍の大隊も周辺防御内に入れて、本部を支援させろ。その大隊には即応部隊の態勢をとらせろ。それから、燃料を補給し、弾薬が同等に搭載されるよう、全員に命じてくれ。わたしの留守中は、オットー少佐が指揮をとる。周辺防御を強化し、敵の航空攻撃から隠蔽《いんぺい》するよう念を押してくれ」

「了解しました。幸運を祈ります。第2大隊の指揮は、大隊長に任せてくださいよ。ご自分が連隊長だというのを、忘れないように気をつけてください」

トム・グラント中佐は、戦車に乗り込みながら、スピレーンのその言葉を考えていた。スピレーンのいうとおりだった。配下の指揮官たちによけいな口出しをしないように、気をつけなければならない。これには全員が一丸となって当たっていて、自尊心がはいり込む余地はない。それにしても、いまだに指揮のとりかたについて、部下から教えられることは多い。とはいえ、どこで指揮をとるかという点で、グラントは自分の流儀を示すつもりだった。前線で指揮をとる。

グラントがヘッドセットをかけると、砲手のアンダーソン三等軍曹の声が聞こえた。「どこへ行くんですか？」

「東へ進みつづける。戦場に向けて。第2大隊と合流する」座席に座って、上のハッチを閉めた。「またロシア人どもを殺しにいくのさ」

「イヤッホー、中佐」

54

アデン湾上空
十二月二十七日

機長が副操縦士にいった。「トム、操縦を代わってくれ。コーヒーを飲みにいく」

「代わりました。ちょっと煮詰まってるかもしれませんが、その分、カフェインも濃縮されてるでしょうね、ボス」

機長は、ハーネスをはずし、背もたれをつかんで、頭上にずらりと並んだスイッチ類に触れないように、慎重に腰をかがめて、大型爆撃機の狭い座席のあいだを抜けた。コーヒーを注いで、においを嗅《か》いだ。風雪を経た疲れた顔に、それだけで笑みが浮かんだ。

ああ、たしかに煮詰まったまずいコーヒーだが、コーヒーであることに変わりはない。

ロックウェルB‐1Bランサーは、アメリカのもっとも先進的な爆撃機だった。ステルス性が高く、なめらかな形状で、最新の装備を搭載している。Mk‐84〝馬鹿〟爆弾も投下できるが、いまはAGM‐154ミサイルを搭載している。

アデン湾に集結している敵の船団に関する最新情報が、無線で届いたばかりだった。通信士を兼ねている防御戦闘システム士官が、その情報を飛行隊の他の爆撃機三機に無線で伝え、攻撃の際に相互干渉が起きないように、それぞれのターゲットを確認した。ギリシャの地上無線基地から送られてきたその情報は、アデン湾のどこかにいる潜水艦が伝えてきた敵船団のあらたな位置データだった。最初にあたえられた航空攻撃計画を多少変更する必要があったが、テキサスのダイエス空軍基地を飛び立ったＢ‐１Ｂランサー四機編隊には、なんなくこなせる任務だった。

ヨーロッパ戦域で起きている炎と怒りについてブリーフィングを受けていたので、そこでターゲットを攻撃できないのは残念だったが、お偉方が大物だと断定したアフリカ沿岸の敵船団は、それに次ぐターゲットだといえる。

第７爆撃航空団の隊是《モットー》は、〝モルス・アブ・アルト〟つまり〝頭上からの死〟だった。今夜の狙いもそれだ。

副操縦士は、慣性航法装置に組み込まれている光ファイバー・ジャイロ《ＦＯＧ》を確認した。「航法位置確認しました。針路修正、〇・八度。修正の要なし。修正必要なし。確認のみ必要」

大西洋のなかばを過ぎると、ＧＰＳが使えなくなった。アメリカはヨーロッパ戦域に衛星数基を移動させたために、ところどころで電波が途切れた。そのため、ランサー編隊は、地図とＦＯＧによって航法を行なっていた。

とはいえ、Ｂ‐１Ｂランサーはデジタル地図を備えていて、搭乗員が念入りに計器の数値を読み、針路修正と対地速度を把握することで、位置情報を更新できる。厄介《やっかい》な作業だが、それによってターゲットの方位データをインプットし、地形を読み取ることができる。最後の〝燃料タンク〟つまり空中給油は、エジプト沿岸沖で、イタリアから来たKC－135とのあいだで行なわれた。さいわい、無線で会合を調整でき、なんの問題もなく燃料を補給した。

　ターゲットを攻撃したあと、そのまま東へ飛びつづけて、インド洋にあるディエゴ・ガルシアに向かうように、という命令を受けていた。そのあとは、夜間にグアムを経由し、帰投する。帰りは爆装がないので、ずっと楽なはずだった。

　空軍でよくいうように、〝飛行機が軽いほうが、脚が長くなる（航続距離がのびる）〟。

　副操縦士は、それから数分間、目印《ランドマーク》の地物を告げ、針路を変更しながら航路をたどった。紅海のある水域上の指定された位置に達すると、第2戦闘システム士官が、ボタンをひとつ押し、爆撃航過準備を開始できる距離に近づいたことを伝えた。爆撃コンピューターを同期している他の三機にも、それが伝わった。

　第2兵装システム士官が、機長の中佐に無線で報告した。「慣性誘導システム《IGS》ロック。編隊僚機から共同応答あり。発射準備よし。あと一三〇海里で投下位置に達します」

「了解。楽勝だな、少佐。照準コンピューターのデータを更新し、位置データを入力しつづけてくれ。ミサイルが精確な座標を把握して、ロックオン範囲に達するようにしたい」

　爆撃コンピューターによる航法に転じると、機体がすこし左を向いた。第1兵装システム士官が、〝主兵装安全解除〟と記されたスイッチをはじいた。その一二メートルほど後方で、三列の回転発射機に八基ずつ収められた滑空誘導爆弾――AGM-154統合スタンドオフ兵器《JSOW》が、自動的に安全装置を解除した。

B-1Bは爆撃を行なう目的で設計されているので、その後の手順はいたって単純だった。距離を詰め、爆弾倉扉をあけ、発射ボタンを押すだけでいい。そうすると、回転発射機が三つとも順番に回転して、JSOW二十四基が一基ずつターゲットに向けて発射される。過剰殺戮《オーバーキル》だと機長は思ったが、〝敵を徹底的に破壊しろ〟という命令だったので、B-1Bのパイロットたちは、それに従うつもりだった。

アデン湾
イラン海軍フリゲイト〈サバラン〉
十二月二十七日

イラン艦の艦長が、ブリッジ後方でロシア軍大佐のそばに立っていた提督を呼んだ。「提督、もっとも西の索敵艦から報告です。アメリカの爆撃機と思われる大型機の四機編隊が、エジプトの海岸線を通過し、こちらに向かっています。われわれのタスク・フォースとの距離は二八〇キロメートル、接近しています。数分後に防空行動半径にはいります。射撃許可は？」

　提督が、ボルビコフ大佐のほうを見た。隣にイラン人の通訳が立っていた。艦長の報告が通訳されると、ボルビコフはうなずいた。

「射て」数秒後に、甲板に取り付けられた中国製の改良型紅旗《HQ》－9Bミサイル発射機が、北西を向いた。

　月明かりで、船団の艦船をすべて見ることができた。ボルビコフが横の舷窓から眺めていると、六隻からミサイルの赤い炎がほとばしり、つづいて煙が噴き出した。六隻ともミサイル二基を搭載している。発射機はボルト留めなので、船体に組み込んだ場合ほど堅牢ではないが、じゅうぶんに役目を果たし、中国製の高価な最新鋭ミサイル十二基が発射された。

　ボルビコフは、ミサイルが空で弧を描くのを見ていた。ミサイルは長く細い煙の尾を曳《ひ》いて、北西へと飛び、やがて見えなくなった。

アデン湾上空
十二月二十七日　一七二〇時

　B－1Bランサー四機編隊の一番機で、兵装システム士官が、無線で報告した。緊張のあまり、声がひきつっていた。「機長、ミサイル発射探知。複数です……ミサイル十二基が、こちらに向かっています」

機長と副操縦士は、すかさず顔を見合わせた。機長がいった。「なんだと？　イラン海軍には、こんな長距離から発射できるようなミサイルはない。われわれの最大交戦距離まで、あとどれくらいだ？」

「機長、われわれのミサイルの攻撃範囲まで、まだかなり距離があります」

副操縦士は、不安げにハーネスをはじいた。数分ではなく数秒で決定を下さなければならない。

機長がヘッドセットのスイッチを入れて、編隊のすべてに伝えた。「任務中止、任務中止、任務中止。針路二八九に向けて旋回。最大速力。回避機動を行なえ。高度は維持するが、個々の行動を許可する。敵をやっつけるのはべつの機会にしよう」

機長は、搭乗員に向かっていった。「よし、トム、針路変更。兵装システム士官、報告しろ」

「機長、ミサイルは高速です。GPSが使えないのでたしかではないですが、四分以下で弾着します――いや、三分半です。旋回すれば、それよりもすこし長くなるでしょうが」

搭乗員すべてが自分の仕事を再開し、兵装システム士官が距離を読みあげるのを聞いていた。他の三機でも、おなじことをやっているはずだった。

「距離一四〇海里、なおも接近中」

搭乗員たちの額に、汗が浮かんだ。おたがいの顔を見ようともしなかった。それぞれの作業に集中していた。機長は操縦に専念し、エジプトに向けてひきかえしながら、風防から海岸線を見ていた。

「一〇〇海里」兵装システム士官がいった。悲痛な声が、不吉な感じだった。ミサイルは音速の四倍以上の速さで接近していた。

「了解。対策《カウンターメジャー》（この場合、チャフとフレアーを散布すること）準備」機長は答えた。「高速のミサイルだから、欺《ぎ》瞞《まん》すれば方向転換できないかもしれない。チャフとフレアーの準備は？」いわずもがなの質問だった。

防御システム士官がいった。「ええ、準備はできています」

「すべて使え。編隊を解くよう指示する」

機長は無線で、他の三機に編隊を解散するよう命じた。散開したほうが、ミサイルを混乱させる確率が高まる。四機が間隔をひろげて、いっせいにチャフとフレアーを散布すれば、ミサイルは情報を処理しきれず、その中間のチャフやフレアーを最大のターゲットと見なすかもしれない。ロシア製のミサイルに対する戦術で、もっとも温度が高く、確実なターゲットをミサイルが追うように仕向けることを狙っている。

B‐1Bのパイロットたちにとって不幸だったのは、彼らに向かって突き進んでいた中国製ミサイルが、それで欺瞞されるような誘導方式ではなかったことだった。

「機長、距離三〇海里、なおも接近中」

「了解。カウンターメジャー《CM》散布を調整する」

「カウンターメジャー散布。いまだ！」一〇海里ずつ間隔をあけていたB‐1B四機が、電波反射体のアルミ箔《はく》と球状の発熱体を大量に散布した。フレアーは下のほうでひろがり、炎と煙をたなびかせて、ゆっくりと落ちていった。

ミサイル一基がフレアーに向かいかけたが、つぎの瞬間に針路をもとに戻し、それまで追っていた爆撃機の追尾を再開した。

爆撃機四機は、もう一度チャフとフレアーを散布したが、効果はなかった。ミサイルは三海里以内に迫り、チャフとフレアーをたえず散布しても、欺瞞されなかった。

「くそ！」機長はどなった。「二〇〇ノットに減速する。射出準備！　ハーネスを確認！」

風防の右側でまばゆい閃光が輝き、僚機が破壊されたことを示した。左でも閃光が走り、二機目が被弾したことがわかった。

減速する前に、ミサイルによってバラバラに吹っ飛ばされると、機長は悟った。

「射出！　射出！」B‐1Bは、適切な射出速度の五倍の速度で飛行していた。

搭乗員四人が同時に射出したが、射出座席はそんな高速で使用されるようには設計されていないので、安全な距離に離れることができなかった。搭乗員三人は、すさまじい速度で飛び出して機体にぶつかったために死んだ。四人目は、つかのま生き延びたが、中国製のHQ‐9B三基が爆発し、一基あたり一トン以上のプラスティック結合・高融点爆薬《HMX》がB‐1Bの分厚い機体をバラバラに吹っ飛ばし、破片が宙を舞った。飛散する大量の金属片のうち、第三エンジンの空気取入口から飛び出した長さ一五〇センチのファンブレードが、フードプロセッサーの刃のように回転し、副操縦士の体を切り裂いた。

ポーランド　ヴロツワフ
十二月二十七日

シャンクは、機体を左に傾けて、ポーランドの旧都ヴロツワフをキャノピイ越しに見おろした。曳光弾《えいこうだん》、爆発、煙が見えた。敵味方の判別が難しかったが、装甲車両はすべてロシア軍にちがいないと確信した。ポーランド側は、建物を掩蔽《えんぺい》に使い、対戦車兵器で攻撃しているようだった。厚い灰色の煙の幕が、低く漂っていた。

高層の共同住宅の正面にある広場を、ロシア軍戦車一個小隊が横切っていた。そのうしろに戦車中隊と、装甲人員輸送車《BTR》の周囲と車内に中隊規模の歩兵がいるのが見えた。動きからして、前進を命じられる瞬間を待ち、進む速度を抑えているようだった。

機甲偵察部隊だと思いながら、シャンクはそれを見ていた。ロシア軍の典型的な戦術だ。

ロシア軍の損壊した車両や破壊された車両があちこちにあったが、それ以外の戦車と装甲人員輸送車の縦隊が、堂々と市内から出ていくのが目に留まった。ポーランド側は性能のいい大型の対戦車兵器を使い果たし、ロシア軍の装甲車両を激しく痛めつけることができなくなったのだろう。

逃走するロシア軍は、あらゆる建物を破壊しながら、民兵を猛攻撃していた。数分後には、オードラ川の両側にいる民兵の生き残りを叩き潰して突破し、対戦車撃破地域《キル・ゾーン》を脱して、中立で安全なベラルーシに向けて退《ひ》いていくにちがいない。

ポーランド軍は市内に戦車を配置していなかったにちがいないと、シャンクは判断した。つまり、眼下の装甲車両はすべて狙い撃っていい獲物だ。だが、ロシア軍戦車を攻撃する許可を地上のだれかから得ないと、規定に違反することになる。

そもそも規定などあるのかどうか。作戦要領便覧にはこういう状況など書かれていない。近接戦闘で、正規軍と不正規軍が入り混じって戦っている。

A‐10コミュニティがもっとも得意なことをやるしかないと、シャンクは決断した。即興で行動する。

シャンクは、無線で編隊の他のパイロットたちに告げた。「こういう攻撃手順にする。円陣を組んで飛び、交替で攻撃する。円の中心を戦闘位置にして、上空にとどまる。七機の大きなホグ円陣だ。地上の敵ターゲットを発見し、識別する。無線はつないだままにしろ。全員があとのものの状況把握に責任を負うためだ。戦場に見えた新しい事物の情報を、全員で共有する」

パイロットたちが、了解したと応答した。

「それじゃ、一機ずつ行くぞ。急降下爆撃、ミサイル一基、機関砲掃射一回。すみやかに終えて、またくりかえす。機甲部隊に圧力をかけつづけ、撤退させてポーランド側を攻撃できないようにするのが狙いだ。ターゲットから離脱するときには、攻撃内容を告げ、ターゲットを識別しろ。そうしたら、スタックのつぎの一機が円陣を離脱して攻撃する。機甲部隊を一時間、痛めつけるだけの燃料がある。携帯式地対空ミサイル・システム《MANPADS》に用心しろ。いいな？」

　定数に満たないシャンクの飛行隊のパイロットたちが、たてつづけに応答し、彼の計画どおりにやることを伝えた。

　シャンクは、最初の獲物を探した。

　高層の共同住宅と広い中庭を見つけたが、目に留まったのは十階あたりで起きた爆発だった。ロシア軍戦車の主砲から放たれた一発が、そこに当たっていた。さらに、機甲中隊が、その高層ビルの反対側にある広場の縁を進んでいた。

　シャンクは弧を描いて高度八〇〇〇フィートまで急上昇した。そして、胃が口から飛び出しそうな急降下で、広場を目指した。個々の戦車はまだ見分けられなかったが、数秒後に、ロシア軍のT－14戦車二両がつづけざまに射撃し、白い煙が噴き出すのが見えた。シャンクはあっというまに五〇〇〇フィート以下に降下し、マーヴェリック・ミサイルを広場の熱源にロックオンさせ、機関砲の安全装置をはずした。

　高度四〇〇〇フィートを過ぎても急降下をつづけ、Gのために座席に押しつけられたが、スロットルレバーをなおも押した。

　高度三〇〇〇フィートで、先頭の戦車へのロックオンを微調整した。広場を走っていた先頭のT-14戦車は、いちばん前にいたばかりに、大きな太いマーヴェリック・ミサイルを砲塔にくらうはずだった。

高度二五〇〇フィートで、シャンクは発射ボタンを押し、レイセオンAGM-65精密誘導ミサイル一基を放った。ミサイルのブースターの煙と炎で、一瞬、目がくらんだ。マーヴェリック・ミサイルはすぐに六〇〇ノットに加速し、シャンクはその煙を追った。

二〇〇〇フィートまで降下すると、シャンクは三〇ミリ機関砲で敵を攻撃した。

T-14アルマータ大型戦車の爆発反応装甲《リアクティヴ・アーマー》が、ミサイルの弾着直前に起爆し、ミサイルを破壊しようとしたが、戦車を救うことはできなかった。炎が噴き出して、大きな火の玉がひろがり、マーヴェリックが砲塔を貫通して、車内をすべて粉々《こなごな》に破壊したことがわかった。シャンクは引き金を絞りながら、機甲中隊のまんなかに機関砲弾が当たりつづけているのを見た。ラダーペダルを交互に踏みながら、A-10を左右に向け、ターゲット地域に榴弾《りゅうだん》の雨を降らせた。爆風のなかで、機関砲の連射が二両目のT-14を捉えたようだった。

高度一〇〇〇フィートで、シャンクは操縦桿を引き、急降下で座席に押しつけられていた体が浮いた。高度を確認し、水平飛行に転じた。ターゲット地域から離脱するときには、MANPADSにロックオンされる危険を減らすために、尾部を下に向けないようにした。離脱するのをごまかし、対空火器に狙われるのを予防するために、建物をかすめるように飛んだ。

無線の送信ボタンを押して、ロシア軍戦車部隊の位置を伝え、左の肩越しに見ながら、円陣まで上昇し、二機目のA‐10がターゲットに向けて急降下するのを見守った。

スロットルレバーを押しながら、シャンクはにやりと笑い、無線でいった。「攻撃の手をゆるめるな！」

55

ワシントンDC
ホワイトハウス
十二月二十七日

アメリカ合衆国大統領ジョナサン・ヘンリーは、電話を終えると、オーヴァル・オフィスでかなりの部分を占めているレゾリュート・デスクの電話機に受話器を戻した。それから、ゆっくりと安堵《あんど》の溜息をついた。

やってのけた。部隊のために時間を稼《かせ》ぐことができた。

台湾総統への電話には、遠まわしな要求が含まれていた。ヘンリーは、友好的な口調で、強く説得した。励ましと支援を口にしながら、脅したことを明確に否定できるようなやりかたで、やんわりと脅した。

台湾に向かって航行していた空母打撃群を、べつの場所に配置せざるをえなくなったことを、ヘンリーは説明した。空母打撃群は現在、インドネシアのジャカルタの北にいるが、一八〇度方向転換してアフリカ沿岸に急行するよう命じられていた。

空母打撃群とその戦力すべてを、中国が侵攻準備を進めているときにアジアからよそに移すのは、必要な措置だったが、中国の侵略があった場合にアメリカの対応は弱まる。

台湾総統が、なにを望んでおられるのかと、単刀直入にきいたので、ヘンリーはすかさず要望を伝えた。

「一カ月でいいから、選挙を延期していただきたいのです。あなたがたの国の憲法にも定められています。国家の危機の際には、あなたの権限でできると」

その言葉が通訳されたあと、長い沈黙が流れた。ようやく台湾総統がいった。「選挙の延期は、中華民国のような民主主義国にとって重大な行動です。わたしは支持者と政敵の両方から、弱気だと見られるでしょう」

ヘンリーは、台湾総統と良好な関係にあったが、強気に出てもそれが変わらないことを願った。「総統……中国が台湾を征服して、総統を壁の前に立たせ、銃殺しようとしたら、もっと弱気に見られるのではありませんか」

今回は、返事があるまでさらに長い時間がかかった。あまりにも長かったので、ヘンリーはつづけた。「総統、一カ月だけです。その決定で非難を浴びることはたしかでしょうが、率直にいって、それがあなたがたにとって最善だと、わたしは心から信じています」

「それで、あなたがたの空母が一カ月後に戻ってこられなかったら、どうなりますか？　あなたがたの部隊がロシア軍に負けたら、どうなりますか？」

それに対して、ヘンリーはあっさりと答えた。「そうなったら、わたしたちを神が助けてくれるでしょう、総統」

すぐには言質《げんち》がとれなかった。ヘンリーは、受け入れられる確率は五分五分だと思っていたが、一時間以内に台湾総統が生中継のテレビ演説で、選挙を三十日延期すると発表した。数時間後に、中国の揚陸艦は母港に戻った。乗っていた兵士たちは、何カ月も海上でみじめな状態に置かれていたので、彼らにとってもありがたい延期だった。

ヘンリーは、自分の対策がうまくいったのでよろこんだが、地政学と数学はアメリカにとって依然として不利だった。アデン湾でロシア－イラン合同船団を追跡していた〈ジョン・ウォーナー〉が、B－1Bランサー四機を撃墜した直後に船団が針路を変更したことを、特別緊急通信で報告していた。どうやらモンバサではなく、ジブチ市の港を目指しているようだった。船団の航海日数が一日近く短縮され、西側が再度空から攻撃するのが難しくなった。

国防総省がすぐさま計算して、ロシア軍がジブチ市から陸路でケニア南部へ行くには、丸二日かかると判断した。ムリマ山の鉱山に向かっている〈ボクサー〉の海兵隊部隊が先に到着するが、武器装備と兵員ではロシア軍に著しく劣っている。

いっぽう、海兵隊支援のために急行している空母打撃群は、ケニアで航空作戦を開始できる距離に達するのに、三日半かかる。

海兵隊が海を渡り、ムリマ山に達しても、防御を固めるのに時間の余裕があまりないと、ヘンリーは悟った。さらに、ボリス・ラザール将軍が攻撃を開始する時点で、海兵隊は丸一日孤立することになる。

ポーランド　ヴロツワフ
十二月二十七日

　ヴロツワフ旧市街周辺での戦闘はようやく終わったが、パウリナ・トビアスのいるところでは、いまも東と北東からの爆発音が聞こえていた。戦闘が一分ごとに遠のいていることには気が休まったが、ときどき上空を軍用機が飛ぶ音が聞こえたので、安心はできなかった。

　市庁舎の隣にある役場の窓を射撃陣地にしてから、パウリナは短い交戦に三回関わった。いずれも、撤退するロシア軍の斥候車が、攻撃から必死で逃れようとして、一両だけで市場《いちば》広場《ひろば》を高速でひきかえしてきたときに起きた。パウリナはもう車両は破壊しなかったが、大破したGAZティーグルから逃げ出した歩兵の一団に向けて擲弾《てきだん》を発射した。AK十数挺が、それと同時にロシア兵めがけて発砲を開始したが、擲弾でもひとりかふたりを斃《たお》したと、パウリナは確信していた。

　そしていま、午後九時にようやく、ポーランド地上軍が旧市街の瓦礫《がれき》が散らばる通りを移動しながら、ロシア軍の空襲があるかもしれないが、そのほかの危険はなくなったと、ラウドスピーカーで伝えていた。パウリナは射撃陣地を離れて、市庁舎と銀行のあいだの通りを渡り、煙と悪臭と大混乱のなかを歩いていった。民兵の班長から無線機を渡されていて、一時間後にスクールバスが迎えにくると、無線で知らされていた。だが、身のまわり品を入れた紫色のバックパックを、銀行の最初の射撃陣地に置いてきたので、取りに戻る必要があった。それに、小規模な分隊の生き残りがいれば、いっしょに連れていかなければならない。

周囲のあちこちで火の手があがり、煙とゴムの燃える悪臭で、息が詰まりそうだった。横倒しになっているティーグル歩兵機動車をよけるために、救急車が歩道を走ってきたので、パウリナは不意に立ちどまった。

通りには死体が散乱していた。数えはしなかったが、二十数人の死体のそばを通った。ロシア兵の死体は黒く焼け焦げ、腕や脚がないものも多かった。

パウリナは、歩道の壁にぐったりともたれていた、戦闘服姿の美男子のポーランド特別軍軍曹のそばを通った。眠っているようにも見える格好だったが、顔に血の気がなく、死んでいるのだとわかった。

銀行の階段を途中まで昇ったところで、戦闘がはじまる前に話をした若い女のことを思い出した。生き延びられただろうかとふと考えたが、石造りの銀行はかなり破壊され、オフィスの廊下には煙が充満していたので、その可能性は低いと思った。

角のオフィスにはいると、壁に血の手形があるのが見えた。市庁舎側の窓は内側に吹き飛ばされ、家具はいまもくすぶっていた。民兵が何人か寄り固まってうずくまっていたが、まだ遠いので、話は聞こえなかった。

ドアの内側に、ふたりの死体があった。すでにビニールのポンチョをかけられ、ひとりは小さなブーツを履《は》いていたので、女性にちがいないとわかった。

周囲でおおぜいが死んだのに、自分がまだ生きている理由が、パウリナにはまったくわからなかった。

これで二度目だ。

うしろから声が聞こえた。

「きょうは死ななかったわね」

パウリナはふりかえった。チームのひとり、黒い髪の小柄な若い女が、壁にもたれて座り込んでいた。ガンオイル、煤《すす》、燃えた紙切れがくっついて、顔が黒くなっていた。

パウリナはうなずいた。「きょうはね。あなたの顔を見て、ほっとしたわ」

「ふたり失った」

たったふたり？　とパウリナは思ったが、口にしなかった。「歩ける？」

「ええ」

「よかった。手を貸すから、下へ行きましょう。バスが迎えにくるのよ」

「どこへ行くの？」

パウリナは肩をすくめた。二日前に受けた傷が悪化しそうだった。「わからない。ロシア軍を追撃するんだと思う」

ジブチ共和国　ジブチ市
十二月二十八日

フランスの特殊部隊、第13竜騎兵落下傘連隊のアポロ・アルク＝ブランシェット大尉は、エアバスA400Mアトラスの風防の近くの席に乗っていたので、雲を抜けてエアバスが降下するときに、前方を眺めた。ジブチ北部の茶色い岩の山地が西に見えていたが、正面はどこまでも、小さな村が点々とある茶色い平地がひろがっていた。わずか数日前にアポロが戦っていた土地とは、地形も天候も住民もまったく異なる。それに、ヨーロッパで戦争が起きているのにアフリカにいることが、現実離れしているように思えた。

ロシアのスペツナズと二度、銃撃戦を行なったあとで、アポロはブリュッセルに呼び戻され、フランス海兵隊と連携するよう命じられた。海兵隊はかつては植民地軍だったが、一九五八年にフランス陸軍の海外遠征軍に改組され、アフリカも担当地域に含まれている。

アポロの竜騎兵連隊は、アフリカの小国ジブチに派遣するのにもっとも適した練度の高い部隊だった。ケニアのレアアース鉱山へ向かうことが確実なロシア軍部隊が、ジブチ港から上陸すると予想されている。

着陸の一分前に、海岸線とアデン湾の鮮やかなブルーの海が見えた。アポロは視線をあちこちに向けて、探していたものを見つけた。中国が建設した新しい港湾施設。中国はジブチに軍事基地を置いているが、歩兵部隊の規模は小さいので、ロシア軍は上陸になんの不安も感じていないはずだと、アポロは思った。

それに、この戦闘に中国は利害関係を持ちたがらないだろう。ケニアで莫大な量のレアアースが発見されたことは、鉱山を何者が運営するにせよ、中国にとって明るい報《しら》せではない。西側かロシアのどちらかから買わざるをえないし、中国産のレアアースの価格が低下することはまちがいない。つまり、ここで超大国の争いに介入し、どちらかの味方をした場合、どちらが勝者になっても、中国の利益にはならない。敵にまわした大国の中国に対する敵意が強まるだけだ。

さらに、いまの中国はべつの獲物に目を向けている。台湾に。

エアバスが着陸して一度弾み、機長がブレーキをかけて、エンジンを逆噴射させ、大型機を減速させた。空港のフランス軍が使っている側の駐機場へ地上走行していって、やがて停止した。

第13竜騎兵落下傘連隊の兵士六十四人が、同時に立ちあがり、バックパックを背負って銃を肩にかけ、もっと重い装備類をエアバスからおろす準備をした。

昇降口があくと、まるで溶鉱炉から吹きつけるような猛烈な熱気が、アポロの顔に叩きつけた。深い雪のなかで命懸けで戦ってから丸三日も過ぎていないことに唖然《あぜん》としながら、アポロはまぶしい光に目を細めた。

サングラスを出そうとしたアポロは、昇降口をあがってきたフランスの駐在武官に出迎えられた。階級は陸軍少佐《コマンダン》だった。そのうしろに、ベージュ色の薄手のスーツを着て、汗をだらだら流している外交官が立っていた。ふたりとも不安そうで、かなり狼狽《ろうばい》していた。

　アポロは、ふたりに近づいた。

「きみがアルク＝ブランシェット大尉《ヴーゼット・キャピテーヌ・アルク＝ブランシェット》だね？」

「はい《ウイ》、少佐《モン・コマンダン》」

　少佐が、封をしたファイルを持った手を差し出した。「命令書だ。内容についてきみと話し合うことは許可されていない。さあ、部下をおろしてもらえないか。わたしたちが乗るから。領事館から全員撤退するよう命じられた」少佐がうしろを指さした。アポロが昇降口の外を覗《のぞ》くと、バックパックやキャスター付きバッグに身のまわり品を入れ、汗をだらだら流している民間人の長い列ができていた。その連中が駐機場で押し合いながら、エアバスへ殺到していた。

　アポロはキャビンのほうを向いて、できるだけ早く降機して装備をおろせと、大声で部下に命じた。兵士たちが駐機場におりる前に、重い装備を持った兵士の脇を何人かが通り抜けようとした。

　通り抜けられなかった。

　駐機場に出ると、アポロは部下たちに、邪魔にならないように横へ移動するよう命じた。

　そこで、ダリエル一等軍曹が、整列を命じた。兵士たちが気を付けの姿勢になると、ダリエルがアポロに敬礼し、アポロが答礼した。ダリエルがあたりに鳴り響く大声でまわれ右を命じ、重い荷物を持った兵士たちが、精いっぱいゆるみのない縦隊をこしらえて、フランス市民が揉《も》み合っている横を行進していった。

少佐はまだアポロのそばにいた。「ありがとう、大尉。たいへんな一日だった。けさ、ご婦人ふたりに脅された。ひとりにはバッグで顔を殴られた」大きな赤い蚯蚓《みみず》腫《ば》れを指さした。バッグの金具が当たったにちがいない。「もうひとりは石油会社CEOの夫人でね。首相夫人と知り合いらしい。パリから電話が四本かかってきて、それがわかった」

アポロは、少佐に敬礼した。少佐の置かれている状況には、興味がなかった。少佐がハンドバッグで殴られたことよりも、重大な問題が気になっていた。

アポロは、外交官のほうを向いた。「ちょっとおたずねしてもいいですか。パスカル・アルク＝ブランシェットという人物を知っていますか？」

「ああ、知っている。ここにはいない。退去するよう命じたのだが、空港に来なかった。待っているわけにはいかない」

「父なんです。携帯電話で連絡がつくかどうか、知りたいのですが」

「どうかな、きみ。電話してみるといい。しかし、噂では――わたしから聞いたことは、伏せてほしいんだが、大尉――ロシア軍は携帯電話網をハッキングしているようだ。ふだんよりもずっとつながりにくくなっているし、ときどき妙なカチカチという音がはいる」

「ありがとうございます」アポロはいった。

外交官と少佐は、竜騎兵たちを残し、フランスに戻るエアバスに早く乗り込みたくてたまらないようすで、エアバスのタラップを昇っていった。

ジブチ共和国　ジブチ市
十二月二十八日

ロシアとイランの軍艦と、貨物船とタンカーは、午前八時にジブチ市の港に到着した。フリゲイトとコルヴェットが港口を哨戒するあいだに、他の船は人員、燃料、補給品を卸《しゃ》下《が》するために接岸した。

午前九時には、イランの貨物船とコンテナ船からの卸下が順調に進んでいた。ラザール陸軍大将は、キール大佐と並んで、栈橋《さんばし》から作業を見守っていた。巨大なクレーンがイランの大型貨物船の上にのびていって、ブームが下がり、鋼索がくり出される。

イラン人は、ジブチ人の港湾労働者をかなり酷使していた。ロシア軍の指揮官たちにいいところを見せようとして、作業をせかしていた。アラビア語、フランス語、ペルシア語、英語のどなり声が、騒然としている工業港のあちこちで響いていた。イラン海軍の卸下要員は、約束した時限を守ることしか頭にないようだった。

ボルビコフ大佐のスペツナズ専用のBTR‐82A装甲人員輸送車三両を、クレーンが船艙《せんそう》から吊りあげて戻ってくるのを、ラザールは見ていた。三両はケーブルで数珠《じゅず》つなぎにされ、

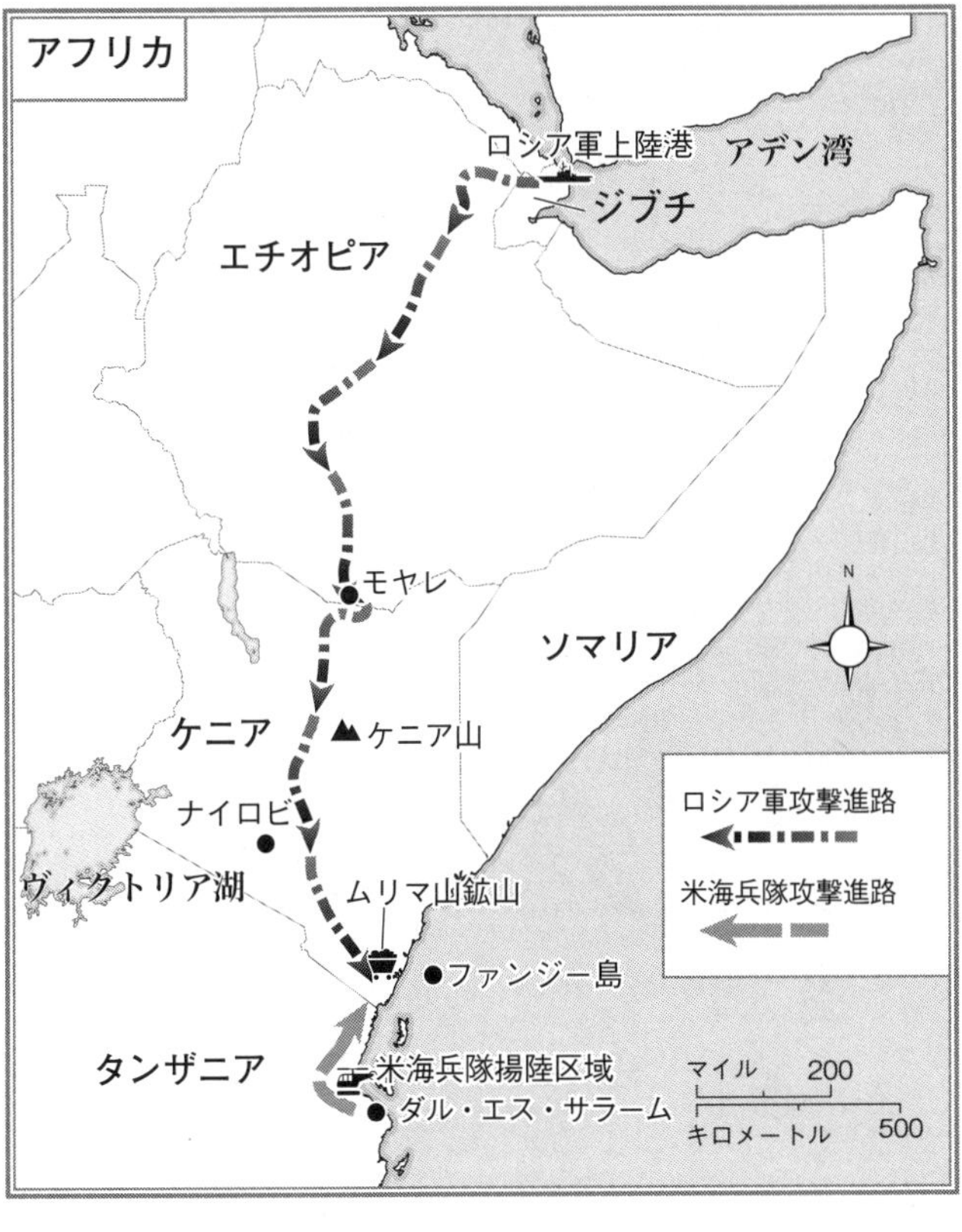

アフリカ
ロシア軍上陸港
アデン湾
ジブチ
エチオピア
モヤレ
ソマリア
N
ケニア
ケニア山
ナイロビ
ヴィクトリア湖
ムリマ山鉱山
ファンジー島
タンザニア
米海兵隊揚陸区域
ダル・エス・サラーム
ロシア軍攻撃進路
米海兵隊攻撃進路
マイル 200
キロメートル 500

その重みにクレーンのウインチが悲鳴をあげていた。一度に三両ずつ陸揚げするために、制限重量を超えているにちがいない。だが、クレーンは持ちこたえ、まもなく三両をそっと栈橋におろした。

そのうちの一両に核砲弾六発が積まれていることを、ラザールは知っていたので、栈橋で巨大なBTRを警備しているスペツナズの人数から、どれがその一両なのかを判断しようとした。ボルビコフの指揮車二両のうしろで、三両目がケーブルをはずされたとたんに、スペツナズが文字どおり取り囲んだ。まだ船上にいたボルビコフが、それを見おろしているのがわかった。

あれがそうだ。ボルビコフの核砲弾は、あれに積まれている。ラザールは心のなかでつぶやいた。

核弾頭をアフリカに持ち込むという発想自体が、正気の沙汰ではないと、ラザールは考えていた。鉱山を奪取したあと、重要な交渉の切り札になることは理解できる。西側各国は、接近する部隊をロシア軍が長距離から核砲弾で攻撃することを怖れて、ムリマ山奪回に及び腰になるだろう。経済の観点からは、もっとひどい事態も考えられる。ロシア軍が核砲弾に時限信管を取り付けて撤退し、鉱山を破壊した場合、何百年も採掘できなくなる。

だが、ラザールは伝統を守る軍人なので、自分の側から戦闘を拡大することは望ましくないと思っていた。それに対して敵も拡大するはずだと推察していたからだ。

ラザールはこの四カ月間に何度となく自分にいい聞かせてきたことを、あらためて自戒した。核砲弾を使用して全面的な核戦争になるのを防ぐには、鉱山の奪取と保持に成功しなければならない。

ラザールのBTR指揮統制車が、つぎに船艙から出てきた。指揮統制用の車両は、三〇ミリ機関砲を搭載している人員輸送型ではなく、展張式通信マストや各種のアンテナを備えている。衛星電話機はなく、短波《HF》無線用の長いアンテナ線を張る場所もないので、旅団と交信できる時間は限られているが、それに乗り、交信をキール大佐に任せ、地図をまわりに置いて移動すれば、いたって快適なはずだった。大きなアンテナを立てるときには、何度か停止する。南まで半分進んだところで、衛星通信が使えるようになり、定期的にクレムリンに報告することが可能になる。

ラザールは、キール大佐に合図して、BTRに乗り、三両を前方準備地域に移動させるよう命じた。ラザールは、そこまで歩いていくことにした。南のケニアまで、狭い車内で過ごすことになる。これが最後の散歩になるだろうと思った。

途中で、桟橋の付け根に向けて行進していた小隊の兵士と話をした。脚を動かし、若い兵士と雑談をすると、意気が高まった。歩きながら、顔を知っている兵士の名を呼び、歓声を浴びた。ラザールは、笑みを浮かべて桟橋の付け根に達し、キール大佐と集合している兵士と車両の列を目にした。作業は半分ほど終わっていた。あと数時間で、卸下が完了する。

56

アデン湾
攻撃原潜〈ジョン・ウォーナー〉
十二月二十八日

「操舵、針路一二九に回頭。深度三〇フィート、四ノット」航海長がささやいた。

「一二九、三〇フィート、アイ」縦舵《じゅうだ》を操作するヘルムズマンが復唱した。

「針路と深度を確認、アイ」潜横舵《せんおうだ》を操作するプレーンズマンが復唱した。

ダイアナ・デルヴェッキオ中佐は、操艦装置の前に座っている若い操舵員ふたりを見守った。並んで席についているヘルムズマンとプレーンズマンは、完璧に調和して作業を進め、潜水艦を水平にして針路を維持していた。

副長《XO》が身をかがめ、他の乗組員に聞こえないように小声でデルヴェッキオにいった。「マーム、ほんとうにやるんですか？　交戦国ではない国の港を襲撃するんですか？」

「交戦国ではない国に侵攻しようとしている敵部隊を襲撃する、というように思いたい」

「はい、マーム」副長がそういったが、デルヴェッキオはその懸念をきちんと受けとめてつづけた。

「ドイツで撃ち合いがはじまったときに、地域指揮官が交戦規則《ROE》を定めたのよ。タンカーを一、二隻わたしたちが攻撃すれば、港周辺の地元民が何人か死ぬことになるだろうと、そこに書いてある。たいへんな被害が出るはずよ」しばし黙ってから、大きな声で命じた。

「水雷、現況報告」

水雷長が答えた。「全発射管、装塡《そうてん》済み。二番と四番は確認待ち。門扉に問題があるようです」

「どういう問題？」

「艦長、わかりません——フジツボのせいで門扉があかないのかもしれません。発射管室が、蝶番《ちょうつがい》を動かせるかどうか、空気を送る許可を求めています」

「却下する」デルヴェッキオはいった。「射撃諸元の入力を終えて。右舷発射管から発射するときに、左舷に空気を注入し、それからただちに反対側で開進発射（射線に開度をあたえて複数の魚雷を発射するやりかた）する。それなら、音を聞いているだれかに位置を知られるのは、一本目を射ったあとになる」

「アイ、艦長」水雷長が答え、すぐさまデジタル戦闘システムを操作している兵曹ふたりのほうを向いた。

「潜望鏡上げ」デルヴェッキオは、水雷長に命じた。

ステルス性が高く、きわめて精密な海図を備えている〈ジョン・ウォーナー〉は、抜け目のない操艦で、ロシアの潜水艦、イランのフリゲイト、ロシアのコルヴェットの群れのなかをくぐり抜け、ジブチ市の港を魚雷の射程内に捉えていた。音をたてずに潜航していれば、生き延びられる。だが、接岸している大型船に向けて魚雷を開進発射するチャンスは一度しかないとわかっていた。そのあとは、一所懸命逃げるしかない。

地上と水上のだれもが知っていることを、デルヴェッキオも知っていた。三年半前、ロシアがレアアース鉱山から撤退したというニュースは、何カ月も大々的に報じられた。船団に一個自動車化歩兵旅団が乗っていること、それが上陸したら阻止する方法がないことを、伝えられていた。フランスの外人部隊数個中隊と、ケニア国防軍一個大隊が、鉱山を警備しているし、アメリカとフランスの軍事指導者たちは必死で資産《アセット》を投入しようとしているが、B－1Bランサー四機が前日に撃墜されてから、ロシア軍に空から接近して攻撃するという方法は断念された。

いまや、敵の戦力を弱められるかどうかは、ダイアナ・デルヴェッキオ中佐の働きしだいだった。それに成功しなかったら、ロシア軍は邪魔するものをすべて破壊しながら行軍し、鉱山を奪取するだろう。

ジブチ共和国　ジブチ市

十二月二十八日

フランス人スパイのパスカル・アルク＝ブランシェットは、一キロメートル離れたところにある、東アフリカ最大のサッカー・スタジアム、エル・ハジ・ハッサン・グレド国立競技場の記者席の外側に立ち、港の活動を双眼鏡で観察していた。その見晴らしがいい絶好の場所で、パスカルはふたつのことだけ確認できた。ロシア人がおおぜいいて、大量の武器を持ち込んでいる。

たいへんな朝だった。六十四歳のパスカルは、ロシア－イラン船団のことと、アデン湾上空で米空軍爆撃機四機が撃墜されたことを、昨夜、フランス大使館で知り、地元の伝手《つて》に電話をかけたり会ったりして、町がロシア軍の機甲部隊と兵器と目で動きがとれなくなっても接触や報告が行なえるように、連絡網をいくつも用意した。

ロシア軍特殊部隊がジブチで活動しているという警告に、パリの本部は留意すべきだったと、いまさらながらパスカルは思った。もっと大声で警報を発しなかった自分にも責任がある。だが、すぐに悔やむのはやめた。自分がいるこの小国は、二十四時間前までは、だれにも注目されていなかったし、ヨーロッパで重大なことが起きているから、自分がどれほど騒いでもフランス政府にはロシアの侵攻は阻止できなかっただろう。

それに、この攻撃は、だいぶ前から進められていた――不可避だった――そんなわけで、いまのパスカルにできるのは、自分のもっとも得意とする、敵をスパイすることだけだった。

そのために、パスカルは国立競技場の見通しのいい場所を離れ、下にとめてある車に向かった。町の反対側に移動し、ジブチ市を出てケニアに向かうロシア軍を監視できる位置に陣取るつもりだった。

現場打ちコンクリートの階段をおりていると、携帯電話が鳴った。数時間前から必死で連絡をとろうとしている港湾労働者からだろうと思い、パスカルはすぐに電話に出た。

「アロー」

「やあ、パパ。おれだよ」

パスカルはいつもなら、息子の声を聞くと満面に笑みを浮かべるのだが、いまはちがっていた。「ここに来ているんだな？」

「どうしてわかるんだ？」

「このあたりの出来事で、わたしの知らないことはほとんどない。だが、おまえのことは、撤退に関係した役所の友人から聞いた。おまえのような男たちが、飛行機でやってきて、その飛行機がフランス人を詰め込んで離陸したといっていたぞ」

「パパもその飛行機に乗ればよかったのに」

パスカルは、低い笑いを漏らした。「わたしはここに何年もいるが、たいしたことは起こらなかった。せっかくおもしろいことがあるのに、出ていくわけがないだろう」真剣な口調になった。「おまえのことのほうが心配だ。大型船から陸続とおりてくるロシア兵を相手に、おまえと軽武装の兵士の小部隊になにができる？」

「パパは知らないほうがいい」

一瞬、沈黙が流れた。「おい、勇敢な息子よ。アルク＝ブランシェット家は、フランスのために能力のかぎりを尽くして戦ってきた。なにしろ――」

「知ってるよ――モンテベロの戦いからずっと、だろう。さんざん聞かされた。いまどこにいるんだ？　会いたいんだけど」

パスカルはすこし考えた。「ときどき使う場所がある。店主も家族も信頼できる友だちだ。〈ラ・メール・ルージュ〉というホテル兼レストランだ。町を出て、幹線道路の一キロメートル南にある。気をつけろ。いたるところでロシア人が目を光らせている」

「気をつけるよ、パパ。パパも、危ないことはやらないように」

ジブチ共和国　ジブチ市
ジブチ港
十二月二十八日

ラザール将軍が参謀たちと協議している場所と隣り合った栈橋《さんばし》で、ボルビコフ大佐はいらだちをつのらせていた。ボルビコフの部隊のティーグルが舷門から栈橋におろされる作業が遅れていたし、ジブチ人の港湾作業員は卸下《しゃが》のあいだずっと、木箱や装備を満載したネットをじゅうぶつけていた。乱暴な扱いを受けた弾薬と装備が半分でも使えればいいほうだろうと、ボルビコフは思った。

作業員がたっぷり賃金を受け取っていることを、ボルビコフは知っていたし、それに見合う働きをしていないと見なしていた。いちばん怠《なま》けているやつを撃ち殺せば、こういう第三世界のろくでなしどもは、すぐさま必死で働きはじめるにちがいないと、心のなかでつぶやいたが、拳銃の引き金を引きはしなかった。

その代わり、ほかのことを考えた。近い将来、レアアース鉱山に装備や人員を運び込むために、ロシアがまだこの港を使わなければならなくなる可能性は、濃厚だった。

地元の作業員は、黙ってボルビコフの前を通り過ぎた。ボルビコフが怒りをこめて睨《にら》んでいることに気づくと、ほとんどの人間が顔をそむけた。

不意にぞっとするような騒音が聞こえて、ボルビコフは物思いから醒《さ》めた。艦内の警報がけたたましく鳴りはじめた。

イラン人のやつら、こんどはなにをしでかしたんだ?

いっせいにおりてくる港湾労働者とすれちがいながら、ボルビコフは通板《みちいた》を駆けあがった。不審に思いながら、まわりを見た。イラン人乗組員や、ロシア兵が、空襲を心配しているようすで、朝の空に目を凝らしていた。

ボルビコフは、その連中を押しのけた。「どけ! 邪魔だ!」

イラン海軍の下級甲板士官が、頭上の張り出し甲板に駆け出して、身を乗り出し、拡声器で叫んだ。

「襲撃《ハムレ》、魚雷《アズダル》！　ハムレ、魚雷《アズダル》！」

「ロシア語でいえ、馬鹿者！」ボルビコフは、上に向けてどなった。

ラウドスピーカーがすでに通訳し、イランなまりのロシア語が大音響で聞こえていた。

「魚雷《タルペーダ》！　タルペーダ！　全乗組員、衝撃に備えろ！　魚雷馳走中《ちそう》！」

ボルビコフは、海のほうを見た。どうしてこんなところに魚雷が？　港口には対潜艦がひしめいているはずだし、ロシアの潜水艦も三隻徘徊《はいかい》している。そのあいだをくぐり抜けるほど、米艦はステルス性が高いのか？

ボルビコフの周囲で、パニックを起こした男たちが、急いで船をおりようとして、通板に向けて走っていた。傾斜板を半分まで進んでいたGAZティーグルが、手摺《てすり》にぶつかり、前のタイヤが脱輪して、傾斜板の端にひっかかった。運転していた男は跳びおりて、桟橋へ駆け出した。

ボルビコフは、だれにも制止されずに甲板の海側へ走っていって、水面を見た。細い白い航跡が、高速で接近していた。左のほうでべつの船の警報が鳴っているのが聞こえた。

ボルビコフは、来襲する魚雷をつかのま超然と眺めていたが、生存本能が働き、手摺をつかんだ。そのとたんにくぐもった爆発音が響いて、船体が揺れ、だいぶ離れたところで巨大な水柱が噴きあがった。喫水線下の爆発が艦全体を震動させ、ボルビコフの体も揺れた。甲板下の二次爆発に足をすくわれ、甲板に叩きつけられた。

べつの船に魚雷が命中し、栈橋の遠くからさらに爆発音が聞こえた。衝撃に揺さぶられて脳の働きが鈍くなっていたため、ボルビコフはしばしじっと横たわっていた。耳が聞こえなくなっていた。やがて、船体がゆっくりといっぽうに傾きはじめ、大混乱の騒々しい音がしだいに湧き起こった。

ボルビコフが額に触れると、血がすこし出ているのがわかった。この展開に怒りがこみあげるとともに、茫然《ぼうぜん》として、立ちあがり、通板に向けてそばを走っていた機甲部隊の軍曹の体をつかんだ。

「とまれ、兵隊。部下をふたり見つけて、逃げ出しているやつらを落ち着かせろ。パニックを起こすな！」

軍曹が、血走った目でボルビコフを見た。

パニックを起こしている兵士に話をわからせるのは無理だと気づき、ボルビコフは片手を差し出した。「ライフルをよこせ、馬鹿者！」

その場で撃ち殺されるのかと思って、軍曹がしぶしぶライフルを渡した。ボルビコフは、AK－47のセレクターを連射に入れ、コッキングハンドルを引いて、銃口を空に向け、十五発放った。まわりにいたものが全員、甲板に伏せた。

その激しい銃声が死をもたらすものであることを、だれもが認識していた。〈サバラン〉の甲板にいたものすべてが、目を丸くしてボルビコフを見つめた。

「よく聞け！　秩序正しくやれば、装備をおろして自分のおりる時間はじゅうぶんある。も

う パニックを起こすのは許さん。おまえたちはロシア軍の兵士で、国にとって重要な任務についている。みんな同志なのだ！」AK‐47の連射かボルビコフの厳しい言葉が功を奏して、軍曹や下級士官たちが指揮をとり、整然と退艦するようになった。

ボルビコフは、〈サバラン〉が沈没するまでどれくらい時間がかかるかをたしかめるために、ブリッジへ行った。通板のほうをふりかえると、傾斜板から落ちそうになったティーグルを数人がかりでもとに戻しているのが見えた。桟橋の先でふたたびすさまじい爆発が起きて、また一隻が被雷したとわかった。熱気が押し寄せるのが感じられ、タンカーが炎上したのだろうと思った。

ブリッジへ昇りながら、ボルビコフは、アメリカの潜水艦はターゲットを巧みに選択したと思った。タンカー二隻、船団の旗艦、戦車と弾薬を搭載した貨物船。タンカー二隻が被雷したことで、タスク・フォースは陸上で集結する前に戦闘能力が低下した。イラン海軍の対潜艦艇が、すでに敵潜を捜索するために湾口へ急行していったが、受けた被害を取り返すことはできない。

タジュラ湾
攻撃原潜〈ジョン・ウォーナー〉

〈ジョン・ウォーナー〉の艦内で、水測員がダイアナ・デルヴェッキオ艦長を呼んだ。「艦長、開進発射、すべて命中しました。アクティヴ探信が開始されています。フリゲイトとコルヴェットが港を出て、追ってきます。まだ距離は五海里あります。二隻の航跡からして、連携せず、闇雲《やみくも》に捜索しているようです」

デルヴェッキオはいった。「そのまま接近させて、副長《XO》。一時間以内に一二海里以上離れたいけど、敵潜を念入りに捜索しつづけて。この位置に集まってくるにちがいないから。安全な位置へ行くための針路と速力を計算して。水中聴音機《ハイドロフォン》、本艦の音を確認——ずっと無音潜航する。それから、具合のいい砂《さ》堆《たい》を見つけて。敵艦が上を通過してから、深海に潜る」

ダイアナ・デルヴェッキオ艦長が、敵船四隻をジブチ港の海底に沈めたことが、全乗組員に伝えられると、誇らしげに賛美するつぶやきが、〈ジョン・ウォーナー〉の艦内にひろがっていった。

四方で敵艦が捜索しているあいだ、〈ジョン・ウォーナー〉は海底近くをひそやかに進んでいた。

57

セーシェル
十二月二十八日

三十八時間のつらい旅を経て、ダン・コナリー海兵隊中佐はセーシェルの首都ヴィクトリアの民間空港に到着した。C－130輸送機からおりると、強襲揚陸艦〈ボクサー〉のCH－53Eスーパースタリオン・ヘリコプター二機が駐機していた。一機はコナリーを迎えに来たヘリだった。

染みひとつないグリーンのフライトスーツと、第465重ヘリコプター飛行隊の部隊章を付けたカーキ色のフライトジャケットを着た海兵隊大尉が、大股で近寄ってきて、敬礼をした。

革の名札に階級と姓と〝ブージャー〟というコールサインが記されていた。

「コナリー中佐ですね？」ブージャーが丁重にたずねたが、驚いた口調だった。コナリーは、ひどい見かけで、体が臭く、軍人としてみっともないことに、疲れていて髭《ひげ》を剃《そ》る体力もなかった。

「わたしだ」

「中佐、ひどいようすですね。団長は、われわれがここの整備員の飛行前点検を受けてから、中佐に〈ボクサー〉に乗艦していただくつもりでいます。よければ、搭乗員が予備の洗面用具を持っていますし、貨物ターミナルの奥に洗面所付きの当直室があります。用を足して、シャワーを浴びて、髭を剃るのを、十五分以内にやっていただければ、予定の時間どおりに中佐を〈ボクサー〉にお連れして、あたらしいボスに引き合わせることができます」

「年寄りの汚い歩兵に気を遣ってくれてありがとう」

「中佐、みんな経験のあることですから。われわれはこんな辺鄙《へんぴ》なところにいますが、中佐がワシントンDCから来られたのは知っています。なにしろDCは遠いですからね」


十五分後、コナリーは清潔な体になって、元気を回復し、戦闘地域に赴く準備ができた。

一時間半後、第15海兵遠征隊の旗艦〈ボクサー〉の飛行甲板に、コナリーの乗るヘリコプターが着艦した。連隊戦闘団5の本部も、そこに置かれている。

団長ケネス・キャスター大佐が、広い平坦な飛行甲板に迎えに出ていて、コナリーはすぐさま見分けた。海兵隊は、コナリーやキャスターのように長年勤務している人間にとっては、狭い世界だし、コナリーはキャスターのもとで働いたことが何度もあった。

コナリーは、ヘリコプターからおりた。航空機の狭いスペースに長時間押し込められていたせいで、脚の力がなく、縦揺れする甲板にも慣れていないので、すこしよろけた。ヘリコプターのあいた昇降口に近づいてきたキャスターが、ローターの音に負けない大声で、テキサスなまりの強い言葉を発した。「よく来てくれた、ダン。荷物を持って、戦闘情報中枢《CIC》までいっしょに来てくれ。一刻を争う状況なんだ」

六隻から成る艦隊の旗艦、強襲揚陸艦〈ボクサー〉のCICは、ネイヴィーグレイに塗装された広々とした空間で、コンピューター、電話、通信機器がいたるところにあった。空いている隔壁すべてにホワイトボードが吊られ、海軍艦のつねとして、天井にケーブルやコードやパイプが縦横に張りめぐらされている。たいして明るくもない蛍光灯に上から照らされていて、薄暗く陰気な感じだった。

大型液晶モニター二面にデジタル地図がいくつか表示されていたが、大きなテーブルにひろげられた紙の地図のほうが、注目の中心だった。艦隊の六隻すべてが、そこに記されていた。コナリーは、その海図台を見た。アセテートの透明オーバーレイに、マーカーで最新情報が記入されていた。

タンザニアのダル・エス・サラーム沖に、ブルーの長方形がひとつ描かれていた。それが、上陸と出撃に備えている〈ボクサー〉の海兵隊部隊のシンボルだった。

キャスターが海図台に近づき、コナリーの肩に手を置いていった。「よし、みんな、コナリー中佐だ。ペンタゴンの戦略・計画・政策部から派遣された。この任務をわれわれが実行するやりかたについて、助言してくれる。今回のことすべてに関する国の決定との連絡担当にもなってくれる。

　ダン、われわれに伝える情報はあるか？」

「大佐、われわれが立ち向かうものと、今回のことすべてについて、いくつか伝えることがあります」

「なんだろうと助かるよ。われわれはほとんどなにも見えない状態で飛んでいるんだ。関連する事柄はすべて、中央が握りつぶしているようだ」

「そのとおりです。状況はこういうことです。世界各地で起きていることを、だれもがずっと注目しているはずです。台湾での動き……そして米軍将官ふたりのスキャンダル——こちらはロシアが画策したものですが、開戦の火蓋《ひぶた》となりました。インド太平洋軍《INDOPACOM》が呼び戻され、友好国である台湾を支援するために、全地球対応部隊《グローバル・レスポンス・フォース》がアジアに送り込まれました。つぎがヨーロッパで、クリスマスの祝日に起きました。まったく関連がなさそうな大事件ですが、いまは戦いの二発目のパンチだったとわかっています。アフリカ軍《AFRICOM》と欧州軍《EUCOM》への攻撃で、いずれも指揮統制系統がずたずたにされたうえに、残っていた即応部隊の大多数が、ロシア軍をヨーロッパから駆逐するために使われた。いまもヨーロッパでの戦いはつづいていますが、われわれはかなり順調に対応しています。

　ロシアは、ここアフリカでわれわれの対応が限定されているか、皆無であることに賭けたんです。ある意味で、一発目と二発目はフェイントでした」

「つまり、その喩《たと》えでいえば、ロシア軍のアフリカ上陸は、三発目のパンチだったんだな?」キャスターがきいた。

「はい、われわれはそう確信しています」

「そして、ロシアの最終目標は、モンバサに近いこの鉱山なんだな?」

「そのとおりです。ロシアは、西側が中台問題で手いっぱいになっている隙に、鉱山を奪取しなかったら、レアアースをすべて西側から買わなければいけなくなるという危機感にとらわれているようです。レアアースは、ミサイル、誘導システム、コンピューターなど、さまざまなものに必要です。われわれがそれを禁輸すれば、ロシアはテクノロジーの面で石器時代に逆戻りしかねない。西側と中国にこびへつらい、行儀よくしていないと、経済制裁の鉄槌をくらうおそれがある。それは冷戦時代にソ連が直面した状況よりも厳しい脅威であるはずです」

　キャスターはいった。「つまり、ロシアはこれを成功させるために、大きな賭けをしている。つまり、勝つためにとことんやろうとしている」

「そうです。将来、西側の影響力から脱して自由になろうとしています。コンピューター時代に、独立した経済を築こうとしています」

「それなのに、ロシア軍の総力を投入しないのは、どういうわけだ?」キャスターは、地図上のロシア軍のシンボルを指さした。「ロシア連邦軍が使える戦力は、こんな程度ではないはずだ」

「機動性の高い小規模な部隊のほうが、隠匿《いんとく》できると思ったからでしょう。いま、ロシア軍はヨーロッパから撤退しています——ロシア軍を撃退して封じ込めたとNATOが思い込むだろうという予測に基づく行動です。それに、アメリカの戦力のかなりの部分を太平洋にふりむけさせることにも、成功しています。ロシア軍が鉱山を奪取する前に、アメリカがここに派遣できる部隊は、ごくわずかです」

「ロシアは鉱山をどうやって奪取するつもりだ？　つまり……AFRICOMが崩壊していても、遅かれ早かれ、ロシア軍を排除する部隊をわれわれは配置できる」

「それがまだ解明できていません。ロシアになんらかの計画があるのだということだけは、いえます。増援が行なわれるのかもしれないし、ムリマ山を占領したあとでケニア政府と政治取引を行なうつもりなのかもしれません……なにかあることはたしかですが、まだわかりません」

状況に未知の要素があることが、キャスターは明らかに気に入らないようだった。だが、もうその話はせずにいった。「応援が来るまで、どれくらいかかる？」

「〈カール・ヴィンソン〉空母打撃群がこちらに向かっていますが、沖合に到着するまで三日かかります。それまでは、大佐の部隊だけでやらなければなりません」

キャスター大佐が、あらためて地図を見た。「ロシア軍がイランを通過しているときの衛星画像からして、敵は強化された一個自動車化旅団のようだ。われわれには、そういう機甲部隊に対抗できるような兵器がない。われわれの潜水艦が、ジブチ港でやつらのタンカーを撃沈したので、燃料はかなり減ったはずだが、機甲部隊は無傷のままだから、鉱山を簡単に奪取できる」

コナリーはいった。「われわれには航空戦力もあります。海軍と海兵隊の攻撃機が」

「たしかにそうだが、ロシア側もそれは予測しているだろう。ロシア軍の対空兵器はかなり充実しているはずだ」

「ええ、おっしゃるとおりです。中国製の最新ミサイルがあると思われます。ロシアの工場で生産を増やせばわれわれに気づかれるので、中国から買ったようです」

「勝算は一対四というところだろう。それに、いまのところ、丘の向こうから騎兵隊が応援に駆けつける見込みはない」キャスターはいってから、口もとに淡い笑みを浮かべた。「海兵隊はそういう勝ち目の薄い戦いを、いつだって夢想しているものだがね」

キャスターと幕僚たちは、地図を穴があきそうなほど見つめ、予定表を検討して、結論を下した。各部隊本部から幕僚が参集したなかで、コナリーは海軍と海兵隊の部隊と艦艇の、実質的な企画主任幕僚の役目を担《にな》っていた。さいわい、コナリーは大規模作戦をまとめあげる経験が豊富だった。ひとつだけ弱点があるとすれば、その経験がアフガニスタンとイラクでの反政府勢力との戦いに限られていることだった。ロシア軍との戦いは、それとはまったく次元が異なる取り組みになるだろうと、立案チームの意見が一致した。チームの面々は精いっぱい作業して、上陸とその後の強襲計画を組み立てた。

一時間後、コナリーと新企画チームは、指揮官たちに充実した内容の作戦手順を説明した。

まず、ダル・エス・サラーム港に向けて航行する。そこで連隊が上陸し、装備と車両を卸下《しゃが》して、北のケニアに向けて移動し、鉱山を防衛する。

艦長が質問した。「航海長、ダル・エス・サラームまでの所要時間は？」

「桟橋《さんばし》に接舷するまで十六時間です」

キャスターがきいた。「桟橋での卸下にかかる時間は？」

「車両を陸揚げするのに十時間ないし十二時間かかると計算しています、大佐」

コナリーはつけくわえた。「ムリマ山まで、さらに十六時間かかります」

キャスターが口笛を鳴らした。「なんと、ぎりぎりになる。ミスがあったり、悪天候に見舞われたりしたら、ラザールのほうが先に着く。やつが鉱山にはいったら、十二月の鹿に取り付いたダニ同然だぞ」

コナリーはいった。「たしかに」

キャスターが、地図上でムリマ山に指を置き、そこから北になぞった。「われわれには空中機動部隊がある。やつらにはない。つまり、速度と奇襲の面では、われわれが優位だ。それを使いたい。二十四時間後に妨害攻撃を行なう。ロシア軍のルートにある都合のいい地形を見つけてくれ。速度を落とさざるをえない場所、横にひろがることが不可能な隘路《あいろ》を」

キャスターは、なおもいった。「軽機甲偵察と、強襲偵察海兵《フォース・リーコン》の統合末端攻撃統制官《JTAC》を先行させて、北に配置し、ロシア軍の鼻面《はなづら》を一度叩く。海兵隊と戦うことになるというのを、わからせる」

　コナリーはいった。「その戦闘に参加する許可をいただきたい。揚陸してＬＡＶ‐25軽装甲車を使えば、ほかの手段よりも速く移動できます。主力が鉱山を目指すあいだに、ＬＡＶで先行して、ロシア軍と邂逅《かいこう》する」――地図をすばやく見た――「モヤレがいい。エチオピアとケニアの国境にあります。ラザールが到着する前に、二十四時間でそこへ行けます」

　キャスターがしばし考えてからいった。「許可する」

　コナリーはさらにいった。「ラザールの部隊の構成が、もっと詳しくわかればいいのですが」

58

ジブチ共和国　ジブチ市
ジブチ港
十二月二十八日

大破したイラン艦から噴き出した三本の巨大な火柱が、火山の噴煙のように空を焦《こ》がした。火柱は三〇メートル以上の高さに達し、その輝きがジブチ市をくまなく照らした。

船体が裂けたタンカー二隻から燃料があふれ出して、湾内が火の海になった。燃える燃料が桟橋《さんばし》にも流れてきて、炎の波がコンクリートに押し寄せ、数時間前には平穏で整然としていた港が完全に破壊された。

弾薬を積んでいた輸送船では、火災による弾薬の爆発がときどき起きていた。船艙《せんそう》のロケット弾やミサイルが誘爆し、花火のようにはぜ、飛びまわって、空中で爆発したり、地上や海上に落下したりしていた。

船団の貨物船一隻の隣に係留されていた弾薬輸送船は、なかば水に没し、港の奥の浅瀬の砂に着底していた。燃えている部分が突き出しているありさまは、水に浸かった墓場から火がついた手足の骨がはみ出しているような感じだった。

この世のものとも思われない、すさまじい破壊を見て、地元住民も外国人もいちように十字を切り、アラビア語やフランス語などで祈っていた。

湾口の向こうの水平線では、イランとロシアのタランタル級コルヴェットが、高速で水面を縦横に航走し、襲撃を行なった潜水艦を躍起《やっき》になって捜していた。

ボリス・ラザール陸軍大将は、桟橋が正面に見えるところにとめた指揮統制用装甲人員輪送車《BTR》の砲塔席に座り、なおもつづいている大敗北のもようを無表情に眺めていた。大規模な破壊は何度も目にしてきた。ダゲスタンのイスラム教礼拝所の表に、死体が薪《まき》の山のように積まれているのを見た。ウクライナで、小さな村が砲撃によって煙が立ち昇る穴と化すのを見た。アフガニスタンの勇敢だが寡勢《かぜい》で勝ち目のないイスラム聖戦士《ムジャーヒディーン》多数が、山の斜面で航空攻撃のために壊滅するのを見た。そのときとおなじように、ラザールは超然としていたが、水平線で踊る炎や煙を見て、当時の戦闘の痛みがよみがえった。

ラザールは顎《あご》をこすり、四隻の艦船が炎に引き裂かれるのを眺めていた。ふたたび爆発が起きた。今度は、弾薬輸送船の対戦車兵器のようだった。ミサイルに引火して、でたらめな方角に飛び出し、螺旋《らせん》状の煙が何本も、海の上に昇っていった。

逆上した声の無線交信をしばらく聞かずにすむように、ラザールはヘルメットを脱いでいた。指揮官と作戦主任幕僚のキール大佐のやりとりを聞くのには、耐えられなかった。損害報告が、間断なく届いていた。

そういう無線交信は、べつの土地、べつの時代、べつの戦闘で、何度となく聞いた。思い出したくもないほど何度となく、正気を失う寸前で絶望にかられている男たちの声に耳を傾けたことがある。

戦争はどれも似通ったところがある。

ラザールは、胸をふくらませてから大きく息を吐き出し、この悲惨な状況の持つ意味を考えようとした。

この任務の攻撃段階をはじめるにあたって、最適の成り行きとはいえないと思った。じっさいは、それどころではないはずだった。

ボルビコフ大佐が、憤然とラザールの車両の横に来た。ラザールは目の隅でボルビコフの姿を見たが、無視した。ボルビコフがBTRの車体を登ってきて、空いたままのハッチの横で膝《ひざ》をついた。そこでようやく、ラザールはBTRの車内ですぐ前に座っていたキール大佐に視線を据えた。キールはメモ用紙を持って、無線通信を聞きながら数字を書き留め、損害報告を確認して、損耗《そんもう》の全体像を把握し、任務にあたえる影響を判断しようとしていた。

ボルビコフが、咳払いをした。「大将」

「ちょっと待て」ラザールは、なおもキールの肩越しにメモを見ていた。

「大将」ボルビコフが執拗《しつよう》にいった。「港湾地帯から移動する必要があります。ここではアメリカの爆撃機のターゲットになります」

ラザールは、ようやくゆっくりとボルビコフのほうを向いた。「大佐、わたしに指揮のとりかたを教えるつもりかね？　いましばらく待てば、報告を分析し、回収できるものとできないものを判断できる」

「大将、状況を勘案なさっていることは承知しておりますが、時間割《タイムライン》がありますし、それを守っていただきたいのです。ヨーロッパでの行動は成功しましたから、ここでちょっとした停滞があっても、兵員を確認して先へ進まなければなりません」

ボルビコフは、慎重に言葉を選んでいた。ラザールが陣容の立て直しに手間どるのをやめさせ、ただちに行動するように仕向けたいという狙いがあった。また、軍隊の礼儀やしきたりを破らないように気をつけながら、ラザールが受けた損耗に自分は責任がないことを、明らかにしたかった。

ラザールが答えた。「ボルビコフ大佐、損害査定がすめば、どのように進めればいいかわかる。その前に移動を開始するのは愚かだ」さらにつけくわえた。「きみの〝特殊な貨物〟は損壊していないだろうな」

鉱山を維持するために核砲弾を使って脅す代替案を知っているのは、ラザールだけだった。だから、キール大佐やそのほかの兵士がまわりにいるところで、口にすべきではなかった。人脈が豊富ではない大佐なら、営倉に送られることはまちがいないような鋭い目つきで睨《にら》みながら、ボルビコフはいった。「わたしの装備はなにひとつ損壊しておりません、大将」

「よろしい。では、スペツナズの部下のところへ戻ったらどうかね。わたしは歩兵たちとやる仕事がある」ラザールは片手をふって、ボルビコフを斥《しりぞ》け、キール大佐とメモに注意を戻した。

ボルビコフは、ラザールの仕打ちに怒り狂っていたが、正規軍がこういう大損害を受けたときには、それなりの措置が必要だというのはわかっていた。いいたいことはいったのだし、たとえ階級が大佐でもクレムリンやアナトーリー・リフキン大統領と裏チャンネルで強く結びついているのを、ラザールも承知しているはずだ。

ボルビコフは、指揮統制車から離れて、細長い桟橋を自分のＧＡＺティーグルに向けて歩いていった。そこで部下の集団が、戻ってくるのを待っている。

キール大佐が、無線で話をしながら、ラザールのほうを向き、メモの〝戦車〟という単語にアンダーラインを引いて、大きな赤い×印をつけた。その横に〝自走高射機関砲《ＺＳＵ》？〟と書いた。ラザールのほうをちらりと見ると、ラザールがうなずいて、了解し、承認することを示した。キールの進言は明確だった――部隊のＺＳＵは進発するが、Ｔ‐90戦車四十一両は、つぎのタンカーを手配するまで、ジブチ港に残さざるをえない。戦車は他の装甲車や装備よりも、大量の燃料を消費する。キールは手持ちの燃料を計算して、馬鹿でかい鋼鉄の野獣がエチオピアとケニアを横断して鉱山まで行くだけの量がないと判断したのだ。

ラザールはいった。「モスクワに連絡しろ。イランから燃料を送ってもらおう。どういうやりかたでもいいから、戦車を鉱山に配置しなければならない。Ｔ‐90なしでもムリマ山は奪取できるが、戦車なしで守り切るのは難しいだろう」

「損害報告をまとめたら、すぐに連絡します、同志将軍」キール大佐はすぐさま無線交信を再開し、連隊の兵站《へいたん》幕僚の報告に応答した。ジブチ港の海底に沈んだ車両のリストを、兵站幕僚が詳しく述べた。


ボルビコフがみずから選んだスペッナズ隊員たちが、周囲に目を光らせていた。破壊のもようをたしかめようとして近くの倉庫の窓やドアから表を覗《のぞ》くごく少数のジブチ人に、ライフルの狙いをつけることもあった。ロシア兵の態度は一変し、冷酷でゆるみのない姿勢になっていた。いまや本格的な戦争が開始された。勝手に通り道を横切ろうとすれば、ろくに質問もされずに撃ち殺されるはずだった。

部下たちがこの作戦の重要さをあらためて認識していることを察し、ボルビコフの顔に苦い笑みが戻った。

この大破壊にも利点はあったと気づいた。部下たちを動かすのが容易になった。彼らの怒りを大胆なリーダーシップで操れば、任務の目的に向けて駆り立てるのが容易になる。

この兵士たちには、必要とあれば自分の命を投げ出す覚悟がある。ボルビコフは、部下にも上官にも、そういう忠誠を期待していた。さきほどＡＫ－47を空に向けて撃って、冷静になるよう求めたことで、性根をはっきりと示すことができたにちがいない。

結構、ボルビコフは心のなかでつぶやいた。この作戦を遂行するには、鋼鉄のような度胸が必要だ。ここでじっとして敗北後の陣容建て直しを行なっていてはいけない。

木箱が壊されてあけられ、ラザールの部隊の兵士たちが、武器を取り出しはじめたが、ボルビコフのスペッツナズ隊員たちが、それを押しのけて、ほしいものを取った。

ボルビコフは、その騒動をしばらく見ていた。兵士たちの多くは、ボルビコフとスペッツナズ隊員たちを、恐怖を目に浮かべて見守っていた。

ボルビコフもそこへ行き、9K333ヴェルバ携行型地対空ミサイル発射器を持ちあげて、両手で重みをたしかめ、照準システムを入念に点検した。ロシア語で〝ネコヤナギ〟を意味するヴェルバという名称の発射器は、多波長域光学目標追尾装置と三種類――紫外線、近赤外線、中赤外線――の感知装置を備えている。それにより、ミサイルのコンピューター頭脳は、三つの手段でターゲットを捜索して、識別できるので、チャフやフレアーに惑わされるおそれがすくない。

ボルビコフは、最新型のミサイルを支給されている歩兵のひとりをつかまえてきいた。

「おい、おまえ。ヴェルバの撃ちかたを知っているか？」

「はい、知っております。ボルビコフ大佐」兵士がすかさず答えた。いいぞ、とボルビコフは思った。下っ端の兵隊でも、わたしを見てだれだかわかる。

「この兵器の構成部分《コンポーネント》六つはなんだ？」ボルビコフはきいた。

兵士は地面を見つめて、集中しようとした。「六つのコンポーネントがあります。熱電池、昼夜両用照準システム、ピストルグリップ、発射筒・ミサイル格納部、発射システム、それと……えー……」

「おまえはきちんと訓練されていないな」ボルビコフは、べつの兵士のほうを向いた。その軍曹が、自信ありげにボルビコフの視線を受けとめた。「おまえだ。六つ目のコンポーネントは？」

「敵味方識別レーダー・アンテナです」軍曹が答えた。

ボルビコフは、発射器を軍曹に渡した。「よろしい。きちんとした訓練を受けているものだけに渡すようにしろ。今後の米軍機との戦闘で必要になる。おまえたちは地上部隊を護《まも》るのが役目だ。それを忘れるな」

キール大佐が、そばにやってきた。「ユーリー、哨戒・偵察チーム（陸上部隊の〝哨戒〟は、敵の奇襲防止、味方の意図秘匿と掩護、敵小部隊の捕獲や撃破、情報収集などを目的として巡回することを意味する）を出す準備ができた。しかし、戦車用の燃料が足りない。無念だ。使ってもかまわないと思うのだが、ボスは根っからの機甲部隊将校だからね」

ボルビコフはいった。「軽装甲・中装甲車両だけでも、鉱山を奪取するのにじゅうぶんな数がある。それにモスクワが燃料を送るよう手配するはずだ。つぎのタンカー群が出航する前に、きょうの大損害を引き起こしたやつをわれわれの潜水艦が見つけて撃沈するだろう」

ドイツ　ゲルリッツ付近
米空軍前進飛行場

十二月二十八日

ジョーンズ空軍兵長は、飛行隊の残存機について、一機ずつ整備即応性を説明した。作戦と飛行が可能なウォートホグが当初は十八機あったが、いまは八機しか残っていない。

戦死した空軍兵士の遺体が、航空機用テントの前に横たえられた。戸外の気温が低いので、戦没者取扱業務《GR》担当が収容のためにゲルリッツに来るまで、黒い遺体袋に入れてそこに置いておくことができる。

上級司令部はいまもかなり混乱しているので、ＧＲ担当が手続きを終えてここに来るまでどれだけかかるのか、見当もつかなかった。

弾丸があけた穴と、弾子による裂け目から、野戦テントのなかに光が射していた。

数時間前のロシア軍特殊部隊による突然の地上攻撃によって、搭乗員十二人、部隊でもっとも経験豊富な整備班長の下士官ひとりを含む整備員数人が命を落とした。

攻撃は撃退したが、戦列が崩壊しているロシア軍機甲部隊から遠く離れたドイツ国境付近に、ロシア軍特殊部隊が残っていることが確認された。しかも、スペツナズは、ＮＡＴＯにいまなお残されている強みを見つけてそれを容赦なく取り除こうとしている。

戦闘中に二機が破壊され、そのうち一機は米軍が滑走路に使っているハイウェイの縁で、いまもくすぶっている。

攻撃後、整備員たちは数時間かけて、航空機と仮設の前進飛行場を修繕した。凍りつくような雨と、体の芯《しん》まで冷えるような風のなかで、修理できる見込みがない機体からパーツをはずし、休みなしに働いて、A－10ウォートホグ八機を飛べる状態にした。

ジョーンズが説明を終えると、暗い状況に直面しているなかで、ブリーフィングを締めくくるために、大佐が激励演説を行なった。「みんな自分たちの目的はわかっているな。地上の彼我の状況を、理解しているはずだ。敵を追撃している米独混合機甲連隊は、ロシア軍がベラルーシに逃げ込む前に叩きのめすために、諸君の支援をあてにしている。ポーランド軍は――賢明なやりかただとわたしは思うが――国境を敵が越えてきた場合に備えて、機甲部隊をワルシャワ付近に配置している。ポーランド側はすでにかなりの戦死者を出していて、今後できるだけ損耗がすくなくなるように、やはり諸君を頼りにしている。

戦争の犬たちを引き戻せという命令を受けるまで、諸君が徹底して自分たちの仕事に邁進《まいしん》することを、諸君の国は期待している。

心から打ち込み、めいっぱい注力し、そして気をたしかに持ってほしい。独りだけで英雄になろうとしてはいけない。さて……表に出て、亡くなったひとびとのために祈り、わたしたちを見守ってほしいと頼もう。わたしたちが任務をつづけるあいだ、祝福してほしいと」

追悼《ついとう》が終わると、シャンクとその部下になったパイロット七人が、小走りに飛行列線へ行き、それぞれの乗機に乗り込んだ。彼らの前方で東にのびている高速道路《アウトバーン》の平坦《へいたん》な長い直線は、滑走路に使われている。敵の攻撃によってできた穴は急遽《きゅうきょ》埋められ、頑丈なA－10の離陸には支障がなかった。

A‐10ウォートホグ自体も、使用する滑走路の痛めつけられた舗装面とおなじように、かなり傷だらけだった。胴体の弾痕を補修され、人力でカットした金属板のパネルをリベットで留め、補助翼《エルロン》を交換していた。八機とも被弾の痕《あと》が生々しかったが、パイロットたちは気にしていなかった。整備員を信頼して命を預けていたし、レンチを操る整備員が、安全に飛べるといえば、それでじゅうぶんだった。

シャンクは、折りたたみ式梯子《はしご》を昇って、コクピットに脚からはいり、機体をぽんぽんと叩いてから、ハーネスを締めた。防弾キャノピイを閉めて、パチンという音とともに密閉した。エンジン始動手順を行ない、スロットルレバーをほんのすこし押した。

キャノピイから左を見て、ジョーンズ兵長の敬礼に答礼した。ジョーンズは右腕を三角巾で吊っていたので、左手で敬礼した。シャンクはエンジンの推力をあげ、前進飛行場の管制官に離陸することを無線で伝えて、高速道路4号線を滑走しはじめた。ほどなく灰色の雲が低く垂れ込めた空に向けて上昇した。小編隊の僚機七機が、うしろでつぎつぎと離陸した。

ジブチ共和国　ジブチ市
十二月二十八日

パスカル・アルク＝ブランシェットは、〈ラ・メール・ルージュ〉の屋上に通じる、狭いコンクリートの階段を昇っていった。屋上の下の階にあるプールは、ひっそりとしていた。パスカルは、きょうはだれもいないだろうと思っていたが、フランス人経営者のトリスタンが、階段の上にある鉄の門の向こうにいて、昇ってくるパスカルをじっと見おろしていた。

「さて、どんなご用件ですかな？」パスカルが息を切らしながら昇っていると、トリスタンがきいた。

「ああ、トリスタン、わが旧《ふる》き友」パスカルはいい、鉄の門の前で立ちどまり、門につかまって体を支えた。「きょうにかぎって、わたしを締め出すのか？」

「まあ、あんたがわたしを〝わが旧き友〟と呼ぶときには、鍵をあけるのをためらうね」

「ふざけているひまはないんだ。入れてくれ」

トリスタンが、同国人の友人の目を覗き込んだ。「わたしをなにに巻き込むつもりだ？」ときいてから、ギシギシ音をたてる古い門の鍵をあけた。

「イッジラや娘たちは？」パスカルはきいた。

「いない。わたしにも目と耳があるんだ。ロシア軍が来るのを見たし、アメリカの魚雷をくらったあと、港で地元住民にだいぶひどいことをやったと聞いた。女たちは三十分前によそに行かせた」

「あんたはいつも、情報を音速なみの速さで知るんだな」

「こっそり耳打ちしてくれる人間が、いまも何人もいる。しかし、女たちをよそに行かせたのは正解だったようだ。なぜなら、あんたとわたしは、これからほんとうに嫌な仕事をやらなければならない……われわれの国のために」

「そうだ……ほんとうに嫌な仕事だ」パスカルはいった。「しかし、あんたがいうように、われわれの国のためだ」

トリスタンは、遠い昔に外人部隊の一員としてジブチに配置され、ジブチ人のすごい美女に心を奪われてから、一度もフランスに帰っていない。羊飼いの娘にスーパーモデルがいたのだ。トリスタンは彼女と恋に落ちて、求婚し、部隊が移動したときに、かならず帰ってくると約束した。それは一時の情熱で、節義は守れないだろうと思い、イッジラは信じていなかった。数年後、退役したトリスタンがアフリカに戻ってきて、ふたたび求愛した。トリスタンがイスラム教徒に改宗したことで、イッジラの父親が軟化した。多額の寄付をしたことで、部族も納得した。結婚し、美しい子供が四人生まれた。トリスタンは移住者として、〈ラ・メール・ルージュ〉を経営し、パスカルの知っているなかでもっとも幸福な男だった。愛情深い父親で、息子と娘がふたりずついる。息子たちは商売ができるくらい成長しているし、母親似の娘たちは、レストランを訪れる埃《ほこり》まみれの疲れた旅人の心を奪うような年になっている。彼女たちに会いたいために、頻繁《ひんぱん》に来る客も多い。

十分後、パスカル・アルク＝ブランシェットは、抗弾ベストなどの装備を身につけている、自分よりも大柄な息子を、精いっぱい強く抱き締めた。アポロは父親を抱擁《ほうよう》し、だいぶ長いあいだ抱き締めていた。ふたりは一年前のクリスマスから会っていなかったが、一週間に一度、電話で話をするのが習慣になっていた。

ふたりは、レストランのバルコニーで、ビストロテーブルを挟んで腰をおろした。遠くで港の上に煙が靄《もや》のように漂っていた。

トリスタンが、早くもコーヒーのトレイを用意していて、トリスタンの息子のひとりが運んできた。アポロはすかさず注いで、ごくごくと飲んだ。

小さなテーブルに向かってコーヒーを飲んでいるふたりは、傍目《はため》には突拍子もない組み合わせだった。ツイードのジャケットを着ている、たてがみのような銀髪の高齢の紳士と、無線機のヘッドセットとマイクを頭につけて、ヘルメットをかぶり、抗弾ベストと砂漠用迷彩服を着て、ライフルを胸から吊るしている体格のいい若い兵士が向き合っている。

アポロは、カップを置いていった。「パパ、いっしょにはいられないんだ。ロシア軍の前衛がまもなく町を出る。哨戒・偵察チームを先行させるはずだ」

「わかっている。おまえは部下に頼りにされている」

「パリ行きの飛行機に乗ればよかったのに」

パスカルは、肩をすくめた。「いまはここがふるさとなんだ。離れられない」

「安全じゃないよ」

「まだ衛星携帯電話がある。じきに電波が届くようになるだろうし、ロシア軍の進発、損害状況、出発した部隊の構成について、NATOに最新情報を伝えられる」

「ここにいたら危険だとは思わないのかな?」

「いや《ノン》、ちっとも《パ・デュ・トゥ》。しかし、おまえのことが心配だ」

「自分の仕事は心得ているよ」

パスカルは、息子の筋肉隆々の肩に手を置いた。「ミュルタド・アプリ・キ・ビアン・コヌイスターン（『ロランの歌』より。訳はパスカルが述べているとおり）」

アポロは、あきれて目を剝《む》きそうになるのを我慢した。「おれが古代フランス語を知らないのを、知っているはずだよ」

「ああ、だが心境はわかるだろう。〝闘いの痛みを知るものは多くを学ぶ〟」

アポロは、コーヒーを飲み終えた。「ごめん、もう行かないといけない」

だが、パスカルは中世の叙事詩からの引用をなおもつづけた。「〝彼は苦難に打ち勝って数多くの土地をめぐった／いくたびも鋭い槍や矛《ほこ》で痛手を受けた／数多くの強力な王を打ち殺し、打ち負かした。はたしていつ戦いをやめるのだろうか？〟」

アポロは立ちあがった。「ロシア人を叩きのめして、シベリアに追い返すまではやめない」ブームマイクの下で、笑みを浮かべた。「パパはシャルルマーニュ大帝が好きなんだね」

「おまえの姉のほうが高い教育を受けたかもしれないが、わたしは戦士の息子を誇りに思っている」

「イヤホンから連絡が聞こえる、パパ。気をつけて」アポロは、フランス式に父親の両頬にキスをして、階段に向かった。

「おまえも気をつけるんだよ」

パスカルは、息子を見送ってから、双眼鏡、衛星携帯電話、携帯電話を持った。ロシア軍のスペツナズが手際よく基地局を破壊し、衛星信号を妨害しているので、電話はどちらもほとんど使えないが、町を出るロシア軍部隊の規模と装備をこの目で見て、なんとかしてパリに伝える方法を見つけなければならないと、パスカルは思っていた。


下におりたアポロは、フランス大使館の警備部が置いていったおんぼろのトヨタ・ハイラックスのピックアップ二台のそばで、部下と集合した。竜騎兵の残りは、アディスアベバから来るパイロットごと雇ったヘリコプター三機に分乗するために、先に出かけていった。

レストラン前に集合したアポロの小規模な部隊は、重武装で、ハイラックス二台に乗り込むあいだ、近くにある市場《いちば》のあらゆる場所に警戒の目を向けていた。アポロが二台目のリアシートに乗ると、コンスタンチン伍長が無線機の受話器を持って待っていた。

「ボス、ダリエル軍曹が、SA330ピューマのうちの一機が、整備に問題があって飛べないといってます。あとの二機を使うかどうかときいてます」

「ピューマ二機では全員乗れないし、部隊を分けたくない。ピックアップかボンゴトラックを見つけて乗るようにいってくれ。空港で働いているジブチ人から買ってもいい。ただし、予備燃料は用意しないといけないし、急ぐ必要があると伝えてくれ。われわれが三十分後に到着するから、ただちに出発できるように準備しろ、と」

「了解です。伝えます」

アポロは、父親が監視所に使っている四階建てのレストラン〈ラ・メール・ルージュ〉のほうを、もう一度ふりかえった。父親は明らかに地形を熟知している。ロシア軍が南へ進むには、道路三本のうちの一本を通らなければならない。抜け目のないパスカルは、あの高みから、道路を三本とも見張ることができる。

ロシア軍があの建物が監視に適していることに気づいて、たしかめるためにチームをよこさないことを、願うしかなかった。町のあちこちでスペツナズ・チームが活動していることはまちがいない。いま監視されていないという確信もない。

ピックアップ二台はガタゴト揺れながら、空港に向けて出発した。時間との勝負だということを、竜騎兵たちは承知していた。ロシア軍機甲部隊と遭遇する前に、町を出なければならない。

59

アデン湾
攻撃原潜〈ジョン・ウォーナー〉
十二月二十八日

米海軍の攻撃原潜〈ジョン・ウォーナー〉は、ジブチ市の北、ムチャ島の南の、浅い砂の海底に何時間もとどまっていた。最適な速力で外海を目指すという緊急作業を、これからはじめようとしていた。もっと深いところまで行けば、タジュラ舟状海盆《しゅうじょうかいぼん》（海底の細長い窪地。浅く、側壁の傾斜が小さい。トラフ）が東西にのびている。そこを通れば、アデン湾に出て、捜索しながら徐々に接近しているロシア艦のソナーから逃れることができる。

ダイアナ・デルヴェッキオ艦長は、作業に集中して、乗組員に矢継ぎ早に命令を下していた。「操舵《ヘルム》、破泡音《キャヴィテーション・ノイズ》に気をつけて。哨戒長《OOD》、最大速力がほしいけど、音をたてないようにして。水測《ソナー》、他の艦船の音に警戒して。それから、潜航指揮官、余裕水深を、五分ごと、もしくは変化するたびに報告して」

潜航指揮官が、最初に応答した。「はい、マーム。余裕水深一八〇フィート」

哨戒長がいった。「音はごく小さいです。各科ともに、全乗組員が現時点よりQSOだと報告しています」こういう場合のために、無音艦艇《QSO》運用の手順が定められている。

最後に、操舵員が報告した。「マーム、六ノットで変わらず。速力と深度を維持しています」

「了解」デルヴェッキオは、これからの数手を必死に考えていたので、機械的に答えた。タジュラ舟状海盆までは七・五海里。速力六ノットで、その深海への出口まで一時間ほどかかる。だが、そんな時間の余裕はないと、デルヴェッキオにはわかっていた。ロシア艦は、かなり迅速に捜索を行なっている。速力を上げるよう命じれば、〈ジョン・ウォーナー〉のスクリューが破泡音を発する。スクリューの後方で気泡が潰れ、ソナーを備えた四方の艦艇にかなりの距離から探知されてしまう。

　なにか方法があるはずだ。何年ものあいだに記憶したさまざまな問題解決の手法が、頭のなかを駆けめぐった。数学的な解決策を探すあいだ、数字が整列した。速力、距離、深度、潮流、騒音などを表わす数値――一隻目の軍用潜水艦が導入されてからずっと、潜水艦乗りが思い悩んできた要素だった。

　水測員がいった。「マーム、コンタクト3、方位二三八が、反響測距《アクティヴ》を発信しました。距離八海里です」

　副長がつけくわえた。「なにかを見つけたと思ったのか、それともわれわれを隠れ場所から追い出そうとしているのでしょう」

「そうね。島影のおかげで、すこしは時間を稼《かせ》げるけど、まもなく接近してくるにちがいない」

腹に響くドーンという音が、船体を通過し、強い衝撃で〈ジョン・ウォーナー〉が揺れ、乗組員の歯が鳴り、海図台の上で筆記具が跳ねた。なんの音かは、だれもが知っていた。

水測員がヘッドホンを投げ出し、痛そうに耳をさすった。

「爆雷だ」副長が、だれもが推理していたことを口にした。「だいじょうぶなのか、水測？」

「だいじょうぶです……予期していなかっただけで。艦艇の音を聞き分けようとして、ゲインとピッチを最大に上げていました。水飛沫《みずしぶき》の音が聞こえたような気がして」

「聞こえたのは、爆雷が落ちた音だったわけだな」

デルヴェッキオは、乗組員のほうを向いた。打つ手を決めたのは、明らかだった。「副長《XO》、いちばん近いロシア艦、ムチャ島、本艦が一直線上に並ぶように移動する。島影を利用する。島の角をまわったら、全速力で、傾斜している海底に沿って深度を下げる。スクリュー音は島の周囲で屈折する。われわれの位置について、偽の信号をロシア艦が聴知するように仕向けるのよ。音波は反対方向に曲がり、ロシア艦は全速力でそれを追うはずよ。前例があったのを資料で読んだけど、わたしは浅海でつかまってこれをやらざるをえなくなったことは一度もなかった。長時間、騙《だま》しつづけるのは無理だけど、敵は島の南側で闇雲《やみくも》に爆雷を投下するぐらいだから、偽の方位をあたえてやれば、それを追うにちがいない」

「わかりました、マーム」副長がいった。「水測、もっとも近いロシア艦二隻を測定して、方位を教えてくれ。操舵、針路変更に備えろ。基本方位がわかったら、加速する」

デルヴェッキオは、前の手摺《てすり》を握り締めた。偽の音響でロシア艦を幻惑し、加速して舟状海盆にはいり込んで、変温層の下へ潜って、アデン湾に逃れるつもりだった。

ジブチ共和国　ジブチ市

十二月二十八日

パスカルは、〈ヴォルテックス〉の双眼鏡で、ジブチ市を出ていく最後のロシア軍車両を観察した。それから、双眼鏡を置き、目を閉じて休ませた。たとえようもない大きな安堵《あんど》がこみあげた。

ロシア軍旅団の車両がすべて、まだ完全には鎮火していない港から南に向けて進発するのに、八時間以上かかった。ヴェニス通り、国道1号線、国道5号線を進んで、ようやく町の南に出た。パスカルはずっとそこにいて、視界のすべての装備や兵士を観察した。

ロシア軍部隊は、三個の戦闘縦隊に分かれて、ジブチ港の倉庫街から三十分置きに出発していた。一個の長い縦隊で移動すると、空中からの偵察や航空攻撃に対して脆弱《ぜいじゃく》なので、防御を強化するために分けたにちがいない。

　パスカルが見たところでは、縦隊はいずれも自動車化歩兵連隊を中心に戦術面を重視した順序で組まれ、おもに偵察部隊が独立した支隊として、それを囲んでいるようだった。

　パスカルは一日ずっと、猛烈な勢いでメモをとっていた。軍隊経験はなく、ロシアの専門家でもなかったが、監視と報告という作業にはうってつけだった。パスカルは、アフリカに駐在する一介の年配の諜報員だったが、ロシア軍の装備について詳しく知っていた。アフリカではロシアに武器を供給されている国が多いので、さして驚くにはあたらない。

　ロシア製のBTR‐82Aが、三個自動車化歩兵連隊に相当する数で、それに連隊本部が付属しているのを、パスカルは確認した。衛生中隊、二個砲兵大隊、対空車両の大規模な一個中隊、対戦車兵器一個大隊が、そこに含まれていた。すべてをひっくるめると、ロシア軍一個歩兵旅団の規模だった。

　なんてことだ《モン・デュー》、メモを見おろしながら、パスカルは思った。とてつもない規模の部隊だ。総局（フランスの海外情報機関DGSE〔対外治安総局〕）に最終報告を送信しなければならない。そしてアポロに……メモはすべてパスカルが暗号化し、ロシア軍車両を符号や特殊な言葉に置き換えて、きちんとした手書きの表に書き込んであった。

　パスカルがもっとも興味をそそられたのは、ロシア軍の大部隊の目についた装備ではなく、そこに含まれていない装備があることだった。戦車がない。重装甲車両がないことが、進発したロシア軍部隊の顕著な特徴だった。ロシア軍旅団は、戦車抜きで進軍している。速度と奇襲の要素が重要だというのは理解できるが、ジブチに上陸した時点で、奇襲の要素は維持できないとロシア軍は判断するはずだ。この大きな弱点を上司が理解するように、強調しなければならない。連隊の他の装備は、ほぼ予想どおりだった。かなりの数の装甲人員輸送車《ＢＴＲ》‐82A、装甲偵察哨戒車《ＢＲＤＭ》‐２Ｍ、コルネットＤ対戦車ミサイル搭載車、甲冑《パーンツィリ》‐Ｓ１近距離対空防御システム搭載車ユニット一組、少数のＢＭ‐30竜巻《スメルチ》多連装ロケット発射機。大型の装軌車、ＺＳＵ‐23‐４自走高射機関砲も二十両あった。

　装軌車は部隊の進軍速度を鈍らせる。時速四〇キロメートルを超えられないだろうと、パスカルは思った。

　総合すると、軽装甲車両と大型トラックに兵員二千人、装甲人員輸送車数百両とその他の装甲車両に数千人が乗っているというのが、パスカルの推定だった。

　アポロからなにか報《しら》せがないかと思って、パスカルは〈インマルサット〉衛星携帯電話を確認した。アポロからの連絡はなかったが、信号が強力になっていたし、車両縦隊に注意を集中しているあいだに、メッセージが二件届いていた。一件はＤＧＳＥからの暗号メモで、状況を問い合わせていた。もう一件はジブチの情報提供者からで、情報を教えるので会いたいと書いてあった。

　パスカルがロシア軍の縦隊を観察しているあいだに、屋上の監視所に約三十分ごとに客が来た。ガソリンスタンドの店員、トラック運転手、港湾労働者数人。いずれも情報提供者だった。

パスカルは久しぶりに、有意義な働きをしているという気持ちになった。

まず情報提供者のメッセージに返信し、〈ラ・メール・ルージュ〉で午後十時に会おうと伝えた。DGSEからのメッセージは、単純な符号で、連絡しろという指示だったので、返信し、画像を添付するメッセージがあるのでただちに送信すると伝えた。

しかし、パスカルはほかの何事よりも、息子のアポロに電話したくてたまらなかった。だが、それはあとまわしにするしかない。仕事優先だと、自分にいい聞かせた。

衛星通信でデジタルデータを送れるように、携帯電話のカメラを使って、ノートのメモを撮影しはじめた。すべて何年も前に教え込まれた速記符号で書いてある。若い諜報員はデジタル符号化を使う――四十歳以下の人間には、いま撮影しているものが理解できないだろうと、パスカルは思った。だが、DGSEには、まだこの符号を解読できる古株が残っている。

ノートのページをめくって、一枚ずつ撮影し、携帯電話のメモリーのなかで整理した。携帯電話の使いかたを会得するのに、一年近くかかった。海外電報と暗号で書いた手紙を使うのを控えるようにと通達があっても、パスカルは抵抗した。いいかげんにやめて現代に調子を合わせるようにと、本部から厳しい警告を受けるまで、従来のやりかたをつづけた。

ようやくノートのメモをすべて衛星携帯電話で撮影し、衛星経由でパリに届くように、送信を開始した。

送信には何分もかかるのがつねなので、パスカルはバルコニーの欄干《らんかん》のそばのテーブルに携帯電話を置いた。長時間、細心に監視し、情報提供者と会い、メモをとっていたため、疲れ果てていた。

米仏共同駐屯地のキャンプ・レモニエが、いまも地平線に見えている。依然として建物から煙が立ち昇っていたので、ロシア軍が到着したときに残っていたフランス軍の兵士はどうなっただろうと思わずにはいられなかった。部隊を集結させて港から出発するときに、ロシア軍は手はじめに一個連隊を派遣して、基地と飛行場を破壊したようだった。

パスカルは、欄干の間際へ行って、下の車の往来を眺めた。ロシア軍が町を出たあとで、ラッシュアワーがはじまっていた。紅茶と双眼鏡を幅の広い木の欄干に置くと、パスカルは大きな溜息をつき、〈インマルサット〉衛星携帯電話をちらりと見た。デジタルデータが六六パーセントアップロードされたことが、ディスプレイに表示されていた。

「アロー」ぎこちないフランス語がうしろから聞こえ、パスカルははっとして物思いから醒《さ》めた。

ふりかえると、ベージュ色のシャツとバミューダショーツを着た大柄な男が、階段の上に立っていた。ジブチではめったに見られない、欧米風のくだけた服装だった。トリスタンが雇った〈ラ・メール・ルージュ〉のウェイターかもしれないと、パスカルはまず思った。

だが、すぐに気がついて、暗澹《あんたん》となるとともに、冷や汗がにじんだ。見たことのある男だった。〈レストラン・リストリル〉にいた若者の一団のひとりだ。

ロシア軍特殊部隊の兵士。

パスカルは、そっと片手を後ろにまわして、欄干から〈インマルサット〉をとり、何気《なにげ》なくジャケットの裾《すそ》をまくって、ウェストバンドに突っ込んだ。自分の体で、その動作を隠した。

「ボンジュール」パスカルは、のんびりしたふうを装った。諜報技術《トレードクラフト》が働きはじめるのが、つかのま遅れることもある。

パスカルは、悠然《ゆうぜん》と欄干のほうへあとずさりし、腰で双眼鏡を欄干から落とした。体を斜《なな》めにして押すと、プールがある下の階の日除けに双眼鏡が落ちた。ほとんど音をたてず、カンバスの日除けを滑っていき、そこでとまったので、地面に落ちて下にいるかもしれないロシア人の仲間の注意を惹《ひ》くことはないはずだった。

衛星携帯電話を隠したことに満足し、双眼鏡の始末をすぐに思いついたことにすくなからずほっとして、パスカルは早口のフランス語でべらべらしゃべった。「ワインを頼む――メルローがいい。できればトスカーナ産の」

反応がなかったので、小さなテーブルに向かって腰をおろしながら、フランス語で横柄《おうへい》に命じた。「テヌータ・デル・オルネライアが好きなんだ。ボトルでもいいよ」

やはり反応はなかった。男はパスカルをじっと見ていた。

そのとき、男が階段のほうに注意を向けたので、パスカルは男の視線を追った。

べつの男が、階段の上に現われた。〝テトリス〟模様（ロシア軍のデジタル迷彩の俗称）のデジタル砂漠迷彩戦闘服を着ている。スペツナズの戦闘服だ。大きな肩章に星が三つあったので、大佐だとわかった。

パスカルの顔から血の気が引いた。冷たい汗が額ににじんだ。

落ち着け、と自分を戒《いまし》めた。

一瞬、大佐の脇をすり抜けて、階段を駆けおりようかと思った。大佐は、もうひとりのロシア人ほど堂々とした大男ではなかった。

パスカルは、静かに立ちあがり、そちらへ一歩踏み出したが、大佐がすかさず片手をあげて、それ以上近づかないようにと制した。「ああ、トスカーナのメルローはなかなかいける」かなりなまりのあるフランス語で、大佐がいった。「店主にグラスで持ってこさせようか。ふたり分でもいい。しかし、チーズを注文するまでいつづけるのは無理かもしれないよ」

私服のロシア人が、シャツの下から拳銃を抜き、パスカルのそばを通って、空いたテーブルと椅子のほうへ行き、パスカルのノートに目を通した。

パスカルは、アドレナリンの分泌が激しくなって、三つの考えを心のなかでもてあそんだ。一、跳ぶ。二、大男の横をすり抜けて、隣のビルの屋上に跳びおりる。三、大佐を押しのけて逃げる。だが、結局、じっと立っていた。

冷たい汗がまた首すじを流れ、パスカルはうしろの欄干を握り締めた。年老いた肥《ふと》った体を呪った。もっと若いスパイなら、跳びあがって、下の日除けに着地し、逃げ出せるような体力と反射神経があるはずだ。

だが、パスカルはもうそういう若者ではなかった。小さく溜息をつき、肩を落とした。

パスカルの心の動きを読んだらしく、大佐がいった。「いや、ケツォフ軍曹には逆らわないほうがいい。引き金を引きたくてうずうずしているし……下の階でさっきわかったんだが、彼はフランス人が大嫌いなんだ」

そのロシア人があわれなトリスタンを始末したという意味だろうかと、パスカルは思った。

大佐がにやりと笑い、ケツォフと呼んだロシア人に、パスカルをボディチェックするよう命じた。

パスカルは、空いた手でジャケットの裾をめくって、汗の染みたズボンのウェストバンドから携帯電話を出し、ディスプレイをちらりと見た。〝七五％〟と表示されていた。パスカルは、笑みを浮かべて、ケツォフに携帯電話を渡した。

大佐に向かっていった。「お名前はなんといったかな？」

「ボルビコフ大佐」

「わたしはデグズマン」パスカルはいった。「フランソワ・デグズマン」

「そうか。あんたはここで、軍事任務のたぐいを行ない、わたしの部隊がジブチを通過するのを監視していたんだな？　フランス政府のために？　あるいはＤＧＳＥ《セキュリテ・エクステリユール》？」

パスカルは、本気でおもしろがっている表情を装った。「スパイだというのか？　ノン。わたしはただの外交官だ」大柄なロシア人が、大佐に携帯電話を渡した。大佐が受け取って、ディスプレイをちらりと見た。パスカルはいった。「わたしはフランス外務省で、フランス銀行の国際通貨基金関連の仕事をしている。ジブチ中央銀行の業務処理を監督し、対ユーロの為替を安定させるために」

「協力に感謝する。なぜなら、ジュネーヴ条約をわたしが正しく解釈しているようなら、軍服を着ないでＤＧＳＥに情報を送っている現場を押さえられたら……スパイだと見なされる。ちがうかね？」

パスカルはいった。「正直にいおう。なんのことか、さっぱりわからない」

大佐が、衛星携帯電話のボタンをそっと押した。電源が切れるときの電子音が三つ鳴った。おなじ慎重な手つきで、大佐が裏のカバーをはずし、バッテリーを抜いて、本体といっしょにポケットに入れた。

狭い階段から物音が聞こえて、ロシア兵三人が、ホテル兼レストラン〈ラ・メール・ルージュ〉の屋上にいた三人のほうへ近づいた。いずれも、ケツォフ軍曹とおなじように民間人の格好だったが、ＡＫを持ち、新型の兵器と装備を私服の上から身につけていた。

そのうちふたりに、パスカルは見おぼえがあった。やはりナダルのレストランにいた。ひとりは男、ひとりは女だった。

いま、彼らは厳しい面持ちになっていた。真剣そのものだ。〈レストラン・リストリル〉でコーヒーを飲み、雑談をしていたときの穏やかで楽しそうな表情は、影も形もない。

ボルビコフ大佐がいった。「身分証明書を見せてもらえるかな。もっとも、きちんとそろっているとは思うが」

パスカルは笑みを浮かべて、女に近づき、財布を差し出した。身分証明書とクレジットカードは偽名で、住所も偽ってある。いずれも、ジブチで何年も合法的な金融関係者を装ってきたデグズマン名義だった。

やっと進展があった、パスカルは自信を取り戻した。この連中は、偽装身分を信じるだろう。入念に偽装されているし、財布の中身は偽装身分と完全に一致している。もっと情報がほしいといわれたら、ジブチ市の豊富な人脈を利用して、身許《みもと》を確認してもらえばいい。

ボルビコフ大佐が、書類をざっと見て、パスカルを招き寄せ、じっと目を覗《のぞ》き込んでから、財布とともに返した。そして、笑みを浮かべ、階段のほうを示して、行くように促した。

ほら、簡単だった、とパスカルは思いながら、自信に満ちた足どりで階段へ向かった。

パスカルが階段の一歩手前まで行ったところで、ボルビコフが口をひらいた。「そうだ。行く前にひとつ質問がある、ムッシュウ・デグズマン。これはあんたのものか？」

女が腰の戦術パウチから高倍率の〈ヴォルテックスＶＫ〉双眼鏡を出して、ボルビコフに渡した。

双眼鏡など見たこともないという目つきでそれを見て、パスカルはすかさず答えた。「ちがう」

「では、なにもかも誤解だったということだな」ボルビコフが、手で行けと合図しながらいった。

「よかった。アデュー」パスカルは、大胆になってつけくわえた。「電話を返してもらわないといけない」

「それには及ばないだろう、ムッシュウ……パスカル、だったね？」

「さっきもいったが、わたしはフランソワ・デグズマンだ」

「すこし話し合ったほうがよさそうだな」ボルビコフがそういって、腰のホルスターから拳銃を抜き、パスカルに狙いをつけた。「アリアドナ、ムッシュウ・パスカルを下に連れていって、もうひとりの年寄りのそばで縛りあげろ」

60

ポーランド南西部
十二月二十八日

シャンクの腋《わき》の下は汗でびしょ濡れになっていた。フライトスーツに、半月形の濃いグリーンの染みができていた。シャンクは、四十五分間ずっと、座席で身じろぎもしていなかった。股が我慢できないくらいむずがゆかったが、A－10の狭いコクピットには体を動かす余地がないし、現在の速度と迎え角では、どのみち身動きするつもりはなかった。シャンクは、戦車狩りを行なうよう編隊に命じていた。そしていま、二番機《ウィングマン》のヌーナーとともに、より重要で破壊した場合の利益が大きいターゲットを捜索していた。

スロットルレバーと操縦桿を握る手袋のなかに、額からこぼれた汗がはいった。シャンクは不快な汗をできるだけ気にしないようにして、ヘッドアップ・ディスプレイ《HUD》に注意を集中した。視覚と聴覚以外の感覚をすべて締め出して、闇のなかで地上のロシア軍機甲部隊を探し、地対空ミサイル《SAM》発射を示す針先のような小さな輝きが低空に見えないかと、目を凝らした。

耳は警報システムの音に備えてそばだてていた。

重要なのはバランスだと、ネリス基地でシャンクは生徒たちに教えたものだった。ウォートホグのパイロットは、攻撃に集中しすぎると、撃墜されるおそれがある。かといって、防御に集中しすぎると、地上の兵士の役に立たない。地上の兵士を支援し、護《まも》るためにいるのに……死なせてしまう。

「無理かもしれないけどね」教室では、笑みを浮かべて冗談をいった。

だが、いまのシャンクの顔に笑みはない。

ヘッドアップ・ディスプレイには、ロシア軍戦車部隊の最終位置が表示されていた。その最新情報のあとで戦車部隊が速度をあげて移動していないかぎり、追撃するドイツ軍とポーランド軍に痛打をあたえているT－14アルマータ戦車の群れを、この急降下で捕捉できるはずだった。

シャンクは、鋭い視力で木立、尾根、町、低湿地を見ていった。あらゆるものに注意を集中していた。カムフラージュだとわかるような色の変化、積もった雪に残るまっすぐな線や轍《わだち》、凍《い》てつく大気中の排気煙、重装甲車両が通るときの樹木の揺れ。

やがて、高度一〇〇〇フィート以下に降下したときに、遠くの木立の正面に動きが見えた。距離は約四キロメートル。

迎え角を調整し、その場所に神経を集中した。最初はトラックの縦隊かと思ったが、突然、くっきりと見えた。濃いオリーヴグリーンの長い形だった。はじめのうちは木立に溶け込んでいたが、森から出てきて、白い雪のなかをくねくねと走りつづけていた。南西から北東に向かっていて、とてつもない長さだということが、しだいにわかった。

マイクに向かって、シャンクはいった。「なんてこった、ヌーナー！　十一時、下方！　列車を目視した。ものすごい長さの列車が、灯火を消して走っている」

「おれも目視した」二番機のヌーナーが答えた。「敵の列車かもしれないが、民間の貨物列車でないと、どうやって見分け――」

列車の中心から煙の条《すじ》が立ち昇ったので、ヌーナーは言葉を切った。地対空ミサイル四基が、太い白煙を曳《ひ》いて上昇し、シャンクとヌーナーの目の前で煙が方向を変え、ふたりの方角にのびてきた。

シャンクとヌーナーは、あらかじめ決めてあった標準的な戦闘機動に従い、右に横転した。2G旋回を行なうあいだ、ふたりはひとことも交わさなかった。ゼネラルエレクトリック製のTF－34－GE－100ターボファン・エンジン二基の推力で、A－10が四〇〇ノットに加速した。ふたりともアフターバーナーを点火し、エンジンから赤い炎が噴き出した。ふたり同時に、チャフとフレアーを射ち出し、ミサイルから離れる方向に旋回して、赤外線追尾方式のミサイルにとってできるだけ目立たない的になるようにした。

飛来するミサイルのうちの一基は、フレアーのほうへ傾いていった。シャンクとヌーナーは、レーダーで監視し、接近するあとの三基の位置を把握した。そして、もう一度フレアーとチャフを散布した。

シャンクとヌーナーは、左に急な横転を打った。数秒後、残りのミサイルが三基とも欺瞞《ぎまん》され、フレアーとチャフを追って、地上を目指し、林のなかで爆発したので、ふたりはほっとした。

「くそ」ヌーナーが、無線でいった。「石炭をケツに詰め込んでたら、いまごろおれはでかいダイヤモンドになってた」

だが、シャンクは任務のことしか頭になかった。「ヌーナー、あいつを攻撃する」

「だけど、大尉……一度しかいわないけど、あの列車が積んでるミサイルは、四基だけじゃないだろう。また接近したら、それに出迎えられるに決まってる」

シャンクはいった。「了解。しかし、情報部は、あれが侵攻の神経中枢じゃないかと思っている。攻撃するしかない」

「わかった。どうやるんだ？」

シャンクは答えた。「簡単だよ、大尉。こうやる」自分の計画を説明してから、念を押した。「わかったか？」

「万事了解。接近しよう。でも、片手は射出レバーを握ったままにする」

「いいだろう。攻撃方位〇一四でやらなければならない。ターゲットまで三分以内だ。警戒を怠《おこた》るな」

「列車がとまるかもしれないとは思わないか？　つぎの森にはいって、おれたちが戻ってくるのをじっと待ち、ミサイルを発射するかもしれない」

「ありえない《ネガティヴ》。あいつはすごい火力を備えているが、ポーランド横断は時間との戦いだ。NATOの縄張りにいるあいだずっと、新手の攻撃機がつぎつぎと襲ってくるのを、敵は承知している。

　おれたちは森の向こう側で列車を攻撃する。もっと低空からやる。レーダーに捉えられないように、樹冠よりも低く飛ぶ必要がある。十二時（真正面）に列車を見て、上昇し、ぶっ叩く。おまえが先頭だ——そっちにはミサイルが二基あるが、おれには一基しかない」

「二番機了解《ツー・コピーズ》」ヌーナーの応答は単純明快だった。

　ふたりはウォートホグの制御に神経を集中した。低空で推力をあげていたので、操縦にはかなりの努力が必要だった。A－10はけっして敏捷《びんしょう》な飛行機ではなく、精確な飛行には向いていない。〝飛ぶ戦車〟と呼ばれているくらいで、じっさい、そんな飛びかたをすることもある。A－10は機体が重く、速度が遅いが、攻撃力が高く、敵にとっては危険きわまりない。

　二〇〇フィートをすこし超えるくらいの低空飛行で、シャンクとヌーナーは、二車線の道路に沿って曲がっている細長い村の上を疾《と》く通過した。起伏の多い地形なので、ふたりともしじゅう操縦桿を引いたり押したりしなければならなかった。低空飛行と、パイロットにとって最悪の悪夢の狭間で、巧みにバランスをとる必要があった。

　後者は公式な当たり障りのない表現では〝地形に向けての制御された飛行〟だが、ありていにいえば〝墜落〟だった。

軍のパイロットはだれでも、ジェット機で地面に突っ込んだことが飛行士のコミュニティに知れ渡るような最期を遂げるよりも、ミサイルで空から吹っ飛ばされたほうがましだと考えている。

A‐10二機は、なおも地表をかすめるように飛び、畑の上を通過していた。眼下の地面がぼやけて見えた。線路を隠している最後の森が、ふたりの前方にそびえていた。

ぎりぎりの瞬間に、ヌーナーとシャンクは操縦桿を引き、ポーランドの高い松の樹冠をかろうじて越え、その先で、ところどころに密生している森のなかにある、ひろびろとした開《かい》豁地《かっち》の上に降下した。

「十時の方向！」ヌーナーがいった。

シャンクは、すばやく左に視線を投げた。「目視《タリー》した」必殺の攻撃に備え、かすかに機体を傾けて、機首をそちらに向けた。

ひらけた畑の向こう、わずか二キロメートルしか離れていない、街の郊外の雪に覆《おお》われた平原を、列車が滑るように走っていた。いまは真東に向かっている。その前方にまた密生した森があり、数秒後には列車はその蔭にはいってしまう。そうなったら、A‐10二機は、狙いを定めるために、危険を冒して列車の真上を飛ばなければならなくなる。

「フォックス4《フォア》（空対空もしくは空対地の機関砲射撃のこと。いまや歴史的表現なので、ヌーナーは思わず叫んだのだろう）！」ヌーナーが、ミサイル二基を発射すると同時に叫んだ。

AGM‐65マーヴェリック空対地ミサイル二基が、ヌーナー機のパイロンから飛び出して、ロケットエンジンが点火し、あっというまに六〇〇ノット以上に加速した。

敵はそれと同時に、攻撃機二機を発見したようだった。

月光を浴びている列車の上から、ふたたび白い煙が噴き出し、ふんわりした煙の条《すじ》が十本に分かれた。対空ミサイル発射機から射ち出されたミサイル十基が上昇すると同時に、シャンクが一基だけ残っていたマーヴェリックを発射した。

「機関砲《ガンズ》、機関砲《ガンズ》、機関砲《ガンズ》！」ヌーナーが叫び、極大射程で機関砲の射撃を開始した。そして、二機とも斜《なな》め右に機首を起こして、エンジンを最大推力にした。森の反対側で急降下できれば、ミサイルはA‐10の脆弱《ぜいじゃく》な尾部ではなく高い松に激突するかもしれない。

A‐10ウォートホグは、ジェット機としては回転半径がかなり小さいが、一八〇度方向転換するあいだ、シャンクとヌーナーはGにあらがって大声でうめき、百分の一秒が永遠にも感じられた。

ロシア軍は、SA‐24グリンチ（ロシアの正式名称9K338イグラ〔針〕S）短距離地対空ミサイル八基と、S‐400トリウームフ地対空長距離ミサイル・システムから、9M96E2中距離ミサイル二基を発射していた。9Mは発射機から圧搾空気で射ち出され、高度四〇メートルまで上昇してから、ブースターロケットが点火する。SA‐24はたちまちA‐10二機を捕捉し、時速二〇〇〇キロメートルに加速した。数秒後には、時速三六〇〇キロメートル――マッハ三に達していた。

シャンクとヌーナーは、推奨される最大速度を超えて、A‐10を飛ばしていた。ポーランドの森が目の前にそそり立ち、最後の二〇〇メートルを数秒で飛び抜けた。9Mがすぐに小さくて速度が遅い弟分のSA‐24を追い抜き、シャンクとヌーナーが樹冠を越えようとした刹那《せつな》に追いついた。

A‐10二機が散布した大量のフレアーとチャフでは、長さが三メートル近いミサイルを食い止められなかった。最後の一秒に一基が囮《デコイ》の雲を突き抜けて、ヌーナーの左翼のすぐそばでフレアーに突っ込んで爆発した。付近にいる本来のターゲットを探知できる先進的なテクノロジーを備えた9Mのもう一基が、急降下していたA‐10の位置を確認し、旋回して再捕捉するのは無理だと判断して、すぐさま起爆した。

シャンクは、ミサイルの弾子を機体全体で受けとめた。金属片が左エンジンに飛散し、左翼に小さな穴があき、尾翼の一部が削り取られた。

樹冠よりも低く降下して水平飛行に戻りながら、シャンクはヌーナーのほうを見た。木立をよけられる頭のいいミサイルは、もう残っていなかった。ミサイルのアルゴリズムは、障害物を計算に入れるようには作られていない。六基が高い松に激突して爆発していた。あとの二基のうちの一基は、畑に落ちて、雪の上で起爆した。最後の一基は、空中で回転して、きりもみに陥り、落下して、樹齢百年の松林を抜けるときに安定板がもげ、地面にぶつかって爆発した。

ヌーナーの緊張した声が、無線から聞こえた。「くそ、シャンク。帰投しないといけない。こいつはもう長くはもたない。燃料が漏れてるし、完全には制御できない」

シャンクも自分の計器を確認していた。風防から見える機体や操縦翼面はひどいありさまだったが、ありがたいことに、全体としてはそう悪くないようだった。「帰投しろ、ヌーナー。おれはなんとか持ちそうだし、やらなければならないことが残ってる」

「大尉、独りでやるのは無理だ。せめて近くにいる。あんたが被弾しても、どこに落ちたか報告できる」

「いまおまえのほうを見ているんだ。燃料が漏れてる――いや、どんどんこぼれ落ちてる。五分たったら射出しなければならなくなるだろう。それに、機動性も失われてる。敵の餌食《えじき》になるのが関の山だ。戻れ。おれも一回航過して、あとから行く」

「了解した。幸運を祈る、レイ」ヌーナーがいった。興奮のあまり、階級かコールサインで呼びかけるのを忘れていた。ヌーナーが機首をめぐらし、ドイツのハイウェイの前進飛行場の方角を目指した。

ヌーナーは前進飛行場どころかドイツまで戻るのも無理だろうと、シャンクにはわかっていたが、とにかく射出する前にここから遠ざかることはできる。

シャンクのA-10は昇降舵を損壊していたので、最適な操縦は望めなかった。タイヤがパンクした車のように、重たく、動きが鈍かった。機体は一応反応するのだが、機首が左や右に向くのが、一瞬遅れる。操縦するときに、それを計算に入れる必要がある。

シャンクは、高度四〇〇フィートで、畑や森をかすめるように飛んでいた。機体の動きや小さな丘を、あらかじめ計算に入れ、予想しておかなければならないとわかっていた。

遠くに町はずれの森が見えた。シャンクの読みが正しく、列車が加速していたとすると、イェレニャ・グーラに近づいているはずだった。地図によれば、市街地の向こう側に、かなり大規模な工業地帯の車両基地と分岐器《ポイント》切替所がある。列車は街を迂回する長いカーブを通るために、減速せざるをえないし、そのあとも、車両基地を通過するあいだは、低速で走るはずだった。

だが、その計算がまちがっていたら、列車よりも早くそこに着いてしまい、対空ミサイルで側面から攻撃されることになる。

三〇ミリ口径のガトリング・ガン――航空機搭載機関砲《GAU》‐8／A――で静止しているターゲットを撃つのは、かなり難しい。速度が不明の遠ざかっている列車を撃ち、それと同時にミサイル発射に目配りするのは――しかも機体が損傷している状態で、それをすべてやるのは――ほとんど不可能に思えた。

だが、シャンクは飛びつづけた。

統合飛行制御・火器管制コンピューター《IFFC》が、対地速度を計算した。IFFCコンピューターは、弾丸がターゲットに収束するのを手助けするとともに、弾丸の降弧（弾道の頂点から弾着まで弾丸が描く弧）を計算して、ヘッドアップ・ディスプレイ《HUD》の鏡内目盛りに表示する。

それにくわえて、移動ターゲットに対する適切な未来修正を、ほんの数秒で暗算しなければならない。さもないと、手前に弾着して、なんの損害もあたえられなくなる。コンピューターは、ライフルの望遠照準器とおなじように、照準点を教えてくれるだけだ。鏡内目盛りは、戦車を破壊するために地上のできるだけ小さな楕円形に、できるだけ多くの弾丸を送り込む手がかりになる。

シャンクはダムと水力発電所の上を越えて、ブブル川上空を通過した。すばやく下に目を向け、統合作戦グラフィック・エア・マップを見た。ＪＯＧ‐エアと略されるその地図が便利なのは、空から見える著名な地物《ランドマーク》と地形だけが描かれているからだ。

シャンクは、ニーボードに記入した誘導の目印――ターゲット地域への道しるべとなる地《ち》物《ぶつ》――にチェックマークをつけた。発電所、低い山、ブブル川の湾曲部、イェレニャ・グーラを見渡せる山頂の物見櫓《やぐら》。もう川の湾曲部を過ぎて、物見櫓のすぐ上を通過していた。物見櫓に数人いるのが、つかのま見えた。甲高《かんだか》い爆音をたててＡ‐10が上を飛んだので、いっせいに伏せている。

前方の夜空に、町の建物がそびえていた。教会の尖塔《せんとう》が、ＪＯＧ‐エアに表示されていたとおりの位置にあった。シャンクは、そういった地物すべてにチェックマークをつけた。城の楼門《ろうもん》、ふたたび右手に教会……まもなく鉄道車両基地に達するはずだった。

手袋をはめた手に汗をかいていた。脈拍が速くなる。

最後の教会の尖塔。そして……あった。あそこだ。

線路が見え、町はずれを通っているロシア軍の巨大な軍用列車が見えた。ミサイルを何基も被弾し、燃えている、列車が長いカーブにはいって東へと急ぎ、ブブル川沿いを走るあいだ、シャンクはその後尾とほとんど一直線の位置にいた。

シャンクはA‐10の機首を下げて、高度を落とし、HUDの照準器で狙いをつけようとした。機体の反応が鈍かった。損傷した尾部の部品が、垂直尾翼に当たり、金属が割れる大きな音が響いて、集中が乱れそうになった。

シャンクは、まだ遠い車両基地を通っている線路に鏡内目盛りを重ねた。未来修正を考慮して、長大な列車の先頭の機関車のすこし前に照準を合わせたのだ。ターゲットまで一五〇〇ヤードだとわかった。まもなく機関砲の有効射程に達するので、シャンクは赤い引き金に指をかけた。

A‐10パイロットは通常、機関砲を一秒間連射する。射撃時間を均一にするために、引き金を絞り込みながら声に出して呪文を唱えるという、冷戦時代からの習慣がある。

シャンクは引き金を絞り込んだ。

撃ちながら叫んだ。「死ね、アカ、死ね！」

ガトリング・ガンが咆哮《ほうこう》して、太くて長い弾丸を吐き出し、コクピットはけたたましい音と震動に包まれた。油圧で回転するGAU‐8／Aの砲身七本から、三〇ミリ劣化ウラン榴《りゅう》弾《だん》の奔流がほとばしった。

シャンクは、引き金を戻し、また何度もつづけて絞り込んだ。

「死ね、アカ、死ね！　死ね、アカ、死ね！」なおも線路に狙いをつけていて、呪文を一度唱えるたびに引き金を絞り込み、三〇ミリ機関砲弾を放った。発射弾数計は見ない。武器学校でもそう教えた。だが、一分間に三千九百発の発射速度で、残弾が減っていた。

前方で列車が、車両基地をかなりの速度で走っている。

残り千百五十発……。

ブルルルルルルルル！

残り千三十発……。

ブルルルルルルルルル！

残り九百十発……。

〝死ね、アカ、死ね！〟と唱えながら、五度連射し、最初のほうの弾丸が狭い範囲に弾着し、線路のあちこちに当たるのを見ていた。

残り七百九十発……引き金を絞るたびに、発射弾数計の数字が小さくなった。

ブルルルルルルルル！

木や金属の大きな破片が列車から吹っ飛ばされて、空を舞った。シャンクが連射を抑制しながら撃ちつづけ、車両基地まで一〇〇〇ヤード以内に接近すると、数百カ所の爆発であたりがオレンジ色に輝いていた。ターゲットに命中させるために、シャンクは肉体と精神の力をすべて操縦桿とラダーペダルに注ぎ込んでいた。

シャンクのA-10の機首から放たれる憎しみのこもった猛火が、逃げる列車に襲いかかった。

流れ弾や、爆発した機関砲弾の破片が、薪《まき》と穀物を満載した貨物車に激突した。貨物車が引き裂かれ、貨物がこぼれて燃えあがった。

だが、機関砲弾の大部分は、逃げる列車を薙《な》ぐように弾着していた。町を抜けて安全な場所へ列車を逃れさせようと、必死で牽《ひ》いている頑丈な装甲軍用機関車六両を、シャンクはずっと狙い撃っていた。だが、列車の速度の推定がまちがっていたので、機関砲弾は手前に落ちた――そのため、もっとうしろの無蓋車《むがいしゃ》などに被害が生じた。

それでも、ロシア軍にとっては大損害だった。燃料車に連射が命中し、大量の燃料とオイルがたちまち爆発して、煙と炎と爆発の破片が、A‐10の風防の真正面で噴きあがった。ふくれあがるキノコ形の雲に包まれた巨大な火の玉を避けるために、シャンクは、A‐10を上昇させなければならなかった。爆発のどまんなかに突っ込まないように、よろめいている重い機体を急旋回させるのに、上半身の力がめいっぱい必要だった。

ちくしょう！　シャンクが悪態をついたのは、列車を阻止するためにはもう一度航過しなければならないと、瞬時に悟ったからだった。超低空飛行で、町の高い建物よりも下を飛び、動きの鈍い大きなウォートホグで、イェレニャ・グーラの街路のできるだけ奥にはいり込もうとした。ウォートホグは甲高《かんだか》い爆音を響かせ、屋根の雪を吹き飛ばし、町のあちこちにある煙突と翼端が触れそうなところを飛翔《ひしょう》した。

とてつもなく危険な飛行だったが、建物を楯《たて》にしないと、A‐10の尾部めがけて列車からミサイルが斉射されるおそれがある。

風防の上のミラーを見ると、列車がうしろに遠ざかっていた。脱線させることはできなかったが、一度目の航過でかなり深刻な被害をあたえたとわかったので、だいぶ気が休まった。

最後の四両は、煙を吐いて派手な火災を起こしていた。燃料に引火して、ジェット噴射のような炎が夜空に噴きあがっていた。傷ついた動物の破れた血管から血がどくどく流れ出すように、炎が勢いよくあふれ出していた。

列車は逃走をつづけ、速度を増していた。

列車のうしろをとるために、シャンクは右に急な横転を打った。旋回し、攻撃に脆弱《ぜいじゃく》な列車の後尾を目指した。最後尾の貨車が炎上して制御を失っていたので、シャンクは名案を思いついた。もくもくと立ち昇っている黒煙が、後方からの接近を隠してくれるし、燃えている燃料や飛び散っている破片越しにロシア軍がミサイルを発射するのは不可能だ。

シャンクは、傷ついたA‐10を限界ぎりぎりまで酷使し、旋回の半径を縮めて、必殺位置につけた。教会の尖塔《せんとう》と古城のそばをふたたび通過した。ほどなく、燃え盛っている車両基地の上に戻った。列車はひろびろとした田園地帯を突っ走っていた。そこにいるあいだは、反撃されることなくA‐10を攻撃できるし、雲が低く垂れ込めた空を隠す建物はなく、シャンクが接近すれば、すぐさま発見できる。

シャンクは機関砲の狙いをつけた。HUDの鏡内目盛りで、前よりも高めに照準した。さきほどの計算ちがいを修正するとともに、列車の加速を計算に入れたのだ。黒煙のせいで正面のターゲットそのものは見えないが、機関車とあとの車両が線路のどこに位置しているかは、直感でわかっていた。シャンクは深く息を吸い、ふたたび火器管制の呪文を唱えた。

「死ね、アカ、死ね！」

残り六百四十発……。

距離一〇〇〇ヤード。

「死ね、アカ、死ね！」

残り五百二十発。

距離八〇〇ヤード。

「死ね、アカ、死ね！」

残り四百発……。

距離六〇〇ヤード。

「死ね、アカ――」

鋭い大きな打撃音が二度響き、シャンクの注意が乱された。引き金を絞り込むのをやめた。機関銃弾がA‐10の下面と機首に突き刺さり、コクピットを囲むバスタブ形のチタン装甲に当たったのだ。

ロシア軍が列車のすべての銃砲をうしろに向け、煙越しにでたらめに発砲することを予想しておくべきだったと、シャンクは気づいた。接近の角度も高度も見え透いている。不必要な危険を冒すような飛びかたをする前に、それを考えるべきだったと、シャンクは悔やんだ。だが、やめはしなかった――いまさらやめられない。もう仕留めたも同然だとわかっていた。

手袋をはめた指で、引き金を絞りながら、また呪文を唱えた。「死ね、くそったれ、死ね！」

だが、ブルルルルルルルルが、ドン、ドン、ドンに変わっていた。

GAU-8／Aガトリング・ガンは、弾丸を発射していたが、発射速度が大幅に落ちていた。調子のはずれたおかしなうなりが、左足の下から聞こえ、不安定な震動がコクピットに伝わってきた。

機関砲が被弾して、一部が損壊したのだと気づいた。

それでも引き金を絞って、発射速度は落ちたものの、着実に三〇ミリ機関砲弾を放ちつづけた。発射弾数計は三百七十発でとまったが、それでもガトリング・ガンはゆっくりと撃ちつづけていた。

主警告灯が明滅した。警告灯パネルを一瞬見ると、予備も含めた二系統の油圧システムのうちの一系統の作動油が、大幅に減っているとわかった。早く手を打たないと、完全に制御を失う。

操縦桿を握ったまま、シャンクは左うしろに手をのばして、切り換えスイッチを〝人力操舵〟に入れた。車が自動運転からマニュアルに切り換わるように、A-10はそれによって、もっぱら操縦桿と操縦翼面の機械的な接続によって制御されるようになった。シャンクが操縦桿を動かそうとすると、一トンもの煉瓦《れんが》が載っているように感じられた。微妙な機動を行なう能力がいっそう衰えたが、とにかく空を飛びつづけて戦うことはできる。

シャンクは、燃えている列車の後部から立ち昇る黒煙を突っ切った。列車の屋根から二〇メートルほどしか離れていなかった。着実に撃ちつづけながら、ターゲットのそばにとどまっていられる時間をすこしでも増やすために、速度を落としていた。

列車の損害状況が見えた。さきほどの連射で、すべての車両が引き裂かれていた。戦車、ブメラーンク、対空兵器が燃えていた。兵士までもが車両の上で、あらゆる武器を構え、A-10の圧倒的な射撃を撃退しようと、空に向けて闇雲《やみくも》に発砲していた。シャンクはなおも射撃をつづけ、照準器に機関車を捉えた。

「死ね、くそったれ、死ね！」と叫んだが、引き金を絞るのをやめはしなかった。ガトリング・ガンの発射速度は落ちていたが、大型機関車六両に榴弾《りゅうだん》を送り込むことはできた。

シャンクの真正面で、機関車が六両とも大爆発を起こした。戦車砲の砲弾や一二〇ミリ迫撃砲弾を積んでいたとおぼしい、弾薬輸送車も爆発した。すさまじい爆風が湧き起こったので、破片によって撃墜されないように、シャンクは重い操縦桿を横に押して、右に急横転を打った。列車の先頭部分の火山の噴火を思わせる爆発の端を通過したとき、高温の熱気がコクピットの上にひろがるのが感じられた。

たちどころに、列車からの銃撃が熄《や》んだ。

シャンクは、またもやひどい傷を負ったA-10を一八〇度方向転換させ、歩兵携行型地対空ミサイルでお別れのキスをされるのを避けるために、さらに高度を下げた。ミラーを見ると、列車の先頭部分が脱線し、搭載されていた車両がすべり落ちて、ぶつかり合い、ひっくりかえって燃えているのが見えた。

　シャンクは、まっすぐに水平飛行することに集中しながら、西へ向かって飛んだ。基地を目指してはいなかった。ただ、距離を稼《かせ》いでいた。爆発する列車のそばで射出することだけは、避けたかった。

　飛行場かなにもない平坦な直線道路が見つかればいいと思っていた。傷ついたすばらしい愛機を棄《す》てたくなかった。

　シャンクは、火事から飼い主を救い出した犬を褒《ほ》めるように、ふるえる手で制御盤や計器盤を叩いた。

　ついにやった。

　この飛行機がやった。

　人間と飛行機が力を合わせてやった。

ポーランド南西部
十二月二十八日

　ロシア軍の列車を叩きのめしてから四分後に、レイ・〝シャンク〟・ヴァンス大尉は、両腕の力を目いっぱい使って、A－10と戦い、高度五〇〇〇フィートに上昇した。信じられないほどひどく機体が損傷していた。音、震動、操縦系統に対する反応の鈍さ……どうしてまだ空を飛んでいられるのか、三十四歳のパイロットのシャンクには見当もつかなかった。

突然、激しい揺れが三度つづき、機関砲弾を被弾したのだとわかった。座席と操縦桿が、ガタガタ揺れ、細かい震動が伝わってきた。スロットルレバーを戻して、傷ついた愛機を必死で減速させようとしたが、一秒ごとに飛ぶ能力は悪化するいっぽうだった。

シャンクは、勝手に動こうとする操縦桿と戦い、一〇トン近い重さの怪物と格闘した。

なににやられたのか、まったくわからなかった。地上砲火なのか、それとも暗い空を飛ぶロシア軍機が追撃してきたのか。首をまわしてうしろを見たが、攻撃してきた相手は見えなかった。

ドスン！　ドスン！　ドスン！

また三度、シャンクのウォートホグに機関砲弾が命中した。今回は胴体左とシャンクの顔から六〇センチしか離れていないキャノピイに被弾した。金属とガラスの破片がコクピット内に飛び散り、シャンクは左腕と右脚に切り傷を負った。熱した弾子がひとつ、バイザーを割って、左頰の上のほうに当たった。

キャノピイが割れたので、シャンクは叩きつける寒風にさらされた。頰から血が飛び散って、目にはいり、ほとんどなにも見えなくなった。

シャンクは、傷ついた飛行機を飛ばしたことが何度もあったが、キャノピイを失うのははじめての経験だった。いくつもの傷から血が流れ、目が見えず、覆《おお》うものがなくなったコクピットに猛烈な勢いで風が吹き込むというのは、最悪の悪夢をも絶していた。

そのとき、A-10が制御を失い、きりもみに陥りはじめた。

長年の訓練で培《つちか》った反射神経で、シャンクは脚の横に手をのばし、風で首を揺さぶられながら、血のはいった目でなにかしら見えないかと探した。

射出レバーはどこだ？　マイナスGで左右に体が動くのを感じながら、機体から座席ごと射出する装置のレバーをつかもうとした。

ドン！　ドン！

コクピットのうしろのどこかに二発が弾着した。上空にロシアの戦闘機がいることはまちがいない。雪に覆われた畑にA-10が墜落し、煙が立ち昇るクレーターをこしらえるまで、攻撃をやめるつもりはないようだった。

「くそ！」シャンクのA-10は、螺旋《らせん》を描いて降下した。計器が見えないので高度はわからないが、数秒以内に射出しないと、もう射出できなくなるとわかっていた。G-LOCと呼ばれる意識不明に陥りかけていたが、目を醒《さ》ましていられるように脳に血を送り込もうとして、シャンクは全身の筋肉を動かした。

左手が射出レバーの横に触れたが、手の感覚がなく、握れそうになかった。右手を操縦桿から離してのばした。ACESⅡ射出装置には、予備のレバーが右側にもある。

「射出！　射出！」自分の声を聞き、生きているのをたしかめようとして、かすれた声で叫んだ。

ようやく斜めになっている射出レバーを右手でつかみ、強く引いた。なにも起こらない。

また引いた。やはり作動しない。「射ち出せ！　射ち出せ！」

G‐LOCになりかけていて、力がなかった。

ドスッ！　ドスッ！　A‐10の下面にふたたび二発くらった。キャノピイが壊れているのに、四方から熱気が押し寄せるのが感じられた。

たいへんだ。機体が燃えている！

A‐10はいまでは煉瓦を詰めた袋のように、地面に向けて落下していた。

敵戦闘機は容赦なくシャンクのA‐10を撃っていた。爆発して地上に激突するまで、攻撃をつづけるつもりだろう。

ロシア人パイロットは、シャンクを殺そうとしていた。それははっきりしていた。

「くそったれ！」かつては傷ひとつなかった機体から、金属片が剝《は》がれるなかで、息切れしながらシャンクは叫んだ。

シャンクは、全身の神経を集中して、残された力をふり絞り、怪我《けが》をしていない右手で射出レバーを引き、精いっぱい力をこめて背中と肩を座席に押しつけた。

大きなバーンという音が聞こえ、ヘルメットがヘッドレストに叩きつけられた。ロケットエンジンで座席が射出され、燃えてきりもみしているA‐10から遠ざかったが、射出の瞬間、シャンクの体はさかさまになっていた。最初はそのまま落ちたが、内蔵のジャイロによって座席が姿勢を回復し、煙とともにシャンクの体が打ちあげられた。

じきにポンという音とともに、傘体が空気をはらむのが感じられ、動きがゆっくりと、穏やかになった。

ゆるやかに体が揺れた。地面までの距離がどれほどなのかはわからないが、パラシュートに吊られている。

ああよかった、シャンクは心のなかでつぶやいた。

右手で体を探って、傷のぐあいを調べた。脚は両方ともある。胸と肩に血がついている。左手を見おろすと、なくなってはいなかったが、出血していた。折れているにちがいないが、それはあまり心配しなかった。

地面に向けて漂うあいだ、風のない凍《い》てつく大気で痛みは麻痺《まひ》していた。シャンクは、右手をあげて顔の血を拭《ふ》き、もっとよく見ようとした。左目が腫《は》れて、完全にふさがっていた。右目で見ると、右手の〈ノーメックス〉の手袋が焦《こ》げていたが、手はちゃんと動かすことができた。

アドレナリンの分泌の力だけで、周囲を見まわし、愛機を捜し、見つけて、見守った。シャンクのA－10は、闇のはるか下のほうで、炎の条《すじ》を描き、地面に向けて急角度で降下していた。やがて航空燃料のタンクに火がまわって、落ちながら爆発し、爆風と衝撃波が伝わってきた。

遠くに一機いるのが、右目で見えた。もう一機いる。二機が、シャンクめがけて接近した。

シャンクは、意識が薄れかけていた。

一機目が、ぶつかりそうなほど近くを通過するのが見えた。暗いなかでパイロットのシルエットが見えた。黒いヘルメット。光るバイザーが見返していた。痛みでぼんやりしていた頭脳が、瞬時にその機影を識別した。ロシア軍のＳｕ‐57。

だが、意識を失って、傷ついた体が損傷したパラシュートの下でくるくるまわりながら落ちてゆく直前に、シャンクははっきりと見た。Ｓｕ‐57の尾翼には、鷲の赤い鉤爪《かぎづめ》が描かれていた。

そこでシャンクの世界は真っ暗になった。

61

ポーランド南西部
十二月二十九日

レッド・ブリザード２は、徹底的に破壊されてから四十五分たっても、闇のなかで燃え、くすぶりつづけていた。ねじくれた金属と炎と死の長い帯が、ポーランドの町イェレニャ・グーラの外の雪に覆《おお》われた荒涼とした畑に、くねくねとのびていた。

アルミ製の車両の窓とギザギザの穴から、濃い黒煙が濛々《もうもう》と噴き出し、夜明けまで何時間もある空に立ち昇って、低く垂れ込めて全天を覆っている灰色の雲にまぎれていた。

ロシア軍装甲車の縦隊が、攻撃の数分後に到着し、いまは長大な列車の残骸《ざんがい》を囲んで、周辺防御を敷いている。装甲車は重火器と中型の火器をすべて空に向けて、米軍機が戻ってきた場合に弾幕を張る備えをしていた。列車からおりてきた兵士の多くは負傷していて、到着したロシア軍と合流し、手当てを受けたり、残骸のなかで戦死者を捜したり、銃を手放さず不安げに煙草《たばこ》を吸ったりしていた。

ブメラーンク一個中隊が西から到着し、ロシア軍車両の数はさらに増えた。ブメラーンクはいずれも指揮統制車に近づいてとまり、後部ハッチがあきはじめた。武装した兵士十数人が跳び出して、警備障害地域を設置した。歩兵携行型地対空ミサイル《SAM》を持った兵士が散開して、空に目を凝らした。やがて、一両の装甲車の後部から、ひとりの男が現われた。

エドゥアルト・サバネーエフ陸軍大将は、腰をかがめて降車したが、すぐさま背すじをのばして、残骸を見渡した。くるぶしまである防寒コートを着て、厚い毛皮帽をかぶっていた。スミルノフ大佐と数人の部下が、そのまわりにいた。

サバネーエフは、スミルノフにいった。「捕虜のようすを見にいってくれ。将軍たちが表に出て脚をのばせるようにしてやれ」

スミルノフは、車列のずっとうしろのほうの装甲人員輸送車《BTR》に向けて、歩きはじめた。

サバネーエフ一行は、空襲の二十五分前に、列車から離れていた。スミルノフの進言によるもので、サバネーエフは自分と指揮部隊の一部と捕虜が、装甲人員輸送車に乗り移って東へ進むことに同意した。ＮＡＴＯの領土にいる時間が長ければ長いほど、列車が生残《せいざん》できる見込みは薄くなるからだ。

西側のＧＰＳが復旧したし、地対空ミサイルが車両縦隊の本隊ではないところから発射されたことを、ポーランド軍はすでに悟っているにちがいない。ロシア軍が改造された列車でＮＡＴＯの領土から脱出しようとしていることが知られていなかったにせよ、ドゥリャーギンがヴロツワフを抜けて適切な脱出路に戻るのに十二時間の遅れが生じたあいだに、そのことに気づかれた可能性が高い。

サバネーエフは、ぎりぎりの瞬間までブリザード2に頼っていたが、スミルノフの勧めに従った。

そうするのが遅すぎたくらいだった。

サバネーエフは動揺していたが、それを隠していた。ヴロツワフで攻撃を受けてからずっと、怒り狂い、信じられないという思いに囚《とら》われていたが、表立っては自信と、自分の戦略的決定に沿ったやりかたで戦術を実行していない部下への怒りしかあらわにしていなかった。

ヴロツワフで、サバネーエフの部隊は壊滅的な打撃を受けた。ポーランド側に機甲部隊の車両二一パーセントを破壊され、三百三十五人が戦死もしくは重傷を負った。もっと重大なのは、ポーランド脱出の速度が大幅に鈍ったことだった。組織立っていた車両縦隊が、いまでは数十個の装甲車両隊に分散して、自衛に追われている。山野を走らなければならなくなった車両も多く、ハイウェイを高速で走っていたのが、いまでは凍った畑をのろのろと這《は》うように進んでいる。兵士数千人と数百両が、ポーランド中部から南部にかけてちりぢりになり、その一部はいまも戦闘をつづけている。しかも、サバネーエフの部隊すべてが、空からの攻撃の危険にさらされている。

そのため、米軍とドイツ軍の部隊が、ヴロツワフの北で側面攻撃をかけられるようになり、ドゥリャーギンと動転した兵士たちは、街の死の罠から脱け出した瞬間に、エイブラムズやレオパルト2と交戦しなければならなかった。

いまやポーランド南部で総力戦がくりひろげられている。サバネーエフが無事に戻れるようにモスクワが用意した休戦は、もう影も形もなくなっていた。

「なんたる大敗だ」サバネーエフは、ひとりごとをつぶやいた。いまごろは国境を越えてベラルーシにはいっているはずだったが、戦闘は依然としてつづいていたので、ポーランドとベラルーシの国境の一部をなすブク川は、あすの夜にならないと見ることができないだろうと思った。

戦ってベラルーシに到達するのにじゅうぶんな規模の機甲部隊も弾薬もあるが、遅れが生じたせいで、周到に調整された攻撃を行なう時間を敵にあたえてしまった。敵はじっくりとロシア軍部隊を捜し、位置を見定めることができる。戦域に侵入しようとしたNATO軍機とロシア軍機が戦ったという報告が、すでに届いていた。夜が明けたらNATOの攻勢は増大するにちがいないと、サバネーエフは判断していた。

サバネーエフはモスクワに無線連絡し、支援列車のレッド・ブリザード3を大至急よこしてくれと要求した。レッド・ブリザード3には、この半日のあいだに失われた分を補って余りある、対空兵器、戦車、兵員、燃料、弾薬が積載されているが、ミンスクを出発したばかりなので、到着まで何時間もかかる。

ロシアに大勝利をもたらすサバネーエフの任務は、大勝利とはいえない状態になっていた。だが、サバネーエフは、なおも部隊を率いて、遭遇するNATOの兵員や武器のすべてを叩き潰し、二十四時間以内にブク川を渡ってベラルーシにはいると決意していた。

そして、祖国《ロージナ》の英雄として、モスクワに帰る。

そういった考えにふけったあとで、目をあげると、スミルノフ大佐が前に立っていた。

「出発しなければなりません、将軍」スミルノフがいった。「ブメラーンク指揮統制車に必要なものがすべてあります。列車ほど視界はよくないですが、撤退を調整するのに不可欠な無線が使えます」

もちろん、サバネーエフはそういったことをすべて知っていた。「部隊を中隊もしくは小隊規模の単位にして、東へ進軍させる。進路に大規模な戦闘正面を設ける必要はない。空からの擾乱《じょうらん》攻撃（敵が安んじて業務遂行や休息を行なえないように、指揮所・宿営地・集結地・交通上の要所を攻撃すること）やポーランド地上軍の攻撃が多少あるだけだ。それと、しつこくつきまとう例の戦車部隊ぐらいのものだ。ハイウェイを長い車両縦隊で走って、敵にターゲットを数多くあたえてやることはない。小規模な部隊で個々に移動する。幹線ではない道路や、必要に応じて山野を通る。あすの午後十二時までに、全員が国境に達するようにしたい。失敗は許さない。死をもって償《つぐな》わせると、全軍に伝えてくれ」

「はい、将軍」スミルノフが、一瞬ためらってからいった。「どうか、指揮統制車に乗ってください」

美男子のサバネーエフ将軍が、かつては美しかった列車の残骸に最後の一瞥《いちべつ》をくれてから、まわれ右をして、指揮統制車に向かった。

きょうはＮＡＴＯに勝ちをゆずってやる。だが、もうじきレッド・ブリザード３と落ち合う。あすはロシアが勝つ。

ポーランド東部
十二月二十九日

パウリナは、到着した新手を、フラッシュライトで照らして眺めた。ピックアップ二台が砂利道で急停止し、パウリナの分隊は人数が増えた。だが、経験のある人間が増えたとはかぎらない。パウリナの小部隊にあらたに到着した八人は全員、昼間の仕事を終えてそのまま来たような感じだった。三人は軍服すら着ていない。パウリナはそれぞれのいいわけをきいた。なくした。招集されたとき、クリーニングに出していた。サイズが合わなくなった。

八人のほとんどが、怯《おび》えているようだった。ワルシャワからそのまま来たと、パウリナは聞かされていた。当然、八人は数日前からここでつづいている戦闘は目にしていないが、ロシア軍車両縦隊による破壊の跡のそばを通っていた。道路脇の炎上した一般車の残骸《ざんがい》、遺体袋に収まった民兵やポーランド兵。ハイウェイ沿いの雪に覆《おお》われた畑に転がっているねじれた死体……西のほうで明々《あかあか》と燃えている炎は見えたはずだし、いまピックアップをおりて砂利道に立っていると、戦車砲や爆弾の遠い轟《とどろ》きや、重機関銃の発射音が聞こえる。

パウリナは無線で、数十個の小集団に分かれたロシア軍がいたるところにいて、ほぼ東を目指しているが、その動きは調整されていないようだという報告を受けていた。整然としていた縦隊は、ヴロツワフを離れるときに分散され、NATO機に位置を推測されないように、幅をひろげて進んでいるようだった。

そういう混乱した状態なので、いつなんどき戦闘が起きるかわからない。だから、パウリナは、新手の八人を自分の分隊に急いで組み込むことに集中した。

そのうちのひとり、若い男が、ピックアップをおりると、パウリナを脇にひっぱっていった。「ねえ、軍曹……かどうか知らないけど、ぼくはここに来るはずじゃなかったんだ。大学生だから、徴兵猶予がある。だから……帰っていい？」

「だめ。みんなといっしょに整列しなさい」パウリナは、いらだたしげにいった。

「でも、学生証を見せるから――」

「並べ！」パウリナがどなったので、若者はびっくりした。パウリナがAK-47を持ちあげて、銃床でだらしなく並んでいる新手のほうに押しやったので、いっそう驚いた。その横では、ヴロツワフで戦闘を経験した四人が、もっと整然と並んでいた。

新手の民兵のひとりは、若い女だった。退屈しているふりをするのが得意のようだった。女は携帯電話をしじゅう見ていたが、不通になっているのをパウリナは知っていた。女はそういう演技をしているが、ほんとうは怯えきっているのを、パウリナは見破っていた。新手のなかには五十代の男もいたが、周囲の若者とおなじように、どうしていいかわからないようすだった。

パウリナは早くも心配になっていた。いざ戦闘というときに、だれが命令にきちんと従うのか、だれが踏みとどまれるのか、だれがパニックを起こして逃げ、撃ち殺されるのか。あの若い女がそうなるだろうと、パウリナは思った。人生ではじめての経験に心底怯えているのを、退屈しているような態度で隠している。

不思議なことに、もう名前を聞こうとは思っていない、とパウリナは気づいた。八人の意識を任務に向けさせ、命令に従えば生き延びられる可能性があると確信させる必要があると、パウリナは判断した。

パウリナは、怒気を含んだ声で、真剣に話しかけた。

「わたしのいうとおりにしなかったり、右や左の仲間のために注意するのを怠《おこた》ったりしたら、ロシア軍と接触したとたんに死ぬことになる」

だれも口をきかなかった。恐怖と不安が高まっただけだった。

わたしは士官ではない、とパウリナは思ったが、強《し》いて権限のありそうな口調で話しつづけた。コーヒーショップでシフト長にもなっていなかったにもかかわらず。

もうシフト長にはなれないだろう。

「あんたたちは、わたしと分隊のほかの人間があてにできるようにならなければならない。わたしたちは、おたがいに助け合う。そうしなかったら、わたしがこの一週間、ともに軍務に服した多くの仲間とおなじように、あなたたちは家族に見送られて埋葬されるでしょうね。不平をいうのは、なんの役にも立たない。逃げれば殺される。ともに戦うという決意と意思の強さのみが、あんたたちを生き延びさせる。わたしのいうとおりにすれば、面倒をみると約束する。わかった？」

全員がうなずいた。

パウリナは、無線で命令を受け取っていた。一本の線路を東に向かってたどり、分岐器《ポイント》切替所があれば調べる。パウリナには理由がわからなかったが、敵の列車はなんの支障もなしにドイツに到達したという話を、何時間か前にだれかがいうのを聞いていた。鉄道路線でロシアに協力している人間を捜せという意味だと、パウリナは解釈した。日常的な退屈な任務に思えた。ロシア軍はまだ西にいるのに、かなり東へ行かされるのだ。

だが、パウリナと運転手も含めた分隊の十四人は、ライフルを肩にかけてピックアップ三台に分乗し、出発した。

ハイウェイもその他の道路も、無気味なくらい閑散としていた。住民は家の外に出ないよう命じられていた。ロシア軍の空爆を防ぐために、第二次世界大戦中のように灯火管制を行ない、室内の明かりが消されるか、光が漏れないようにしてあった。やりすぎだとパウリナは思ったが、一般市民はそれほど怯えているのだ。ロシア軍が東から侵攻したことは、ポーランド国民にとって悪夢のような事態だったし、その恐怖は長いあいだ残るだろう。

最初の二時間に、三カ所のポイント切替所を調べた。そのたびに、パウリナは小規模な部隊に、ピックアップからおりてあたりをパトロールするよう命じた。歩きかたやライフルの持ちかたを、機会あるごとに注意した。地上軍のノヴィツキ中尉が戦争の初日に死ぬ前に、訓練で中尉から教わったことや、その後のロシア軍との戦いで自分が憶えたことを伝えるのに、そういう機会がうってつけだった。

パウリナは、ヘッドライトを消して車を走らせ、目的の場所の数百メートル手前でとめて、徒歩で進むよう指導した。その間も、警戒のために何度か停止し、ひざまずいて、耳を澄まし、目を光らせる。

先頭をつとめる人間は、交替させた。兄や父親が好きな戦争映画から学んだのだが、それでうまくいくし、合理的だとわかった。パウリナは列のなかごろにいて、全員の距離がおなじになるように気を配った。

もう午前二時に近かった。パウリナの分隊は、線路脇の雪の積もった小径《こみち》を、四カ所目のポイント切替所に向けて歩いていた。

その切替所は、ウクフという町の南にある。ポイント切替所はすべて煉瓦《れんが》の小さな建物で、たいがい鉄道駅の線路沿いに置かれていた。分岐器《ポイント》そのものは、切替所の外の線路脇にある。レバーを引くと、物理的にレールが動いて、べつの線路につながり、やってくる列車がそちらの線路を走りつづけることができる。

ウクフの手前五〇〇メートルまで行ったとき、前方で明るい光がついたので、パウリナの分隊の面々はびっくりした。パウリナは口笛を吹いて、ばらばらな縦隊に停止し、ひざまずくように指示した。それから先頭に進み、片膝《かたひざ》をついて、地図を出した。

ウクフのポイント切替所は、民間鉄道の駅の約一〇〇メートル南東にある。分隊がこれまでに調べた切替所や、灯火管制を行なっている家々とは異なって、鉄道基地全体の明かりがついていた。線路の近くで、グリーンと黄色の電球がまたたいていた。

ウクフの鉄道車両基地は、深夜にもかかわらず操業しているようだった。

パウリナは、ライフルを持ちあげて、木の銃床を肩につけ、またたく光のほうに目を凝らした。

パウリナはいった。「これから調べにいく。みんな、静かにして」手をふって、移動を開始させた。

ポーランドの町をパトロールするのは、異様な感じだった。庭を抜け、私設車道を渡り、静かな通りを進んでいった。

ポイント切替所の一〇〇メートル手前で、パウリナは分隊を停止させ、全員をそばに集めた。街のダンススタジオの看板の蔭で、半円を描いてしゃがむように命じた。

駅とポイント切替所の明かりが揺れて、無気味な影が踊った。「わたしが近づいて調べる。あなたたちはここにいて。なにがあるのか見てくるから」

パウリナは、一度に数歩ずつ、体を低くして進んでいった。切替所の五〇メートル手前で、だれかが窓から覗《のぞ》いていた場合に姿を見られないように、住宅の庭にはいった。裏庭を進んで、目的の場所に近づき、木のフェンスの蔭でしゃがんだ。

ポイント切替所のなかに動きがあるのが見た。明るい光のなかに、ひとりの男の輪郭《りんかく》が浮かびあがった。

パウリナは、右手と膝を使って這《は》いはじめた。負傷している左腕と肩をかばい、前に積もっている雪をライフルで押すようにして、もがき進んだ。駅の敷地の端にある藪《やぶ》の下に、格好の隠れ場所を見つけて、男をふたたび観察した。二十代ぐらいの若さで、頑健な体つきだった。しばらくすると、共同資本によるポーランドの鉄道会社ＰＫＰ・ＳＡの帽子をかぶっていることがわかった。

パウリナはほっとして、立ちあがり、明かりを消して帰るよう命じるために、切替所のほうへ歩いていった。

だが、闇のなかで切替所の角をまわろうとしたときに、はっとして足をとめた。ライフルを持った男が四人、切替所の正面に立ち、頭上でまたたいている赤とグリーンの光を浴びていた。パウリナとは反対側の東に、四人とも目を凝らしていた。そうでなかったら、パウリナは見つかっていたはずだった。

四人は戦闘服らしきものを着ていた。駅を調べにきたべつの民兵だろうかと思った。凍りついたように動かず、パウリナは入念に観察し、耳を澄ました。冷たく澄んだ冬の夜気のなかで、音は明瞭に伝わる。無線機の着信音が聞こえた。ひとりが、無線機のパックを背負ったもうひとりから、ハンドセットを受け取った。

ポーランドの民兵には、あんな装備はない。

やがて男が無線に応答し、ロシア語でしゃべるのが、はっきりと聞こえた。

「くそ《グヴノ》」ようやく息を吐き出しながら、パウリナはつぶやいた。

ポイント切替所のドアがあき、ＰＫＰの帽子をかぶった男が出てきた。ＡＫ‐47を持っていて、あとの男たちと話をはじめた。

赤とグリーンの光を浴びている男たちから目を離さずに、パウリナはあとずさり、住宅の庭に戻ったところで、向きを変えて駆け出した。

分隊のところへ戻ると、パウリナは全員にそばに来るよう促した。全員従った。

かなり小さなささやき声で、パウリナはいった。「ぜったいに音をたてないで」全員がうなずいた。「ロシア兵」パウリナがいうと、全員が目を丸くするのが、闇のなかでも見えた。

「ぜんぶで五人」間を置いた。

「切替所の横の車両基地へ這っていく。わたしたちはやつらを皆殺しにする」パウリナは告げた。

男のひとりがきいた。「もし……やつらが降伏したら？」

「やつらを撃ち殺す。ひとりも降伏させない」

全員が、一瞬にしてその意味を悟った。

民兵たちは、男も女も怯えているようだったが、だれもがうなずいた。「よし。ターゲットひとりを射手数人で撃つように割りふる。そうすればかならず仕留められる」

パウリナは、手ぶりで全員を起きあがらせ、ライフルを肩付けするよう指示した。分隊を率いて、車両基地の向こう側へ移動してから、雪に覆われたあちこちの藪に分散させた。

ロシア人たちは、依然として切替所の前で、東に目を凝らしていた。

パウリナは、ひとりずつのそばへ這っていって、ターゲットを確認し、ＡＫのセレクターが射撃できる位置になっているのをたしかめた。ロシア人四人を民兵が三人ずつに分かれて撃ち、もっとも〝経験豊富〟な民兵ふたりが、五人目を撃つ。

そして、銃殺隊を指揮する士官のように、パウリナが上半身を起こし、ライフルを持ちあげて叫んだ。「撃て！」

ライフル十四挺が、ほとんど同時に銃声を轟《とどろ》かせた。ロシア兵五人が、被弾の衝撃でのけぞるのが見えた。

「再装塡《そうてん》」パウリナは命じて、ロシア兵が倒れて動かなくなるまで、民兵は撃ちつづけた。

しばらくして、パウリナは車両基地から駅のほうを見た。闇のなかから敵が現われるかもしれないし、いかに恐ろしいかを身をもって学んだロシア軍の機関銃か三〇ミリ機関砲の轟音《ごうおん》がいまにも聞こえるかもしれないと思った。

しばらくして、パウリナは立ちあがり、ついてくるようにと民兵たちを手ぶりでうながした。ライフルの銃口を動かしながら前進し、線路の前のロシア兵の死体に近づいた。ひとりずつ蹴とばして、生きているかどうかを確認した。

ひとりも生きていなかった。

パウリナは、ポイント切替所のなかにはいり、そこでも死体を確認してから、表に出た。全員を進ませ、警戒を怠《おこた》らないよう注意した。

「こいつら、なにをやってたんだろう？」新手の民兵のひとりがいった。

「なにかを待っていたんでしょう」

「分岐器《ポイント》があるところにいたんだから、線路を切り替えようとしていたんじゃないかな？」

パウリナは、切替所の外にある防水パネルを見た。カバーが剝《は》ぎ取られたように見える。大きなボタンがそこに五つあった。三つは点灯しておらず暗いままだったが、あとのふたつは赤とグリーンに輝いていた。駅の上の信号と連動しているにちがいない。

「そうかもしれない」パウリナはいった。「でも、列車は走っていない。線路を切り替えたかったのなら、とっくにやっていたはずよ。待ってるわけがないでしょう？」

パウリナは、ロシア兵のバックパックを調べた。食糧、私服、弾薬、地図と無線用の小冊子。赤とグリーンの光の下で、パウリナはそれらすべてを調べた。意味のある事柄はなにも見つからなかった。

そのとき、冷たい地面から膝に震動が伝わってきた。震動はどんどん激しくなった。

「東から列車が来る」パウリナはいった。

立ちあがり、駅のそばで点滅しているライトを見た。グリーンが進めで、赤がとまれなら、それを入れ替えてもいいかもしれない、と思った。赤信号ふたつはともったままで、青信号ふたつは明滅していた。

ロシア人がここでやったことを逆にするほうが、そのままにしておくよりもいい、と思った。

「ねえ」分隊の新人のひとりがいった。「なにをやるにしても、さっさとやって、ここから出たほうがいい」

列車の音が、はっきりと聞こえていた。巨大な列車が、かなり高速で走っているようだった。それに、どうやら無灯火で走っている。

パウリナはいった。「よし、これを切り替える」

グリーンのボタンを押すと、黄色になって点滅しはじめた。赤いボタンを押すと、それも黄色くまたいた。

突然、シュッという大きな音と、ガタンという音が、数メートル先の線路から聞こえた。レールがあらたな位置に動いて固定されるのが見えた。

列車が高速で接近していた。

「全員、線路から離れて！　ロシア兵の死体をひきずっていって。生垣かなにかに隠れるか、切替所にはいって」民兵たちが指示に従うと、パウリナと年配の民兵ひとりが、ロシア人の死体を壁際から持ちあげて運び込み、ポイント切替主任のスツールに座らせた。

時速一〇〇キロメートル以上で驀進《ばくしん》する列車が、駅の明かりのなかに現われた。パウリナが切替所の小さな鋼鉄のドアを閉めたとき、押し寄せる冷気の波が、風の壁となってぶつかった。列車が通過するあいだ、パウリナといっしょにいた民兵三人は窓から覗《のぞ》いた。パウリナは、列車を見ながら数えようとした。四十両まで数えたところで、あきらめた。重機、建築機材、戦車、装甲人員輸送車、何両もの兵員輸送車。窓の奥のロシア兵の顔まで見分けることができた。各車両が大口径の対空機銃を備え、低温に耐えるために防寒装備にくるまった砲手が配置されていた。

列車が行ってしまうと、パウリナと民兵三人は、しばらく間を置いてから、ポイント切替所を出た。線路脇の隠れ場所から、あとの民兵が出てきて集まり、パウリナの指示を待った。

「ピックアップに乗る支度をして。これを報告してから、ほかの場所も調べる」

「列車がどこへ行ったか、わかりますか？」

「わからない」パウリナはいった。「でも、うまくすると、列車にもわからなくなったかも」

例の痩《や》せた若い女がいった。「軍曹、みんなで死んだロシア人の銃を持っていってもかまわないですか？」

パウリナは笑みを浮かべた。この女は、戦いのコツを憶えはじめたようだ。「いいわよ。かなりいい銃だもの」

62

タンザニア　ダル・エス・サラームの東
強襲揚陸艦〈ボクサー〉
十二月二十九日

コナリー中佐が、平らな飛行甲板のエクササイズ・エリアへ行ってひと走りしようかと思い、ベッドから起きあがったとき、〈ボクサー〉の艦内放送で呼び出しがかかった。まだ〇五〇〇時だったが、運用士の鋭いホイッスルにつづいて、指示が聞こえた。「コナリー中佐、CIC《コンバット》に来てください。コナリー中佐、コンバットに来てください」

乗組員九百人にくわえて海兵隊員二千人が乗っている艦内のあらゆるところに呼び出しが響き渡るのは、いつもいささか面映《おもは》ゆいものだ。〈ボクサー〉は活発な都市のようで、キャスター大佐が指揮する海兵遠征隊の重要拠点でもある。強襲揚陸艦は、小型空母のようなもので、海兵隊のAV-8ハリアー全天候戦闘機、コブラ攻撃ヘリコプター、大型輸送ヘリコプター、ベトナム戦争前から海兵隊が使用している中型ヘリコプターのUH-1〝ヒューイ〟を搭載している。

コナリーは、まだ汚れていない靴下とテニスシューズを履《は》き、士官室を出た。部屋を共用している連隊作戦幕僚の中佐は友人だったので、最初はほっとしたが、ひと晩中いびきをかくとわかってがっかりした。

それにくわえ、長距離の空の旅で体内時計がめちゃめちゃに狂っていたので、コナリーはこんな早朝に目を醒《さ》ましたのだ。

急いで戦闘情報中枢《CIC》へ行ったコナリーは、あたりを見まわした。「だれか、わたしに用事があるのかな？」

「はい、中佐」当直のオペレーターがいった。「統合参謀本部副議長事務局から、秘話衛星通信で電話がかかっています」三台並んだ衛星電話機のほうを指さした。一台のグリーンのライトがついていた。手順をよく知っているコナリーは、通信席に座り、時計を見た。〝コンバット〟の全員が、興味をそそられてコナリーのほうを見ていた。

「コナリー海兵隊中佐です」

「声が聞けてほっとしましたよ、ボス」グリッグズだった。

「やあ、ボブ、こっちもおなじだ。こっちはいろいろと熱くなっている。つまり、気温は三五度に近いし、これからロシア軍と戦うことになる」

「熱いに二重の意味があるのは、説明されなくてもわかりますよ。あいかわらずジョークが下手《へた》ですね」

　コナリーはいった。「本艦宛ての電話で、きみは艦内にいる人間の半分を起こしてしまった。納税者の金をしこたま使って電話をかけてきたのを正当化するには、もうちょっとましな話をしなければだめだ」

「ロシア軍について、あらたな情報がはいったんですよ。フランスの情報機関DGSEの課報員がひとり、ジブチにいたんです。ロシア軍部隊が港から出発するときに、その男が詳細を記録しました。敵部隊の構成について、かなりいい最新情報を送ってきたんです」

「かなりいい、というのは？」

「そうなんです。問題は、本部への通信が途中で切れたことです。なにがあったのか、DGSEにはわかっていませんが、たぶん課報員は発見されたんでしょうね」

「了解。危険な仕事だ」

「内容はつぎのようなものです。完全な一個旅団規模。つまり、旧ソ連時代の旅団とおなじです。大規模な歩兵、対空兵器、砲兵部隊。フランス側から得た報告を送ります。完全ではないですが」

「戦車は？」

「ヴァージニア級原潜が港内に忍び込んで、タンカー三隻のうち二隻を撃沈しました。一四万五〇〇〇バレルが失われたというのが、国防総省の推定です。ロシア軍の戦車はいま、ジブチ市の外で待機し、ロシア軍が警備しています。燃料が足りないので残したのだと思われます」

コナリーは口笛を吹いた。「なんと、この紛争では、海軍のほうが多数の敵戦車を使えなくしたわけだな。陸軍と海兵隊を合わせたよりも凄《すご》い戦果だ」

「ロシアはなんらかの手段で燃料を手に入れて、運び込むでしょう。タンク兵をビーチで日光浴させるために、戦車をわざわざ運んだわけではないし、鉱山を乗っ取ったら強力な武力で堅持しなければならないとわかっているはずですから。クレムリンはアフリカのどこかの国と取引して、燃料を手に入れるかもしれない。あるいは奪うかもしれない。でも、それには時間がかかります」

「どれくらい？」

「これは憶測ですが、五日もあれば燃料を補給した戦車が、そちらに到着するでしょうね」

「まいったな。つまり、先行するロシア軍部隊に対抗して鉱山の防御を強化する方法を五日以内に編み出さないと、ロシア軍の重戦車の増援に直面するわけだな？」

「そうです。しかも、とてつもない規模の機甲部隊ですよ。戦車一個大隊。それはほんの一部にすぎない。ケニアに向けて南下する旅団の前衛は、ユーリー・ボルビコフ大佐という人物が率いるロシア軍特殊部隊です。こいつには数々の逸話《いつわ》があるし、この鉱山とは因縁が深いんです。三年半前に、モスクワがムリマ山の鉱山を明け渡せと命じたとき、ボルビコフはそこを守備していたスペツナズ部隊の指揮官でした。そのときは尻尾《しっぽ》を巻いて退散しましたが、どうやら復讐に燃えて戻ってくるようです。

いま、ボルビコフの身上調書をそちらの秘《S》匿インターネ《I》ット・プロトコ《P》ル・ルータ《R》ーコンピューターに送っています。メラノポリスからの情報もあります。モスクワの情報源から、この人物に関する資料を大量に得ることができました。点と点をつないで……ヨーロッパの電撃戦から鉱山奪取に至るまで、こいつが作戦すべてを立案したようです」

「しかし、まだ鉱山を奪取していない」

「あー……まあそうです。ボスたちが、奪われないようにするわけですよね？」

コナリーは溜息をついた。「アフリカ軍《AFRICOM》がいまも機能していれば、事態はもっとましだっただろうな。こっちはかなり混乱している。ＡＦＲＩＣＯＭの各司令部がないと、目が見えない状態で走りまわっているようなものだ。それに、関係各国と連携する必要があるのに、そういう伝手《つて》がまったくない。ナイロビのケニア政府から伝わってきた情報によれば、鉱山を支配するものと友好な関係を維持したいので、ロシアが鉱山を奪っても干渉しない考えのようだ。長いものには巻かれろというわけだよ」

グリッグズがいった。「ペンタゴンでもおなじような話を聞きますよ。ソマリアでだいぶ前に米軍がドジを踏んだのを、アフリカの連中は憶えていますからね。〝ブラックホーク・ダウンの真実〟というやつですよ。ケニアはアメリカがこれを成功させるとは思っていないので、予想がつくほうに賭けて、戦闘を避けようとしています」

コナリーは、また溜息をついた。「そっちのほうの進展は？」

「国務省は精いっぱいやっています。従来、アフリカ諸国との連絡を、国務省はＡＦＲＩＣＯＭに頼っていました。アフリカ諸国にはほとんど駐在武官がおらず、必要なときに交渉のために赴くという手順でした。ヨーロッパにAFRICOMを置いていたのが、いい例ですよ。欧州軍《EUCOM》の使命のほうが重要だと、だれもが思っていたわけです。おなじ場所に統合軍を置くことが、AFRICOMとEUCOMの両方にとって危険だとは、だれも予想していなかった。上層部がそれらの組織を修復するには、何カ月もかかるでしょう。それまでは、〈ボクサー〉座乗のキャスター大佐が、アメリカ合衆国になりかわって、アフリカ全域の軍事問題を司《つかさど》ることになります」

「大佐にかならず伝えるよ」

「ペンタゴンの戦略地図で邪魔な障害物だと見なされたら、押し潰されますから、用心してくださいよ」

コナリーはくすくす笑った。「ほかに明るい報《しら》せは？」

「えーと……そうそう、帰ってきたら一年間、ゴミ出しをやってもらうって、ジュリーがいっていますよ」

「なんだって？」

「きのう、お宅で食事をしたんです。ジュリーのミートローフが美味《うま》いのを、どうして教えてくれなかったんですか。それはもう、うっとりするくらい美味いですね、ボス」

「嘘だろう？　わたしの家で食べたって？」

「ええ。今夜はジャックを野球の練習に連れていきますよ」

「そうか……それはありがたい」

「でしょう。とにかく無事に帰ってきてくださいよ、ボス」

「精いっぱいそうする。もう行かないと。三時間後に上陸だ」

「敵をやっつけろ、海兵隊」グリッグズがいったので、コナリーはにっこり笑った。

エチオピア北部
十二月二十九日

コンスタンチン伍長は、小高い丘の上にいる大尉のところへひそやかに登っていった。暑いアフリカで体を動かしたせいで、フランス軍特殊部隊の砂漠用〝三色〟迷彩服が汗にまみれ、エチオピアの赤土がこびりついて薄い泥の膜のようになっていた。竜騎兵たちが地元で調達した車はすべて、北から見えないように、密生した灌木《かんぼく》が並んでいる小さな砂丘の蔭にとめてある。カムフラージュのために樹木を切ったり、道路に簡単なバリケードを築いたりする作業にいそしんでいる兵士たちを、コンスタンチンはちらりと見おろした。

頂上に着くと、アポロ・アルク＝ブランシェット大尉が、双眼鏡を国道51号線に向けたまま、じっと観察していた。さきほどから朝の光のなかに小さな土煙《つちけむり》が見えていたが、それが車両の群れだとわかった。ボンゴトラックが数台。〈ボンゴ〉は本来、マツダと起亜《きあ》が製造している車種の商標名だった。アフリカのどこにでもある小型トラックで、人間からカート

（覚醒作用がある植物で、嗜好品として好まれている）に至るまで、あらゆるものを運ぶのに使われている。レースや色とりどりの布で覆ったり、鮮やかな色で塗装したりしてあることも多い。

アポロは、装備に砂がかからないようにひろげて覆いにしてある抗弾ベストの上に、双眼鏡を置いた。FN・SCAR－L（特殊部隊用戦闘アサルトライフル・ライト）は、抗弾ベストの横に置いてある。抗弾ベストを脱いだのは、地面にぴたりと伏せるためでもあった。SCAR－Lの排莢口《はいきょうぐち》は、砂や土埃《つちぼこり》がはいらないように、上に向けてある。

コンスタンチンがいった。「大尉、朗報がありますよ。通信が復旧しました」

「よかった。助かる」アポロはまた双眼鏡を目に当てた。地平線上の空に赤い土煙の柱はまだ見えない。自動車化部隊の車両縦隊が進軍していたら、土煙が濛々《もうもう》と立ち昇るはずだった。

だが、見えるのは幌をかけたボンゴ二台だけで、アポロの陣地に向けてその二台が近づいていた。アポロはとりたてて心配はしなかった。この三十分のあいだに、おなじような車を何度か見ている。おもに市場とのあいだを行き来して、商品を運ぶ車だった。

アポロは、二台のボンゴに焦点を合わせた。「ダリエル一等軍曹に、あのトラックをとめろといってくれ。ロシア軍の位置について、情報が聞けるかもしれない」

「はい、大尉」コンスタンチン伍長が、でこぼこの斜面を道路のバリケードのほうへ急いで下っていった。バリケードは、北から接近する車から見えないように、丘の蔭に設置してあった。

アポロはふたたび遠くに双眼鏡を向けて、ボンゴトラック二台のずっと後方の地平線を眺めた。地平線上の空の色が変わっていたので、アポロは注意してみた。かすかに赤茶色を帯びて、靄《もや》のようにも見えたが、長年、偵察を行なってきた経験と直感で、車両の大集団が地平線上にいるのだとわかった。

「おい、コンスタンチン！」コンスタンチンが遠くに行く前にとめようとして、アポロは叫んだ。返事がなかったので、ふたたび赤茶色の靄をじっと観察してから、接眼レンズから目を離し、丘の下を見おろした。

ボンゴトラック二台がカーブをまわり、ドラム缶のバリケードで行く手をふさがれていることに、運転手が気づいた。速度を落とし、トラックをとめた。

竜騎兵三人が、簡単なバリケードに近づいた。ふたりが一五メートル離れたところから見守り、ひとりがさらに前進した。

遠くの靄を見ようとして、アポロが向きを変えようとしたとき、カラシニコフだとたちどころにわかるけたたましい銃声が聞こえた。

アポロが視線を戻すと、小さなトラック二台の窓から、煙と銃弾を吐き出している銃身が見えた。道路に出ていた竜騎兵三人がたちまち倒れたが、ふたりは乾いた枝が積もっている道路脇の溝に逃げ込むことができた。

トラックにもっとも近かった三人目は、地面に倒れたまま、身動きしなかった。

くそ、アポロは思った。相手は前方偵察中のスペツナズ部隊だと気づいた。

アポロは脚で蹴って体の向きを変え、砂地に置いた抗弾ベストの上のカービンを取って、戦闘がはじまった南西に銃口を向けた。ＳＣＡＲ－Ｌの銃身の二脚を立て、きちんとした伏射の姿勢をとった。トラックの向こう側のドアから出ようとしていたロシア兵たちを、六倍スコープで捉えた。アポロの部下たちとおなじように、彼らも意表を衝《つ》かれたにちがいない。

アポロは引き金を絞った。鋭い銃声が響いたが、ターゲットから目を離さなかった。弾着を見届け、トラックのルーフの土が跳ねるのを見た。

二発目を放った。

こんどはリアドアの近くでルーフを撃ち抜いた。後部に乗っていた男がひとり倒れて、ライフルといっしょに転げ落ちた。

トラック二台の向こう側から、ロシア兵が続々と逃げ出していた。

アポロは、ＳＣＡＲ－Ｌの銃口を右に向けて、二台目のトラックに注意を集中した。運転手がまだ生きていたらしく、トラックをバックさせた。そのために、トラックを掩蔽《えんぺい》に使っていたロシア兵四人がさらけ出された。四人は向きを変えて、トラックの横を走りながら、砂丘の蔭にとめた車両のそばの兵士たちに向けて、がむしゃらに発砲した。

アポロは、運転席側のサイドウィンドウを狙い、バックするトラックに向けて何発も放った。トラックの向こう側のロシア兵が窓やボンネット越しに撃ちつづけていた。フランス兵とロシア兵の銃撃の腹に響く銃声が、ほとんど切れ目なく轟《とどろ》いていた。

いまのところ、激しい戦闘のはるか上にいたアポロは、そこから撃っていることに気づかれていなかった。フランス側の車両のそばのダリエルたちにロシア兵が注意を向けているあいだ、アポロはその優位を利用した。

二台目の運転席のサイドウィンドウに照準を合わせて、ふたたび撃った。

バーン。

ボンゴトラックが斜《なな》めにバックして道路をそれ、アポロのいる高みから一二〇メートル離れたところでとまった。

その二台目のトラックの向こう側にいたロシア兵が、べつの方角から攻撃されていることに気づいた。一台目のトラックで生き残っていたスペツナズのひとりが、丘の上に射手がいるのを見つけた。そして、アポロめがけてAK－47で連射した。

アポロは、そのスペツナズを狙い撃つために、銃口を左に向けた。

銃弾がうなりをあげて頭上を飛び、正面の地面に当たって、スコープに土埃《つちぼこり》が飛び散った。

アポロは息を吸って、ゆっくりと吐き、声に出さずに三つ数えて、三で引き金を絞った。一台目のトラックのスペツナズが倒れて、体の下の白い砂地に赤い血がひろがった。

いまではロシア兵すべてが、アポロが丘の上から狙撃していることを知って、トラック二台のエンジンの蔭や、道路の向こう側の浅い溝で、巧みに身を隠していた。アポロは溝のなかを撃とうとしたが、都合のいい射角が得られなかったし、生き残りのロシア兵は掩蔽物《えんぺいぶつ》をうまく利用していた。

丘の下では、ダリエル一等軍曹が、掩護射撃と機動を駆使してゆっくり接近しろと部下たちに命じていた。数人が射撃をつづけ、何人かが突進して、地面で伏射の姿勢をとった。竜騎兵は、攻撃では先手をとられたが、慎重に地形を選んで、ささやかな優位をものにしていた。ロシア兵は、トラックを掩蔽《カヴァー》に使っていても、坂の下に位置していたし、排水用の溝のほかに自然の掩蔽物がなにもない二車線の未舗装路に釘づけになっていた。

大きなボンという音のあとで、シューッという音がしばらくつづき、アポロの左にいた兵士たちの上で白煙がたなびいた。敵に携帯式対戦車擲弾発射器《RPG》があることがわかった。兵力と火力で竜騎兵に劣っていても、ロシア軍の精鋭スペツナズは、全滅するまで戦う覚悟のようだった。

アポロは、発射速度を増した。竜騎兵は機関銃も使いはじめていたので、敵の頭を下げさせることができると思った。

このスペツナズ部隊が、約二〇キロメートル北から急速に接近しているロシア軍車両縦隊の本隊と確実に連絡がとれるような、携帯無線機を備えている可能性は低かった。地平線にくっきりと見えた土煙と、目の前の特殊部隊の存在は、ロシア軍が標準の手順で作戦を行なっていることを示している。スペツナズが先行し、斥候《せっこう》をつとめる。つぎは軽装甲の自動車化部隊、つづいて重装甲の部隊。戦車があれば戦車部隊、なければ装甲人員輸送車《BTR》部隊。

アポロは、眼前の小部隊を早く殲滅《せんめつ》したかった。アポロの竜騎兵部隊が、つぎに現われる軽装甲の自動車化部隊に太刀打ちできる見込みはまったくないからだ。

アポロは、頭のなかですばやく計算した。スペツナズにこれを報告する無線機がなく、ロシア軍部隊の指揮官たちが行軍を急いでいるという自分の読みが正しければ、後続部隊は全速力で走っているはずだ。この道路では、時速五〇キロメートルないし六〇キロメートルというところだろうが、距離から判断して、二十分後には後続部隊が到着する。敵を慎重に撃っているような時間はない。そんなことをやっていたら、数百人もしくは数千人のロシア兵に蹂躙《じゅうりん》される。それに、生き残りのスペッツナズに余裕をあたえたら、アンテナを立てて、大型無線機で本隊に警報を発するかもしれない。

掩蔽物に隠れているロシア兵を強襲する必要があると、ダリエル一等軍曹に伝えなければならない。だが、アポロは部下たちと七五メートルほど離れていた。

自分のやりたいことを伝えるのではなく、身をもってそれを示そうと、アポロは決意した。自分がロシア兵めがけて突き進んで攻撃すれば、部下たちは悟るはずだ。

それに、指揮官を見殺しにはしないだろう。

アポロはそう願った。

アポロは膝立《ひざだ》ちになり、敵に姿をさらけ出した。SCAR‐Lから弾倉を抜き、重みを手でたしかめた。十発程度しか残っていない。腰に吊ったポーチにその弾倉を落とし、新しい弾倉をマガジンウェルに差し込んだ。薬室にはすでに一発送り込まれているので、そのまま立ちあがり、敵の視界にはいってから、姿勢を低くして丘を下っていった。部下たちが熾烈《しれつ》な射撃をつづけていたので、アポロはしばし射撃せずに、敵の側面にまわり、東から不意打ちすることにした。

ほどなく、二台目のトラックまで三〇メートル以内に接近した。溝とはもうすこし離れている。浅い溝からAK－47の銃口がこちらに向けて突き出しているのが、どうにか見えた。ロシア兵ひとりが、うしろの側面を防護しているのだ。

こいつらは馬鹿じゃない、とアポロは思った。背後にひとり配置するのは、賢いやりかただ。戦闘能力の低い部隊なら、全員がトラックの蔭にいて、竜騎兵の直接攻撃と機関銃だけに注意を集中するはずだ。

もっと接近できれば、まだ敵がいるのに気づいていないロシア兵に襲いかかれるかもしれない。

アポロは、もっとも近いその脅威にスコープで狙いをつけて、竜騎兵がふたたび機関銃で長い連射を放つのを待った。連射と同時に、全力疾走した。ダリエルをはじめとする竜騎兵が、アポロに気づいたらしく、トラックへの射撃が一段と激しくなった。

あと三〇メートル。

二〇メートル。

一〇メートル。

後方を防御していたロシア兵は、銃撃が激しくなったのには、なんらかの意味があると悟ったにちがいない。危険を冒して、溝の縁から覗《のぞ》こうとした。AK－47の銃身が持ちあがって向きを変えるのを、アポロは見た。全力疾走をつづけながら、SCAR－Lを頰に引き寄せた。スコープは使わず、銃身の先をじかに見た。引き金に指をかけ、なおも距離を詰めた。五メートルまで近づいたとき、ロシア兵が膝立ちになるのが見え、アポロはSCAR－Lから盛大に弾丸を放った。引き金を絞ったまま連射した。

ＳＣＡＲ‐Ｌが三度跳ねあがり、アポロは駆け足と射撃のタイミングを合わせようとした。三発がロシア兵の胸に当たった。そのスペツナズの兵士は、アポロとはちがって、抗弾ベストをつけていたが、それでも衝撃で仰向《あおむ》けに倒れた。ＡＫ‐47が吹っ飛びそうになったが、訓練の賜物《たまもの》で、手離さなかった。

アポロは溝に跳び込んで、ブーツで相手の胸を踏みつけ、ＳＣＡＲ‐Ｌを無防備な顔に向けて、引き金を引いた。ＳＣＡＲ‐Ｌは連射モードのままだったので、銃口から三発が射ち出され、兵士の頭はぐちゃぐちゃになった。

アポロは、なおも前進した。敵のトラックの裏側にまわっていた。そのため、味方の銃撃が不意に熄《や》んだ。

トラック二台のそれぞれに、生き残りのロシア兵が四人ずついるとわかった。アポロは、弾薬が尽きかけた弾倉を落として、新しい弾倉を押し込んだ。溝の縁を射撃陣地に定め、近いほうの敵四人に向けて数発を放った。抗弾ベストの装甲板に当たっても無駄なので、胸よりも上と頭を狙った。汚いやりかただが、敵の弱みを見つけてつけ入るのも、戦闘の一環だ。

四人とももんどりうって、その場で死んだ。

先頭のトラックの蔭にいた四人が、熾烈な銃撃のほうをふりかえった。アポロが溝から出て、二台目のトラックの蔭に向かっていることに、四人が気づき、発砲を開始した。トラックの側面に七・六二ミリ弾が雨あられと襲いかかった。アポロは地面に身を投げて、ボンゴトラックのうしろに転がり、銃弾を避けようとした。アポロの頭のすぐ上で、トラックの薄い車体を敵弾の半分が撃ち破った。アポロはトラックの蔭で、地面に強く体を押しつけた。トラックの左右のタイヤが吹っ飛ばされて、車体はリムに支えられ、地面との隙間《すきま》は数十センチしかなかった。アポロは、トラックの下に体を入れて、ロシア兵を狙える射角を得ようとしたが、なにも見えなかった。

それでも、まぐれで当たるのを願い、弾倉の残弾を車体の下から放った。

胸に手をのばしたとき、残りの弾薬を入れた装備ベストを、抗弾ベストとともに、丘の上に置いてきたことに気づいた。

「くそ《メルド》」

弾薬が半分ほど残っている弾倉を腰のポーチに入れたことを思い出し、手を突っ込めるように土の上を転がった。弾倉をポーチから取り出し、空《から》弾倉を捨てて、残弾がすくないその弾倉をSCAR-Lに押し込んだ。

それだけでは足りない。ロシア人がどなり合っているのが聞こえた。どうやって始末しようかと相談しているのだろう。アポロは、車体が薄っぺらなトラックの蔭から動けず、抗弾ベストはなく、弾薬は弾倉に半分ほど残っているだけだ。それに、まもなくロシア軍の一個機甲旅団が到着する。

ロシア軍の装甲偵察部隊が到着するまで、十五分くらいだろう、と思った。

「くそ《メルド》」アポロは砂まじりの赤い地面に口を押しつけて、もう一度悪態をついた。

　ロシア兵がアポロの方角を撃ちはじめ、銃弾が頭上で鋭い音を発し、ボンゴの薄い車体を貫通した。金属片と銃弾の破片が、蜂の群れのように周囲に飛び散った。それが体のあちこちに当たるのがわかった。首がちくりと痛み、背中の上のほうにもふたつ当たった。銃弾がトラックを貫通するあいだ、アポロは筋肉隆々の体に力をこめていた。

　これで終わりか、と思った。トラックの後部をまわってきた最初の敵兵に、最後の十発ほどを撃ち込む構えをとった。

「大尉殿《モン・キャピテーヌ》！」ダリエル一等軍曹の耳慣れた落ち着いた大きな声が、アポロの左側から聞こえた。すくなくとも二、三〇メートル離れている。「ダン・トロワ・セコン、ソルテザン・ティラン！」〝三秒後に射撃を開始する〟。フランス語がわかるロシア兵がいないことに、ダリエルは賭けている。アポロもその賭けに乗るしかなかった。

「了解《ダコール》！」アポロは叫び、三つ数えはじめた。

「一《アン》」

「二《ドゥー》」

「三《トロワ》」右に転がり、トラックの蔭から出て、ＳＣＡＲ－Ｌを頬に当てて、トラックの蔭から出て、一台目のトラックから二台目に向けて突進していたロシア兵を狙い撃った。

　そのうちふたりは、アポロの予想よりも近く、数メートルしか離れていなかった。だが、ダリエルとその分隊の兵士が、二台のあいだとトラック越しに弾幕射撃を開始したので、ロシア兵はそちらを向いた。

ロシア兵ひとりを一発で斃《たお》すつもりで、アポロはSCAR－Lを安定させて、たてつづけに引き金を絞った。

バン、バン、カチリ。弾倉が空《から》になった。

だが、まだ脅威がふたり残っている。前方にいて、向き直り、交戦しようとしている。

そのとき、竜騎兵五、六人が、アポロの左側から二台目のトラックの前をまわって現われ、生き残っていたロシア兵ふたりを斃し、アポロが撃ったふたりに数十発を撃ち込んで、血の赤い霧と肉の切れ端が飛び散った。

アポロは腹《はら》這《ば》いになっていた。脅威が抹殺されるのを見たときに、顔をSCAR－Lの銃床に押しつけて、長い溜息をついた。

ダリエル一等軍曹が、うしろに現われ、ブーツでアポロを軽く蹴った。「大尉殿《モン・キャピテーヌ》、死んでるんですか？」

アポロは笑って、ゆっくりと立ちあがった。「いや。きく前に〝死体確認〟してくれてありがとう」

ダリエルも、くすくす笑ってから、苦笑を浮かべていった。「大尉殿《モン・キャピテーヌ》、こんど突撃するときには、おれにいってくださいよ。それに若い兵士に手本を示すために、せめて抗弾ベストはつけてください。みんな大尉の指導を仰ぎたがってるんですから」

「わかった。これからは抗弾ベストをつけるし、家に帰ってソファでサッカーを見るときまで、はずさないようにする」

コンスタンチンがその場にやってきて、死んだスペッツナズふたりを蹴とばした。「ランボー大尉。なかなか興味深い戦術でした」

「ああ……ひとには勧められない」アポロは答えて、自分のSCAR‐Lをしげしげと見た。

「やつらが本隊に連絡できたと思いますか？」

「はっきりとはわからない」アポロは答えながら、若い伍長から新しい弾倉を受け取り、SCAR‐Lのマガジンウェルにはめた。「しかし、長居してそれをたしかめるつもりはない。さっさと出かける潮時だ」

「どこへ行くんですか、大尉《モン・キャピテーヌ》殿？」

「南だ。やつらの前方部隊の先まわりをして、また擾乱《じょうらん》する」

63

タンザニア　ダル・エス・サラーム
十二月二十九日

強襲揚陸艦〈ボクサー〉のドック式格納庫《ウェルドック》内で、ヴェリコー・パワー・システムズ製の巨大なETF－40Bガスタービンエンジン四基が始動して、甲高《かんだか》い爆音を響かせた。そのエンジンを搭載したエアクッション型揚陸艇《LCAC》は、平たいホヴァークラフトで、空気のクッションに載って波を越えて岸に達する。すでに岸と往復して、戦車四両の一個小隊と、歩兵一個中隊——海兵隊百四十人近く——を上陸させていた。

〈ボクサー〉の通板《みちいた》を進む海兵隊員の長い列を見ながら、途切れることのない緊密な作業だと、コナリーは思った。コナリーのうしろにはつぎの一個中隊がいて、軽装甲車両四両の乗員とともに、上陸に備えている。海兵隊は重さ三六キロのバックパックを背負い、抗弾ベストをつけ、ライフルかカービンか機関銃を持っている。彼らのブーツのやかましい足音は、LCACのガスタービンエンジンの爆音にかき消され、ほかの音もまったく聞こえなかった。

ジェットエンジンなみの爆風が、可変推進システムから噴き出して、あたりの空気を乱し、注意を怠《おこた》っていた海兵隊員たちが一歩うしろに押された。

揚陸艦の整備長がコナリーと数人から成る連隊戦闘団5本部要員を手招きして、乗船させた。〈ボクサー〉のウェルドックに敷かれた木の通板は、ビーチから戻ってきたLCACの撒《ま》き散らす海水にくわえ、オイルやグリースで滑りやすくなっていた。コナリーは米海軍の揚陸艦に乗った経験が豊富なので、しっかりした足どりで進むことができたが、先に乗船した全員といっしょに見ていると、本部要員ふたりが足を滑らして倒れ、母艦の横揺れによって揚陸艇の甲板に向けて滑ってきて、十九歳と二十歳の通信士ふたりのそばで折り重なった。コナリーがことさら用心したのは、目の前で倒れた下級将校ふたりに、若い海兵隊員たちが笑い声や口笛を浴びせたからだった。中佐がひっくりかえったら、海兵隊員たちは、さぞかしよろこぶにちがいない。

LCACに乗り込むと、コナリーはハンヴィー二両のあいだを抜けて、軽装甲車《LAV》のところへ行った。米海兵隊のLAVは、ロシアのBTRやブメラーンクと同種の車両だが、もっと小さくて速い。LCACに積まれた八輪のLAV‐25は、二五ミリ・チェインガン一門を備え、戦場偵察の訓練を受けた斥候《せっこう》六人が後部に乗れる。

コナリーは幕僚のひとりとしてキャスター大佐のそばにいなければならないので、指揮統制車型のLAV‐C2に乗る。この車両は、通信機器を大幅に強化してある。タスク・フォースの他の部隊との連絡を維持する必要があるので、衛星通信にくわえ、三種類の周波数帯の無線機を備えている。米海軍艦艇や上空の海兵隊機との長距離通信も可能だし、NATOの全地球通信網に接続したコンピューターを使い、秘密保全措置をほどこした衛星データ通信も行なうことができる。

コナリーは、自分が乗る車両を見つけて、自分のバックパックを頑丈な鋼鉄の金具で車体に固定して、乗り込んだ。山ほどの装備や道具をかきわけて、席についた。

後部の鋼鉄のハッチが閉じて、LCACのエンジンが一段と甲高い爆音を響かせた。コナリーは乗員用ヘルメットを取り、内蔵のイヤホンを耳に差し込んで、岸までの短い移動に備えて腰を落ち着けた。

LAVのハッチの隙間から、排気ガスが吹き込んだ。それを避けるすべはなく、車内の全員が吐き気をこらえなければならなくなった。

十分後、浅瀬の高い波を乗り越えているとおぼしいLCACが、激しく上下に揺れはじめた。それを裏付けるように、コナリーのLAVの車内に砂まじりの潮風が吹き込んだ。ほどなくLCACは、波が砕けているところを通過し、ダル・エス・サラームの港湾施設のすぐ南にあたるバフレサ・ビーチに上陸した。

シューッという音とともに、砂まじりの風が最後にもう一度、LAVの車内に盛大に吹き込み、LCACが停止した。

コナリーは、首をのばしてハッチから顔を出した。砂浜から反射するまぶしい光が、視界にひろがった。黄色い砂の向こうに、鬱蒼《うっそう》としたヤシ林が見え、さらに内陸部には、とりとめなくひろがっているダル・エス・サラームの町はずれが見分けられた。

ビーチには、すでに海兵隊の装備と人間がひしめいていた。広い中間準備地域では、七トン積みトラックやアルミの補給品パレットの列がつづいていた。

LAVの後部ハッチがあき、軍曹がコナリーを手招きした。「中佐、あそこへ行って、糧食を取ってきたほうがいいっすよ」

コナリーは、海兵隊員の列に並び、調理済み糧食《MRE》と、〈キャメルバック〉に入れられるだけの水、五・五六ミリ弾薬六箱を取った。弾薬以外はすべてバックパックに入れ、LAVに戻って、M4カービンに弾薬を装塡《そうてん》した。

コナリーは、いっしょにいたLAVの軍曹が、思いがけず手にはいった大量の武器弾薬を見て、ハロウィーンでもらったお菓子のように分類するのを眺めた。AT－4対戦車ロケット弾、歩兵携行型のM72軽対装甲兵器《LAW》、Mk153肩撃ち式多目的強襲兵器《SMAW》、ライフルの銃身下に取り付ける四〇ミリ擲弾《てきだん》発射器、M67手榴弾《しゅりゅうだん》、大量の機関銃弾。

海兵隊軍曹が、手榴弾三発をコナリーに渡した。コナリーはそれを受け取って、ポーチに入れた。

「そいつを爆発させるのに、再教育を受けないといけないんじゃないっすか、中佐？」

コナリーは、くすくす笑った。「手榴弾の投げかたくらい知っているよ、デヴィル・ドッグ」

「だめですよ、中佐。しばらくデスクワークばかりだったでしょう」

　コナリーは、溜息をついた。海兵隊には生意気な口をきく猪突猛進型の軍曹がいるので、からかわれたことがないわけではなかった。だが、軍曹の言葉は、最近の環境について、的を射ていた。

「きみの名前は、海兵隊員？」

「カシラスです。カシラス三等軍曹」

「わかった、カシラス、ひとつ取り決めておこう。わたしが手榴弾を投げなければならなくなったら、ほんとうに熾烈《しれつ》な射撃で掩護《えんご》すると約束してくれ。わたしが額を撃ち抜かれることなく、みごとに投げられるように。いいな？」

「中佐がおれたちをそんな銃撃戦に巻き込んだときには、頼まれるまでもなくやりますよ。おれたちは思い切り撃ちまくりますからね。中佐は、オフィスに帰ってからまた書類で指を切っちまうことだけ心配していればいいっす」

　コナリーは笑った。「おい、カシラス、将校に恨みでもあるのか？」

「ないっす。連隊でだれがほんものの仕事をするかってことを知ってるってだけですよ」

　海兵隊軍曹は、ボスと対等な口をきくことが許されている。彼らは合法的な命令には、厳密に従う。ただ、指揮官に弱みがないかどうかを評価し、ボスにピンチを切り抜ける力があるかどうかを試すのが、彼らの流儀だ。

　コナリーは、フォークリフトが揺れながら通板を進んでいるのを眺めた。運転手が、待っている車両に向けてパレットを運んでいた。箱の側面に、ステンシルの活字体で記されていた。

機関砲用弾薬
爆発性発射体
M791、二五ミリ、APFSDS-T（装弾筒付き対戦車破片徹甲弾《てっこうだん》）
三千発

警告：この箱の内容は
十一月勘定分LFORM弾薬
国家緊急事態のみに使用

コナリーが国防総省で具申し、上層部は〝上陸部隊作戦物資《LFORM》〟の備蓄に手をつけることを承認した。LFORMは、海兵隊揚陸艦の船艙《せんそう》の奥底に保管されている戦時用備蓄で、国防長官の許可がないとだれも使用できない。その軍事物資には、〝戦争が起きたときに非常ボタンを押す〟雰囲気が漂っている。だから、コナリーが国防総省に電話して、それに属する弾薬と装備の使用を許可する手順を簡素化させたとき、連隊戦闘団5の士官たちは、コナリーがじゅうぶんに職責を果たしたと見なした。

コナリーは、こんどは下士官たちの敬意を勝ち取らなければならない。

コナリーも含めて、連隊戦闘団5は北に向けて出発した、コナリー、エリック・マクヘイル中佐、強襲偵察海兵らは、速度の遅い本隊の前方を高速で走り、ロシア軍と戦闘を行なうことになる。

先鋒をつとめる海兵は、重武装し、生まれてはじめてロシアの熊に立ち向かうことになる。

ポーランド南東部
十二月二十九日

エドゥアルト・サバネーエフ陸軍大将は、雪のなかで体を温めるために、ブメラーンク指揮統制車のエンジンのそばに立っていた。急襲部隊指揮官のダニール・ドゥリャーギン大佐が、そばに立っていた。四日前に西欧への強襲がはじまってから、ふたりは会ったことがなかったが、きのうの混乱のなかで、じかに顔を合わせることができるくらい近くに接近していたことがわかった。

午前中のなかばだったが、気温は氷点下で、灰色の雲が低く、いまにも霙《みぞれ》か雪が降り出しそうだった。

「きみのこの車両縦隊は、かなりひどい状態だな、ドゥリャーギン」サバネーエフはいった。

「おっしゃるとおりです、将軍。わたしの部隊は、ヴロツワフ旧市街中心部から、十四ものルートで脱出しました。ハイウェイに陣地を築いていたポーランド地上軍《PLF》と正面衝突した部隊もあり、そのためさらに小さな集団に分かれました。NATOがわれわれを一ヵ所で位置標定するのを防ぐために、車両縦隊を今後も分散したほうがいいという将軍の意見には、全面的に賛成ですが、車両数百両が一〇〇キロメートルもの距離に散らばると、敵の攻撃それぞれに対して、連携して有効に対応するのが……かなり難しくなります」

「当初の急襲部隊の何パーセントが失われたのだ？」

「副連隊長《XO》による最新の推定では、四四パーセントです。しかし、ご存じのように流動的な戦場なので」

サバネーエフと、その周囲の機甲中隊は、一時間前に敵機の攻撃を受けたばかりだった。破壊された車両はなかったが、T‐14戦車の車体に乗っていた兵士数人が死んだ。さらに、斥候車一両が損壊して、それに乗っていて負傷した兵士とともに、置き去りにするしかなかった。

サバネーエフは、皮肉をこめて答えた。「なるほど……敵はなおも交戦をつづけるつもりのようだ」

ドゥリャーギンはいった。「レッド・ブリザード3がどうなったのか、新しい情報ははいりましたか？」

サバネーエフは首のうしろをさすり、ストレスを受けているのをあらわにした。だが、それはほんの一瞬で、ドゥリャーギンの前だからこそ見せたしぐさだった。

「ボルビコフの部下のスペツナズどもが、分岐点で列車を南西に向かう線路に入れることになっていた。ところが、線路が切り替えられず、列車は北西へ行ってしまった。列車を運転していた連中は、なにも気づかず、ずっと時速四〇キロメートルで走らせていた。ワルシャワまで四〇キロメートルに接近した。停止して、交信し、分岐器切替所《ポイント》に戻ろうとしたが、その前にポーランド軍戦車が到着し、列車を破壊した」

ドゥリャーギンは、サバネーエフになんの感情も見せないで、ゆっくりとうなずいた。

「弾薬が不足しつつあります。貨物列車が補給品、兵員、装甲車両を届けてくれるのを、あてにしていたのです。合流し、補給を受け、敵を掃滅するつもりでした。いまとなっては、将軍、われわれは六十両ないし七十両で游動《ゆうどう》している匪賊《ひぞく》のようなものです。それにくわえて、ボルビコフが配置した兵力不明のスペツナズがいます。そのため、兵站《へいたん》面でわれわれはいっそう難しい局面に置かれています」

サバネーエフがいった。「だから、われわれは進みつづける。強行する。もう停止しない。敗北後の陣容立て直しを行なっているひまはない。それから、小規模な部隊で進めば、ポーランド軍が大挙して国境付近に集結して、われわれを脅《おびや》かすかもしれない。たとえわれわれの現在位置を把握していなくても、われわれがどこを目指しているかを彼らは知っているわけだからな。全部隊が一丸となり、ともに国境を突破しよう。行く手に立ちふさがるものをすべて薙《な》ぎ倒すのだ。容赦なく、大佐、わかるか？　容赦なく」

ドゥリャーギンは、背すじをのばしてうなずいた。「はい、将軍《ダー》。しかし、そのためには、後方部隊が追いつくまで、前方部隊が停止しなければなりません。また二十四時間の遅れが生じる可能性があります」

サバネーエフは、それを聞いて驚いたようだった。「そんなに時間がかかるのか？」

「西で戦闘がつづいています。そこのわれわれの部隊は、突破するか、迂回しなければならないでしょう。それには時間がかかります」

サバネーエフは、周囲を見た。「この森はかなり防御に適している。敵機が大規模攻撃を行なうのをためらわせるだけの、防空資産もある。この森にしばらくいて、斥候を出し、何日もつきまとっている例のアメリカ戦車に目を光らせるよう命じよう。部隊が集結したら、前進を再開する」

サバネーエフは、ポーランドに長居しなければならなくなったことを思い、怒りがこみあげた。「防空部門には常時、全面的な警戒を命じる。部下にそれを伝えてくれ」

「了解しました、将軍」

ポーランド　ラドム

十二月二十九日

レイモンド・〝シャンク〟・ヴァンス大尉は、左手のギプスをこすり、かゆさがひどくなるいっぽうの場所を掻《か》くために、それを引きちぎろうかと思った。だが、包帯がきつく巻いてあって、かゆいところに指を突っ込むことができなかった。

病院へ行く途中でウィンドウに映る顔を一度見たとき、左目が腫《は》れて、顔の左半分に深い裂傷が三つあり、小さな切り傷が数えられないくらいあるとわかった。いずれも、Su-57の機関砲で撃ち砕かれたキャノピイの破片によってできた傷だった。

左手は、一見したところ、最悪の状態だった。骨が折れていたし、機関砲弾の破片に貫かれたにちがいないと、医師は判断した。しかし、手術をして、破片を取り除き、骨を接《つ》いだ外科医が、損傷した部分の周囲の神経を肉眼で見たかぎりでは、手はふたたび使えるようになるという明るい見通しを、シャンクに伝えていた。

しかし、いまはまだ激痛がつづいている。

腫れた目の奥でも頭痛がしていたが、手のかゆみや痛みのほうがずっとつらかった。

シャンクは、領土防衛軍《TDF》が設営したこの救護所で、特別な扱いを受けているのを察していた。ポーランド地上軍《PLF》は二時間前にここから移動したが、民兵に協力している医師たちに、シャンクはきちんとした治療をほどこされていた。シャンクはポーランド語はひとこともわからなかったが、英語がわかる医師が何人もいたので、なんの支障もなかった。たいがい、〝ミスター・パイロット〟と呼ばれていたが、シャンクはそれに異存はなかった。

周囲の会話の一部から、民兵はシャンクがロシア軍の列車を破壊するのを眺め、離脱するときにシャンクがSu-57に撃墜されるのを見届けたのだとわかった。現代の民兵というよりは、第二次世界大戦中の反ナチス・パルチザンのように見える、破れた服を着た薄汚れた民兵数人が、救護所に面会に来た。年配のポーランド人たちは、ほとんど英語が話せなかったが、シャンクの頭をなでて、ウォトカや変わったにおいの酒を勧めるだけで満足していた。

いま、シャンクはひとりで横になって、考えごとをしていた。鎮痛剤と酒のために頭がよく働かなかったが、ヌーナーや飛行隊の他のパイロットはどうなっただろうと思っていると、くすんだブロンドの若い女が、何人もの負傷兵が寝かされている病室にはいってきた。女は膝《ひざ》が泥で汚れた民兵の軍服を着て、AK－47を肩から吊り、黒いニットキャップをかぶっていた。顔が煙で煤《すす》けていたが、若々しい頬が寒さで赤くなっていた。

〈スターバックス〉でカフェラテを注いでいるような若い娘のようにも見えるし、戦闘で鍛えられた兵士のようにも見えると、シャンクは思った。

二十数人の負傷兵をその女が見てまわるあいだ、シャンクは目で追った。やがて、ギプスをはめた足をベッドの上のほうで吊っている、中年の男の上に、女がかがみ込んだ。男に話しかけながら、女は自分の左前腕のギプスをこすっていた。女が部屋のなかを見まわし、目を合わせたので、シャンクはびっくりした。マットレス、木のベッド、折りたたみベッド、椅子など、この小さな事務用品店を俄《にわ》か造りの病院にするために、ポーランド軍の衛生兵がひきずってきた家具調度に寝かされてうめいている負傷兵のあいだを縫《ぬ》い、女が近づいてきた。

ブロンドの若い女が、きちんとした病院のベッドに寝ているシャンクのそばに来た。笑みはなく、頭もなでてもらえなかった。挨拶《あいさつ》もない。「あなた、アメリカ人パイロット？」

シャンクは、戦場での経験が豊富だったので、女の真剣なまなざしを見て、たちどころに見極めた。この若い女は、悲惨な戦いを数日くりひろげ、友人を何人も失ったのだろう。

シャンクは、かすかな笑みを向けて答えた。「そうですよ。おれは撃墜されたホグ乗りです」

女はまごついていた。「ホグ？　ホグって……豚《ピッグ》のこと？」

「いや……おれの愛機だ。おれたちはホグって呼んでいるんだ」

「そうね。あなたの飛行機、墜落した。豚が飛べるわけない」

シャンクは笑い声をあげ、あらたな痛みに顔をしかめた。「そうだね」笑みを浮かべて、右手を差し出した。「レイだ。みんなにはシャンクと呼ばれている」

女は手を握ったが、笑みはなかった。「トビアスよ」

「ファーストネームもあるんだろう？」

「もちろん。あなた歩けるって、先生いってたけど」

「ああ、歩ける」シャンクは答えた。おまるは二度使ったが、数分前に部屋を横切って洗面所へ行った。痛む右足首をかばいながら、片足を前に出して歩いた。

女がシャンクの腫れた右目、頬の包帯、手と足首のギプスを眺めた。「わかる？　あなたは、飛行機と話す、わかる？」英語がうまく話せないらしく、首をふった。「あなたは、空のアメリカの飛行機と話、できる？」

「無線機がないとできない。アメリカの無線機がないと」

「ヴォルネェイ……もっとゆっくり」女がいった。

シャンクは右手で支えて、ベッドで上半身を起こし、ゆっくりいった。「ああ、アメリカの、飛行機と、話すことは、できる。でも、それに使える、無線機が必要だ」

「アメリカの無線機ある。いっしょに来て。飛行機と話をして。ロシア人をもっと殺して」

シャンクはとまどった。「まだ戦っているのか？　くそ。ロシア軍はもうベラルーシに戻ったかと思っていた」

「いいえ。ロシア軍、行ってない。ロシア軍、いま、ポーランド南部のあちこちにいる。ラドムやクラクフから、ベラルーシ国境まで。ポーランド地上軍と、民兵、ロシア軍追ってる。殺してる、ポーランドから追い出してる。わかる？」英語はゆっくりしゃべっていたが、学校で熱心に勉強したようで、語彙《ごい》はかなり正確だった。

「ああ、わかる」

「いっしょに来て。わたしたち、ロシア軍と戦う。あなた、アメリカの飛行機と話をして、わたしたちを手伝って。いいわね？」

シャンクは部隊に戻りたかったが、流動的な状況だというのはわかっていたし、女は強引だった。民兵が上空を飛ぶNATO部隊との通信を確立するのを、手伝えるかもしれないと思った。それに、交信する相手に、自分の位置を飛行隊に伝えてもらえるだろう。

表で待っているといって、女が病室を出ていった。シャンクが立ちあがれるかどうかを見届けるために、うしろをふりかえることすらしなかった。

　シャンクはベッドから体を起こして、ぎこちなく右側に転がった。座ろうとしたときに、左腕が三角巾からはずれて体の下になったので、痛みにうめいた。左腕をさっとひっぱって、三角巾に吊り直した。毛布を剝《は》ぎ、立ちあがって、服を着た。

　数分後、負傷した脚をかばうために木の階段の手摺《てすり》にもたれながら、玄関に向かっていた。ポーランド軍野戦病院の軍医たちが、さりげなくシャンクを見守っていた。ひとりが追いついて、松葉杖を渡した。松葉杖は大量の乾いた血に染まっていたので、前の持ち主はもう必要としなくなったのだろうと、シャンクは憶測した。シャンクは右手でフライトスーツに触れ、破れ、汚れているのを、無意識に取り繕《つくろ》おうとした。松葉杖を使って、冬の大気とまばゆい銀白の景色のなかに出た。

　シャンクは、空からさんざん雪景色を見ていたが、こうしてきちんと目にすると、ほんとうに絵のように美しいと気づいた。しばくのあいだ、半径五〇キロメートル以内にいるものはだれも、雪に覆《おお》われた松林を見て美しいとは思わないにちがいない——祖国を侵略されたことしか意識にないはず——だが、シャンクにとっては美しく穏やかな光景だった。負傷してはいるが、新鮮な空気を嗅《か》ぐと、死ぬ寸前だったし、生きていられるのはほんとうに幸運だったと、あらためて思った。

　シャンクは、松葉杖を使って歩き、民兵たちのほうへ行った。十四人いて、軍用車両や徴発した一般車のそばにたむろしていた。

シャンクが近づくあいだ、だれも手を貸そうとはしなかった。バランスを保つのが難しかったが、シャンクはがんばって、民兵の一団のところへ着いた。救護所から車両まで歩くのは、どうやら試験のようなものだったらしい。近づくとひとりが煙草《たばこ》を勧めたが、シャンクは断わった。

パウリナが、小型のバンの後部に手をのばして、白いダウンコートを出した。頭を負傷して死にかけていた人間の枕に使われていたようだったが、血は乾いていたし、氷点下の外気から護《まも》ってくれる衣服を、シャンクは持っていなかった。

パウリナがコートを差し出し、シャンクは受け取った。

「友人のものだったのか？」

パウリナは首をふった。「いいえ。一般市民」近くの畑を眺めた。「ヴロツワフで、死者から剝《は》いだの。わたしたちは民兵の領土防衛軍で、装備があまりない」

私服を着た四十代の男が、流暢《りゅうちょう》な英語で話しかけた。「おい、あんた、おれたちのチームに参加してくれてよかった。あんたが列車を機銃掃射するのを、何人かが見ていたんだ」にっこり笑って煙草を吸い、シャンクのA-10のGAU機関砲の音を口まねした。

まわりの民兵が、大声で笑った。

パウリナは、笑わなかった。早口のポーランド語で、その四十代の男になにかをいい、男がシャンクのほうを見た。「車に乗らないといけない。ラドムの近くまで行きたいと、彼女がいっている。ロシア軍は、巧妙な手を使っている。少数の集団に分かれて脇道を走っているんだ。NATO機が捜してるのがわかっているから、ロシア軍は戦術を変え、小規模な部隊で移動している」

シャンクはうなずいた。「抜け目ないやりかただ。NATO機と交信するのなら、UHF無線機が必要だ」

「お安いご用だ」

男が商用バンの助手席に案内し、シャンクが苦労しながら乗り込んで松葉杖をひっぱり入れると、ドアを閉めた。男が運転席に乗ると、シャンクはきいた。「彼女が——指揮をとっているのか?」

男がうなずき、エンジンをかけた。「パウリナ・トビアス。彼女がわれわれのリーダーだ」

シャンクは、パウリナがべつの車に乗るのを見た。あまりにも若いので、信じられない思いだった。「彼女、少尉かなにかなのか?」

「なんだって?」知らない単語だったようで、男がとまどってきき返した。「ああ、将校みたいなものかということだな。当然の質問だ」べつのポーランド民兵に質問してから答えた。「彼女の民兵での階級は知らない。とにかくリーダーだ。有名なんだ……彼女には、英語ではなんていうのかな……オドヴァガ……勇気がある」

「階級は知らない? どうして彼女が指揮をとるようになったんだ?」

「彼女は英雄なんだよ。戦争の初日にロシア軍と戦っている彼女の写真が、ワルシャワのいたるところに貼ってある。もう敵兵を十人は殺しているだろう。なにしろロシア人を殺すことしか頭にない。そういうことだ」男は煙草を最後にもう一度吸って、窓から投げ捨て、ギアを入れてバンを発進させた。

64

エチオピア　ヤベロ野生動物保護区
十二月二十九日

森はまばらにあるだけだったが、蔓《つる》植物や灌木《かんぼく》がもつれ合って密生していた。大部分が低木だったが、中くらいの高さの木も多く、五〇〇メートル東にあるエチオピアの国道80号線への視界は限られていた。

第13竜騎兵落下傘連隊の強健な兵士六十一人は、エチオピア南部の低木林で、北東からの季節風が運んでくるペルシャ湾からの乾いた空気にたえずさらされ、むき出した皮膚を太陽に灼《や》かれていた。蚊や蠅《はえ》を叩いたり、重武装の男たちを恐れもせず好奇心にかられて集まってくる部族民を追い払ったりしながら、ロシア軍車両縦隊が来るのを二時間前から待っていた。野生の山羊《やぎ》がのんびりと彼らの陣地を通過するのは、愉快な気晴らしになった。

アポロと竜騎兵たちは、持ってきた爆薬をすべて、国道だけではなく雨裂《ガリ》や国道沿いの踏み分け道にも仕掛けていた。山や川に阻《はば》まれてルートの変更が困難な地形なので、ロシア軍が爆発物に達する前に気づかなかったら、先頭部隊の一部が破壊されて進軍に支障をきたす。また、主力部隊がふたたび進みはじめる前に、付近を念入りに調べなければならなくなり、出発がだいぶ遅れるはずだった。

南に向かうロシア軍車両縦隊の先頭部隊は、正午過ぎにやってきた。アポロは、四両目までが対戦車撃破地域《キル・ゾーン》にはいるのを待って、最初の爆薬を起爆するよう命じた。つぎの小隊のBTR四両が、先頭の四両を護《まも》るために急いで追いつき、四方を乱射した。ロシア兵が降車すると、アポロは残りの爆薬を起爆させた。

対応部隊を掃滅させる冷酷な戦術だった。アフガニスタンで反政府勢力が使い、恐ろしい効果を発揮するのを、アポロは目の当たりにしていた。だが、ロシア軍からもおなじ仕打ちを受ける可能性があるということも、わかっていた。

竜騎兵たちは、車両へ走っていって、南に逃走した。いまのところ、ロシア軍旅団の行く手を阻む部隊は彼らだけだったし、いまのような待ち伏せ攻撃を好きなように仕掛ける機会は、そう多くはないはずだった。応援が来着するか、中止を命じられるまで、一撃離脱《ヒット・エンド・ラン》をできるだけ長くつづけるというのが、アポロたちの計画だった。

アポロは、衛星携帯電話を出した。まず、父親からの連絡はないかと調べたが、なかったので、フランスの国防総省《ペンタゴン》に相当するフランス統合参謀本部《エクサゴン・バラール》に連絡した。

五分後、アポロはすこし笑みを浮かべて電話を終えた。もう一度ロシア軍を攻撃してから、ケニアを北に向かっている米海兵隊支隊と連絡をとるよう命じられていた。その支隊も、ロシア軍車両縦隊を擾乱《じょうらん》する予定だという。

米海兵隊がやってきて、この戦いに参加する。ちょうどいい頃合いだ。

国境の町モヤレまで南下し、ロシア軍部隊の進軍を鈍らせるために、装甲車両を何両か破壊してから、あらたな同盟者と連絡をとろうと、アポロは決断した。

エチオピア南部
十二月二十九日

キール大佐のイヤホンに無線連絡があり、一日に数分しかとれない安らかな睡眠から引き戻された。旅団本部に二時間先行している第1連隊の連隊長ニシュキン大佐からだった。三時間前にヤベロ野生動物保護区で攻撃を受けたあと、ニシュキンの先鋒部隊は国境のモヤレに向けてなんとか進軍をつづけていた。

そのニシュキンから、意味が明確ではない連絡があった。

もちろん、無線で具体的なことをいうわけにはいかないのだが、部下を休憩させ、燃料を補給するために、〝作戦上の警戒停止〟を行ないたいとニシュキンがいったときに、キールは事情を推察した。

BTRのあいたハッチに立っていたラザール将軍も、その通信を聞いていて、車内におりてきて、キールのそばでしゃがんだ。

「ははあ、第1連隊か。どう思う、キール？　道に迷ったのかな？」

キールが、口から土埃《つちぼこり》がはいらないように巻いていたスカーフをはずした。「おそらくそうでしょう。停止を許可しますか？」

「しかし、許可すれば、縦隊をすべて停止させなければならなくなり、時間を無駄にする。このまま進めば、連隊間の距離が縮まり、寄り固まって、上空を飛んでいる西側の友人たちの好餌《こうじ》になるだろう」

「ニシュキンにどういえばいいですか？」

「自分で考えろ。どうすべきだと思う？」

「そうですね……進みつづけろといい、停止を却下します。時間がないし、停止すれば彼の連隊は攻撃を受けるおそれがある、と」

「ニシュキンは道に迷っているんだぞ、ドミートリー。そのまま進んだら、もっと迷うだろう」

キールは、しばし考えた。「GPSかコンパスを使えといってやりましょう」

それを聞いたラザールは、腹を抱えて笑った。「いってみたいが、なんにもならない。ニシュキンが無線連絡を絶つだけだ。すこし辛抱してやり、問題を解決するのを手助けしたらどうだろう？　十分だけ停止させ、そのあとで、太陽の方角を見れば、どっちへ行けばいいのかわかると教えてやる。太陽のほうに進めば、山地を出てケニアに到達する」

キールが、考え込みながらうなずいた。「ああ……たしかにそうですね、将軍。それがいい対応です。しばらく速度を落とすのを許せば、ニシュキンは正しい道を見つけるでしょう。それに、先鋒としてわれわれに信頼されていると、ニシュキンは思うでしょう」

「よろしい。では、そう伝えてくれ。ただし、第1連隊には、用心を怠《おこた》らないよう注意するんだ。地図を見たが、モヤレは通り抜けるのが厄介《やっかい》な町だ。わたしがアメリカ人なら、第1連隊がモヤレを通過するのを見て、そこがわれわれの通り道だと判断し、つぎの連隊を攻撃する。縦隊のなかごろを攻撃すれば、部隊全体の調和を乱すことができると考える」

「将軍……どうしてそんなことを予測できるのですか?」

「勘だよ、キール大佐。第2連隊に、その十分のあいだにZSUのレーダーを作動し、迎撃態勢をとるよう命じてくれ」

「しかし、予測がまちがっていたら?」

「予測がまちがっていても、第2連隊が無駄にする時間はごくわずかだし、防空態勢が強化される。それに、十分の猶予をあたえるといえば、ニシュキンは三十分にそれを引き延ばすだろう。いずれにせよ、第1と第2がモヤレで合流したときには、応戦状態が整っている」

キール大佐は、無線機で命令を第1連隊に伝えた。ニシュキンからすぐさま受領通知があった。キールは、第2連隊に連絡しようとしたが、手をとめて、ボスのほうを見あげた。ラザールが、ハッチから見おろしていた。ラザールが笑みを浮かべ、キールにウィンクしたあと、背すじをのばして砲塔に立ち、キールから見えなくなって、外で渦巻いている土埃に包まれた。

あの爺《じい》さんは、戦場のことを知り尽くしている。部下のことも敵のことも見抜いている。なにしろ四十年も、追うもの追われるものの立場を味わってきたのだ。

キールは、ラザールの勘に驚嘆しながら、土埃にむせて口をスカーフで覆《おお》った。すぐにスカーフをはずし、第2連隊に指示を伝えた。

ケニア中部
十二月二十九日

コナリーの部隊は、ずっと北に向けて突っ走っていたが、給油のために国道で停止した。小休止を利用して、指揮官たちが〈ボクサー〉に連絡を入れた。コナリーは、見通しがきく広大な砂漠に囲まれた道路上の車両と兵士たちのあいだを通り、エリック・マクヘイル中佐を捜した。

コナリーは、連隊作戦幕僚のマクヘイルとは、二十年来の知り合いだった。海兵隊予備役将校養成学校の同窓で、しかも、おなじ歩兵将校課程を修了していた。だが、軍隊のつねとして、その後の年月にいっしょになることはめったになかった。軍務が第一、家族が第二で、いずれも付き合いを邪魔する。海兵隊はアメリカの四軍のなかでもっとも規模が小さいとはいえ、ふたりはいままで交流がなかった。

マクヘイルが、自分の仕事を奪われると思っているのではないかと、コナリーは心配していた。コナリーは、マクヘイルの部隊にとって〝無名の新人〟で、口をつぐんでいなければならない立場だった。だが、コナリーは火急の任務のためにここにいるので、最初からマクヘイルと友好的な関係を結んでおくことが不可欠だった。

「おい、あんたの邪魔をしていなければいいんだが」長距離通信アンテナをふたりで設置しながら、コナリーはいった。

「いや、邪魔じゃないよ、きょうだい」マクヘイルがいった。「あんたは、いわば付加価値だ。あんたはお偉方とじかにつながっているし、おかげでこんな願ってもない任務をやることができた。あんたがこの作戦をまとめてくれなかったら、われわれは湾岸でワニ正方形《ゲーター・スクエア》を切り取っていただろう」ゲーター・スクエアは海兵隊の隠語で、艦艇が基準升目《グリッド》に区切られた哨戒水域を縦横に航走し、もっぱら待機のみをつづけることを意味する。

海兵隊にとっては、もっともひどい悪夢のような状態だ。

コナリーはいった。「とにかく力を貸すよ。あんたたちのために来たんだから」

カシラス三等軍曹が、軽装甲車《LAV》の後部から呼んだ。「コナリー中佐。フランス軍士官から、無線連絡っす。緊急だといってます」

「フランス軍士官?」コナリーは、マクヘイルの顔を見て、肩をすくめた。「わかった。わたしの無線機にまわしてくれ」

コナリーが無線機の横の座席に座ると、交信を聞くためにキャスターとマクヘイルがやってきた。

カシラスが、LAV‐2Cで通信制御盤のスイッチをはじいた。「いいっすよ、中佐。乗員用ヘルメットをかぶってスイッチを入れりゃ、話ができます」

「その士官のコールサインは？」

「アポロといってます。部隊のコールサインですかね。わかりません」

コナリーは指示どおりヘルメットをかぶり、スイッチをはじいた。「コールサイン・アポロ、コールサイン・アポロ。こちらは海兵隊タスク・フォース〝グリズリー〟――受信しているか？」

マクヘイルが、狭いLAVの後部ハッチからはいってきて、コナリーの隣に座った。全員に交信が聞こえるように、スピーカーにつないだ。

「アロー、海兵隊。こちらはフランス特殊部隊のアポロ・アルク＝ブランシェット大尉です。かなりの規模のロシア軍部隊に接敵しました。聞こえますか？」

「よく聞こえる、大尉」

「よかった《ボン》。フランス政府に、ダニエル・コナリー中佐と連絡するよう命じられました。死傷者が出たので、救援を求めたい。そちらの周辺防御と合流したい。応じてくれますか？」

「名前がアポロらしい」コナリーはいった。マクヘイルがうなずき、メモ帳を出した。

「了解、アポロ。要求ははっきりと聞こえた。死傷者の座標を教えてくれ」コナリーは、マクヘイルのほうをちらりと見た。マクヘイルがうなずいて、了承したことを伝えた。NATO加盟国の各軍は、友好国の死傷者を自国の死傷者とおなじように扱う。

アポロが、現在位置を教えた。ケニアとエチオピアの国境に近い、モヤレの南西の一点だった。コナリーはそれを復唱し、追って連絡するから、無線機のそばを離れないようにと指示した。

「どう思う、中佐？」

マクヘイルがいった。「彼の部隊の人数を確認し、急いで迎えにいこう。〈ボクサー〉のヘリを呼ぶ」マクヘイルは、つけくわえた。「ダン、ヘリに乗っていってくれないか？　戻ってくるときに、このアポロという大尉から情報を聞いてほしい。わたしはひきつづき北へ進む」

「いいとも」コナリーは答えて、無線交信を再開した。

ポーランド中部
十二月二十九日

レイモンド・〝ジャンク〟・ヴァンス大尉は、トラックからおりて、道路沿いの吹き溜まりへ転げ込んだ。倒れるときに、うっかり怪我《けが》をしているほうの腕で支えてしまった。水気の多い雪の上に倒れただけで、なにも硬いものにはぶつからなかったのだが、それでも手に激痛が走った。若い民兵が、シャンクに手を貸して立たせた。

若い民兵が、シャンクのコートの雪を払い落とした。

「どんなふうだった？」民兵がきいた。

「なにが？」シャンクはきき返した。

「撃墜されるのが」

シャンクは、そのことを考えないようにしていたが、毎分ごとに記憶がよみがえっていた。

「最悪だよ」とシャンクはいった。

パウリナが、無線機を持って、シャンクの前に現われた。無線機で遠くの起伏が多い牧草地を示した。一・五キロメートルほど離れていて、幅が一・五キロメートルくらいある。

パウリナがいった。「ロシア軍、三時間後にあそこ来る。都市部よけ、南の川渡らないで東へ行くには、あそこ通るしかない」つけくわえた。「飛行機を呼んで」

シャンクは首をふった。「友軍機が作戦に使用する周波数がわからないと、呼べない。きょうの空爆目標と出撃状況を知る必要がある。A‐10が飛んでいるかどうかもわからないんだ」

「飛行機はなし？」いつも無表情のパウリナが、がっかりした顔になった。

シャンクは、溜息をついた。「なにか方法を考えよう。きみたちに情報源があるか、NATOの空爆予定かなにかを知っているのかと思っていた」

「なにが必要なの？」パウリナが、いらだった口調でいった。パウリナと約四十人の民兵は、ほとんど孤軍で戦っているのだと、シャンクは気づいた。

　まあ、期待するほうがまちがっている、シャンクは心のなかでつぶやいた。連携がとれている地上部隊ではないに決まっている。

　一般市民から成る民兵なのだ。

「NATOか米軍のUHF無線機があれば、緊急周波数でだれかを呼び出せるかもしれない」

　パウリナが向きを変えて、べつの車両のほうへ歩いていった。まもなく戻ってきて、木の銃床のAK－47をシャンクに渡した。

　シャンクはAK－47を受け取り、肩にかけた。アフガニスタンにいたときに遊びで一度撃ったことがあるが、扱いかたの訓練は受けていない。

「わかった。無線機来る。わたしたち、ここに陣取る」

　シャンクはパウリナのあとから林を抜け、民兵がここを選んだ理由をすぐに悟った。そこは急斜面で、なにもさえぎるものがないひろびろとした地形を見渡すことができる。だが、有利な点はそれだけだった。ここからロシア軍を待ち伏せ攻撃するつもりなのだろうが、民兵が移動を監視するのにうってつけの場所だと、ロシア軍に即座に見抜かれるはずだ。

　もっと低い傾斜地に移動するよう提案しようかとシャンクは思ったが、ほかに選択肢はなさそうだった。それに、いまいちばん重要なのは、無線機を手に入れて、だれかを呼び出すことだ――だれでもいい――上空から偵察できる人間なら。

シャンクはパウリナのあとから、低木を切り取り、雪を踏み固めて造った陣地へ登っていった。民兵三人が、すでにDShK《ドシク》と呼ばれる重機関銃一挺を設置していた。藪《やぶ》から銃身が突き出していたが、あとは巧みに偽装されていた。

ヤフデクと名乗った英語に堪能な民兵が、シャンクに近づいて、二種類の携帯無線機を渡した。一台はシャンクの用途には向かない無線機だった。ロシア製のようで、ダイヤルを見るとVHFの周波数域だった。持ち運びには便利だが、傍受しろといわれていないかぎり、この通信網を聞いているものは、ひとりもいないだろう。

もう一台はNATOのUHF無線機で、イタリア製のようだったが、シャンクが捜していた表示があった。

「使える？」パウリナがきいた。

「使えると思う。暗号化が解除されていないだろうが、やってみる」

「なにが必要なの？」パウリナがきいた。

シャンクがダイヤルとノブをいじると、無線機から空電雑音が聞こえた。

ヤフデクがシャンクに近づいた。「ポーランド・ライフル――やはり民兵だ。われわれの三〇キロメートル西にいる。無線に応答しなくなった。なにがあったのかわからないが、そっちへ向かっていたロシア軍に蹂躙《じゅうりん》されたのかもしれない」

「くそ」シャンクはいったが、べつの周波数を試した。

「パウリナは待ち伏せ攻撃を仕掛けるといっている。飛行機に攻撃してほしいと」シャンクはいった。「わかった。無線機は使えるようになったと思うが、たしかめる方法がない」

ヤフデクがいった。「飛行機なしでも、パウリナは待ち伏せ攻撃をやるよ」

「なにで？　あのＤＳｈＫで？　あれでは無理だ。ロシア軍の偵察部隊にも太刀打ちできない。やつらの人員輸送車は装甲が厚い。ものの数分で、あんたたちは全滅する」

「ＤＳｈＫのほかにも武器はある」

パウリナがふたりに近づいて、トラックを指さした。「無線機は使えるの、シャンクさん？」

「飛行機の音が聞こえるか、見えたら、やってみる」

「使えるの？」シャンクがいったことがよくわからなかったらしく、パウリナがくりかえした。

「いまにわかる」

使えないと困る、とシャンクはひそかに思った。これがおれの仕事、おれの責務だ。いまはコクピットにいるわけではないが、それでもターゲットに兵器を命中させるのに役立つことができる。

65

エチオピア‐ケニア国境
十二月二十九日

機上整備員が昇降口から身を乗り出して、樹冠や地面との距離を告げた。機長がコレクティブ・ピッチ・レバーをゆっくりと動かして降下率を調整し、ずんぐりとした大型ヘリコプターのCH‐53の機体が揺れた。

小さなドスンという音とともに、ヘリが着陸した。

コナリーは、M4カービンを肩から吊り、厚いケヴラーの抗弾ベストのマジックテープを留めて、後部傾斜板から小走りに機外に出た。ヘリコプター四機のローターが起こす風が、土埃《つちぼこり》や岩屑《がんせつ》を捲《ま》きあげ、小さな砂嵐をこしらえていた。土埃と闇で視界がきかなかったが、四人の男が走ってくるのが見えた。つづいて、六十人前後の増強された小隊が、林から降着地帯に出てくるのを、コナリーは見守った。巨大なヘリコプター四機のすさまじい音のせいで、声も物音も聞こえないので、機上整備員たちが手ぶりで、死傷者を一機のヘリに運び込み、残りのものはべつの三機に分乗するよう合図した。

フランス兵たちが、その指示に従い、担架に寝かせた負傷者と死者の遺体袋を、CH－53の一機に運び込んだ。機内で待っていた海軍の衛生兵の手に死傷者を委《ゆだ》ねると、残りのフランス兵は、すべてあとの三機に乗り込んだ。

コナリーは、三機のあいだを歩いて、無線で交信したフランス軍大尉を捜した。一機ずつの後部に向けて、耳を聾《ろう》する爆音のなかで叫んだ。「アポロはいるか？」

最後尾のヘリの機内で席についていた大男を、数人が指さした。

コナリーはそこへ行って、大尉にべつのヘリに乗るよう差し招いた。そのCH－53の機内で、ふたりともヘッドセットをかけ、頭上のけたたましいエンジンとローターの音を防ぐために、ゴムの耳当てをつけた。

ようやく握手を交わしながら、コナリーはいった。「ダン・コナリー海兵隊中佐です」

「第13竜騎兵落下傘連隊のアポロ・アルク＝ブランシェット大尉です。中佐に会えて、みんなほんとうによろこんでいます」

「きみの部隊はどんなぐあいかな？」機長がブレードのピッチを変えて、出力をあげ、機体が震動しはじめた。

「八人が負傷。残念ながら三人が戦闘中死亡《KIA》です。ヤベロの南で敵を攻撃し、ある程度、損害をあたえましたが、敵がすばやく大挙して反撃してきたんです。負傷者は艦に運んでもらえるんですね？」

機上整備員が、座席ベルトを締めるようふたりに合図し、狭い後部で自分の体と大きなバックパックの置き場を捜しているフランス兵に指示するために、後部へ歩いていった。

「もちろん。〈ボクサー〉には、きみたちの兵士を手当てできる完備した手術室がある。負傷していない兵士は、わたしといっしょに戻る。本隊はタンザニアから鉱山に向かっているが、われわれは一個大隊弱の軽装甲車両で、ここから南にそう離れていないところまで来ている。ロシア軍がモヤレを出たところを攻撃するつもりだ」

機上整備員が、機体側面の昇降口を閉めた。ローターの音程が高くなり、幅の広いヘリコプターが空に浮かびあがった。

アポロがいった。「よかった。ロシア軍とはこれで三度まみえました。非常に手強《てごわ》いです。最初は小規模なスペッナズ部隊で、なんの問題もなかった。二度目は、前方偵察部隊に待ち伏せ攻撃を仕掛けました、殲滅《せんめつ》しましたが、爆薬をすべて使い果たした。それから、三度目は国境で」

コナリーは、アポロの腕を叩いた。「ロシア軍タスク・フォースについてのきみの情報は、たいへん貴重だ。わたしの部隊に戻ったら、情報班と指揮官たちにブリーフィングしてくれないかな」

「ブリーフィングでもなんでもやりますよ。それが終わったら、やつらをまた付け狙えるのなら」アポロは、溜息をついていった。「このあいだはドイツでやつらと戦い、またここでも戦っている」

コナリーは、驚いて目を丸くした。「待ってくれ。ドイツでも戦闘に参加したのか？」

「ウイ。すべてが最初にはじまったときに。ロシアのスペツナズが、ドイツ最高峰にレーザー航法補助装置を設置したが、われわれが発見して、ひとり残らず殺しました。しかし、そのときにふたりを失った。そのあと、チェコでもふたりが負傷しました。そしてここでもまた、スペツナズと戦っている」

コナリーは、驚嘆した。ヨーロッパからの報告は、まだ断片的で、アポロがいう交戦のことは、なにも知らなかった。

「ヨーロッパとアフリカの両方のロシア軍特殊部隊について、きみは豊富な情報を握っているようだね。南下しているロシア軍旅団の主力について、わたしたちはほとんどなにも知らないんだ」

アポロは、コナリーを長いあいだ見つめていた。

コナリーは、アポロが話すのをためらっているのに気づいた。「どうしたんだ？」

ようやくアポロが口をひらいた。「父のおかげなんです。父は……ジブチ駐在の外交官で、避難せずに残り、ロシア軍の車両縦隊がジブチ市を出ていくときに、装甲車両と兵員をすべて記録しました」

アポロの父親はスパイなのだと、コナリーは推察したが、礼儀を守って、そのことはいわなかった。「その情報を、われわれは受け取った。お父上はすばらしい仕事をやった。アメリカが感謝していることを、ぜひ伝えてほしい」

「そうしたいのは山々ですが、中佐。連絡がとれないので、心配しているんです」

「そうか……理由がわかった」コナリーは、年下の大尉の肩にまた手を置いた。「これをできるだけ早く片づけたほうが、お父上のためになる」

「ウイ、そのとおり《ビアン・スール》です」アポロは話題を変えた。「それについてですが、あなたがたの兵力は？」

「ほぼ一個連隊だ。それと航空資産が少々」

アポロは、びっくりして目をしばたたいた。「ロシア軍は、進発した縦隊だけでも、その何倍もの規模ですよ。増援を受けられるのは、いつになりますか？」

「それが厄介《やっかい》な問題なんだ。いま取り組んでいる。空母打撃群一個が来て、大規模な航空戦力がくわわる予定だが、ロシア軍が鉱山に達する前に到着することができない。ロシア軍が鉱山付近を占領したら、鉱山そのものを破壊せずに排除するのは不可能になる」

「たかが鉱山でしょう。爆撃して、あとで鉱石を掘り出せばいいのでは？」

コナリーはいった。「ロシア側もそれは知っているから、鉱山を奪取したあとで守る方法を考えてあるにちがいない。だから、奪取されないようにする必要があるんだ」

アポロはいった。「われわれの上層部も、ヨーロッパが主戦場だといまだに確信していますよ」

「しかし、アポロ、いまはここでの戦いが、われわれにとって唯一の重要な戦いだ。兵力では劣るが、なんとか勝利しようじゃないか」

「同感《ダコール》です」

ポーランド南部
十二月二十九日

ヤフデクがシャンクに痛み止めを渡したが、どういう薬なのかは説明できなかった。四十五歳の自分が、背中の痛みのために処方してもらった薬だということしか知らなかった。

それでもシャンクは薬をもらった。骨折した手が激しくうずき、顔の傷は、左目のまわりをたえず蜂に刺されているように、ちくちく痛んだ。せめて苦痛が四分の一でも楽にならないと、今夜中に頭の働きがおかしくなるかもしれないと思った。

シャンクとヤフデクは、トラックのボンネットに腰かけていた。夜の外気は冷たく、シャンクの痛みがすこし楽になったし、ヤフデクは寒さが気にならないようだった。生まれてからずっと、こういう厳しい冬を味わってきたからだろうと、シャンクは思った。

シャンクはいった。「歴史通を気取るつもりはないけど、あんたたちは、よそからやってきてこの国を進軍するやつらに、何度もひどい目に遭わされてきたね」

「そのとおり」ヤフデクがいった。「自由を勝ち取る前は、ソ連の奴隷だった。その前は、もちろんナチスドイツだ。その前もロシアだった。百年以上も、外国に虐《しいた》げられてきたんだ。

いくつもの国が、おれたちの国と国民を利用し、おれたちの歴史を消して、自分たちの歴史をおおげさに書きたてた。だからいま、おれたちは戦うんだ」

シャンクは、右手をあげて、隣に座っていたヤフデクとハイファイヴをした。「そしていま、おれがあんたたちとここにいる、きょうだい」

シャンクが不意に空を見あげた。それに気づいたヤフデクが、シャンクの視線を追った。数秒後に、西のほうからジェット機の音が聞こえたが、全天を低い雲が覆《おお》っているため、機影は見えなかった。

ひとりの男が駆け寄ってきた。

「シャンクさん、飛行機の音が聞こえる！」息を切らして、その男がいった。

三人は、林の際から数メートル奥で丸太と土嚢《どのう》の蔭に置いてあった無線機のところへ行った。

シャンクは、非常事態のために国際緊急周波数《ＧＵＡＲＤ》を暗記するよう、生徒たちを訓練していた。いま思い出せる周波数は二種類だけだが、ヤフデクにもらった薬の効果のせいか、それすら確信がなかった。

憶えている最初の周波数で送信した。「この周波数を聞いている局、こちらはコールサイン〝シャンク〟、ＧＵＡＲＤ《ガード》ネットＩＤは３４８・４５０」

パウリナがトラックの左側に現われるのを、シャンクは目ではなく勘で察した。シャンクは、パウリナに目を向けて、もう一度送信した。「全局、全局、こちらはシャンク、ガードで送信中。受信しているか？」空電雑音が聞こえた。だれかが発信していることを示しているので、勇気づけられたが、声は聞こえなかった。

シャンクは無線機に手をのばして、憶えている第二の周波数を打ち込んだ。

ふたたび呼びかけた。「この周波数を聞いている局、こちらはコールサイン〝シャンク〟、ガード・ネットＩＤは３９５・１００。受信しているか？」

依然として、空電雑音以外は、なにも聞こえなかった。

パウリナのほうを見あげると、正面の雪に覆われた平原を、双眼鏡で監視していた。三〇〇メートル離れたべつの林の際から、ポーランド民兵の一団が息を切らして駆け戻ってくるのが見え、パウリナが声を殺して悪態をついた。

もう一度送信しようとしたとき、突然、無線機からアメリカ英語の声が聞こえた。「呼びかけている局、コールサインをもう一度いってくれ」

パウリナが、近づいてきた。

「こちらはコールサイン〝シャンク〟、米軍のＡ‐10パトロールで、けさ撃墜され――」けさだったか、それともきのうだったか？　シャンクは、墜落した位置だけを伝えることにした。「ベウハトゥ上空で撃墜された。第75戦闘飛行隊所属だ」

「受信した」上空の姿の見えない飛行機のパイロットが応答した。

相手が何者なのか、シャンクにはまだわからなかった。戦争にはしごく単純な策略が付き物だというのを、どんなパイロットも学んでいるので、相手がいかにもアメリカ人らしい口調でも、アメリカ人だと名乗ったのを鵜呑《うの》みにはしない。

「確認するから、そのまま待て」無線から聞こえる声の主がいった。

数分後に、パイロットは認証データを用意していた。シャンクと所属部隊のみが知っている情報だ。「少尉として、最初に指揮したのはなんですか？」

「アンドルーズ基地で書類仕事をやっていた。指揮官になったことはない」

「拘禁されたことは？」

シャンクは、淡い笑みを浮かべた。「イタリアで逮捕されて。ふた晩、留置された。それでこのコールサインをもらった（脚が短いことからベビー・シャンクと呼ばれたマフィアの親分にちなむ）」

この短いやりとりを済ませると、相手はいくらかシャンクのことを信用したようだった。

「わかった。あんたのデータがここにある。位置情報を捜索救難の連中に伝えよう」

「あー……必要《ネガティヴ》ない。ポーランド地上部隊と合流した。ロシア軍がここの陣地に接近していると確信している。攻撃を実行できる人間と接触したい」

こんどは長い沈黙が流れた。あまりにも長かったので、パウリナがシャンクのほうを見て、ダイヤルを指さし、調整したほうがいいとほのめかした。シャンクは黙って首をふった。こういうことには時間がかかる。墜落機のパイロットは救助を要求するのが通常の手順だが、そのパイロットが近接航空支援を要求したのだ。

上空の飛行機のパイロットたちが基地に連絡するか、仲間同士で相談し、どうするか考えているのが、目に浮かぶようだった。

ようやく無線機が雑音を発して、パイロットがいった。「すべて了解した。要求はわかった し、上に伝える。この周波数のままにしてくれれば、追って連絡する」

「わかった。問題はこういうことだ。ロシア軍部隊は」——ヤフデクのほうを見ると、指を二本立てていた——「二時間後にここを通る。その時刻に近接航空支援がほしい」GUAR《ガー》D《ド》でそういう情報を伝えるのは危険だとわかっていたが、ロシア軍がまだ遠くにいて、聞いていないことを願った。

「わかった。万事了解した、シャンク。要求を伝え、追って連絡する」

シャンクは、パウリナのほうを向いた。「状況を伝えた。どういうふうにやってくれるか、待っていよう」

シャンクは立ちあがって、周囲の人間や装備に負傷した手をぶつけないように用心しながら、体をのばした。パウリナが、シャンクの怪我《けが》をしていないほうの腕をそっと握り、笑みを浮かべた。パウリナが笑うのを、シャンクははじめて見た。「やったわね、シャンク！すごいわ」

ケニア北部
十二月二十九日

コブラ攻撃ヘリコプターのライカミングT53‐L‐703ターボシャフトエンジンが駆動するローターブレードが、機長と射手の上で空気を切り裂き、鋭い音を発して、一五〇ノットというすさまじい最大巡航速度を発揮していた。

「スティンガー16《ワン・シックス》、こちら26《ツー・シックス》」二十五歳の機長が、地平線に目を凝らし、自分たちのコブラ編隊の前方にいる第一陣の攻撃ヘリコプター四機編隊を探しながら呼びかけた。

「こちら16《ワン・シックス》、どうぞ」雑音まじりの応答があった。

「国道C80の左に出た。現在の座標は37N《ノヴェンバー》2059‐61772。基点《BP》にいて、接近中。分読みを開始する」スティンガー26《ツー・シックス》の機長が、プリセットされた戦闘位置を告げた。

機長がサイクリック・コントロール・スティックを左横に押し、ラダーペダルを踏むと、前席の銃手とともに、一瞬、無重力を味わった。〈ボクサー〉を離艦したあと、ずっと見えていた平坦な砂漠の景色がそこで一変した。

「基点《BP》ジェナからの前進を許可する。友軍はLAV、指定の座標を維持している。1763付近だ。確認しろ」16《ワン・シックス》が応答した。前方のケニアの低地砂漠が急に盛りあがり、エチオピアとの境の連亙《れんこう》する岩山に変わった。〈ボクサー〉でじっくり眺めた地図と、ニーボードに留めた小さな地図によって、それがモヤレの町の手前の急斜面にちがいないとわかった。

「確認した、四十両ないし五十両。確実に識別した。安全装置解除を許可してくれ」コブラの機首に搭載されている球形センサーの赤外線カメラが、熱源を白い点の塊として捉えていた。モヤレに向けて盛りあがっている急斜面の蔭の低地に、小隊規模とおぼしい車両が隠れている。

「了解、２　６《ツー・シックス》。われわれが先にやる。安全装置解除を許可する。目標上空到達時刻《TOT》は一《ワン》
八《・エイト》分のままだ」

「了解、ＴＯＴ一八を確認。地上部隊のコールサインは？」

「コールサインはグリズリー作戦本部《OPS》。先方はネットＩＤ４５に切り換えた」

「了解、４５だな。あれが本隊か？」

「ちがう《ネガティヴ》。あれは特殊作戦能力《SOC》――特殊部隊だ。コールサインはハイランダーズ」

「了解、１　６《ワン・シックス》。ターゲットから離脱したら報《しら》せてくれ」

「わかった。右に上昇して離脱してから、ターゲット攻撃を許可する。いま一七分《ワン・セヴン》だ。一《ワン・マ》分《イク》後にＴＯＴ。無線を切る。通信終わり」

猛攻撃を開始する予定時刻までの一分間、無線が沈黙し、ＡＨ－１コブラ攻撃ヘリコプターのローターブレードが空気を切り裂く音が機長の耳朶《じだ》を打った。機長が主兵装スイッチをはじき、計器盤ですべての兵装の表示が赤からグリーンに変わるのを見守った。ロシア軍がいると教えられたモヤレの岩棚のてっぺんに、機首のセンサーを向けた。ＢＴＲ－８２十六両ないし二十両を、センサーがすぐさま捕捉した。九十九《つづら》折《お》りを下っている。攻撃にうってつけの場所だった。

　そのとき、第一陣のコブラ四機編隊が、高い山が連なっている蔭から上昇するのが見えた。四機それぞれが、すぐさまミサイルを二基ずつ発射した。

ミサイルの半数がターゲットに命中したようだった。そのとき、無線から聞こえた。

「26《ツー・シックス》、われわれはターゲットから離脱する。ＢＰジェナから精密誘導兵器《ＰＧＭ》とロケット弾および機関砲で再攻撃するために、そちらのうしろへまわる」

一番機の機長が、他の三機に呼びかけ、それぞれの機長がコレクティブ・ピッチ・レバーを押して、地上の海兵隊部隊のすぐ上に降下した。降車兵が、遠いターゲットを激しく射ちはじめたＬＡＶの近くに固まっているのが、機上から見えた。

ドーン、ドーン、ドーンという太く低い砲声が、米軍とロシア軍を隔てている谷に轟《とどろ》いた。海兵隊のＬＡＶ‐25が、二五ミリ機関砲弾をロシア軍車両に浴びせていた。有効射程ぎりぎりでの射撃だったが、それ以上ラザールの機甲部隊に接近するのは、自殺に等しい。海兵隊は不意打ちに頼り、それに成功したが、長つづきする戦術ではなかった。まもなく、二五ミリ機関砲よりも破壊力が大きいＢＴＲ‐82の三〇ミリ機関砲の有効射程にはいってしまうからだ。

コブラのパイロットたちは、それを知っていた。したがって、海兵隊が壊滅しないように、迅速に攻撃して離脱しなければならない。

地上では、ダン・コナリー中佐が、ＬＡＶが劣化ウラン徹甲弾《てっこうだん》を敵軍に浴びせているのを見ていた。ＬＡＶの射撃は、コブラの攻撃ほど敵を精確に叩いてはいなかったが、つづけざまに対戦車撃破地域《キル・ゾーン》にはいったＢＴＲ二両が、ＬＡＶ二個中隊に叩きのめされているのが見えた。いっぽう、BTRは射撃の源《みなもと》を突き止めることができないようだった。機関砲が砲声を轟かせて応射していたが、弾着は海兵隊車両の手前や左右に大きくそれていた。

コナリーと連隊作戦幕僚が、ここを攻撃に適した場所だと判断したのは、ロシア軍がその道路で攻撃に脆《もろ》い位置を通らざるをえないからだった。海兵隊は下からロシア軍を攻撃することになるが、地形を利用すれば一撃離脱《ヒット・エンド・ラン》戦法が可能だった。いっぽうロシア軍は、周囲の地形に妨《さまた》げられて、一列縦隊で坂を下ってこなければならない。

一機のコブラが、南東から航過し、コナリーがいる小高い場所の真上で機首を起こして、二〇ミリ機関砲とハイドラ二・七五インチ・ロケット弾を発射した。ロケット弾が戦場で扇形にひろがるのが見えた。機長がヘリコプターを安定させるのに苦労していたので、大部分ははずれたが、三発か四発が、エチオピア側の高い岩棚から曲がりくねった山道を下っていたロシア軍車両の横腹に命中した。

ドーン！　近くでなにかが爆発し、コナリーは物思いから一気に醒《さ》めて、脚をすくわれて倒れた。赤い燧石《すいせき》のかけらが顔と脇腹に当たった。コナリーは地べたに伏せて、顔と抗弾ベストを手で探った。まるでクリスタルガラスのような鋭く薄いかけらが、装備ベストの表面を突き破っていた。

さらに三度、たてつづけに近くで爆発が起きた。コナリーとあとの数人は、敵が射線に捉えていたその岩の多い崖から、あわてて下に逃げた。そこにいると、格好の的になってしまう。

襲来する三〇ミリ機関砲弾のうなりが、谷の岩壁にこだまし、それに二五ミリ機関砲が応射して、何百もの小さな爆発が岩や地面を激しく叩いた。

ロシア軍に発見され、測距された。

コナリーがLAV－C2へ走っていくと、カシラス三等軍曹に出迎えられた。

「だいじょうぶすか？」

「ぴんぴんしている、海兵。あの敵弾は近かったな」

「だめっすよ、中佐。LAV中隊は、あと五分射ったら、退却したいといってます。二両やられました」

コナリーはうなずき、上を見た。ロシア軍の指揮官は前進を命じるはずだ。小部隊の待ち伏せ攻撃にすぎないと察し、前方に陣取っている部隊を攻撃して突破すれば優位に立てると判断するにちがいない。

コナリーでもそうするはずだし、現に、アフガニスタンで何度もそういうことをやってきた。

聞き慣れないあらたな音が耳にはいり、コナリーは空を見て、それがなんであるかを悟った。

コブラ一機が、機関砲の射撃をまともに浴びていた。

コブラが爆発して火の玉になり、細かい破片が燃える燃料を曳《ひ》きながら空で四散した。

ふたたび鋭くうなるような砲声が響いて、また爆発が起き、その二番機も一番機とおなじようにバラバラになった。

あっというまに二機が撃墜され、搭乗員四人が死んだ。

燃える破片が降り注ぎはじめたので、コナリーと周囲にいた数人は、装甲車のあいた後部ハッチに跳び込んだ。LAV‐C2の運転手が、ギアをバックに入れて発進し、乗り込んだばかりのコナリーと数人が、金属の車体の内側にぶつかって、滑り止め付きのフロアに折り重なって倒れた。装備や重い弾薬箱が、車内を転げまわった。

コナリーは、カシラス三等軍曹のほうを見あげた。「この操縦手はみんなを殺そうとしているのか？」その感想を口にしたとたんに、LAVが地面の大きな瘤《こぶ》に乗りあげ、全員が投げ出されて、また硬いフロアに落ちた。

コナリーは、もつれた通信機器のコードから脱け出して立ちあがり、空いていたハッチから外を見た。

エチオピアとケニアの境にある岩棚の上で、ロシア軍の二十数両が燃えているのが見えた。撤退を開始したコブラを撃ち落とそうとして、ZSU‐23‐4自走高射機関砲が、二三ミリ機関砲四門で射撃をつづけていた。その恐ろしい兵器の威力を目の当たりにしたパイロットたちは、戦いから離脱していた。フレアーを散布し、自分たちを狙った射撃を回避し、危険から必死で遠ざかっていた。

海兵隊の車両がどれほど被弾したのか、コナリーにはわからなかったが、乗員用ヘルメットに内蔵されたヘッドセットで無線交信を聞いたかぎりでは、人的損害は、かなりの数の車両を損耗《そんもう》したロシア軍のほうが圧倒的に多いようだった。

コブラ二機が撃墜され、LAVも数両が破壊されたことはたしかだが、軽装甲偵察攻撃の目的は達成された。ロシア軍は、隊伍を整えるために進行が鈍るはずだし、うまくすると南へ進むあいだ、もっと用心するようになるかもしれない。

LAV中隊二個とともに、猛スピードで遠ざかるあいだ、コナリーの背後で激しい銃撃がつづいていた。ロシア軍が速度をあげて追撃してきた場合に備え、残りのコブラが海兵隊部隊を直掩《ちょくえん》し、場合によっては長距離ミサイルを発射する構えをとっていた。

だが、ロシア軍は、敗北後の陣容立て直しを行ない、ムリマ山へ進軍する行動を再検討するために、モヤレで停止したようだった。

コナリーは、無線機で連隊のキャスター大佐に状況を報告した。コナリーの任務によって、キャスターのために時間を稼《かせ》ぐことができた。あとは、本隊が高山に達して防御を固めるのにじゅうぶんであることを願うだけだった。

すぐに、キャスターから折り返し連絡があった。「きみと軽装甲偵察《LAR》中隊長ふたりは、じつにいい働きをしてくれた」

「ありがとうございます」

「ZSUがどこから現われたか、見当がつかないか？　それについての情報はなにもなかったが、かなり恐ろしい兵器のようだな」

「わかりません。ZSUについての情報はなにも見ていません。しかし、われわれの航空戦力の優位は、帳消しになりました。われわれが遭遇した連隊だけでも、十二両はあります」

キャスターのテキサスなまりの声が、無線から鳴り響いた。「それはすこぶる心配だ。ラザールの本隊にもおなじ資産があるようなら、この戦いはほとんど地上でやらなければならなくなる」つづいて、キャスターはいった。「戻ってきてくれ。ケニア山へ戦車を何両か派遣した。ここから北へ数時間のところだ。ジャングルに覆《おお》われていて、国道が近くを通っている。われわれの空母打撃群が到着する前に鉱山に到着するためには、ラザールはそこを通らざるをえない。もう一度、もっと大規模な攻撃を仕掛けて、ロシア軍の進行を鈍らせることができれば、ムリマ山の防御を固めて、ロシア軍を迎え撃つ準備をする時間ができる」

「了解しました、そこへ向かいます」

キャスターが、「グリズリー指揮官《シックス》、通信終わり」と応答した。

66

ポーランド南東部
十二月二十九日

暖房を入れたトラックの車内で眠っていたシャンクは、だれかに膝《ひざ》を揺すられて、目を醒《さ》ました。目をあけると、ヤフデクがいた。

「薬はいるか？」

シャンクは、すこし気分が回復していた。よくはないが、ましになっていた。「いや、だいじょうぶだ。いま何時だ？　眠り込んだみたいだ」

「ああ、問題ない。もうすぐ九時になる。パウリナがここを覗《のぞ》いて、あんたが眠っているのを見て、そっとしておけとみんなに命じたんだ」

シャンクはきいた。「ロシア軍はどうした？」

「戦車一個中隊と装甲人員輸送車《BTR》数両がやってくる。地上軍が西で発見したんだが、対戦車兵器がないし、われわれの空軍にはF‐16一機しか残っていない。あんたたちのパイロットが来ないと、勝ち目はないだろう」

シャンクはすぐさま、無線機でだれでもいいから呼び出そうとした。五分やってもだめだった。十分やっても、だれも応答しない。

それから何度か試すと、遠い声が聞こえた。かすかだったが、たしかにシャンクを呼んでいた。携帯無線機のアンテナの性能が悪いのだろう。もっと接近してもらう必要がある。

パウリナがそばに来た。「無線機、使える？　飛行機、呼べた？」

「向こうの声が聞こえるんだが、向こうにこっちの声が聞こえない。ひきつづきやる」

「お願い」パウリナがいった。「あまり時間がない」

シャンクは、なおも無線での呼びかけをつづけた。シャンクが座っているトラックからすこし離れた前線の奥で、あわただしい動きがはじまった。シャンクはギプスをこすりながら、じっと座っていた。

パウリナが、しばらくシャンクを見てから、大きな溜息をついた。期待を裏切っているのはわかっていた。シャンクもつらかった。

パウリナが背中を向けようとしたとき、無線機から声が聞こえた。

「シャンク？　シャンク、おれだ、ヌーナーだ。受信しているか？」感度がよくなり、明瞭に聞こえた。

シャンクは、無線機のマイクを握り締めた。「たまげたな、ヌーナー、この野郎。感明度《リーマ・チ》良好《ヤーリー》」

パウリナが笑みを浮かべた。シャンクが話している相手が、知り合いのパイロットだということがわかったからだ。

「了解、こっちも良好。てっきり死んだと思ってたら……連絡が……えー……おれたちの飛行場に届いた」暗号化されていない通信なので、ヌーナーは慎重に言葉を選んでいた。「だいじょうぶなのか？」

「ひどい気分だが、動きまわれる。ポーランドの民兵と合流した。おれたちは、ロシア軍が進んでくる方向にいる。ロシア軍は、小規模な部隊に分散した」

「ああ、そうだな。やつらは、そっちのいたるところにいる」

「了解。おれたちは、まもなくロシア軍がうじゃうじゃやってくる道路や平野を見張っている」シャンクは、地図を指でなぞった。「この陣地の一二キロメートル西に、クラシニクという町がある」

「了解。おれたちは四機編隊で、戦闘準備ができてる。なにをやってほしいか、いってくれ」

「ポーランド民兵の待ち伏せ攻撃にくわわってくれ。そっちから開始してくれ。ザモシチという町の近くに基点《BP》を設定してほしい。そこをBPレイダーズと呼ぶことにする。そこから国道74号線沿いを西に向かって飛び、フランポルで北に針路変更しろ。そこで二機ずつに分かれ、五分間隔で飛び、BPレイダーズにひきかえして、またおなじルートを飛べ。まずそれからはじめて、戦果を見定めてから、必要とあれば、つぎの九行指示《ナイン・ライン・ブリーフ》（近接航空支援要請に際して伝える簡潔な情報と指示。1攻撃開始点、2目標への進路、3目標との距離、4目標の標高、5目標の種別、6目標の座標、7付近の友軍の位置、8最適な離脱方位とつぎの進路、9その他の特別な指示）を組む。それでいいか？」

「ヌーナー、すべて了解。目標上空到達時刻《TOT》は？」

「了解、TOTは……」シャンクは時計を見た。二二一〇時。「二二三〇時にできるか？」

「了解。受信した。最初のTOTを二二三〇に設定する」

パウリナがまたシャンクのそばに来て、肩のそばで、熱心に耳を傾けた。

「すべてオーケー？」パウリナがきいた。

「ああ、すべてオーケーだ」シャンクは笑みで応じた。パウリナがシャンクの左腕を持ちあげて、包帯を念入りに調べた。すこしほどいて、もっときちんと巻き直した。

パウリナが、シャンクの背中を軽く叩いた。「どうしても飛行機が必要なのよ」

「わかっていますよ」シャンクはいった。

パウリナは、ライフルを肩からおろしながら、夜の闇のなかへ歩き去った。

数分後、民兵たちがロシア軍を発見したことが、シャンクにもわかった。最初の低いささやきが、いちばん近い陣地から聞こえた。予想よりも早かったので、シャンクは無線機のハンドセットを手にした。「ヌーナー、こちらシャンク。TOTを早めてくれ。新しいTOTを二二二五にできるか？」

間があり、ヌーナーが応答した。「了解、シャンク。そのTOTに間に合わせる」

「よかった。スロットル全開で頼む、きょうだい」

シャンクは、松葉杖をついて、民兵の前線に向けて雪のなかを歩いていった。対戦車ロケット、擲弾《てきだん》、機関銃の弾薬箱が山ほどあるのを見て、うれしい驚きを味わった。凍った地面に各個掩体《えんたい》（小人数用の塹壕）が掘られ、空中爆発や直撃でなければ、身を護《まも》れるようになっていた。

みごとじゃないか、とシャンクは思った。

馬鹿でかいDShK重機関銃の銃手が、シャンクを手招きして、銃身の上の光増幅式暗視照準器を覗かせた。たちまち戦車が列をなしているのが見えた。ほんの数秒で、T‐14だと識別した。

シャンクは無言で照準器から離れ、松葉杖を使ってできるだけ急いでトラックに戻った。すでにヌーナーからの送信がはいっていて、攻撃に備えろと注意していた。

「シャンク、こちらヌーナー、BPから接近中。戦車の列が見える。あんたがいったとおりの場所を通ってる。ぴったり照準線に捉えた」

シャンクは、自分がターゲットに爆装を落とそうとしているかのように、動悸《どうき》が速くなった。「了解、われわれの機関銃の照準線にはいらないように、気をつけてくれ。ターゲットから右に離脱しろ。ここからもかなり激しい射撃を行なうから、爆装を投下したらすぐに上昇しないと、被弾するおそれがある」

「すべて了解」ヌーナーがいった。「おれたちがこれから攻撃航過を開始するのを、そっちの連中に伝えてくれ。まず精密誘導兵器《PGM》、二度目の航過は機関砲だ」

「すべて了解。ターゲット攻撃、支障なし」

A－10が攻撃航過を開始したことがはっきりとわかるウィーンという音が聞こえ、大気を貫いて飛翔《ひしょう》するミサイル二基の甲高《かんだか》い爆音がつづいた。数秒後に、ロシア軍戦車が爆発し、衝撃が伝わってきた。火の玉が夜空を照らし、機関銃の曳光弾《えいこうだん》が、森の際からひらけた平原を飛び越して、接近する車両に吸い込まれた。

銃手たちは激しく撃ち、夜の闇が明るくなった。シャンクが前線を見ると、ほかにも六挺の重火器が、ロシア軍縦隊に銃火を浴びせていた。

ロシア軍は、山上の森から襲来する曳光弾をたどって、射撃の源《みなもと》をすぐさま見極めたにちがいない。一二〇ミリ戦車砲の恐ろしい咆哮《ほうこう》が、ひろびろとした農地から伝わってきて、砲弾が頭上を越えた。

戦車砲の砲弾は、たてつづけに襲来した。ほとんどは狙いが高く、山頂を越えて、民兵部隊の何キロメートルも後方で破壊を引き起こしただけだった。だが、数発は陣地の真正面に弾着し、地面が揺れて、機関銃や戦車砲の猛攻をまだ浴びていなかった松林の上のほうの雪が落ちてきた。

そのやかましい音のなかで、だれかがどなった。「やつら、畑を通って、こっちに向かってる！　距離は四〇〇メートル！」

くそ、シャンクは心のなかで毒づいた。敵は強襲で前線を突破するつもりだ。全面攻撃を受けたら、こんなちっぽけな塹壕《ざんごう》や倒木では、護りきれない。

シャンクは、無線機のそばに戻った。ロシア軍戦車の同軸機銃が森に向けて熾烈《しれつ》な射撃を開始し、太い枝が折れる音が上から聞こえた。

シャンクは身をかがめて、ハンドセットに手をのばした。

シャンクが送信する前に、ヌーナーが呼びかけた。「シャンク、こちらヌーナー。機甲部隊がそっちの陣地に向かっているのが見える」

「ヌーナー、こちらシャンク。ただちに再攻撃してくれ。BPをわれわれの陣地のすぐ西に設定し、ターゲットを連続攻撃しろ。おまえがいますぐロシア軍をぶっ叩かないと、またたくまに陣地を潰される」

「いいとも。ターゲット攻撃、支障なしだな？」

「ああ、大至急やれ。ターゲットから右に離脱、六〇〇フィートに上昇しろ」

シャンクが話し終える前に、夜空にブルルルルルルルルという激しい砲声が轟《とどろ》いた。ヌーナーはその一連射で、ロシア軍に百発以上を浴びせたにちがいない。

その連射が終わってから一秒後に、また長い連射が響いた。ヌーナーの二番機《ウィングマン》が機関砲を発射したのだ。

高速で飛ぶ二機は、頭上を低空飛行で通過したはずだが、闇のなかでまったく見えなかった。

森の際のポーランド民兵が歓声をあげ、接近する敵に猛烈な射撃を浴びせつづけた。

シャンクは、無線で伝えた。「ヌーナー、こちらシャンク。いまの攻撃で敵はひるんでいる。あとどれくらい位置にいられる？」

「戦闘規則を超えてもいいが、十五分しかいられない。あんたたちを捜すのに、燃料をだいぶ使った」

シャンクは時計を見て、パウリナのほうを向き、一本指を立ててから、指五本を示した。

パウリナがうなずき、機関銃陣地のほうへ走っていった。

シャンクは、それをしばし見送ってから、またマイクに向かっていった。「了解。仕事に取りかかろう。報《しら》せる。それでもわれわれは蹂躙《じゅうりん》されるおそれがある」

「了解。激烈に攻撃する。そっちの連中に伏せていろといってくれ。対戦車撃破地域《キル・ゾーン》を、ありったけの兵器で縦横に攻撃する」

それから十五分、シャンクは対地攻撃の調整を行なった。ロシア軍の直接射撃が、ポーランド民兵の陣地に近づきつつあった。敵が接近するにつれて、小火器の銃声が砲声にくわわったので、降車兵が森に迫ろうとしているとわかった。シャンクはふたたびヌーナーにいくつか指示をあたえたが、これでは持ちこたえられないと判断した。

状況をもっとしっかり把握するには、戦場をじかに見る必要がある。シャンクはトラックの運転席に乗り、無線機を横に置いて発進した。ライトを消して、機関銃陣地に向けて走った。ロシア軍が赤外線センサーで熱源を捜索しているのはわかっていたので、森の奥から出ないようにして、トラックをとめた。

ロシア軍の戦車一両が、十時方向の二〇メートルも離れていないところから木立に突っ込んできて、飛んできた枝がフロントウィンドウにクモの巣状のひびをこしらえた。

「ちくしょう!」シャンクは叫んだ。トラックから転げ出て、松葉杖をつかみ、できるだけ急いで機関銃陣地の掩体を目指した。脚の傷口がひらいて、血がにじむのがわかった。

ポーランドの低地平原を見渡すと、ロシア軍の戦車や装甲人員輸送車《BTR》が見えた。十両が炎上していたが、あとの十両が二両ずつ組んで、斜面を猛スピードで登っていた。さらに二両が、制圧射撃を行なっていた。もっとも近い敵車両は、一〇〇メートル以内に接近していた。上空のNATO機の熾烈な射撃を避けるために、森に突っ込んで民兵の前線にまぎれこもうとしているのは明らかだった。

シャンクの目の前で、A‐10一機が雲よりも低く航過し、精密誘導ミサイルが先頭の戦車に突き刺さった。二機目のホグが三秒しか間を置かずにつづき、三〇ミリ機関砲が炎を吐いた。曳光弾がしばし夜の闇に赤と黄色の長い条《すじ》を描き、一両のBTRを襲った。機関砲弾の半数以上が、車体を貫いた。じゅうぶんすぎるほどの弾着だった。乗員は全滅した。BTRが爆発し、炎に包まれた。弾薬が誘爆し、火花と炎が夜空に噴きあがった。あいていたハッチから飛び出した明るい炎が、一〇メートル上までひろがった。

「よくやった、ヌーナー!」シャンクは無線機で交信していないのに叫んだ。

DShK重機関銃の射手助手が、シャンクの声を聞いてふりかえった。顔が血にまみれている。爆発した戦車の破片が、陣地に飛んできたのだ。

シャンクは無線機のところへ戻った。「もっとやれ、ヌーナー!」

敵の攻撃が弱まりはじめた。

「ヌーナー、こちらシャンク。撤退の気配は見えるか？」

「見える。敵車両が道路に戻っていく。東に向かっている。去っていくようだ。いまあんたたちが戦っているのは、敵の後衛だと思う。逃げていくやつらを追っていって、ケツをぶっ叩こうか？」

「いや、いい。ここにとどまってくれ。この陣地が弱くなったように見られたら、やつらはまたわれわれを蹂躙しようとするかもしれない。なにしろ人数がすくない。暗視ゴーグルを備えたロシア軍一個小隊にも叩き潰されるだろう」

「すべて了解。あんたたちの側面を監視して、報告する。気温が低いから、赤外線画像が明瞭なんだ」

シャンクは、無線機のハンドセットを置いた。近づいてくるパウリナの輪郭《りんかく》が見えた。AK－47を構えている。シャンクはまたトラックからおりた。「やあ、どうやら……」シャンクはいいかけたが、パウリナが走ってきて、両腕で強く抱き締めた。傷が痛かった――パウリナの負傷した腕も痛いにちがいない――だが、シャンクはパウリナの抱擁《ほうよう》に応えた。うれしさがこみあげた。そのとき、パウリナがすすり泣いているのに気づいた。体を離し、彼女の顔を見つめた。パウリナがちょっと顔をそむけてから、視線を返し、汚れた頬に縞模《しまも》様《よう》をこしらえた涙を拭《ぬぐ》って、明るくほほえんだ。シャンクは怪我《けが》をしていないほうの手をのばして、涙を拭いてやった。かえって汚れただけで、泥がまわりにひろがったが、パウリナはシャンクの手に顔をくっつけて、やさしいしぐさを味わった。

「きょう、あなた、ポーランド人おおぜい救った。ロシア人おおぜい殺した」

「空の仲間に仕事をやらせただけだ」シャンクがいうと、パウリナはまた彼をぎゅっと抱き締めた。

67

攻撃原潜〈ジョン・ウォーナー〉
十二月三十日

ダイアナ・デルヴェッキオ中佐は、士官室で副長《XO》とともにノートパソコン、海図、書類、ラミネートされた地図を前に座っていた。

ふたりとも疲れ果てていた。

タジュラ舟状海盆《しゅうじょうかいぼん》を通過する航程は、〈ジョン・ウォーナー〉の全乗組員にとって胸苦しい経験で、だれもが疲労の極限に達していた。ムチャ島の島影を使った音響欺瞞《ぎまん》は、ある程度まで成功した。しかし、ロシア艦に急追され、延々《えんえん》と隠れんぼをつづけ、アクティヴ・ソナーの掃引を受け、敵艦の絶え間ない監視をくぐり抜けてきた疲れが、全員の顔にあらわになっていた。ダイアナ・デルヴェッキオ中佐は、海底近くを長時間這《は》うように進むあいだ、ずっと操艦を指揮してきた。重大なことはなにも起こらなかった。米潜水艦をいぶし出そうとして爆雷が何度か投下されたが、いずれも遠くで爆発しただけで、〈ジョン・ウォーナー〉は、ひとつも傷を負わずに脱け出した。前よりも賢くなり、艦長と自分たちの能力への自信を深めたかもしれない。近年、米海軍は世界の海を支配するようになり、潜水艦戦における冷戦時代の技倆《ぎりょう》は、かなり錆《さ》びついていた。

丸一日、低速で音をたてずに潜航していたため、乗組員も幹部も、ほとんど睡眠がとれなかったが、〈ジョン・ウォーナー〉は、ロシア艦の追跡から逃れて、アデン湾のひろびろとした海域に出た。しかし、敵艦と敵潜が不意に接触を絶ったのが、いかにも不審だったので、戦術的もしくは戦略的な理由から呼び戻されたのかもしれないと、デルヴェッキオは推測した。危険を冒して万能《U》組み合わせ《M》マスト《M》を出し、艦隊司令部と通信しようと決断し、連絡すると、推測が裏付けられた。

〈ジョン・ウォーナー〉を追っていたロシアの水上艦と潜水艦は、現在、インド洋に向けて航行中だという。アフリカ沖で警戒するためだと、艦隊司令部は判断していた。ヴァージニア級原潜が深海に潜んでいるのを知った敵は、ムリマ山で防御を整えようとしている海兵隊派遣部隊を巡航ミサイルで効果的に支援できるような距離に、米原潜が接近するのを妨《さまた》げようとしている。

そのため、ダイアナ・デルヴェッキオ中佐は、士官室に一時間前から閉じこもって、対策を練っていた。

自分と乗組員が疲労に呑み込まれているのがいけないのかもしれない、と思いながら、デルヴェッキオはコーヒーの保温容器を取った。

それに、これは答が出ない方程式でもある。〈ジョン・ウォーナー〉は、トマホーク巡航ミサイル十数基を搭載している。対地攻撃用トマホーク《TLAM》はすこぶる威力のある兵器だ。四五〇キロの高性能爆薬弾頭もしくはクラスター爆弾を、目標に精密に弾着させることができる。

だが、ＴＬＡＭがもっとも有効なのは、静止ターゲットに向けて発射する場合だ。ＧＰＳ誘導で地図上の定点に向けて飛び、起爆する。友軍に向けて突き進む攻撃側の機甲旅団と戦うのには向いていない。ムリマ山の北の適当な座標に向けて一斉発射し、まぐれ当たりで装甲車両や兵員を排除できることを願うという手もあるが、よほど運がよくないと、それでは敵に本格的な損害をあたえることができない。

それに、海兵隊が精確な座標を教えることができたとしても、インド洋から発射したのでは、いい結果は得られない。ＴＬＡＭは一三五〇海里という驚異的な射程を誇るが、速度は亜音速の時速八八〇キロメートルなので、ターゲット弾着の時間効率を最適に設定すると、沖合に集結している敵水上艦部隊のすぐ近くを飛ぶことになる。

距離数百海里からＴＬＡＭを発射した場合、それが弾着する前にロシア軍は定位置の部隊や装備を安全な場所に移動する時間の余裕がある。

そんなことはできない……二百万ドルのミサイル十二発を、ケニアの平原やジャングルに射ち込んでも、海兵隊にはなんの利益にもならない。艦の位置を敵に知られ、乗組員を不必要な危険にさらすだけだ。

カフェインの摂取がこの謎の答を見つけるのに役立つことを願いながら、デルヴェッキオは保温容器を口に近づけた。

ようやく、デルヴェッキオは血走った目で副長《XO》のほうをしぶしぶ見た。「このひとたちを護《まも》るために、どんなことでもやりたいけど、〈ジョン・ウォーナー〉を大きな危険にさらさずにやる方法が見つからない」

副長が、デルヴェッキオのほうを見てうなずいた。「同感です。ジブチ港でやったように忍び込むことができるようなら、最初からそう進言しますよ。でも、ＴＬＡＭを有効に使うには、沿岸に近づくしかない。それをやったら、生き延びられる見込みはありません」

デルヴェッキオの小さな体が縮み、テーブルに肘《ひじ》をついた。「わかった。海岸まで三〇〇海里のところまで行く。ＴＬＡＭの飛行時間は、直線飛行した場合、そこから三十分。ロシア艦隊を迂回すると、もうすこしかかる。それが精いっぱいだけど、じゅうぶんではない。海兵隊を援《たす》けることにはならない」

「勝負のすべてに勝つことはできないんです。敵が戦車に使う燃料を破壊したのは、だいぶ役立ったはずです」

デルヴェッキオは、答えなかった。

副長が立ちあがった。「命令を伝えにいきます。艦長、すこし休んでください」

デルヴェッキオは顔をあげず、返事をしなかった。顔を両手で覆《おお》ったたまま、ただうなずいた。

ポーランド南部
十二月三十日

シャンク、パウリナ、小規模な民兵部隊は、午前一時に戦場から撤退して、近くの村へ行った。ともに戦って勝利を収めたことで、興奮し、自信満々であつかましくなっていた民兵たちは、近くの家二軒のドアをノックして、泊めてもらえないかと頼んだ。二軒ともよろこんで引き受けて、民兵たちを家に入れた。

パウリナは、領土防衛軍の上層部との会議と、負傷者を見るために、家を出たが、シャンクは民兵七人とともにキッチンに残った。一家が冷製の肉とチーズ、ワインを出してくれたので、ディナーテーブルでは騒々しく話が盛りあがった。

ウォトカが一本持ち出され、ヤフデクがシャンクのほうを見た。「シャンク、ポーランドでは、あなたの健康に《トゥヴォエ・ズドロヴィエ》というんだ！ それからグラスを傾けて飲み干す」

シャンクは疲れ切っていた。鎮痛剤を飲んだところで、ただ横になって眠りたかった。だが、ヤフデクはしつこかった。

「わかった。一杯だけだ」シャンクはグラスを持ったが、そのポーランド語をいえなかったので、乾杯はぶちこわしだった。「牽引具《タウ・ジョー》、走り去った《ドローヴ・アウェイ》！」ひと口で飲み干したが、口当たりのきついウォトカが喉《のど》をおりていくときにむせたので、一同が笑い、ヤフデクがシャンクの背中を叩いた。

またウォトカが一本出されて、全員が歌いはじめた。

じきにシャンクの目が閉じはじめた。周囲の男女はさかんに飲んでいた。家の主婦が、わが家に来た名士が疲れているのを見て、二階のひとり用の寝室に案内した。

シャンクはたちまち眠り込んだ。


夜中にシャンクは目が醒《さ》めた——ギプスの下の手がかゆかった。これからずっと、ぐっすり眠ることなどないだろうという気がした。

目をあけた。穏やかな月光が部屋に射し込み、その明かりで、パウリナがベッドの端に腰かけてこちらを眺めているのが見えた。

「眠ってるの？」パウリナがきいた。

シャンクはいいほうの目をパチクリさせて、夢を見ているのかどうかわからず、パウリナを見つめた。混乱しているのを察したパウリナが、シャンクの左腕を両手で持ち、包帯をなぞった。

「替えないといけない。いい？」パウリナが、床に手をのばして、小さな救急用品箱を取った。シャンクの手を膝《ひざ》に置いた。包帯をめくられるあいだ、シャンクはパウリナの柔らかな素肌の感触を味わっていた。「わたし、替える。あなた、休む。いいわね？」

シャンクは、頭を枕に戻し、パウリナが包帯をはずして、新しい包帯を用意するあいだ、月光のなかで彼女を見守っていた。

包帯を替えながら、パウリナがきいた。「家族は好き？」

シャンクはその質問に驚いたが、泊めてくれたこの家の家族のことが好きかときいたのだろうと解釈した。「ああ、とても親切だね。きみもだけど、パウリナ」

パウリナは手当てに集中しながら、淡い笑みを浮かべた。「あした、みんながあなたをワルシャワに連れていく。そこからアメリカ軍に戻ればいい。南、移動するの、安全じゃない。まだロシア軍、たくさんいる」

「きみはどうするんだ？」

「わたしは南に残る。東へ行く。ロシア人を追いかける」

パウリナは、シャンクの手の包帯をすぐに巻き終え、こんどは目の上の包帯を調べた。顔と包帯を、パウリナが指でなぞった。「これも替えないと。痛いわよ。だいじょうぶ？」

「待ち遠しいね」シャンクは答えた。

パウリナは一瞬とまどったが、また笑みを浮かべた。

月光のなかで、パウリナはそっと手当てをした――看護師のようではなく、ゆっくりと――包帯を替えたことなどあるのだろうかと、シャンクは思った。だが、びっくりするくらいやさしかった。気を配ってやれば、ちゃんとやれると思っているような感じだった。

この戦争でパウリナはおぞましいことをやらなければならなかったのだろうと、シャンクにはわかっていた。だが、彼女のそういう面の下にやさしさと気遣いが隠れていることも、シャンクは察した。心やさしい若い女が、心の準備もなく戦闘にほうり込まれたが、傷つかないように精いっぱい意志強固になろうとしているのだ。

シャンクは精神科医ではないが、軍隊でさんざん戦争を経験してきた。今回の戦いで、パウリナはとても親しい人間を失ったのだと、不意に気がついた。

シャンクは手をのばして、パウリナの頬に触れた。戦場で涙を拭《ぬぐ》ったときとおなじように、パウリナがまるで猫のようにシャンクの手に顔をあずけた。今回はシャンクの手を握って、自分の顔に引き寄せた。

シャンクは、びっくりして右目をしばたたいた。

部屋の雰囲気が変わった。こうなる予定だったのだと、シャンクは察した。包帯を替えるのが肝心だったのではなかった。パウリナは憎しみと恐怖のなかで迷い、ひと晩でもいいから逃げ道を求めているひとりの女の子なのかもしれない。また、それを分隊の仲間に、ぜったいに知られてはならないのだ——弱いところを見せるわけにはいかない。

パウリナが、ベッドカバーをめくり、シャンクの上にそっと片脚を載せて、隣に横たわった。ゆっくりと唇《くちびる》をシャンクの唇に近づけ、暖かい息をシャンクの顔にかけて、キスをした。

パウリナが、シャンクの耳に顔を寄せて、ささやいた。「ヴァンス大尉。あなたは……きょうはほんとうに、オドヴァガだった」両手がシャンクの顔にあがってきて、ベッドに肘《ひじ》をつき、両手で顔を包んだ。傷に重みがかからないように気をつけながら、仰向《あおむ》けになっていたシャンクにまたがった。

オドヴァガという言葉を、シャンクは聞いたことがあった。

パウリナの部下の兵士が、彼女のことをそう表現していた。

〝勇気〟。シャンクは考えもしなかったが、生まれついてのリーダーで女性戦士のパウリナにそういわれるのは、これまで受けたなかでもっともすばらしい賛辞だった。

下の階では浮かれ騒ぎがつづいていて、民兵たちが笑い、歌っていた。またワインが出されて、いっそうやかましく、荒々しくなっていた。一階でも二階でも、生きていることの喜びによる、しびれるような興奮が、夜の闇にみなぎっていた。

ケニア山
十二月三十日

ケニア山は、標高五一九九メートルの雄大な美しい山で、五合目付近まで樹木が密生して緑が濃いが、山頂はごつごつした形で、樹木がなく、雪に覆《おお》われている。

ラザール陸軍大将は、BTR-82Aの砲塔から、遠くの荘厳な峰々を眺めた。べつの人生があるものなら、あの山に登り、あの威容を満喫したいと思った。

何時間も前から、偵察部隊の報告が届いていて、米軍がケニア山の麓《ふもと》の低山に陣取っていることがわかっていた。米軍のもくろみは、手に取るようにわかった。こちらを戦いにひきずり込むのが目的だ。その米軍部隊を迂回しようとすれば、うしろから攻撃されると判断するのが当然だからだ。

南の鉱山の防御も強化されている。それも見え透いていた。衛星を使って、米軍の位置と戦力を確認しているところだった。

米海兵隊もなかなかやる、とラザールは思った。

遠い高峰を黒い雲が囲み、まもなく雨が降ることを示していた。ラザールは車内に手をのばして、ポンチョを取った。

「ドミートリー、砲兵を配置しろ。われわれの行く手の海兵隊を吹っ飛ばす」キール大佐が答えた。「かしこまりました」

「それから、防空部隊をすべて配置しろ。米軍は航空部隊をあてにしているが、モヤレでやったように、猛攻撃して退散させる」

六キロメートル以上離れたところで、アポロが手に唾《つば》を吐いてこすり合わせた。困難な作業に向けて、エネルギーをふたたびみなぎらせていた。鶴嘴《つるはし》を持ちあげて、ふりおろし、大きな固い赤土の塊を掘り起こした。戦線のあちこちで、陣地を急いで強化するために、兵士たちがさまざまな道具で地面を掘っていた。

土嚢《どのう》に赤土が詰め込まれ、各陣地で三重の防壁ができあがっていた。藪《やぶ》や枝が切り取られ、陣地の前に積みあげられていた。

アポロの部隊がアフリカに持参してきた武器装備は、周囲で作業している巨体の海兵隊員たちよりもずっとすくなかった。海兵隊員たちは、ひとりずつ対戦車兵器を持っているようだった。軽機関銃と重機関銃は、一〇ないし一二メートルあたり一挺あり、岩の多いジャングルの尾根に配置されていた。

コナリー中佐が、ようすを見るためにアポロの陣地にやってきた。「大尉、どうかな？準備はできているか？」

「できていますよ。全員、準備ができています」

なにかが頭上でブーンとうなるのを、コナリーが聞きつけて、見あげた。つぎの瞬間に見つけた。アポロも同時にそれを見た。無人機。まず一機、つづいて四機以上。三メートルほどの大きさで、空から降下し、北から南へ飛んでから、旋回を開始した。米軍も仏軍も、ロシア軍の無人機を見るのははじめてだった。おおぜいが掘るのをやめて、空を見あげた。

「くそ」コナリーはいった。

「くそ《メルド》」アポロもいった。「そちらの無人機ではないですよね？」

「われわれのではない。隠れろ！」

どこか遠くからドンという音が聞こえ、二度目と三度目がつづいた。

「敵弾襲来！」戦線のあちこちで米軍と仏軍の下士官が叫ぶと同時に、襲来する砲弾の甲高《かんだか》い音が大気にみなぎった。

兵士たちは、塹壕《ざんごう》へ走っていった。イラクやアフガニスタンで戦闘を経験した竜騎兵と海兵隊員は、できるだけ低く伏せて、口をあけ、耳をふさいだ。激しい衝撃をともなう爆風による〝過剰圧力〟で鼓膜が破れ、鼻血が出ることを、経験から知っていたからだ。

ロシア軍砲兵の精確な砲撃によって、岩の多い周囲に砲弾が落下し、地面が揺れた。耳を聾《ろう》する爆発音と衝撃波が、兵士たちの上を通り、数カ所で地面に穴があき、塹壕が消滅した。無人機が役目を果たして、練度の高い砲兵にターゲット情報を精確に伝えたのだ。山の麓の密生した乾いた茂みが、くすぶり、燃えはじめた。

ラザール将軍は、砲兵陣地に連絡し、精確な弾幕射撃を称揚した。

「ターゲット座標について受信した射撃諸元が、きわめて精確でした」指揮所にやってきた砲兵大尉のひとりがいった。

満足げな笑みを浮かべて眺め、話を聞いているラザールの横に、ボルビコフが座っていた。

「よくやった。弾薬数は？」ラザールがきいた。

「割り当ての二〇パーセントを使います——もっと射つことをお望みならべつですが」砲兵大尉が答えた。

ラザールはいった。「いや、次回のためにとっておこう。みごとだった」

ボルビコフは、ラザールに向かっていった。「将軍、麓《ふもと》の山にはかなりの規模の部隊がいます。弾薬消費三三パーセントを許していただければ、あの数個大隊を掃滅できるはずです。そうすれば、鉱山の防御が大幅に弱まり――」

ラザールは、ボルビコフのほうを向いた。「戦術計画を指揮しているのはだれかね、ボルビコフ大佐」

「それは、将軍です。わたしはただ――」

「きみはスペッナズ部隊で、砲撃についてもっと深い知識を得たというのか？　飛行機から降下したり、懸垂下降ロープを滑りおりるときに、スペッナズはいったいどんな大砲を背負っているのかね？」

ボルビコフは、むっとした。「優位をとことん利用すべきだと――」

ラザールは、砲兵大尉のほうを向いた。リーフキン大統領に気に入られている大佐と、ロシアでもっとも多く叙勲されている将軍との口論に巻き込まれるのをおそれて、大尉はまっすぐ前を見ていた。

「大尉」ラザールはいった。「命令はあたえたぞ」

「はい、二〇パーセント消費したら、砲撃を停止します」

大尉が指揮所を出ていき、ボルビコフもまわれ右をして、出ていった。

砲兵の弾幕射撃が完了すると、ロシア軍のＢＴＲ‐82の長い縦隊は、岩の多い未舗装路を南に向けて猛進した。やがて左右に散開し、かなりの速度を維持して、でこぼこの地形を跳ねながら登っていった。

海兵隊の軽装甲車《LAV》のTOW対戦車ミサイル銃手が、最初にロシア軍部隊を発見し、中隊指揮所に無線で報告した。その銃手とTOW班は、絶好の照準線に敵を捉えていたので、射撃許可を求めた。

LAV中隊長が、指示を求めてコナリーの顔を見た。ふたりとも、土嚢に囲まれた地下掩《えん》蔽《ぺい》部の急ごしらえの指揮所でひざまずいていた。一時間つづいた砲撃のせいで、塹壕《ざんごう》内の二十数人は、ほとんど耳が聞こえなくなっていた。激しい砲撃のせいで、茫然《ぼうぜん》としているものもいた。だが、ロシア軍の砲弾は大部分が前線近くに弾着し、この小さな指揮所では死傷者が出なかった。数人が、砲撃で気が動転しているだけだった。

「射撃を許可する」コナリーはいった。LAV中隊長が、射撃許可を伝えた。数秒後には多数のTOWⅡミサイルが斉射され、緑の濃い低山を越えて、ターゲットめがけて条《すじ》を描いた。

数秒後、BTR‐82五両が爆発して木っ端微塵《こっぱみじん》になった。

それを確認する報告が届くと、コナリーはいった。「オドボール、こちらグリズリー。攻撃開始を許可する」

さきほど、ロシア軍部隊は、ケニアの国道A2号線を南に突っ走りながら、海兵隊の陣地を調べるために無人機を送り込んだ。移動する車両が捲《ま》きあげる土埃《つちぼこり》が見え、ケニア山の麓の地面が掘り起こされて、急いで陣地を強化しているのが容易に探知された。その陣地の情報が、すぐさまロシア軍の戦闘計画に盛り込まれた。だが、麓の低山の正面で深い涸川《ワージー》が平地をくねくねとのびているのを、ロシア軍の無人機は探知できなかった。雨季には河床になるが、いまは鬱蒼《うっそう》とした樹冠に覆《おお》われている。涸川の砂地の川底は、海兵隊のＭ１Ａ２戦車一個中隊にとって、深さも幅もちょうどいい格好の隠れ場所だった。

それよりも高いところに陣取っていた機動性の高いＬＡＶ中隊は、囮《おとり》だった。装甲人員輸送車《ＢＴＲ》がＬＡＶを破壊しようとして前進し、戦車砲の射程内にはいったとたんに、Ｍ１Ａ２戦車中隊はロシア軍の西側面の隠れ場所から轟然《ごうぜん》と跳び出し、一二〇ミリ主砲で破壊的な斉射を開始した。海兵隊のＭ１Ａ２は、米陸軍が保有している型ほどハイテク仕様の改良型ではないが、それでもきわめて恐ろしい兵器だった。ロシア軍は前方の海兵隊防衛陣地のみに目が向いていて、戦車砲の大口径砲弾がターゲットに弾着するまで、しっかりと偽装されていた戦車に、まったく気づいていなかった。

米海兵隊の戦車十四両の最初の斉射が、ラザールの第1連隊を側面から襲った。Ｍ１Ａ２戦車の主砲から放たれた榴弾が、ずっと小型で装甲が薄いＢＴＲの兵員室に達して起爆し、ＢＴＲ十両が爆発炎上した。海兵隊のＭ１Ａ２戦車は、砲弾を再装塡《そうてん》してふたたび射ちはじめた。こんどはロシア軍の車列の中心に向けて進んだ。ケニア山の西の荒れたでこぼこの地形で車体が跳ねたので、主砲の射撃は精確とはいえなかったが、二度目の斉射で六発が命中し、五両を破壊した。

観的望遠鏡《スポッティング・スコープ》で距離一〇キロメートルから観察していたラザール将軍は、部隊を罠にはいり込ませてしまったことに気づいた。だが、持ち前の指導力と戦術の感覚で、それに気づくのとおなじくらい早く、解決策を見つけた。なおもA2国道を南へ走っていた第2連隊を送り込んだのだ。第2連隊のBTRが、道路からそれて、しっかりと叩き込まれた戦闘機動どおりに横隊《おうたい》を組み、米戦車よりも速い速度で、山や川に分断されている地形を横揺れしたり跳ねたりしながら走っていった。そして、一両置きに、車体の上の改良型砲塔に取り付けたばかりの9M133コルネット対戦車ミサイルを一基ずつ発射した。パチパチとまたたく小さな光の点が、ひろびろとした長い地形を揺れながら海兵隊の戦車に向かって飛んでいった。

　進軍を海兵隊から隠すために、あとのBTRが一両置きに発煙弾を発射した。

　海兵隊のM1A2戦車三両が、ロシア軍のミサイルで側面を直撃された。二両は積んでいた弾薬が誘爆して、あいたハッチから爆風と炎が噴きあがった。あとの一両は、砲弾が砲塔に当たったために、回転できなくなった。砲身が下がり、砲塔の一部がもぎ取れた。他の戦車とともに、走りつづけていたが、戦闘力は失っていた。

海兵隊のその他の戦車は、ミサイル斉射をしのぎ、走りながら射撃をつづけて、ラザールの第1連隊のまっただなかに突っ込んで、斉射のたびにロシア軍のBTRを何両も破壊した。

コブラ攻撃ヘリコプター八機が、西から降下し、ジャングルが生い茂る平地のすぐ上を通過して、ロシア軍部隊に接近しながらミサイルやロケット弾を発射し、機関砲で掃射した。八機は、ロシア軍の第1連隊の反撃を抑え、M1A2がうしろから攻撃を受けることなく、最大速度で南東に逃れ、ラザールの第2連隊から遠ざかれるように掩護《えんご》した。

「敵の防御陣地をもっと砲撃しろ、キール！」ラザールは、キール大佐と、ひらけた場所に無線機を設置している指揮統制部隊のほうへ憤然と歩きながらどなった。

地図のほうに身を乗り出していたキールが背すじをのばし、見まわして、ラザールの姿を捜した。ラザールが近づいてくるのに気づき、報告した。「米軍は逃げています。偵察部隊と無人機からの報告では、海兵隊の前線は崩壊したそうです。敵は鉱山がある南に向かっています」

ラザールは、テーブルのそばに行って、首をかしげた。「逃げているだと。そういう策略ではないのか？　一撃離脱だ。第2連隊に、圧力をかけつづけろといえ」

「そう指示しますが、第2連隊が主力から離れれば離れるほど、コブラに攻撃されやすくなります。こうしているあいだにも第1連隊の車両が狙い撃たれています」

「そんなことは、わかっている。第2連隊に可能なかぎり追撃させる。われわれもあとを追う。ZSU砲兵中隊に、できるだけ先行するよう指示しろ。コブラを撃墜するんだ。きょう敵の攻撃ヘリコプターを減らせば減らすほど、あすの鉱山での戦いが楽になる。海兵隊には無限の補給があるわけではない」

「はい、将軍。そのあとは？」

「そのあとは……停止して陣容を整える。さきほどは戦車の罠にかかった。つぎの動きには、用心する必要がある」

コナリーは、鉱山と海兵隊の最後の防衛線に向けて、ジャングル内の狭いが整備された道路を南へ突っ走る、後続の海兵隊戦車とLAVを眺めた。ロシア軍のBTRが発射する長射程のコルネット・ミサイルが、ジャングルや道路に弾着し、ときどき米軍車両にも当たった。戦闘可能な海兵隊の戦車が、砲口をうしろに向けて、追撃してくるロシア軍車両を一二〇ミリ主砲でなおも射ちつづけていた。

ロシア軍砲兵が放つ砲弾が、海兵隊の戦車の周囲に弾着していたが、M1A2戦車はどういうわけか被弾することなく激しい射撃の波をくぐり抜けていた。

はらはらしながら、きわどい撤退を二十分つづけた末に、米軍部隊は追撃をふり切ってB6国道に到達し、さらに速度をあげて南の鉱山を目指した。

ロシア軍がジャングルの果てるところで追撃を終止したと、キャスターの情報幕僚がコナリーに告げた。しかし、安心してはいられない。ラザールが部隊を停止させたのは、隊伍を整えて整然とムリマ山へ接近するためだと、コナリーにはわかっていた。

68

ベラルーシ・ポーランド国境
十二月三十日

　サバネーエフ将軍は、全地形対応軍用車両のGAZティーグル歩兵機動車の外に立っていた。最後のT−14戦車がポーランドとの国境を越えて、ベラルーシにはいったときには、雪が肩とヘルメットを覆《おお》っていた。サバネーエフは感情を部下に見せないようにしていたが、溜息をこらえるのは難しかった。

　戦いに参加した大隊の戦車は、戦闘で高い能力を示して、任務を達成した。かつてのつややかな塗装と、新型の精密機器は、戦闘の痕《あと》をとどめている。ヴロツワフのコンクリートジャングルでの過酷な市街戦で、すり傷や大きなへこみができている。ポーランドの平原を渡るあいだに泥がこびりつき、ほとんどすべての装甲車両が、RPG、機関銃弾、一二〇ミリ戦車砲弾を被弾して、小さなへこみや、鋼鉄がむき出しになるような大きなギザギザの傷を負っていた。

つづいてBTRの長い列が橋を渡った。疲れ切った歩兵が、味方の装甲車に便乗できることにほっとして、車体に乗っていた。

サバネーエフと参謀たちは、すでに渡河《とか》を終えて、装甲車と兵員の車列が通過するのを、ブレスト郊外の小山の頂上から観察していた。縦隊を眺めていると、砲塔を失ったT－14戦車が通り、乗員と歩兵が上にしがみついているのが目にはいった。かつては戦う車両だったのが、いまは馬鹿でかいエンジンを積んだ装軌車として、ただ兵士を運ぶのに使われている。その戦車の砲塔は、車内の爆発のすさまじい圧力によって生じる、びっくり箱現象と呼ばれるものによって、吹っ飛ばされていた。ふつうは乗員が全員即死するが、ときどき、この戦車のように砲塔なしで走れる状態を維持する場合もある。たいがい、車内がぐしゃぐしゃに潰れて、乗員の体のおぞましい切れ端が、恐ろしい最後の一瞬を物語っている場合が多い。

だが、戦闘をいやというほど経験して、戦車の上に乗っている疲弊《ひへい》しきった歩兵たちにとっては、たとえボロボロの戦車であっても、祖国に帰るための乗り物だった。

そのみじめな光景がくりひろげられるのを、数秒のあいだ眺めたサバネーエフは、自分たちが獲物に忍び寄る狼のような攻撃者ではなくなったことを、その戦車が如実に示していると悟った。いま自分たちは逃げている。一連の戦闘で弱り、傷ついた敗者なのだ。

サバネーエフは手をのばし、スミルノフ大佐の腕をつかんだ。「フェリクス、あの戦車を放棄しろとあの中隊に命じろ。あれを見る兵士に悪影響がある」

「将軍……あれに乗っていれば、兵士たちは歩かずにすみます。戦車を放棄しろと命じたら、彼らは歩かなければならなくなります。そうすると、中隊の進む速度が鈍ります」

「彼らがここからモスクワまで這《は》っていかなければならなくなってもかまわん、フェリクス。ここは同盟国だし、つぎの段階を考慮しなければならない。国境に急いで陣地を構築するのだ。アメリカとポーランドに、最後の代償を払わせる。敵が接近したら、国境越しに砲撃し、残りの弾薬で敵に最大限の損害をあたえる。それからロシアに向けて進軍する。わかったか？」

「はい、将軍《ダー》」反対しても無駄だと察したスミルノフがいった。「もう一度攻撃してから撤退するように、必要な手配を行ないます」

「よし。あの損壊した戦車は、森のなかで乗り捨てるようにしろ。あれは士気によくない」

エドゥアルト・サバネーエフ隊長は、ドゥリャーギン大佐にあらたな命令を下すために、ブメラーンクに向けてすたすたと歩いていった。

「雪のなかを歩くのも、士気によくないのではないですか、将軍」スミルノフは、そっとひとりごとをいった。


まだ無傷だったロシア軍戦車小隊のT－14アルマータ四両が、ブク川東岸の密生した森で横陣《おうじん》を組んだ。鋼鉄の野獣は、真っ黒な泥と雪に覆われていた。この任務を命じられた小隊長の中尉《レイテナント》は、鉄のポットを排気管の上に置いて沸かした湯で乗員がいれたコーヒーを味わっていた。軍が支給するまずいコーヒーではなく、ゲルリッツとヴロツワフのあいだの凍った農地を通るときに、小隊の整備員がポーランド人の家から盗んだコーヒーだった。

ヴロツワフは地獄だった！　コーヒーをちびちび飲みながら、砲塔の下の一部を覆う苔《こけ》の塊をつまんで、中尉は思った。

小隊一等軍曹が近づいてきて、中尉の考えごとは中断した。女の子みたいにサボっていると思われたくなかったので、中尉は苔の塊を落として、黒い土をすこし手に取り、指でこすり合わせた。

軍曹がいった。「ポーランドの土は固まって、砲塔から洗い落とすのがたいへんになりますよ」

中尉は相槌《あいづち》を打った。「そうだな《ダー》、スモレンスクの暖房のある戦車整備場に戻ったら、まっさきに水をかける必要があるだろう」

「いつまでここにいるのか、見当はつきますか？」

「国境や橋の西側に米軍とポーランド軍が接近したら攻撃しろという命令を受けている。交戦するターゲットがあり、そのための弾薬があるあいだは、ここからターゲットと交戦することになっている。うまくするとアメリカが戦いを挑むだろうし、われわれはアメリカを叩きのめす。ロシア軍は、中東の砂漠でやつらが戦っているのろまな敵とはちがうということを、思い知らせてやるんだ。

中尉がうしろを向くと、砲塔を失った戦車を、べつの戦車の乗員が森に乗り入れていた。前にともに訓練を行なったことがある中隊の乗員だったので、中尉の顔見知りだった。ヴロツワフで被弾するのを見てはいないが、話は伝わっていた。ポーランドの民兵がビルの上の階からAT－4で攻撃し、砲塔が高々と飛んだという。その砲塔は、ロシア軍の攻撃にポーランドが抵抗した記念品になるにちがいないと、中尉は思った。

砲塔がない無残な姿の戦車を見ると、暗い気持ちになった。歩兵を護《まも》るのに使えるかもしれないのに、と思った。

乗員が、中尉の戦車のエンジンを始動させた。その前に小隊一等軍曹は、約二〇〇メートル離れたところに、松林に隠れた防御陣地を築くよう命じられていた。中尉はあわててT－14の後部へ走っていって、ポットが落ちてコーヒーが雪のなかにこぼれる前に、ポットをつかんだ。

戦車小隊は、ブク川のベラルーシ側の岸を進み、車が通れる跳ね橋の近くへ行った。そこから氷結した川越しに、ポーランド東端の平野や森を照準線に収めることができる。

戦車四両が停止すると、中尉はアルマータ戦車の滑りやすい車体の上によじ登った。周囲では兵士たちが、戦車小隊をカムフラージュする枝や低木を集めていた。中尉はあいたハッチから車内にはいり、スイッチをいくつかはじいた。やがて、うしろで戦車の予備発電機が始動して、低く低くうなった。停車中に電力を供給するために、赤外線照準器の冷却装置が、低い音を発しはじめた。中尉は顔を接眼レンズにつけて、近くにいる兵士に大声で警告した。

「砲塔を旋回させる！」地平線をひとしきり見るために、主砲と照準器の向きを変えた。

戦車戦にうってつけの地形だった。中尉は照準器をズームさせて、ポーランド国境付近をゆっくり観察した。三キロメートル離れた国道698号線に、チェコ製シュコダ・オクタヴィアのセダンが一台見えた。運転している人間は、まもなくここでなにが起きるかにまったく気づいていないようだった。

中尉は、防寒素材入りの冬用戦車兵ヘルメットをかぶり、インターコムでいった。「操縦手」

操縦手があわててマイクのスイッチを入れる音がきこえた。「はい、中尉」

「エンジンを十五分間かけてから、切ってくれ。敵の赤外線装置に見つからないように、車体を冷やす必要がある。ハッチを閉めてヒーターをつけるから、少しは暖かくなるが、そのあと待っているあいだは寒いぞ」

「わかりました」

「砲手、了解したか?」

「了解しました」砲塔の外にいた砲手が応答し、ハッチから跳び込んだ。ブーツから雪の塊が剝《は》がれて、金属のフロアに落ちた。砲手がヘルメットをかぶり、無線のスイッチを入れて、中尉の指示を小隊の他の戦車に伝えた。

強力なチェリャビンスク・トラクター工場製360エンジンが始動されると、荒々しい爆音が響いて、車体が揺れた。中尉は、車長席のうしろにボルトで留めた空《から》の機関銃弾入れに手を入れて、メモ用紙とボールペンを出した。

「砲手、メモを出して、射距離カードに記入しろ。方位二四〇度、距離二キロメートルに、凍った池が見えるだろう」
「はい、見えます」
「そこを中心にして、左と右に標点（目標の方位を知るのに標定しやすい、特徴のある地物）を見つけてくれ。敵は東西にのびる国道から来て、散開し、平原にはいると予想される。おれはこれから陣地を横切って、小隊陣地の線図《ダイアグラム》を得て、あとの三両に射距離カードを書かせる」
「了解しました」砲手がいい、二重爆発反応装甲がほどこされた砲塔の制御を中尉と交替して、照準器を覗《のぞ》き、地形をもっとしっかり把握しようとした。

中尉は座席から立ちあがって、砲塔から抜け出し、寒気のなかに戻った。雪の上におりて、他の戦車三両を一両ずつ見ていった。いちいち車体の上に登って、ハッチをノックし、車長と話し合った。

三両とも車長が射距離カードを差し出した。それぞれの戦車の位置と、小隊とその戦闘正面にいる他戦車との相対的な位置を示す線図が、そこに記されていた。

自分の戦車に戻った中尉は、小さな線図を射撃計画の写景図《しゃけいず》（透視図のことだが、陸軍ではこう呼ばれていない。写真がまだ発達していなかった時代にはこの作図法が陸軍将校にとって重要な技術だった。ある視点から各物体を放射状に見て、遠近法に従って描く。端的にいえば肉眼で見た光景）に書き換えた。そして、数分後に前線に来た中隊長と、それを検討した。中隊長は写景図を大隊長のところへ持っていった。大隊の各小隊が提出した写景図を最終確認することで、完全な防御射撃計画ができあがる。

それをもとに、トリガーライン（あらかじめ決めておいた交戦地域もしくはターゲットに対して、すべての兵器の射距離を設定しておき、射撃を開始するための統制線で、段階的に移動する）、代替陣地、増援および再補給路、指揮官が決定を下して、敵に対して自分の部隊の能力を最大限に発揮するのに必要なその他の各種軍事データが、細かい網の目のように記入された線図が作成された。

それが完成すると、河岸の戦車はすべて布置されて準備が整い、兵士たちは西に目を向けて、この数日間、自分たちを痛めつけてきた米軍とドイツ軍の到着を待ち受けた。

ケニア　ムリマ山
十二月三十日

カシラス三等軍曹は、LAVの操縦手に命じて、連隊本部に通じる未舗装路を登らせた。急斜面を登るとき、LAV-C2のアンテナが、鬱蒼《うっそう》としたジャングルの枝葉を叩いた。コナリーは砲塔に立ち、ヘルメットに樹木が当たらないように、しじゅう首をすくめていた。首を切り落とされそうな危ない走りかたを命じたカシラスを、コナリーは頭のなかでののしった。

コナリーのいらだちに気づいたカシラスが、インターコムでいった。「中佐、登るときにできるだけ枝にぶつけろって、おれが操縦手に命じたんすよ」

コナリーは、気が楽になった。カシラスにからかわれたことで、LAVの乗員はすべて自分の仕事に専念しているだけだと、あらためて気づいた。〝連隊本部にできるだけ早く連れていってくれ〟と、コナリーは命じていた。それをみごとにやっているのを、認めないわけにはいかない。

轍《わだち》だらけのこの道路も、かつてはおおいに栄えていたのだ。何年か前には、山の北斜面にあった銅山の立坑まで重機が登るのに使われていたが、鉱石が出なくなってから、荒れ果ててしまった。いまはレアアース鉱山に通じるもう一本の道路が改善されているし、廃坑に通じるこの道は、ケニアのジャングルがせっせと自分の領分にしようとしている。

それに、連隊の車両がここを通ったせいで、路面がいっそうひどいことになっていた。大枝が引きちぎられて、大きな障害物が転がり、地面が大きくえぐられていた。

ロシア軍に殺《や》られなくても、このものすごい悪路で命を落としかねない、とコナリーは思った。

ムリマ山の鉱山施設群は、森のもっとも密生した部分のてっぺんにある。自然の地形に人間が手を入れて、〝鞍部〟と呼ばれる形になっている。その鞍部の峰ふたつのあいだに、数百年間の侵食と絶え間ない掘削によってできた擂鉢《すりばち》状のクレーターがあり、尾鉱《びこう》と呼ばれる廃滓《はいし》の山がいくつもあった。連隊が本部を置いた場所は、双子の峰によって多少護《まも》られている。樹林は東アフリカのほとんどの地形とおなじように、灌木《かんぼく》の濃い茂み、低木林、密生した広葉樹林が入り混じっていた。

レアアース鉱山は、いまのところほとんど放棄されていた。ロシア軍の攻撃が間近に迫っているという噂が、山火事のようにひろがり、鉱山作業員やかなり遠くの村人までもが、避難していた。

ケニア軍も同様だった。鉱山をずっと警備しているフランス外人部隊は残っていたが、ケニア軍はモンバサに戻っていた。政治がからんでいるからだ。ロシアが鉱山を奪取するのは明らかだというのがおおかたの予想で、ケニアはロシアと良好な関係を維持することを心から望んでいた。ケニア軍の兵士の多くは、踏みとどまって戦いたいと考えていたが、三年半前にボルビコフとその部隊が命令に従わなければならなかったのとおなじように、軍は命令に反することはできない。

フランス外人部隊の分遣隊は、わずか二百人だったが、現地に詳しく、付近の防御を強化する最適の方法について助言することができるので、海兵隊にとってたいへんありがたい存在だった。

海兵隊の三個歩兵大隊が、山の北、東、西の麓《ふもと》に塹壕《ざんごう》陣地を築いていた。南は沼で、毒蛇、鶴の大きな群れ、カバ数頭以外は渡ることができないが、フランス外人部隊が監視のためにそこに配置された。

ムリマ山の近くには、おなじ山系の山がふたつあった。六キロメートル南のマレンジェ山と、七キロメートル北西のジョンボ山。三山のなかではマレンジェ山が最大だったが、まもなく開始される戦いではあとの二山が重要な地形になるはずなので、海兵隊はどちらの山頂にも部隊を配置していた。

カシラス三等軍曹が、立坑のそばの駐車場にLAV－C2をとめさせた。ハンヴィーやL

AVが並び、砲兵の掩体《えんたい》が二カ所設営されているのを見て、北でロシア軍の進撃を鈍らせていたあいだに、連隊は大わらわで働いていたのだと、コナリーにはわかった。

大きなLAVからおりたコナリーは、まもなくはじまるはずの戦いの準備をしている周囲の海兵隊を眺め、物音に耳を澄ましていた。連隊の防御の改善が絶え間なく行なわれ、塹壕を掘ったり、枝や蔓《つる》や藪《やぶ》を切ったり、機関銃の掩体陣地を設置したり、陣地に偽装をほどこしたりしている海兵隊員たちの作業速度か技倆《ぎりょう》か、その両方に満足できない下士官が、怒声を発している。ここに到着してから、だれも休憩していないことは明らかだった。接近戦で戦える必殺距離にラザールの旅団を引き寄せるまで、米軍とフランス軍の陣地を発見されないように工夫する必要があることを、伍長や軍曹は承知していた。

コナリーは、LAVのそばを離れて、山の北斜面の七合目付近にある横坑の入口に向けて歩いていった。レアアースの用途が知られるようになる前に、銅がかなり昔から採掘されていたが、枯渇《こかつ》したために、このあたりは廃坑になった。いまはレアアースが、鞍部とその裏側の大規模な露天切羽《きりは》で採掘されている。

銅山の古い坑道の外に、平屋と二階建ての小屋が点々とあった。海兵連隊戦闘団5は、それらの小屋と洞窟のような横坑を本部に改造していた。三年半前までロシア軍がここを支配していたときには、レアアース鉱山のコンクリートブロックの建物に本部を設営していた。そこは現在の海兵隊連隊本部よりも上のほうで、山の裏側にあたり、一キロメートル近く離れている。米軍もおなじようにそこの建物を要塞化したとラザールが想定することを願っていた。そうなれば、海兵隊の連隊本部の所在をしばらく隠すことができる。

何年ものあいだ放置されていた鉱山の錆《さ》びた機械類や大型クレーンは、アカハラザルの住処《すみか》になっていた。サルは機械類の上をちょこまか走りまわったり、じっと座って海兵隊員たちの作業を眺めたりしていた。若い海兵隊員から餌《えさ》をもらっているサルもいた。サルと遊ぶなと命じられていたが、我慢できなかったものもいた。サルをなでようとして噛《か》まれるものがいるにちがいないと、コナリーにはわかっていた。もちろん、連隊が鉱山に数週間以上いた場合に起きることよりも、サルに噛まれるほうがずっとましだ。コナリーの経験では、数匹を飼い慣らして小隊のマスコットやペットにしようとする兵士が出てくるはずだった。

イラクでコナリーは、蛇とサソリを戦わせる闘技場を壊させたことがあった。しかし、退屈になると、その手のことがかならず起きる。ここでは下士官たちが兵に山ほど仕事を押しつけて、退屈にならないようにしているようだった。

コナリーは、三角旗に目を留めた。連隊戦闘団5の隊旗が風を受けてゆるやかにはためき、模様がすっかり見えている。キャスター大佐がここにいて、各大隊を視察していることを示している。

コナリーは、通りかかった海兵隊員の一団に、指揮所はどこかとたずねた。海兵隊員たちは、敬礼して坑道の入口を指さすために、ほんの一瞬、足をゆるめただけで歩きつづけた。理由がすぐにわかった。鉱山の岩の入口脇に連隊補給科が給食所を設けていた。海兵隊員たちは、急いでトレイを持って、その列に並んだ。コナリーは横坑にはいっていった。

三メートルほど奥で、気温がかなり低くなった。すこし楽になったが、それでもまだ暑かった。空気が濁り、湿気が多く、蒸し暑かった。だが、硬い岩盤にうがたれた横坑は、きわめて耐久力のある陣地だと思われた。

しかしながら、コナリーは、第二次世界大戦中にコレヒドール島で戦った海兵隊員や水兵や兵士たちの運命を思い起こした。彼らもまたトンネルに立てこもったのだ。コレヒドール島では、勇敢に戦った男たちが悲運に見舞われた。日本軍に包囲されて、補給を絶たれ、降伏せざるをえなくなった。それよりもましな結果になることを、コナリーは願った。

坑道の天井から絶え間なく水が漏れて、地面がびしょ濡れになり、ぬかるんでいた。広大な空間の奥へ歩いていくと、コウモリの糞《ふん》の悪臭が襲いかかった。

黒いオオコウモリの群れが頭上を飛んでいた。坑道の奥で海兵隊が行なっている作業のせいで、休息を乱されたのだろう。群れをなして入口へ飛んでいったコウモリが、まだ昼間だと知って、向きを変え、戻ってきた。やがて、岩の天井のすぐ下で、コウモリの群れが奇妙な踊りでもやっているように、くるくると舞った。

坑道を六〇メートルほど進むと、広い部分の残骸《ざんがい》が取り片づけられ、将校や上級の下士官が座れるように、連隊本部の下士官たちが折りたたみ式のテーブルと椅子を並べていた。周囲の地形を区域分けした地図を貼った戦況表示板が、石壁に吊ってある。連隊射撃主任と各大隊の射撃指揮官が交じり合って、航空戦力の攻撃区域、空中待機区域、戦闘陣地、あらかじめ決められた砲兵のターゲットを、それぞれの地図に記入していた。ロシア軍が鉱山を強襲する前に、集結するとおぼしい場所を、海兵隊側は予測していた。

べつのテーブルの列では、通信士たちがせっせと作業を進めていた。いくつものスピーカーが、ビーッ、ブーン、バリバリという音を発し、暗くだだっぴろい空間にそれが反響していた。アンテナのケーブルや通信機器のコードが、テープで太く束ねられ、坑道の外にのびて、ジャングルに覆《おお》われた岩山の頂上に設置されたアンテナにつながっていた。パトロールの報告や大隊の戦備データ報告が続々と届いている無線交信の甲高《かんだか》い雑音にくわえて、海兵隊の39口径一五五ミリM777榴弾砲《りゅうだんほう》が坑道のすぐ近くに設置されて、掩体が造られている音が鳴り響いていた。坑道は弾薬庫に使う掩蔽壕《えんぺいごう》としてうってつけなので、必要なときにいつでも補給できるように、海兵隊員たちがさかんに行き来して弾薬を運び入れていた。

コナリーは、そういったことをすべて見てから、バックパックをだれかの邪魔にならない端のほうに置いた。まだ部外者のような気がしていて、居心地が悪かった。

キャスター大佐の姿が見えたので、コナリーはそこへ行った。

「やあ、ダン」キャスターが、心から親しみをこめて、コナリーの肩を叩いた。「無事に帰ってきて、ほっとしたよ。きみは時間を稼《かせ》いでくれたし、ここで大隊が準備をじつに有効に進めている。ほんとうの仕事がはじまるのは、これからだが」

「ありがとうございます。たいへんな作業は、軽装甲偵察《LAR》と戦車の連中がやってくれたんですよ。こっちはどんなふうですか？」

「上級曹長といっしょに各大隊を見てまわった。ほぼ準備が整っている」

「これからはじまる戦闘でも、わたしの使い道があるといいんですが」

「ああ、あるとも。きみには戦闘を支援してもらいたい。わたしとマクヘイルが戦闘を調整するのを手伝ってくれ。座ってもらって、作戦計画を説明しよう」

コナリーは、エリック・マクヘイル中佐とともに、地図テーブルに向かって腰をおろした。戦闘と睡眠不足のせいで、ふたりとも齢《とし》より老けて見えた。

マクヘイルが、コナリーに笑みを向けた。「ひどい顔だぞ、デヴィル・ドッグ」

コナリーがグリーンのタオルを使って、顔の汚れと汗を拭《ぬぐ》うあいだに、マクヘイルが計画と、実行の手順と、キャスター大佐の意図を説明した。諸職種連合部隊すべての戦力を使い、各防衛区域を護《まも》る。防御は巧みに配置されていたが、海兵隊とフランス軍がひろがっているために、各陣地が手薄になっているのは明らかだった。

コナリーは、死ぬまで戦うしかない状況をマクヘイルが説明するのをじっと聞きながら、一瞬、アラモの砦を思い浮かべた。

こんなときにアラモの砦を連想するのは、いいことではない、と自分を戒《いまし》めた。

69

ケニア南部
十二月三十日

双発のプロペラ機、アントノフＡｎ－26多用途輸送機二十二機が、低速の低空飛行でツァヴォ・ウェスト国立公園上空にひそかに侵入した。猟区管理人数人と、広大な野生動物保護区にいた好奇心の強い観光客数人が気づいただけだった。Ａｎ－26の編隊は、ヴィクトリア湖を越えてウガンダから飛来した。湖の手前のエンテベ空港で手早く給油した際に、十二時間近く乗っていたロシア連邦軍第76親衛空挺師団第23空中強襲連隊の空挺降下員八百八十人は、脚をのばすことができた。

そしていま、一機目の後部の赤いライトがグリーンに変わり、空挺降下員四十人が、機内の長い鋼鉄のケーブルにパラシュートの自動曳索《スタティック・ライン》のフックをかけた。全員が、自分の前の降下員の装備を点検した。やがてグリーンのライトがまたたき、南東のムリマ山まで車両でわずか二時間の降下地帯に達したとわかった。

降下員たちは、ひとりずつ飛び出した。眼下は広い青々とした平原だった。第二波とともに降下した強襲大隊大隊長フェドゥーロフ中佐は、この任務を命じられたときからずっと暗記していた地形をまざまざと見ることができた。ブランコを漕いでいるように脚が揺れ、フェドゥーロフは吊り帯《ライザー》から手を離して、無線機と地図がはいっているポーチを手探りした。米海兵隊とフランス軍特殊部隊は見えなかったが、南のどこかで陣地を築いているとわかっていた。

愚かなアメリカ人は、航空戦力と強襲部隊の投入に関して、自分たちよりすぐれている軍隊は世界のどこにもないと思っている。だが、第76親衛空挺師団には、猛攻撃を行なうのにじゅうぶんすぎるほどの能力がある。フェドゥーロフ中佐は、黄金の翼がぶらさがっているパラシュートのまんなかにライオンをあしらった徽章《きしよう》を帯びていた。スターリングラードの激戦のさなかで生まれた偉大な部隊のシンボルを身につけていると、安心できる。

フェドゥーロフは、薄い雲がまばらに散っているなかをゆっくりと降下している兵士たちを眺めた。アフリカの濃いグリーンの台地に向けて、部隊は音もなく近づいていた。

空中強襲連隊の空挺降下員のほとんどにとって、米軍と戦うことは夢のような軍歴だった。第76親衛空挺師団の将校はすべて、士官学校や軍の教育課程で、米軍のドクトリンを貪欲に学び、優勢だとされる西側の部隊に対して、自分たちの気概を試すチャンスがめぐってくることを待ち望んでいる。

米海兵隊と遭遇して打ち負かすために、フェドゥーロフと兵士たちは訓練を重ねてきたのだ。

フェドゥーロフは、すでに着地しつつある第一波を眺めたが、彼自身はまだ地表の一五〇メートル上だった。訓練で教わったとおり、地上砲火が襲来した場合に備えて、ライフルを構え、下に向けた。空いた手で無線機を探り、空挺部隊を要請したスペッツナズ士官から伝えられたコールサインで呼びかけた。「センター1《ツェントル・アジン》、こちらキロワット11《キロヴァト・アジン・アジン》。感明度は？」

すぐさま応答があった。「キロヴァト11、こちらツェントル1。感明度は良好。第一波を受け入れているところだ。問題はあるか？」

「ない、ツェントル。わたしは第二波とともに着地する」地表は五〇メートルに近づいていた。フェドゥーロフは落ち着いて無線機のハンドセットをしまい、ライフルの向きを変えて、コンバットパックのリリースコードを引いた。大きなバックパックが固縛から開放されて、そのまま落ちていった。重い戦闘装備が体から離れたため、一瞬浮かびあがって、無重力状態を感じた。新人の降下員はその瞬間に胃のなかをかきまわされたような心地になり、地面の一〇メートルないし二〇メートル上で、食べたものを吐いてしまう。経験豊富な降下員は、その〝嘔吐ポケット《ルヴォートヌイ・カルマン》〟による吐き気を予測して、コンバットパックを落とすときに腹に力をこめる。下の兵士が予想もしていない〝嘔吐ロケット《ルヴォートナヤ・ラケータ》〟を発射するのを避ける方法を知っている。

フェドゥーロフ中佐は、着地と同時に膝《ひざ》をゆるめた。第二波の降下員すべてとともに、パラシュートをはずし、吊索《サスペンション・ライン》を丸めて、傘体でくるんだ。

ヘルメットのバックルをはずして、さきほど落とした重いバックパックの横からストラップを引き出そうとしていたフェドゥーロフに、スペツナズ大佐の襟章《えりしょう》をつけた男が近づいた。フェドゥーロフは、バックパックを背負い、きびきびと気を付けをして、敬礼し、首をかしげた。「同志大佐」

ボルビコフ大佐が答礼した。「アフリカにようこそ。説明は聞いていると思うが、鉱山への第一次攻撃には、きみたちは必要ではないが、アメリカの防御を蹂躙《じゅうりん》し、重火器を沈黙させたあとで参加してもらう。きみたちは残敵を近接戦で掃討し、そのあと、きみの大隊が警備を支援する」

「了解しました、同志大佐。準備はできています」

「結構《ハラショー》。さて、部下を整列させてくれ。部隊が集合したら、出発する。ムリマ山に戻るのが楽しみだ」

「凱旋《がいせん》ですね、大佐。われわれが負けるわけがありません」

ポーランド・ベラルーシ国境

十二月三十日

トム・グラント中佐は、東進するロシア軍を遠くから見られるように、明るいうちに国境へ到達したかったが、午後七時でもう真っ暗になっていた。国境の渡河点とブク川の跳ね橋に近づいたとき、グラントの戦車は先頭から三両目だった。グラントは砲塔で背をのばして、問題はないかと左右に目を配った。

まだ一キロメートル離れていたが、この一週間の経験で、グラントは神経過敏になっていた。ロシア軍は、よろめきながらベラルーシに逃げ込んで、戦場から遠ざかることだけを考えているように見える。すべての兆候が、それを物語っている。しかし、なぜかグラントは、なんらかの置き土産《みやげ》があるかもしれないと、不安を感じていた。道路に地雷を敷設されているか、国境越しに迫撃砲か戦車砲で攻撃されるか——とにかく、厄介《やっかい》なことが起きるように思えた。

川の向こう側に熱源があるかどうか、アンダーソンにきこうとして、グラントはマイクのスイッチを入れた。だが、その瞬間、目の前で夜の闇がまぶしい光に変わった。

先頭の戦車が爆発して火の玉になり、砲塔が空に向けて吹っ飛んだ。

「ちくしょう！　あれはパーソンズの戦車ですよ！」操縦手のフランコ三等軍曹が、甲高《かんだか》く叫んだ。

パーソンズのエイブラムズ戦車に積まれていた弾薬類が、すべて盛大に爆発しはじめた。

「操縦手、戦車をバックさせろ——急げ！　パーソンズの戦車を見るんじゃない！　ここから逃げるのに集中しろ！」

フランコが、M1A2エイブラムズ戦車のギアをバックに入れ、すぐさま勢いよく後進させた。

「あの丘の蔭にはいれ。正面左の池のそばだ」

フランコが、熟練した技術で巨大な鋼鉄の塊を動かし、道路からそれて、グラントの指示どおり、雪に覆《おお》われた起伏のある野原を横切った。

ロシア軍戦車の主砲から放たれた砲弾が、周囲の凍った地面に弾着した。グラントは身をかがめ、砲塔のハッチの数センチ上に顔を出した。さまざまな色の曳光弾《えいこうだん》が、空を照らし出していた。グラントは縦隊の先頭に近い戦車に乗っていたので、敵砲火に身をさらけ出していた。

指揮官として言語道断のあやまちだ。

国道2号線を整然と走っていたM1A2戦車部隊が、襲来する敵弾を避けるためにあわてて道路の左右に移動しているため、無線交信がかなり混乱していた。グラントは無線で命令をどなり、北と南に向かい、森や丘などの掩蔽《えんぺい》を探すよう指示した。

フランコは、襲いかかる砲弾からすこしは隠れられる池の近くの丘を目指して、すさまじい速度でM1A2戦車をジグザグに走らせていた。

東からの砲撃は、熄《や》まなかった。一発の砲弾がかすかにそれて弾着し、三〇メートルしか離れていないところで閃光が輝いて、雪と土が舞いあがった。

騒々しい動きのなかで、グラントは自分の戦車に指示を下しながら、作戦幕僚が各中隊からの第一次損害報告を受けているのを、無線で聞いていた。Kキル（装甲車両が使用・修理不能状態に破壊されること）が三両だった。

突然、すさまじい衝撃がグラントの戦車を揺さぶった。グラントはすばやく身を縮めた。丘の蔭に走り込んだときに、戦車の車首の傾斜した装甲から敵の対戦車榴弾《HEAT》が跳ね返ったのだとわかった。ほかにも二両が、丘の頂上を越えて、グラントの戦車のすぐうしろで停止していた。

アンダーソン三等軍曹が、主砲の照準器から覗《のぞ》き、照準線が丘にさえぎられていると報告した。

「掩蔽の蔭にはいる前に、敵陣地を見たか？」グラントはきいた。

「いいえ、中佐。かなり巧みにカムフラージュされてますから。でも、川のベラルーシ側の森にいることはまちがいないです」

「くそ！　どうして待ち伏せ攻撃にみすみすひっかかったんだ？」

先頭の中隊が、仮防御陣地に移動したことを報告するあいだ、砲手のアンダーソンは交信を聞くために黙っていた。「中佐、敵はわれわれがベラルーシまで追ってこないとわかっていたから、対岸に布陣して待ち構えていたんですよ」

グラントは、右側面と、斜《なな》めうしろの国道６９８号線と2号線の交差点を眺めた。三両が燃えていた。Ｍ１Ａ２戦車の大きな主砲が、おかしな角度で立ち、砲身がまっぷたつに裂けていた。砲弾が砲身内で爆発したにちがいない。あとの二両は炎に包まれ、弾薬が数秒ごとに誘爆していた。

　グラントは、後方の指揮統制車に乗っていなかったことで、自分に腹が立った。指揮統制車のほうが、無線交信を確実に行なえるからだ。先頭に近い戦車からだと、連隊の半分に連絡できれば運がいいほうだろう。

　周囲の地形を視野の範囲で見まわしてから、グラントはまた戦車内に首をひっこめた。

「アンダーソン軍曹、地図を見せてくれ」

　車長席に地図が差し出され、グラントはじっくりと見た。数秒後にいった。「やつらが戦いたいのなら、相手になってやろうじゃないか」無線機のダイヤルをまわし、連隊暫定《ざんてい》作戦幕僚を呼び出した。「ブラッド、こちら連隊長《CO》。受信しているか？」

　応答がかすかに聞こえた。「受信しています。いま連隊指揮所を設営しています。無線機を設置、送受信できます。テントと地図を用意し、いつでも使えます。いま人的損害の報告を受けています」

「了解。指揮所へ行くから、ハンヴィーを迎えによこしてくれ。川の上流のほうにいる。作戦計画を立てよう」

「了解しました。迎えのハンヴィーを行かせます」

　グラントは、ハンヴィー数両を並べてとめ、その上に防水布をかけた俄《にわ》か造りの指揮所に走っていった。アンテナが四方から突き出し、無線機や地図に人員が配置されていた。グラントは作戦幕僚のそばへ行った。作戦幕僚が、大きなケースからせわしなく地図を引き出した。グラントが見ていると、作戦幕僚のブラッド・スピレーン大尉はポーランドの地図を脇にほうり出して、ベラルーシの地図をひらいた。しかも、それは戦術地図ではなく、ミシュランのガイドブックだった。

戦車と敵の砲撃の応酬が遠くから轟《とどろ》き、米軍とロシア軍の機甲部隊の衝突がいまもつづいていることを物語っていた。だが、米軍側は川のポーランド側の低い丘や森の蔭にはいり、いくぶん防護されていた。

俄《にわ》か造りの戦術作戦中枢の無線機に、各大隊長の報告がさかんに届いていた。連隊指揮所の要員が要求を処理し、すこしでも有利な位置を占めようとして部隊が小規模な移動を行なうたびに、地図に刺したピンをべつの場所に移していた。

ひとりの通信士が走ってきた。「中佐、NATOの衛星通信が復旧しました」小さな軍用スピーカーを持っていた。「発信者がだれなのか、わかっていません」

グラントは、スピーカーを一瞬見てから、聞いていたものが自分の耳を疑うようなことをいった。「そいつのプラグを抜け」

通信士には、それが理解できなかった。「中佐……NATO本部のだれかからです。中佐と話がしたいといっています」

「わかっている……抜くんだ」若い通信士が、唖然《あぜん》とした顔で、プラグを抜いた。

グラントは、スピレーンに向かっていった。「きみとわたしでこの状況を是正する時間は、数分しかない。てきぱきと進めたいから、考えと忠告が聞きたい」

「了解しました。しかし、NATOはどうしますか？」

「NATOは、わたしがこれからやることが気に入らないだろうし、わたしは撃ち殺されるような隙《すき》をやつらにあたえたくない」

グラントは、斥候《せっこう》中隊長たちと無線で話し合ってから、地図をひろげたテーブルに戻り、呼び集められた指揮官の輪のなかにはいっていった。グラントは、米陸軍の連隊長のようには見えなかった――めちゃめちゃに壊れた車を修理していたが、車の持ち主に悪い報《しら》せを告げようとしている、疲れ果てた整備員のようだった。

「諸君、わたしは決断した。戻ったら軍法会議にかけられるような決断だ」グラントは肩を落とした。難燃性繊維の戦車服は、血、グリース、乾いた泥にまみれ、汗が塩を吹いていて、グラントの態度や睡眠不足とあいまって、よけいしおれているように見えた。「きみたちの忠告……了承を得たい……あるいは関知したくないという意見を」どう切り出せばいいのかわからないようで、言葉を切った。

スピレーン大尉が、口をはさんだ。「追撃しようといいたいんですね、ボス。ベラルーシへ行き、自分たちがはじめた仕事を最後までやる」

グラントはうなずいた。「そうだ。やつらは休戦に違反した……しかも、国境の向こうからわれわれを砲撃した。その〝好意〟に報いて、必要とあればモスクワまでやつらを追いかける」

それを聞いて、ドイツ軍のブラッ・オット少佐が仰天した。「攻撃するんですか？　ベラルーシにはいる。やつらが攻撃をやめないいんだから、われわれもやめない。越境追撃中だから、中止できないと主張するつもりだ」

「そのとおりだ、ブラッ。ベラルーシにはいって？」

一同が、つかのま黙り込んだ。やがて、オットがいった。「中佐がわたしの指揮官です。中佐が命令すれば、わたしは従います」顔に小さな笑みが浮かんだ。「行きましょう。ロシアが条約に違反したわけだし、この砲撃はとうてい正当化できないでしょう」

その他の指揮官たちが、うなずいて賛意を示した。

グラントはいった。「さきほど斥候と話をした。川沿いに北に進めば、ロシア軍の後背《こうはい》に出られる」

70

ケニア南部
十二月三十日

ラザール将軍の本部は、ムリマ山の二〇キロメートル北で、平地のジャングルを通っている、涸《か》れた浅い河床に設営された。ラザールは指揮車の後部で仮眠をとり、目が醒《さ》めると、外に出て、早くも活発に作業が行なわれているテントへ行った。

テントにはいると、若い軍曹に紅茶を勧められた。夜でも気温は二十七、八度あり、ジャングルは湿度が高いので、汗にまみれていたが、ラザールは煮えたぎっているほど熱い紅茶を受け取って、ひと口飲んだ。

キール大佐が通信班と話をしているのが目にはいった。「ドミートリー、ボルビコフ大佐はどこだ?」

キールがいった。「スペッツナズ支隊と出かけています。設営中の新しい砲兵射撃前方準備地点を視察しにいったそうです」

ラザールは、しばし無言で立っていた。それから、意見とも質問ともつかないことを口にした。「特殊部隊が砲兵を視察するのか」

「正直いって、わたしもとまどいました。ボルビコフ大佐は、地図で位置を確認してから、部下と出かけていきました」

「いいか、ドミートリー、この報《しら》せは悪い兆候だ」

「はい、同志将軍」と答えてから、キールはいった。「失礼ですが、どういう意味なのか、わかりません」

「外に出よう」ラザールは隠し事をしない司令官なので、参謀ひとりと内密に話をするというのは異例のことだった。それで、指揮所にいた兵士たちが、ちらりと目を向けた。

闇のなかで、だれもいないところへ行くと、ラザールはいった。「われわれは港で攻撃されて、機甲部隊の打撃力がかなり減少した。いまいましい側面攻撃でも、第1連隊にかなり損耗《そんもう》が生じた。現在、われわれは人員不足の三個歩兵連隊でしかない。それでも、総数と兵器では米軍をしのいでいるが、敵は防御陣地を構築している」

キールが反論した。「われわれの評価では、敵は多少強化された一個連隊にすぎません。われわれは三個です――損耗しましたが、それでも三個連隊であることに変わりはありません。それに、われわれのBTRは、アメリカのLAVよりも大型で強力です。脅威になるのは、敵の数すくない戦車だけ――」

ラザールはさえぎった。「そんなことは、すべて承知している。わたしは米軍のことを心配しているのではない」

「では、なにが心配なのですか？」

「わたしはユーリー・ボルビコフを抑えることができない。ボルビコフは、アナトーリー・リーフキン大統領に贔屓《ひいき》されている。ボルビコフは信用できないし、なにかを企んでいる」

キールが首をかしげた。「ボルビコフは、強襲の最終段階を支援する空挺部隊を呼びましたが、それはご存じでしょう」

「わたしは核兵器のことをいっているのだ。鉱山を奪取したあと、抑止力としてそれを鉱山のどまんなかに設置して、時限起爆装置で爆発させることができるようにする、という話になっていた」

キールは、核砲弾のことを知っていた――ラザールが打ち明けた――しかし、口外しないようにと命じられていた。

キールが答えなかったので、ラザールはいった。「われわれが鉱山を奪取し、ボルビコフが馬鹿げた核兵器瀬戸際《せとぎわ》政策を確立すれば、なんの心配もいらないし安全だというのが、当初の計画だった」間を置いてからつづけた。「だが、仮に鉱山の奪取に失敗したら……ボルビコフはなにをやるだろうか？」

「それは……わかりません」

「ハンマーを握ったときには、ドミートリー、どんな問題もそれに打たれる釘になる」

キールが、びっくりして目をしばたたいた。「鉱山の奪取に失敗したら、ボルビコフがそれを起爆させるというのですか？」

ラザールは、肩をすくめた。「ムリマ山を何世代も人間がはいれない状態にするには、なにも鉱山の奥へ核弾頭を投射する必要はない。だが、失敗が目に見えたとき、ボルビコフは長距離から米軍に向けて核砲弾を発射するにちがいない」

キールは、ラザールの前で悪態をついたことは一度もなかったが、つぶやいた。「くそ。だからボルビコフは砲兵を視察しにいったのか」

厳粛な面持ちで、ラザールは年下の大佐の肩を叩いた。「だから……われわれは勝たねばならない――世界を救うために」淡い笑みを浮かべたが、その前に口にしたことの衝撃は消えなかった。

ラザールはなおもいった。「アメリカは一個空母打撃群を急行させていて、二日以内にそれが攻撃範囲に到達する。したがって、ただちに三方面から攻撃しなければならない。いっぽうから砲撃で敵を叩きのめし、それ以外の前線二ヵ所から進撃する。敵にはかなりの火力と、航空支援があるかもしれないが、われわれは攻撃側、敵は守備側だ。守備側は動けないし、われわれは機動できる。戦線が固定された戦いでは、守備側が負ける。学校できみにそう教えなかったかな？」

「教わりました、同志将軍。ただ……これはいささか異なっているのでは」

「異なってはいない。敵の注意を分散させるのだ。わたしの判断では、米軍はもう正規軍の戦いかたを忘れているようだ。反政府勢力と長年戦ってきたからだ。

海兵隊とその同盟軍のフランス軍が、選択に苦しむような手を使う。敵の指揮官は、不足している航空機を分けるのに苦慮するはずだ。空母打撃群が到着するまで、海兵隊は、〈ボクサー〉に搭載されている数すくない航空機でやりくりするしかない。敵の指揮官は、出撃率を向上させることができないし、少数の航空機で攻撃した場合には、対空火器で殲滅《せんめつ》される。敵の指揮官が対戦車ミサイル・システムを配置する場所は限られている。われわれはそれを突き止めて、排除する。そして、防御のどの面が弱いかを見極め、予備の戦力すべてでそこを攻撃する」

キール《ダ》がいった。「そこを突破し、敵を殲滅するのですね」

「そうだ」ラザールはいった。

ポーランド・ベラルーシ国境
十二月三十一日

五十両近いM1A2エイブラムズ戦車が、ブク川西岸のあちこちの丘の蔭に隠れていた。断続的な砲撃がいまもつづいていて、空がときどき明るくなったが、戦闘は膠着《こうちゃく》状態だった。ロシア軍は国境付近にとどまって、射程内にターゲットがあると思われるあいだはずっと大きな仰角で砲弾を放ちつづけるつもりなのだろうと、グラントは推理していた。もしそうなら、グラントの計画を実行するのにじゅうぶんな時間の余裕がある。

グラントのヘッドセットから、第1大隊大隊長の声が聞こえた。「勇気6《カーリジ・シックス》、こちら山《バン》賊6《ディッツ・シックス》」

グラントは、指揮車の砲塔に立ち、雪の夜陰を見ながら応答した。「バンディッツ、カーリジだ。どうぞ」

「了解。準備はできています。時刻になりました」

「わかった。拳骨《デュークス》からの連絡を待っている。デュークスが着陣したら、攻撃開始」

すぐさま、べつの声が聞こえた。第2大隊大隊長からだった。「カーリジ、こちらデュークス。隠蔽壕《コールド・ポジション》（射撃を開始するまで完全に隠れることができ、敵の攻撃にも耐えられる掩砲所）に着陣しました。ここから攻撃できます」

「了解、デュークス。支援射撃開始」

「カーリジ、こちらデュークス。いまから射撃開始します」その無線連絡の数秒後に、M1A2エイブラムズ戦車三十両の一二〇ミリ砲が火を噴き、激しい砲声が轟《とどろ》いた。それと同時に、同軸の五〇口径機銃も、ポーランド側の河岸からけたたましい音を響かせた。米軍の熾《し》烈《れつ》な制圧射撃の轟音《ごうおん》と、曳光弾《えいこうだん》が描く弧が、夜の闇に満ちあふれた。ロシア軍は反応が遅かったが、ほどなく応射を開始した。対戦車ミサイルが、ときどきひらけた地形を横切り、狭い川を越えて飛翔《ひしょう》した。

だが、グラントは戦車を見てはいなかった。一三キロメートル北で、暗視装置を覗《のぞ》き、川を越えてベラルーシ側にのびている遠くの鉄道橋を眺めていた。南のほうで砲撃戦がふたたび激しさを増すのが、音でわかったが、グラントが見ているあたりでは、ブク川の対岸にいるロシア軍の戦車は四両だけだった。その一個小隊で、鉄道橋を護《まも》っていた。

鉄と木材でできている構脚橋には、米軍が渡ろうとした場合に備えて、橋を空高く吹っ飛ばせるような爆薬が仕掛けられているのを、グラントは予測していた。だが、ロシア軍は、米軍が越境することはないと考えているにちがいない。

よりによって鉄道橋を渡るとは思っていないだろう。その橋は古く、さほど頑丈ではなさそうで、装甲車両が一両ずつ渡るのが限度のように見えた。グラントの斥候《せっこう》が見極めたとおり、客車用の橋で、貨物列車のような重い車両は支えられないだろう。

グラントは、ポーランド側の畑を味方の斥候チームがひそかに横切り、軽快な動きで橋の下に忍び込むのを、赤外線暗視装置で見ていた。彼らが橋桁《はしげた》を這《は》って進んだり、あぶなっかしくぶらさがったりしているのを見守っていると、心臓が胸から飛び出しそうなくらい動悸《どうき》が激しくなった。装備や機器類が、暗視装置ではっきりと見えた。グラントの斥候チームは、ロシア軍がポーランド側の戦車やハンヴィーの監視に気をとられて、橋の下に潜り込んだ自分たちに気がつかないことを願いながら、暗闇を音もなく進んでいった。

グラントはふたたびベラルーシ側を確認したが、そのあたりでは依然としてなんの反応も見られなかった。猛烈な集中射撃で敵の指揮所を麻痺《まひ》させる戦術が、効を奏したようだった。それがうまくいかなかったら、工兵の役目を果たそうとしている最優秀の斥候たちが、火の玉と化して消滅する。

ひとりが氷で足を滑らせ、一二メートル下の硬く凍った川に向けて落ちそうになったので、グラントは息を呑んだ。だが、あとのふたりとつないでいた命綱が役に立った。ひとりが必死で橋桁にしがみついて、ぶらさがった兵士の体重を支え、もうひとりがすぐに命綱を引いて、宙吊りになった兵士を下のほうの橋桁まで引きあげた。グラントは急いで、北のほうで地面を掘った掩砲所《えんぽうじょ》に収まっている敵戦車四両を見たが、橋の下の兵士たちが発見された気配はなかった。

複数の爆薬を発見したと、斥候が無線で報告した。グラントの暗視装置の倍率では、コードを切っているのは見分けられなかったが、橋のあちこちでとまって真剣に作業し、先へ進んでいるのがわかった。

大口径の戦車砲の遠い轟きが聞こえ、南の夜空を閃光と炎がさかんに照らし出していた。果てしなく長く思えた時間が過ぎ、橋桁の五カ所に仕掛けてあった爆薬のコードをすべて切ったと、斥候が無線で報告した。

つづいて、べつの斥候チームが、南の敵戦車とおなじようにレール上に配置されている敵戦車の死角にあたる橋の北側で、ジャヴェリン対戦車ミサイル発射器を運びながら、ブク川の凍った水面をゆっくり這い進んでいるのが、暗視装置で見えた。分隊は巧みに先導されて、数分後には凍った川を渡っていた。

最後に、第三の斥候チームが移動を開始した。最初の斥候とおなじルートをたどったが、今回は橋の上を這い進んでいた。数人が大きなジャヴェリン対戦車ミサイル発射器を運んでいた。全員が白ずくめで、雪が降りしきるなかで慎重に移動していたので、発見されなかった。ほどなく決められた位置に到着し、橋上の木の梁《はり》に隠れて伏せた。

グラントは、ほっとして溜息をついた。

南の射撃が激しさを増し、戦車砲の砲声と爆発音が低く響いていたが、グラントがいる雪に覆《おお》われた北の森は、静まり返っていた。

グラントのうしろから、かすかな震動音が聞こえ、たちまち音量を増した。地面が揺れはじめ、樹木から雪の塊が落ちた。第1大隊の戦車が近づいてくる。

グラントは、無線で斥候の二チームに命じた。

「攻撃しろ」

つぎの瞬間、ブク川対岸の藪《やぶ》や高い葦《あし》が茂っている場所から、FGM‐148ジャヴェリン対戦車ミサイル六基が炎とともに高々と上昇した。一秒後に、べつの六基が、橋のまんなかまで這い進んでいた斥候チームの陣地から発射された。

ミサイルは命中して仕事を終えたが、かなりの過剰殺戮《オーバーキル》だった。対岸の掩砲所に収まっていたロシア軍の戦車小隊四両の乗員は、なににやられたのかもわからなかった。T‐14戦車の爆発反応装甲が、弾頭の爆発の威力をすこしは減じたが、高い射角で発射されたジャヴェリンはほとんど真上から弾着したし、数基は砲塔のハッチを貫通した。

T‐14アルマータ戦車四両は、爆発して火の玉と化した。

第2大隊の支援射撃が開始されたときから見守り、音を聞いていたグラントは、第1大隊に無線で命じた。「バンディッツ、敵影《クリア》なし。攻撃態勢をとれ。橋は渡れる」

「了解」エイブラムズ戦車一両が、ポーランドの森の奥から出てきて、ブク川に架かる鉄道橋に向けて走りはじめた。そこを渡ると、ロシアの従属国ベラルーシ領内にはいる。

背後の轟音《ごうおん》が高まり、さらに何両もの戦車が近づいているとわかった。巨大なM1A2戦車十二両が、一両目につづいて橋を渡るために、最大速度の時速七〇キロメートルで線路脇の伐採された開豁地《かいかつち》を進んでいった。

さらに、南でも戦車十二両が、斥候の任務が成功したという報告を受けて、ロシア軍戦車が応戦に追われてそれに対応できないようにするために、なおも熾烈な砲撃をつづけた。

鉄道橋に達した一両目のエイブラムズ戦車が速度を落とし、そろそろと渡っていった。低速を維持しながら、車長は果敢に向こう岸へ戦車を進ませていった。

一両目が橋を渡り終えて、ベラルーシの土を踏んだところで、二両目が渡りはじめた。

米軍の戦車がさらに何両も森から出てきて、最大速度で橋を目指した。南で大規模な支援射撃がつづくなかで、一両ずつ橋を渡った。M1A2戦車はいずれも、つとめて前の一両よりもわずかに速度をあげて渡っていった。

戦車四両が対岸に渡って、掩蔽《えんぺい》の蔭にはいると、つづいて二両が渡り、さらに二両が渡った。

グラントの機甲連隊は、ロシア軍と連日戦って損耗《そんもう》し、人員も車両も定数を割っていたが、いま車両を動かしている操縦手、砲手、装塡手《そうてんしゅ》、車長は、そのあいだに経験を積み、技倆《ぎりょう》を習熟していた。だから、国境の向こうの闇で、小隊や中隊をなんなく組むことができた。

橋を渡って掩蔽の蔭にはいった戦車二十八両を、グラント中佐は森の際に立って眺めた。

グラントは、作戦幕僚《S3》のスピレーン大尉のほうを向いた。「ロシア軍に気づかれる前に、ここまでやれるとは思っていなかった」

「わたしも同感です。第２大隊の射撃が、敵を釘づけにしたようです。それに、斥候チームが、だれも報告できないように、迅速に敵を一掃しました」

「われわれも指揮車に乗って、あのいまにも壊れそうな橋を渡ろう。戦車二十八両の重みに、よくもちこたえられたものだ」

「それがよさそうですね、ボス」ふたりは、それぞれの車両のほうへ歩きはじめた。

ドーン！　橋のベラルーシ側の米軍戦車一両が発砲した。橋を護《まも》っていて全滅した戦車小隊の先にいたロシア軍戦車を発見して、側面から攻撃しているのだとわかった。

ふたたび戦車砲が火を噴いて、ブク川の対岸の森を大口径の砲弾が切り裂いた。いまもつづいている南の第２大隊の砲撃に、その音が重なった。

グラントはＭ１Ａ２エイブラムズ戦車に乗り、先進的なＳＰＩ赤外線全方位監視カメラシステムで眺めた。斥候をつとめた中隊が橋を戻ってきて、ポーランド側の岸で掩蔽に隠れているのが見えた。彼らの任務はきわめて危険だった。あとで曹長と話をしようと思った。どでかい勲章をもらうのにふさわしい働きだった。

グラントの戦車が、ガタゴト揺れながら橋に向けて突っ走った。

グラントは外国への侵攻を命じていた。営倉にぶち込まれる前に、敵を叩きのめすつもりだった。

71

ベラルーシ西部
十二月三十一日

エドゥアルト・サバネーエフ大将と司令部要員は、ブレストの南にある中世の城に陣取っていた。ブク川とポーランド国境からの距離は、五キロメートルだった。かつてはこの地の大公の荘厳な居館だったが、いまは企業の保養施設やイベント会場として貸し出されている。家具調度はすべて古く、ぼろぼろになっていた。

だが、美しくて快適な建物だったので、国境のポーランド側の米軍からあわてて遠ざかることはせずに、腰を据えていた。それに、サバネーエフの部隊は、一、二時間の戦闘にじゅうぶんな弾薬を備えている。そんなわけで、サバネーエフは十五分前に、部下が地下室で見つけたハンガリーの赤ワインをグラスに注いで、擦《す》り切れた革のソファでくつろいでいた。

サバネーエフは、米軍とドイツ軍の熾烈《しれつ》な射撃に耳を澄まし、ブク川の近くで敵と交戦している部隊の無線交信を聞いていた。

NATOの戦車がしばし報復攻撃を行なうことは、予想がついていたが、そのうちに撤退するだろうと考えていた。川沿いのロシア軍機甲部隊が射撃する目標は、まもなく皆無になる。

だが、やがて戦車砲の激しい撃ち合いの音が、石造りの古い城のなかで反響したので、サバネーエフはすばやく立ちあがった。戦場はかなり近い。まだ数キロメートル離れているとはいえ、そのあらたな砲撃が、西ではなく北から聞こえていることは明らかだった——そちらにも国境線がある。通信士のほうを見やると、なにが起きているのかをたしかめるよう、早くもドゥリャーギンに連絡を入れていた。

「あれはなんだ？」サバネーエフは、語気鋭くきいた。「川の北寄りから聞こえるようだ。そちらから砲撃しろとは命じていない。規律を破った部隊を見つけ出せ。ドゥリャーギンを呼べ。ドゥリャーギンの部隊は、弾薬を無駄遣いすべきではない！」

作戦主任幕僚のスミルノフ大佐がいった。「いま調べています、同志将軍」しばらく黙って応答を聞いてからいった。「通信網から聞こえる中隊のやりとりから判断すると、どうやら米軍が襲撃を仕掛けてきたようです」

サバネーエフは、首をかしげた。「川に阻《はば》まれているから、襲撃できるはずはない」

スミルノフ大佐が、無線機を並べたテーブルのほうに身を乗り出し、いくつもの部隊からの報告を聞き分けて、サバネーエフの要求に応じて答を見つけようとした。

爆発が三つ重なり、古い城が揺さぶられた。

スミルノフは、片手でヘッドホンを押さえ、さっと向きを変えて、サバネーエフのほうを見た。「報告がはいりました。国境の前線が崩壊しつつあります。米軍は八キロメートル北で川を渡りました」

サバネーエフは、衝撃のあまり愕然《がくぜん》とした。「どうしてそんな……やつらは主権国家に侵攻したのか！　総力戦をはじめるつもりか？　ただちにモスクワに連絡しろ。いますぐ航空支援が必要だ」

ベラルーシに逃げ込めば、米軍が大胆に敵対行為をつづけることはないだろうと、サバネーエフは高をくくっていた。西側は、まちがいなくロシアの指示に従うはずの国へ越境するのをためらうにちがいないと、サバネーエフとロシア政府上層部は予想していた。

その後数分間、表の戦闘は激化し、スミルノフのもとにさらなる報告が届いた。「やつらは鉄道橋を渡ったんです。戦車は通れないと、われわれは判断していました。橋はすぐ北にあり――」

サバネーエフはいった。「橋のことは知っている！　守備させ、爆薬を仕掛けるよう命じた。戦車で監視し、必要なら橋を落とせと、ドゥリャーギンに命じておいた」

「将軍、ドゥリャーギンは命令どおりにやったにちがいありません――爆薬を仕掛けたはずです。米軍は斥候《せっこう》を渡河《とか》させ、守備隊を殲滅《せんめつ》しました。橋の爆薬も処理されていたようです」

「しかし、戦車を配置してあった！　戦車と兵員を――戦車がいたのに、どうして米軍は橋を渡ることができたんだ？　ドゥリャーギンの監視哨は、どこにあった？　橋を守備していた戦車はどこだ？」

スミルノフがいった。「ドゥリャーギンの部隊の車両数は、限られています。鉄道橋はT－14戦車一個小隊が護《まも》っていましたが、全滅しました。重装甲車両の主力は、もっと南に集中するのが賢明だと、ドゥリャーギンは判断しました。米軍車両の大半が、そこに集結していると考えて」

サバネーエフは、司令部を憤然と歩きまわった。「だとすると、ドゥリャーギンは馬鹿者だ！　やつのせいできょうの戦いでは大損害をこうむった。だが、もうそんなことは許さない。ドゥリャーギンをここに呼べ。それから、ドゥリャーギンの部隊に、いまからわたしが直接指揮すると伝達しろ。ドゥリャーギンの部隊の指揮官は、わたしとわたしの司令部からの命令のみに従うのだ。わかったか、スミルノフ大佐？」

「わかりました。ドゥリャーギン大佐を連隊長から解任するということですね」

「そうだ。それをわたしがじきじきに伝える」

通信士が、サバネーエフのほうを見あげた。「将軍、北西の第2大隊から報告です。米軍戦車と陣地内で交戦しているそうです。敵戦車と正対するために、部隊をM1国道の橋から移動させたいといっています」

「馬鹿な！　だれもこれに耐える度胸がないのか？　無線を切って、向きを変え、戦えといってやれ！　第1大隊はどうした？」

「第1大隊は、なにも報告していません」

「部隊を移動させ、第2大隊をただちに支援するよう命じろ。敵をポーランドに追い返すのだ！」

指示が伝えられ、応答があって、通信士がいった。「将軍、第1大隊は、対岸の米軍の精確な直接照準射撃によって釘づけになっています。掩砲所《えんぽうじょ》のおかげで破壊されずにすんでいるそうです。掩砲所を出て移動すれば、第1の戦車は壊滅するでしょう。それに、西側の航空部隊が上空を飛ぶのも目撃しているそうです。F－35の精確な爆撃航過で二度、被弾したとのことです」

報告が続々と届き、無線のやりとりが切れ目なくつづいていた。米軍の精確な位置は、いまなお推定の域を出ていなかったが、第2大隊がエイブラムズ戦車との激しい交戦を報告していた。それにくわえ、戦線各所から、米軍のアパッチ攻撃ヘリコプターの精確な攻撃を受けているという報告が届いていた。

国境越しにポーランドを砲撃するという置き土産《みやげ》が、裏目に出たのだと、サバネーエフは悟った。だが、その責任をとるつもりはなかった。これは自分の落ち度ではない。この責任はすべて部下に負わせる。たとえばドゥリャーギンに。それから、アメリカが和平交渉を願っていると読みちがえた上層部に。

サバネーエフが責任を転嫁《てんか》しようと思っていた相手は、ドゥリャーギンだけではなかった。

「ボルビコフのやつに会ったら、殴り倒してやる。この作戦はぜったいに成功すると請け合ったのはボルビコフだ！」サバネーエフは叫んだ。

数分後に、ドゥリャーギン大佐が、騒然としている司令部に、ほとんど走るような大股ではいってきた。雪に覆《おお》われた帽子と、厚い手袋を脱ぐと、ドゥリャーギンはまわりを見た。

サバネーエフは、轟々《ごうごう》と燃え盛る暖炉のそばに立ち、四キロメートル北に近づいている戦場からの無線による報告に耳を傾けていた。

「大将、抗議します！　タイミングが悪すぎる。いまは戦闘の――」

サバネーエフが、さっとドゥリャーギンのほうを向いた。「おまえは不適任だから解任されるのだ、大佐。補給本部へ行き、わたしの兵站《へいたん》をきちんと運営しろ。おまえがわたしの命令に注意を払わなかったせいで、われわれの部隊は分裂した。大型車両が渡れる橋だけではなく鉄道橋を護れと、わたしははっきり指示した。おまえがそれに失敗したせいで、われわれはいま米戦車の奔流にさらされている」

「しかし、将軍、われわれは……つまり、アメリカの戦車はわれわれの戦車より重いので、渡れないだろうと――」

「出ていけ、大佐。さもないと鎖で縛られてモスクワに帰ることになるぞ！」サバネーエフはどなり、ドゥリャーギンから目をそらして、通信士たちに注意を戻した。

ドゥリャーギンは、一瞬、サバネーエフの背中を睨《にら》みつけた。抗議しても無駄だと悟り、身についた習慣から敬礼すると、まわれ右をした。意気消沈し、空虚な気分だった。ドゥリャーギンが無言でドアに向かうあいだ、戦っているドゥリャーギンの部下たちからの報告が無線からしきりに聞こえた。いや、もうドゥリャーギンの部下ではなかった。

通信士が、サバネーエフのほうを見た。「将軍、モスクワとつながりました。ベラルーシの奥へ撤退して、スモレンスクに戻るようにと、陸軍副司令官から命令が届きました。これ以上、遅延するなとのことです」

「撤退命令を伝えろ、スミルノフ。米軍の主力が渡河するまでには、まだ時間がかかるだろう。それまでにわれわれは去っている。アメリカ人はベラルーシの軟弱な国境を尊重しないかもしれないが、母なるロシアの国境を侵すことはできないだろう。航空支援が到着すれば、すべて片がつく。この混乱から脱け出すあいだ、ロシア軍機で安全な通り道をこしらえてほしいと、副司令官に伝えてくれ。敵が追撃してきても、ベラルーシ領内で絞め殺してやる」

サバネーエフ将軍は、革の地図ケース、ヘルメット、拳銃を持った。ベラルーシを悠然《ゆうぜん》と横断するつもりでいたが、今後の戦闘に備えて気を引き締めた。

凍れる夜の闇に出ると、サバネーエフは北のほうをちらりと見た。遠い森の向こう側でいくつか閃光がまたたき、やがて数秒後に、戦車砲の砲弾が、城のすぐ南の起伏の多い牧草地に何発も落ちた。もっとも近いものは、サバネーエフが立っていたところから二〇〇メートルしか離れていなかった。

スミルノフが、サバネーエフの腕をつかんで向きを変えさせ、城のなかに引き戻した。通信士に向かって叫んだ。「将軍のブメラーンクを玄関に呼べ！　まもなく米軍に三方向から包囲される！」

サバネーエフは、自分の運命が急変したことに衝撃を受けていて、スミルノフの言葉がよく理解できなかった。ややあって、サバネーエフはいった。「南は安全だ。南はまだ敵がいない」スミルノフの顔を見た。「南はどうだ?」

「ウクライナ国境です、将軍」

サバネーエフは、米軍の寄せ集めの機甲部隊と少数の航空機から逃げるために、ウクライナに侵攻するつもりはなかった。首をふった。「東に撤退する。敵の機甲部隊が大挙して追ってくるには、まだ時間がかかるはずだ。東に突進しながら、アメリカ人を殺す。出発するぞ!」

ケニア　ムリマ山の北
十二月三十一日

ラザールは、暗号化された軍用衛星携帯電話を耳に押し当てた。相手の声がはっきり聞こえた。ロシア陸軍総司令官コラトコフ上級大将からの電話だった。南部軍管区司令官のラザールは、コラトコフの指揮下でアフリカのこの任務を行なっている。

コラトコフがいった。「同志将軍、伝えなければならないことがある。西側は越境してベラルーシに達し、現在、サバネーエフの部隊の一部は包囲されている」

ラザールは、はらわたが煮えたぎる思いで、目を閉じた。ボルビコフ大佐のほうを見ると、すでにその情報を知っているようだった。

ラザールは、ボルビコフが考案し、サバネーエフを護《まも》るはずだった魔法の列車のことを思い浮かべたが、口には出さなかった。

コラトコフが、なおもいった。「エドゥアルトの部隊を増強しようとしているんだが、クレムリンはこれをやる気概を失いつつある。上層部は戦車を大量に損耗《そんもう》するのを怖れているし、エドゥアルトが帰路でポーランドを通過するのに二日もかかったことを懸念している。エドゥアルトが敵の主力戦車の砲撃を受けているあいだ、上層部は政治的な解決策を話し合っている。ベラルーシ陸軍は――どのみち微力だが――これまでのところ、なんら支援を提供していない」

ヨーロッパ方面の赤い金属作戦《オペラーチヤ・クラースヌイ・メタル》は、大失敗だったのだと、ラザールは悟った。米軍がベラルーシに侵攻したことで、戦争は拡大するおそれがある。しかも、NATOの大規模反攻を撃退するには、核兵器を使うしかないと、クレムリンは認識しているはずだった。ロシア連邦軍の主力機甲部隊は、ヨーロッパとアフリカでの戦いに従事しているからだ。

二大陸で核戦争が起こりうる可能性が、現実になった。いま隅のほうで部下と協議しているボルビコフ大佐にすべての責任があると、ラザールは思った。

ラザールは、平静な口調で、衛星携帯電話に向かっていった。「よくわかりました、同志上級大将。命令をうかがいます」

「ボリス、われわれは交渉の材料を失った。いよいよ陰惨な事態になってきている。鉱山を手に入れてくれ。なんとしても」

「鉱山を奪取すれば、力関係がどう変わるのですか、上級大将？」

「いまのわれわれには、なにもない。レアアース鉱山と、それが次世代におよぼす影響のほかに、交渉に使えるものがない。われわれのビジネスパートナーになるしかないと西側が悟れば、取引できるだろう。サバネーエフが米軍とNATOの高級将校数人を人質にとっているのはたしかだが、いまのままでは、駆け引きに使えるような地歩がなにもない」

コラトコフは、つけくわえた。「これもいっておかなければならない、ボリス。中央委員会は、敵の攻撃を抑えるために戦術核兵器を使用することを検討している。こっちはほんとうに危機的な状況なんだ」

ラザールは、ゆっくりと目を閉じた。正気の沙汰ではない。

「したがって、これがわたしの最終指示だ、ボリス。その……くそ……鉱山を……奪取してくれ」

「了解しました」ラザールはそういって、電話を切った。

ボルビコフが、ラザールをちらりと見た。控え目ではあったが、見下すような口調でゆっくりといった。「同志ラザール将軍――」

なにをいうかわかっていたので、ラザールは片手をあげて制した。「これは、きみが立てた計画だった。それがあらゆる方面で、まずいことになりつつある」

ラザールとその部下たちは、戦うことになり、多数の死者が出るはずだった。そして、コラトコフ上級大将の読みが当たっているとすると、ロシア政府はそうやって得た鉱山か戦利品の一部を、政治的妥協としてアメリカに差し出す可能性がある。ボルビコフもそこまでは予想していないだろうと、ラザールは確信していた。

ラザールは、ふたりのうしろに立って、ラザールの言葉をすべて熱心に聞いていたキール大佐のほうを向いた。

キールが、胸を張った。「ご命令を、将軍」

ベラルーシ　ブレスト付近
十二月三十一日

サバネーエフ将軍と司令部要員が城を去ってから一時間後に、トム・グラント中佐の指揮車の戦車が、壮麗な建物に通じる私設車道を進んでいた。ブラッド・スピレーン大尉が車両からおりて、グラントの戦車に向けて走ってくるのが見えた。

東の森から激しい戦闘の音が聞こえていた。ロシア軍は、側面から攻めてくる米軍のあいだをすり抜けようとして、さまざまな道路に斥候《せっこう》を出しながら撤退していた。東に配置した一個大隊では、ロシア軍の連隊を食い止められないとわかっていたが、敵車両を一両ずつ破壊しているという報告が、数分ごとに届いていたので、グラントはほっとした。それに、いまのところロシア軍は戦いよりも逃げるほうに専念しているので、グラントの戦車部隊は熾《し》烈《れつ》な戦いをしのぐ必要はなかった。

これまでのところ、グラントにとって有利なのは、ベラルーシ側がまったく抵抗しないことだった。ベラルーシは小国でロシアとの関係が深いので、戦闘で軍隊が受ける損害よりも、外交面での影響を重視するはずだが、ベラルーシ軍は、戦闘を避けることに甘んじているようだった。

グラントがヘルメットを脱いだとき、スピレーンがそばに来た。「ブラッド、なにかわかったか？」

スピレーンは、大型戦車のガスタービンエンジンの爆音のなかでも声が聞こえるように、グラントの戦車によじ登った。「中佐、この城を仮指揮所にしたらどうですか？　一時間前にはロシア軍が司令部に使っていました」

「気をつけろ」砲塔が旋回してスピレーンを払い落としそうになったので、グラントは注意した。「アンダーソンが、あの林に敵がまだ残っていないかどうか、センサーで調べているんだ」鋼鉄と劣化ウランの巨大な砲塔が左右に旋回するあいだも話ができるように、スピレーンは砲塔後部バスケットに乗った。

グラントは、夜の闇に目を凝らし、前方の石の城を眺めた。明らかに中世の建物で、雪と土の地面に残っている轍《わだち》からして、ロシア軍がついさっきまでいたことはまちがいなかった。

グラントはいった。「ロシア軍の将軍にとって都合がいい場所なら、わたしのような戦車部隊指揮官にも好都合なはずだ」

ベラルーシに侵攻するというNATOの政治的決断は、西側諸国になんの動揺ももたらさずに下されたわけではなかった。米軍部隊が越境したのは、攻撃を仕掛けてきたロシア軍部隊を追撃するためだったとわかると、外交チャンネルで明確な最後通牒《つうちょう》を伝える必要があると気づいた。NATO側は、ロシア軍侵略部隊が領内を通過してNATOを攻撃することを知りながらベラルーシが故意にそれを許したと非難し、NATO加盟国すべてがベラルーシに責任があると判断したと通知した。そして、NATOにはロシア軍部隊を追撃してベラルーシを通過する権利があると主張した。

ベラルーシは板ばさみになった。米軍が領内にはいることを許可しなかった場合には、西側に共犯と見なされ、重大な結果を招く。西側と独力で戦うのは論外だし、ロシアは増援部隊の派遣を渋っているように見える。

その反面、NATOの要求に応じてロシア軍追撃を承認すれば、今後、ロシアの支援を受けられなくなるおそれがある。

結局、ベラルーシはなにもやらないことにした。

ミンスクのベラルーシ政府は、逃走するロシア軍部隊を護《まも》ってほしいというロシアの要求に応じず、NATOには追撃するなとはいわず、安全のために東西にのびている幹線道路に近づかないようにと、国民に注意しただけだった。

西側には、それだけでじゅうぶんに意図が伝わった。

グラントの部隊への航空支援が迅速に到着し、地上部隊も支援のために進軍するよう命じられた。NATOの即応部隊――イタリア軍の一個軽歩兵連隊と、ベルギー軍とイギリス軍の混成中型装甲連隊――は、起動するのに数日を要したが、ようやく戦闘にくわわった。

これらの部隊は、ロシア軍が通行不能にした渡河《とか》点数ヵ所の六〇キロメートル北の破壊されていなかった橋を通り、ブク川を渡って、グラント中佐が指揮する米独連合戦車部隊に追いつこうと、高速で走行した。

ベラルーシは、なんら介入しなかった。

72

ケニア　ムリマ山
十二月三十一日

ムリマ山鉱山の北周辺防御を見まわっていた、ダン・コナリー中佐、アポロ・アルク＝ブランシェット大尉、キャスター大佐、マクヘイル中佐が、身をかがめて連隊戦闘団5第3大隊〝ダークホース〟の指揮所テントにはいった。垂れ蓋《ぶた》があけてあるので、弱い風が流れ込んでいた。表では海兵隊員たちが、土嚢《どのう》をこしらえたり、大隊指揮所を敵の無人機や偵察部隊から隠蔽《いんぺい》するための枝を切ったりする作業に追われていた。

ダークホース指揮所は、防御強化をはかろうとしている士官や係下士官の活動の中心だった。中央のテーブルに何枚もの地図がひろげてある。テントの端のほうにもテーブルがいくつもあり、無線機、対勢作図盤、写景図《しゃけいず》、大隊の迫撃砲と連隊砲兵の予定表が所狭しと置いてあった。

「ベン」キャスター大佐が、第3大隊大隊長にいった。「きみのところの防御について説明してくれ」

ダークホース指揮官が、透明なオーバーレイを出して、テーブルの中央の主戦闘地図に慎重に重ねた。分隊と機関銃に至るまで、第3大隊の詳細な配置が図示されていた。

「大佐、これが北三分の一のわれわれです。西側面で第1大隊と接続し、東側面を第2と接続しています。ロシア軍がぶつけてくるほとんどの緊急事態に対処できるように、防御の層を厚くしてあります」陣地のかなり前方の戦車と軽装甲車《LAV》のシンボルを指さした。

それから三十分のあいだ、ダークホースの作戦幕僚とその部下の曹長が、キャスター、アポロ、コナリー、マクヘイルにブリーフィングを行ない、重層の環状防御戦術の意図を説明した。戦術が奏功すれば、ロシア軍を撃破地域《キル・ボックス》に追い込み、攻撃側の大型兵器を精密に排除して、ラザールの部隊に歩兵しか残らないようにする。そして、海兵隊がもっとも得意とする、残敵の掃討に取りかかる。

防御の第一層は、海兵隊偵察部隊だった。ムリマ山の中腹よりも上にある大隊指揮所から、もっとも遠いところに配置される。大隊の前線の正面で、ロシア軍に対し、さまざまな種類の偵察警戒を行なう。

たんに〝フォース〟あるいは〝リーコン〟と呼ばれる強襲偵察海兵《フォース・リーコン》は、距離約一六キロメートルのもっとも遠い層に、ヘリコプターで運ばれる。このチームは、接近するロシア軍を類別して、情報を集め、どのように集結して襲撃してくるかを見極める。そして、防御を微調整できるように、データをダークホース指揮所に送信する。特殊な訓練を受けた〝フォース〟は、その後、身を隠し、通過する敵軍をやりすごして、後背《こうはい》に残る。そして、突然現われて、油断していた敵の重要装備を攻撃する。砲兵、補給トラック、通信設備、そして、きわめて運がよければ、司令部を。

防御の第二層は、距離一四キロメートルに配置する。軽装甲偵察中隊の選り抜きの精鋭から成っている。装甲車両に乗っている彼らは、いわば昔の騎兵のようなもので、世界でもっとも優れた偵察部隊だ。二五ミリ機銃とTOW対戦車ミサイルを備え、迫撃砲班もある。〝射っては移動する〟訓練を受けていて、中程度の火力を使い、敵の側面で活動する。ロシア軍に追われたときには、もっぱら逃げて、撤退するときに〝ドアを閉めてもらう〟ために、集中射向束（砲弾の弾着点を一点に定めた射撃）の砲撃を要請する。作戦中ずっと、海兵隊の上空には、専属のミニ空軍がいる。〈ボクサー〉のAV-8BハリアーII攻撃機にくわえ、海兵隊戦闘攻撃飛行隊《VMFA》121〝グリーン・ナイツ〟のF/A-18ホーネット戦闘攻撃機が、まだ遠くて直接支援を行なえない空母に先んじて、上空に到達する。

第三の防御層は、ジャヴェリン・ミサイル六基という重火器と、エイブラムズ戦車四両から成る一個小隊だった。このチームは、連隊工兵の支援を受けて、八キロメートル離れたところで陣地を構築していると、作戦幕僚の部下の曹長が説明した。対戦車ミサイル・チームとM1A2戦車が協力し、ロシア軍の装甲人員輸送車《BTR》をできるだけ多く破壊することになっていた。

戦車はそれぞれの隠蔽壕《コールド・ポジション》に収まり、いざ攻撃というときまで隠れている。そこから前進して、砲塔だけが露出して自在に砲撃できる射撃《ホット・ポジション》壕に向けて登る。二、三発射ってから、バックし、ふたたびコールド・ポジションにはいる。たとえ発見されても、そこにいれば、ロシア軍のミサイルからある程度、防護される。

最後の防御線は、海兵隊歩兵部隊の中核をなす練度の高い戦闘員たちで、完全武装している。使用する兵器は、AT－4携行対戦車弾、肩撃ち多目的強襲兵器《SMAW》と呼ばれる八三ミリ・ロケット擲弾《てきだん》発射筒、軽装甲を貫通する威力がある信頼できる五〇口径のブローニング重機関銃、七・六二ミリ口径のFN・M240汎用機関銃、分隊用自動火器《SAW》と呼ばれる五・五六ミリ口径のM249軽機関銃、M27歩兵用自動小銃《IAR》などだった。

海兵隊の歩兵は、ムリマ山の麓《ふもと》にある森の鬱蒼《うっそう》とした場所で厳重に隠蔽《いんぺい》されていた。車両用の壕を掘り、道路のあちこちに爆薬、クレイモア地雷、ロシア軍の車両と降車兵を妨害するための有刺鉄線を設置していた。ロシア軍のBTRが隘路《あいろ》で詰まるか、停止したときに爆薬を起爆させ、降車兵を銃弾で薙《な》ぎ倒すために、障害物すべてを機関銃が射程内に捉えていた。

その後背《こうはい》の斜面には、森の伐採地に隠顕砲座《ピット》を掘って、ダークホース大隊の重火器M252八一ミリ迫撃砲が配置されていた。M252は、ウィスキーの瓶ぐらいの大きさの鋼鉄の爆発物を、敵の上に降らす構えをとっていた。夜襲に対しては、夜空を明々《あかあか》と照らす吊光弾《ちょうこうだん》（パラシュートに吊られて落下中に発光する照明弾）を射ちあげることもできるし、海兵隊の動きを隠す高密度発煙弾も発射できる。

ブリーフィングが終わったとき、アポロの戦闘服のズボンのカーゴポケットで、なにかが震動した。アポロは手探りして、電話が鳴っているのを知った。

発信番号を見ると、父親からだった。

ようやく連絡が来た。

アポロは、小さな椅子から跳びあがるように立ち、テントの外に出た。

電話に向かって、「パパ？」といった。

短い間があり、聞いたことがない男がフランス語でいうのが聞こえた。「ボンジュール・ムッシュウ。そちらはパスカル・アルク＝ブランシェット氏のご子息ですか？」

アポロは、膝《ひざ》の力が抜けそうになった。指揮所テントから、なおも遠ざかった。「ウイ」

「ムッシュウ、わたしはアルチュール・キャロンというものです。ジブチ市から電話をかけています。当地の大使館の文化参事官です」

どういう話になるのか、アポロは理性でははっきりと理解していたが、感情ではそうではないと思いたかった。そうはいっても、悲しみのために顔がゆがみ、涙があふれた。

「あいにくですが」キャロンが語を継いだ。「とてもつらいことをお知らせするために電話しています。なんと申しあげたらよいのか、わかりません」

アポロは、鼻を啜《すす》っていたが、顎《あご》をあげ、鋭い目つきになってまたたき、涙をこらえようとした。「どういえばいいのか困っているようですから、ムッシュウ、こちらからいいましょう。父が死んだことを伝えるために、電話してきたんですね」

キャロンが口ごもった――びっくりしたのかもしれない――だが、ようやく答えた。「あいにくですが、そういうことなのです」

アポロは、顎に力をこめた。

「お父上の遺体は、街はずれのレストランで、ほかに三人のフランス人の遺体といっしょに発見されました。大使館に運ばれてきました。すぐにフランスへ送り届けることになっています」

「どういう死にかたでしたか？」

「それは……その……」

「どう……いう……死にかた……でしたか？」

「拷問され、撃ち殺されていました。ご愁傷《しゅうしょう》さまです」

アポロは、一瞬目を閉じてからいった。「あなたは父といっしょに仕事をしていたんですね」フランス大使館は、何日も前に撤収が終わっている。ジブチにいるフランスの文化参事官だと名乗っているが、大使館員のはずはないと、アポロは確信していた。

「いや……申しあげたとおり、わたしは大使館の職員です。お父上のことはあまり存じあげませんでした。たいへんいいかただったというだけで。ほんとうにお気の毒に思います」

アポロは、声を一オクターヴ下げた。父親の死で心が張り裂けそうになっている子供ではなく、任務中の士官として話をしていた。「あなたはわたしの父といっしょに仕事をしていたのだと思います、ムッシュウ」キャロンはそれを絶対に認めたくないにちがいないと、アポロにはわかっていた。

だが、状況とアポロの口調で、キャロンは認めるしかないと悟った。「ウイ。そのとおりです。わたしたちはおなじ部局で働いていました」

その部局が対外治安総局《DGSE》だということを、アポロは知っていた。

「父は祖国の英雄です」アポロは、きっぱりといった。誇りと悲しみが相半ばする感情がこみあげた。

「まことにそのとおりです」キャロンが、すぐさま答えた。「これについてもっと詳しく申しあげることはできません。しかし、お父上は最期まで徹底した仕事をやっておられました」

ロシア軍旅団のデータを送信したことをいっているのだと、アポロにははっきりわかっていた。

キャロンがつけくわえた。「現在の紛争中、お父上はわたしなどよりもずっと大きな働きをなさいました――心の底からそう思っております」

アポロは、電話に向かってうなずいた。「でも……すくなくともあなたがそこにいるということは、先日、父を置いて出発したフランス政府職員で満席の飛行機には、乗らなかったんですね。尊敬します。お電話ありがとうございました、ムッシュウ・キャロン」

アポロは電話を切り、斜面を見おろした。もう暗くなっていたが、何キロメートルもつづいているジャングルが、やがて赤茶色の土地に変わるのを、思い描くことができた。アポロは目を閉じたが、だれかがそばにやってくるのを感じて、目をあけた。

「やあ、大尉。お父上のことで、なにか報《しら》せはあったか？」米海兵隊中佐のコナリーだった。

アポロは目を遠くに向けたが、暗いので敵軍は見えなかった。「ロシア人に拷問され、殺された」

「なんということだ」コナリーは、アポロの肩に手を置いて、ぎゅっと握り締めた。「気の毒に、大尉。心からお悔やみをいう」アポロは答えなかった。「なあ、軍医のところへ行って、すこし休め——」

アポロは、コナリーのほうを向いた。「わたしは山の下のあいつらを阻止するためにここにいる。わたしの部下やあなたの部下を殺したやつらを阻止する。いま重要なのはそれだけです、中佐」

アポロは、肩に置かれた手を握り、うなずいてコナリーに謝意を示した。「前線のジャヴェリン砲手を見にいきます」

向きを変え、闇のなかに歩き去った。

ポーランド　ワルシャワの南
十二月三十一日

ポーランド地上軍の車両四両が、午前二時前にガソリンスタンドで停止した。ホンケル・スコルピヨン3全地形型小型トラックに給油するあいだに、目を醒《さ》ましていて、脚をのばしたいと思ったものは、車をおりて煙草《たばこ》を吸ったり、ただ立ったりしていた。半数以上が、荷台に残り、大きな野戦用バックパックを枕にして眠っていた。ピックアップ型のスコルピヨン四両には機関銃が搭載されていたし、戦闘員は全員、ライフルを持っていたが、ポーランド領内での戦争は終わっていたので、警戒している人間はひとりもいなかった。ロシア軍機甲部隊は、分裂して戦力が弱まり、ベラルーシへ行って、夜通し遁走《とんそう》している。

兵士たちは戦闘に倦《う》んでいたし、戦いが終わってほっとし、一週間ぶりにゆっくり休めるのを楽しみにしていた。

夜の気温は零下だったが、大気は澄み、星が明るく輝いていた。西行きの列車が、数百メートル離れたところを通過した。静かな冬の闇に、鉄の車輪のガタゴトという音だけが響いていた。地方鉄道の客車にちがいない。車両内には明かりがついていた。兵士たちは、煙草を吸いながら、走っていく列車を眺めていた。

もうじきなにもかも正常に戻ることを思い出させる、快い光景だった。

レイ・〝ジャンク〟・ヴァンスは、兵士たちのあとから、脚をひきずりながら車両をおりて、勧められた煙草を受け取った。シャンクは、煙草を頻繁《ひんぱん》に吸う男には見えなかった。もっと清潔な暮らしをしている男だ。目と腕の包帯も、潑剌《はつらつ》とした風貌を隠せなかった。若々しく、美男子だった。

シャンクが乗っているスコルピヨン3の銃塔にいた機関銃手は、英語である程度やりとりすることができた。

シャンクは、ワルシャワまで送ってもらうために、この正規軍の小部隊に預けられた。ワルシャワで病院へ行き、検査してもらってから、ドイツの原隊に飛行機で戻る予定だった。

輸送用車両隊の中尉と運転手たちが車列を停止するのは、これで五度目だった。前回はグルジェッツという町で宝飾店の前だった。シャンクが、ちょっと寄れないかと頼んだので、ポーランド地上軍の若い中尉は、小休止することにした。それに、シャンクが全員に〈マクドナルド〉でランチをおごるといったので、否《いや》はなかった。

シャンクは、三十分近くかけて、宝飾店で指輪をいろいろ見た。

ポーランド人たちが〈マクドナルド〉から戻ると、シャンクは小さなショッピングバッグを持っていた。もちろんだれもが好奇心を抱いたので、銃手が通訳して、あれこれ探りを入れたが、シャンクは中身がなにかを教えようとしなかった。

それから何時間もたったが、シャンクは自分が買ったものについて口を閉ざしていた。だが、ガソリンスタンドの壁にもたれて、煙草を吸い、冷たい風を防ぐためにコートの襟《えり》をかき合わせているときに、銃手がまたきいた。「なにを買ったんだ？」

シャンクはにやりと笑った。「教えるまで、何度でもきくつもりだな？」

「そうだよ。みんな、そんなだいじなものがなにか、知りたがってる」

ちょっと間を置いて、シャンクがいった。「指輪だよ」

「お母さんに？」

「ちがう。女の子に」

銃手が通訳すると、兵士たちが爆笑した。それから、なにかをいった。銃手がそれをシャンクに通訳した。

「ポーランドの女の子かどうか、知りたがってる。ここで出会ったのかと」

「じつはそうだ」にやにやしながら、シャンクはいった。

シャンクの言葉は通訳されるまでもなく理解され、兵士たちがまた大笑いした。また煙草が出され、その二本目をシャンクは断わった。だが、中尉がポーランドのウォトカがはいったスキットルを出すと、兵士たちとまわし飲みをした。

シャンクは、地上戦をはじめて経験し、二度と経験したくないと思っていた。たえず不安に襲われる。脅威がつねにある。しかし、仲間といっしょにいるのは楽しかった。空では独りぼっちだ。ここには同志がいる。決意を固めている兵士たちがいる。地上の戦闘員の男女には、強い絆がある。

中尉が銃手にふたことみこといい、それが通訳された。「ウォトカはこういう寒い夜に腹の底を温めてくれる、といっている。でも、あんたの心はもうそのサーシャのおかげで熱くなってる」

「ああ……」詮索《せんさく》されて、シャンクはすこし顔を赤らめた。「名前はサーシャじゃなくて、パウリナなんだ」

全員が鸚鵡《おうむ》返《がえ》しに〝パウリナ〟といい、大笑いして、シャンクの背中を叩いた。

中尉が時計をみて、にっこり笑い、英語でいった。「新年おめでとう、シャンク」そして、ウォトカを勧めた。

シャンクも笑みを浮かべて、スキットルを受け取った。「新年おめでとう」

シャンクがごくりと飲んだとき、閃光と衝撃がガソリンスタンドを襲った。ポーランド地上軍の車両一両が、火の玉となって吹っ飛ばされ、シャンクが立っていた場所から一五メートルしか離れていないところで、破片が四方に飛び散った。

ガソリンスタンドのオフィスのそばにいた兵士たちが、物蔭に逃げようとしたが、西の林で自動火器十数挺が削岩機のような音を響かせ、AKの銃弾が鋭い音をたてて、壁際の男たちの周囲で空気を切り裂いた。

シャンクはガソリンスタンドのオフィスに逃げ込もうとして、ドアのほうへ駆け出したが、顎の下にライフル弾が一発当たった。シャンクは両腕をあげ、右手で喉《のど》をつかみ、左手で松葉杖を握り締めた。

傷口から血が噴き出した。動脈が切断されていた。

二発目、三発目、四発目が、シャンクの背中と両脚に突き刺さった。

シャンクは、前のめりになり、ドアの前の舗装面に顔から倒れ込んだ。

ポーランド地上軍の兵士たちは、きりきり舞いをして倒れた。銃手も撃たれていたが、なんとかスコルピヨン3のドアまで行った。身を乗り出してライフルをつかもうとしたとき、連射された銃弾が下腹に当たった。銃手は口に煙草をくわえたままで、凍ったコンクリートの上に倒れた。

熾烈《しれつ》な銃撃がつづいたのは、せいぜい十五秒だったが、その間にシャンクとポーランド兵十六人が殺された。死体は銃弾で蜂の巣になるか、あるいは爆発で引きちぎられていた。ピックアップの荷台でバックパックにもたれたまま死んだものも、何人かいた。


スペツナズの兵士たちは、林のなかで弾倉を交換してから、ライフルを高く構えてガソリンスタンドに近づいた。彼らはこれまで二日間、徒歩で夜だけ東に向けて移動していた。ポーランドを通過する車両縦隊と合流する計画だったが、ヴロツワフの戦いのあと、縦隊のルートが変更されたため、スペツナズは帰路をたどるロシア軍部隊と出会うことができなくなった。

そして、今夜、飢え、凍え、疲れ果てたリョーシャ・ロチェンコフ少佐は、暖かい思いをしながら移動できる車を盗むことにした。

ロシア軍がまだポーランドにいるとは知る由《よし》もない、ポーランド地上軍の兵士たちが乗ったスコルピヨン数両が停止し、兵士たちがそのまわりに立っているのを発見したのは、まったくの僥倖《ぎょうこう》だった。ロチェンコフは、部下を用心深くガソリンスタンドの近くの林に移動させ、射撃を開始するよう命じた。

ロシア兵たちは死体のあいだを歩いて、動かない体を蹴り、荷台でも死体をライフルでつついて、生き残りがいないことをたしかめた。

全員、死んでいた。

若いスペッナズの兵士がいった。「少佐、ひとりは士官です。服を剝《は》ぎますか？」

「そうしろ、全員、ポーランド軍の格好になれ」

「少佐《ダー》」ひとりの下士官がいった。「ポーランド軍の服を着ていて捕まったら、銃殺されます」

ロチェンコフはいった。「ポーランド軍半個小隊を情け容赦なく皆殺しにしたんだぞ。どんな仕返しをされるか、想像はつくだろう。やつらの車両に乗って、やつらの格好をしていたほうが、ずっと移動が楽だし、夜明けまでにベラルーシに着かなかったら、どっちみち生き延びられない」

ロチェンコフは、ポーランド地上軍中尉のコートを剝ぎ取り、スペッナズの戦闘服の上から着た。だいたい体に合ったが、前身頃が血で赤く濡れていた。

ひとりの軍曹が、ガソリンスタンドのオフィスの入口から呼んだ。「少佐。この男は……アメリカ人のようです」

ロチェンコフは、そこへ歩いていって、ドアの前の舗装面に横たわる死体を見た。ひざまずき、死体を転がして仰向《あおむ》けにしてからうなずいた。「米空軍のフライトスーツだ。腕にギプスをはめて、顔に包帯を巻いている。撃墜されたにちがいない」

「こいつは運が悪かった」軍曹が笑っていった。「つぎはアメリカでおとなしくしていろよ、ヤンキー」下をじっと見ながらいった。

死んだアメリカ人を見ようとして、他のスペツナズも集まってきた。

「ほら」軍曹がいった。「スキットルがそばに落ちてる」

「悪くない死にざまだ」べつの兵士がつぶやいた。「腹に酒がすこしはいっているんだから、ほかのやつらよりましだ」

ロチェンコフはいった。「よし、残りの三両に乗れ」全員が、スコルピヨン3のほうへ歩いていった。何人かは、まだポーランド軍のコートのボタンをかけているところだった。

「夜明け前に国境に到着しないと、また一日、隠れていなければならなくなる。銃塔にも配置し、全員、武器を用意しておけ」

軍曹がつけくわえた。「眠るなよ。ここを見ろ――眠ったらどうなるか、わかるはずだ」

ロシア兵は、ポーランド地上軍の車両に乗り、東のベラルーシを目指して出発した。十七人の死体は、凍れる夜の闇に置き去りにされた。

73

ケニア　ムリマ山
十二月三十一日

コナリーは、横坑をはいったところに置いたキャンプ用折りたたみ椅子で、居心地悪く仮眠をとっていた。大声の無線交信ではっと目を醒《さ》まし、腕時計を見た。午前四時。こんな早朝から鋭敏でいるために、残っているエネルギーをふり絞らなければならないと気づいた。

コナリーがこわばった膝《ひざ》をさすっていると、強襲偵察海兵《フォース・リーコン》の通信士のきびきびした報告が、だだっぴろい坑道に反響した。

「グリズリー、グリズリー、こちらブラック・ダイアモンド1《ワン》、どうぞ」

「送信しろ、ブラック・ダイアモンド」

「了解、観測報告《SPOTREP》です」

「ブラック・ダイアモンド、SPOTREPしろ」

「了解。現在、定時監視中。報《しら》せる。敵はほぼ連隊規模のBTR－82部隊。国道C1《チャーリー・ワン・》

０６《ゼロ・シックス》を北から南に進んでいる。速度は約四五キロメートル／時《フォー・ファイヴ・キロ・パパ・ホテル》。現在、統制線〝チェスティ〟を越えている。敵部隊は移動隊形で配置されている」

マクヘイル中佐が、すぐさま交信にくわわった。「ブラック・ダイアモンド、こちらグリズリー本部《メイン》。すべて受信した。ひきつづき観察し、報告しろ」敵の現在位置から約八キロメートル南まで、地図を指でなぞった。そして、バックパックにもたれて仮眠していたアポロ・アルク＝ブランシェットのほうを見た。アポロがすぐさま立ちあがった。マクヘイルがいった。「大尉、敵の現在の位置と速度からして、約十分できみの竜騎兵のところへ到達する」

「わかりました」アポロがいった。急いでテーブルへ行き、そこにひろげてあった自分の地図で確認した。

コンスタンチン伍長がアポロにフランス軍の無線機のハンドセットを渡した。アポロはチーム3を呼び出した。「竜騎兵3《ドラゴン・トロワ》、海兵隊の報告を受信しているか？」

「竜騎兵指揮官《ドラゴン・アクテュエル》、こちら竜騎兵3《ドラゴン・トロワ》。すべて受信した。待ち伏せ攻撃位置、準備よし」と応答があった。

アポロは、マクヘイルに向かって親指を立てた。「やつらの鼻っ柱をぶん殴りますよ、中佐。わたしの部下は、いままで何日も、ふたつの大陸で、それをやってきました」

ケニアの雲のない空高く半月が輝き、竜騎兵チーム3の八人に、じゅうぶんな明るさをあたえてくれた。暗視装置を使って、まだ遠いロシア軍のBTRの形を見分けることができた。ロシア軍機甲部隊は、まだ移動隊形で遠くの道路を直進している。最速の進軍のためにそうしているのだが、フランスの特殊部隊チームにとっては、格好のターゲットだった。

「何両いる？」コロネット二等軍曹が、歩兵携行の対戦車兵器、中距離ミサイル発射器《ミシル・モワィエヌ・ポルテ》の赤外線照準システムを覗《のぞ》いていたミサイル砲手にきいた。若い竜騎兵の砲手は、ツイングリップを両手で握ったままで、三脚に載った巨大な発射器をゆっくりとまわし、接近するロシア軍車両を目で追った。

「二十両見えます」チーム・リーダーのコロネットに報告するために、すこし顔を引いて、砲手がいった。接眼部《ファインダー》から赤外線照準システムの光が漏れて、砲手の両目のまわりがグリーンに染まっていた。「もうすこし多いかもしれません、ボス。車列のうしろのほうまでは見えないので。戦車は見当たりません。BTRだけです」砲手がまた望遠の照準システムを覗き、観察をつづけた。

コロネット二等軍曹は、分隊無線機を持ち、他のミサイル砲手に呼びかけた。「全チーム、おれの合図で発射する準備をしろ」

コロネットのそばの砲手がいった。「発射準備完了」

数秒後に、コロネットが砲手の背中を叩いた。「発射」

竜騎兵の砲手が、サム・セイフティをはずし、ツイングリップの発射ボタンを押した。

ドンという大きなうつろな音が響いて、ミサイルが発射器の一八〇センチ上に飛び出した。

そして、ロケットエンジンに点火されるシュボッという爆音が静かな夜の闇にひろがり、ミサイルは数百メートル上に上昇した。

　コロネット二等軍曹の左右で、あとのミサイル砲手六人が、順番に対戦車ミサイルを発射した。

　四秒とたたないうちに、縦並びに飛翔《ひしょう》した対戦車ミサイル七基のうちの五基が、先頭のBTR五両それぞれに命中して爆発した。ミサイルの弾頭は、BTRの上面をブリキ缶のようにめくり取り、車体と乗っていた兵士たちを瞬時に撃滅した。

　ミサイル砲手七人は、ひとことも漏らさずに、発射器とその他の装備を折りたたんでバックパックに入れ、待機しているピックアップに向けて五〇メートルを全力で走った。

　四キロメートル北では、ロシア軍の先頭の大隊がすばやく散開して、戦闘隊形になり、闇《やみ》雲《くも》に発砲しはじめた。まだムリマ山までかなりの距離があるのに、なんの前触れもなく一個小隊のほとんどを損耗《そんもう》し、ショックのあまり動揺しているのは明らかだった。ロシア軍の戦闘態勢が多少なりとも整ったときには、竜騎兵の車は最大速度で南へ突っ走っていた。

　連隊本部指揮所に、無線機から雑音まじりの送信が届いた。「竜騎兵指揮官《ドラゴン・シース》、こちら竜騎《ドラゴン》兵3《・トロワ》。敵BTR五両撃滅。道路上に障害物を設置し、つぎの対機甲待ち伏せ攻撃位置へ行く」

　アポロは、送信ボタンを押した。「でかした、チーム3。再装填《そうてん》し、つぎの斉射に備えろ」いまの動きを追っていたかどうかをたしかめようと、マクヘイル中佐のほうを向いた。マクヘイルはべつの無線機でやりとりしていたが、親指を立てて、フランス軍の一時攻撃の成功を聞いていたことを伝えた。

アポロは、チーム3との交信を終える前に、また指示を伝えた。「西の強襲偵察《フォース・リーコン》海兵チームが、準備完了したので、急いで彼らの橋頭陣地前を通過するようにといっている」

しばらくして、海兵隊の無線機にささやき声でそのチームからの報告が届いた。「グリズリー3《スリー》、グリズリー3《スリー》、こちらブラック・ダイアモンド。ロシア軍先頭部隊がいま、われわれの前を通過している。連隊の中核が通るのは約六分後と思われる」

「受信した。友軍はすべてそちらの位置の南にいる。そちらの予定時刻に橋を爆破するのを許可する」

「ブラック・ダイアモンド、すべて受信した。通信終わり」

指揮所の一六キロメートル西で、強襲偵察海兵チームが身を潜め、ロシア軍の装甲人員輸送車《BTR》が通過するのを見守って待機していた。発火装置五個、導爆線五本、コード五本を、国道C106号線の頑丈な橋の東にある涸《か》れた河床に設置した隠蔽《いんぺい》陣地に引き込んであった。植物を切り取ってカムフラージュし、全員が迷彩用ドーランを顔に塗っていた。特殊な訓練を受けた爆破担当が、爆薬を起爆させる装置の最終点検をするあいだ、チーム・リーダーは無言で敵車両を数えていた。

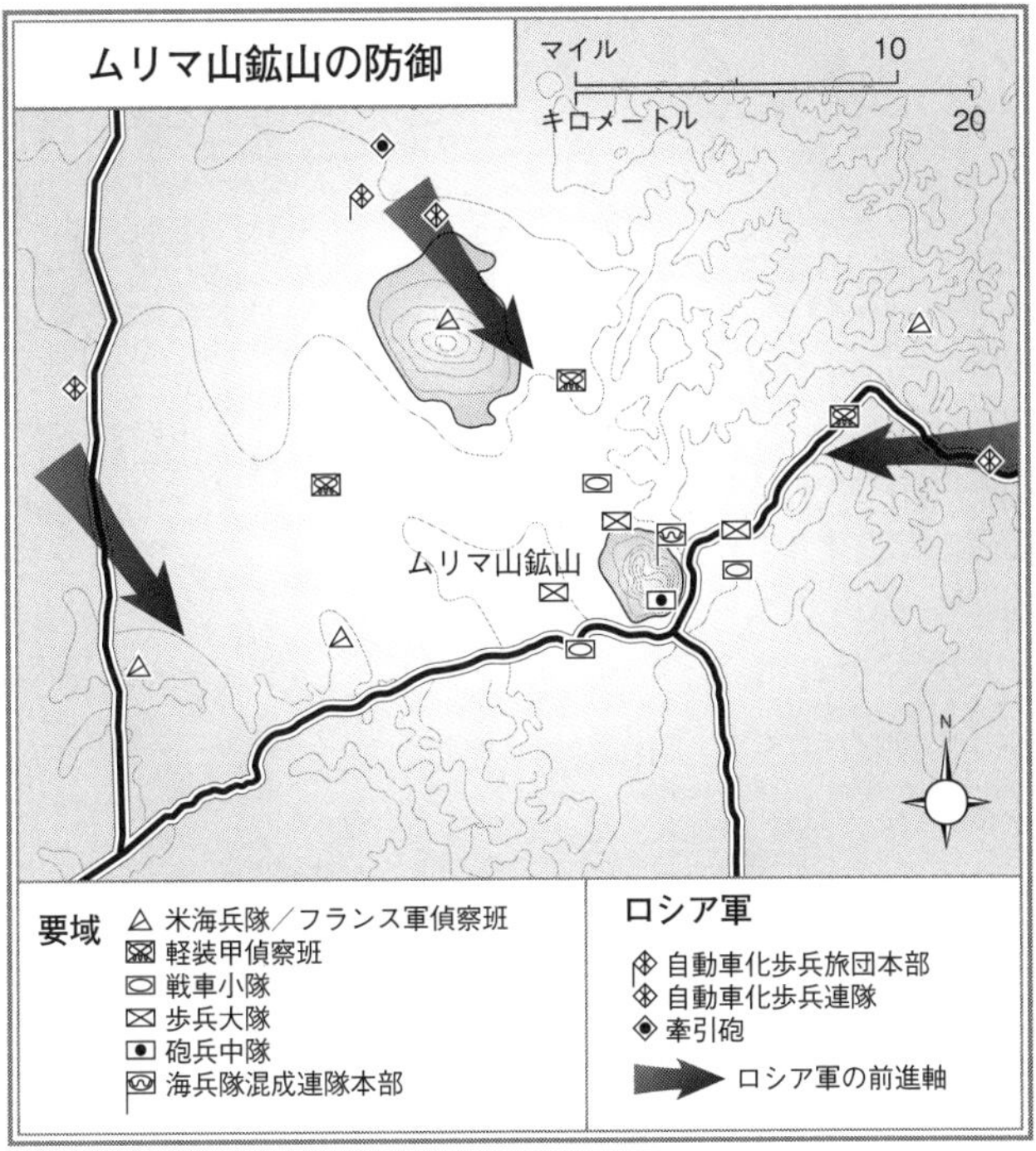
ムリマ山鉱山の防御
マイル
10
キロメートル
20
ムリマ山鉱山
N
要域
米海兵隊／フランス軍偵察班
軽装甲偵察班
戦車小隊
歩兵大隊
砲兵中隊
海兵隊混成連隊本部
ロシア軍
自動車化歩兵旅団本部
自動車化歩兵連隊
牽引砲
ロシア軍の前進軸

通信担当がチーム・リーダーににじりより、耳もとでささやいた。「グリズリー本部《メイン》から連絡です。起爆を許可されました」

強襲偵察海兵チームのリーダーで、十一年経験を積んでいる海兵隊二等軍曹が、黙ってうなずいた。

二等軍曹は、接近する敵部隊を監視するのに使っている暗視装置から目を離さずに、分隊無線機のハンドセットを取った。送信ボタンを押し、そっといった。「観的手《スポッター》、見ているか？」

ささやき声の応答があった。「見ています《アファーム》。連隊中核の車列は距離二〇〇メートル。一個中隊が……速度を落としています。橋を点検するつもりです」

チーム・リーダーの二等軍曹は、危険にさらされているとは思えない落ち着いた声で応答した。「了解」ハンドセットをおろし、空いている手で爆破担当の背中を軽く叩いた。「安全解除。おれが合図する。合図を待て」暗視装置から目を離さず、橋に接近するBTRの車列を見守った。

「了解」爆破担当が、小声で答え、コードを発火装置につないだ。プラスティックのカバーを戻し、発火スイッチの上に親指を載せた。

ロシア軍の大型BTR二両が、橋の南側へ渡り、べつの二両が北側で停止した。海兵隊員たちが暗視ゴーグルで見ていると、BTRの後部からロシア兵がどっと出てきた。ロシア兵はすぐさま散開して、周囲に目を配りはじめた。十数人が鉄の欄干《らんかん》を乗り越えて、橋桁《はしげた》をおりはじめた。

ロシア兵のあわただしい速い動きから、できるだけ急いで処理しろと命じられていることは察しがついた。兵士たちがまだ橋桁の下にいるのに、つぎのBTR小隊が橋を渡りはじめた。

ロシア兵が橋桁のあちこちで動いているのを、二等軍曹は見守った。後続のべつのBTR小隊が橋のまんなかに達したところで、爆破担当を軽く叩いた。

発火装置のスイッチに親指を置いていた爆破担当が、一度の速い動きで、電気式発火装置を作動させた。

閃光につづいて雷鳴のような爆発が起き、橋が崩壊した。鋼鉄と木の破片が、夜空を舞った。

BTR小隊は、橋のねじれた残骸《ざんがい》のなかで炎上した。車体が赤と黄色の炎をあげる塊と化した。浅い泥の川で横倒しになり、弾薬が誘爆して、白い炎と火花を発した。

海兵隊員たちは、暗視ゴーグルをヘルメットの上に押しあげ、ライフルを持って、南の漆黒の闇に駆け込んだ。

グリズリー指揮所に、無線連絡がはいった。橋が落ち、西側を進撃してきたロシア軍連隊は、ほぼ二分された。半分は橋の北側に足止めされ、あとの半分は南側にいる。落ちた橋を迂回するルートを見つけることはまちがいないが、ロシア軍の西側の連隊は、強襲偵察海兵とフランスの竜騎兵がもたらした破壊と損害によって、混乱状態がしばらくつづくはずだった。

通信士が、マクヘイルのほうを見あげた。「中佐、これを聞いてください。東防御区域の第2大隊から連絡です」

マクヘイルは、無線に出た。「武装勢力《ウォーローズ》、こちらグリズリー。送信しろ」

「了解、グリズリー。われわれの軽装甲偵察小隊《LAR》が、敵車両が射程範囲《ゾーン》にはいったと報告しています。東の地形に妨《さまた》げられて、視野はよくないが、一個大隊以上だと思われるそうです。敵は国道C108号線を高速で走り、東戦闘地境（各部隊の戦闘地域の境界）を抜けて接近しています。LARはこれから射撃を行ない、退却します。撤退を掩護《えんご》する航空支援をただちによこしてほしいと要求しています」

「了解した、ウォーローズ。これから確認する。近接航空支援を受ける準備をしろ。LARが着陣したら連絡し、前進航空統制《FAC》に引き継ぐ」マクヘイルは、〈ボクサー〉に連絡し、近接航空支援を要求した。今後の数時間、航空資産はよく考えて使用しなければならないが、この状況は、明らかにそれを必要としていると、マクヘイルは判断した。

強襲揚陸艦〈ボクサー〉では、F‐35BライトニングⅡ戦闘機に乗って待機していた海兵隊戦闘攻撃飛行隊《VMFA》122のパイロット六人が、飛行甲板から乗機を轟然《ごうぜん》と離艦させた。わずか十二分後に、軽装甲偵察部隊の前進航空統制官《FAC》に引き継がれた。六機は一度ずつ航過し、一機あたり二基の対地攻撃ミサイルを発射したが、ムリマ山の東は起伏があって森が多い、見通しのきかない地形なので、命中したミサイルはすくなかった。ＢＴＲ四両が破壊されたが、その数倍の車両が前進をつづけた。

　ロシア軍は、海兵隊が航空機を使用するのを待ち受けていた。最初の攻撃航過後に、ロシア軍歩兵が、イグラ９Ｋ38対空ミサイルをたてつづけに発射した。イグラはヘリコプターに対して有効な兵器だが、厄介《やっかい》な地形でターゲットを狙うために、海兵隊機は接近しすぎていた。Ｆ‐35二機が高速で飛翔《ひしょう》するミサイルの餌食《えじき》になり、直撃されて、火の玉となって爆発した。あとの四機は、安全な高度に上昇せざるをえず、地上の海兵隊を精確に支援するのが難しくなった。

　航空機を失うのは、海兵隊にとって想像を絶する出来事だった。Ｆ‐35二機がアフリカの大地に墜落するまで、海兵隊はベトナムでも地上火器のためにジェット機を失ったことは、一度もなかった。

　海兵隊軽攻撃ヘリコプター飛行隊《HMLA》２６７〝スティンガーズ〟のコブラ攻撃ヘリコプターが、東で撤退しているＬＡＲ小隊を支援するために、編隊を組んでいた。北のモヤレでコブラ飛行隊は二機を失い、六機しか残っていないので、用心しなければならなかった。

　コブラが接近しようとするたびに、ＺＳＵ‐23‐４の二三ミリ機関砲四門が弾幕を張り、位置についてから数分以内に一機が被弾したが、なんとか海上に出て、〈ボクサー〉に戻ることができた。もう一機が、メインローターにイグラの直撃を受けて、地上から五〇〇フィートの高さで爆発した。コブラのTOW対戦車ミサイル数基が命中して、ロシア軍のBTR三両を破壊したが、燃料とフレアーが乏しくなったコブラは、帰投せざるをえなくなった。

午前六時、連隊戦闘団5第2大隊が、報告した。先頭のジャヴェリン砲手が、防御区域に接近するロシア軍のBTRと交戦しているという。そんなふうに、東側ではロシア軍が防御しづらい谷と丘陵を進撃して、鉱山までわずか一一キロメートルほどに接近していた。

グリズリー指揮所に西防御区域の第1大隊から連絡があり、落ちた橋を迂回するルートをロシア軍が発見したことを報《しら》せた。水深が一メートル以下で、岸の傾斜がさほど急ではない個所を通って、海兵隊防御線まで一四キロメートル以下に迫っているという。

連隊本部指揮所の雰囲気が、慎重な楽観から、緊張した切迫感へと、一瞬にして変わった。ロシア軍はとてつもなく強力な対空資産で、〈ボクサー〉の航空資産の効力を打ち消して、前進をつづけていた。

キャスター大佐とマクヘイル中佐は、第3大隊が持ち場の防御区域で交戦しなかった場合には、移動して他の二個大隊を支援させることを検討した。外人部隊を山の北側に行かせることも考えられたが、海兵隊のほうが対装甲兵器はずっと充実している。

マクヘイルは、キャスターのほうを向いた。「大佐、ロシア軍が北側から攻撃してきた場合、そこの防御が極端に手薄になってしまいますよ」

「航空機を戦闘に参加させるよう努力しよう。必要とあれば、交替で〈ボクサー〉に戻せばいい。砲兵の射撃を続行しろ。必要なら弾薬を空輸させるから、手持ちの弾薬を精いっぱい使うよう指示してくれ」

「アイアイ・サー」


ボリス・ラザール将軍は、ジョンボ山の頂上にとめたBTR－82Aの高みから、車載の暗視装置を使い、南のムリマ山のほうを眺めた。ふたつの山のあいだには、低地がひろがっている。夜明け前の半月の明かりで、まばらな林、ひらけた平原、建物や農場の集落が点々とある地形が見えた。

ラザールの偵察部隊は、ひそかにジョンボ山に登った強襲偵察海兵《フォース・リーコン》の無線を妨害するのに成功していた。米軍が当然そこに潜んでいるだろうと、予測していたのだ。そのあと、ラザールの特殊偵察部隊は、強襲偵察海兵を急襲して、すさまじい近接戦で四人を殺し、残りを追い払った。

ラザールはこうして高地を制し、敵防御への包囲網を狭めながら、海兵隊連隊戦闘団5の内部では混乱が生じているだろうと想像していた。

こういう戦いで兵員と装備を失うのは、予想されていたことだった。ロシア軍は兵力を分散させていたし、海兵隊は入念に防戦を準備していた。しかし、ロシア軍は西と東で、海兵隊の防御の層をひとつずつ剝《は》ぎ取っていた。海兵隊指揮所は対応に追われているにちがいない。ラザールの予想どおり、航空機の投入と砲兵の使用——全体的な対応——が、かすかに鈍くなっていた。

個々の地区からの報告を受けて地図で確認していた本部テントのキール大佐も、そういう状況に気づいていた。だが、ラザールは直感で察していた。はいってくる情報すべてを入念に吸収し、戦場を頭のなかで思い描いていた。

海兵隊指揮所に切迫した報告がたてつづけに届くのが、聞こえるようだった。海兵隊の指揮官がロシア軍の攻撃に対応して部隊を派遣するたびに、人的損害が増え、緊張が高まる。アメリカ人は、水が漏れている堰《せき》の穴を指でふさごうとしているが、その指が足りなくなっている。

陸軍大将であるラザールと戦っているのは、一介の大佐で、イラクやアフガニスタンで戦闘を経験していることはまちがいないが、ラザールがぶつけているような勢力組成（敵戦闘力の構成と部隊運用。編組・配置・兵力・戦法・訓練・兵站などの諸要素）に対処する演練が欠けていることを示していた。海兵隊大佐には、タリバンを追ったり、山の村の山羊《やぎ》の数を勘定したり、罌粟《けし》栽培と戦ったりするような経験しかなく、きょうのような戦いで優位に立つのはとうてい無理なのだと、ラザールはひそかに思った。

そしていま、ラザールの第三次攻撃の時が来た。ラザールの計算では、それによって、海兵隊連隊本部の指揮統制と支援提供の能力は限界に達するはずだった。それに、巧みに調整された砲撃力のない海兵隊は、組織立った戦闘力を有する部隊には太刀打ちできない。

鉱山の北を護《まも》っている海兵隊大隊は、まだ敵と戦っていないので、激しく抗戦するにちがいない。だが、ラザールは連隊本部の対応が鈍るのを、注意深く見守っていた。キール大佐とグラッキーに、敵の砲撃が鈍るか、応戦が大幅に弱まったら報告しろと、命じてあった。

ラザールの予想が正しいかどうかが、それではじめて試される。

ラザールは、ムリマ山の北を護っている不運な海兵隊大隊に向けて、重砲兵の大規模な弾幕射撃を開始しろと、自信をこめてキール大佐に命じた。


一時間後、曙光《しょこう》がかすかに昇りはじめ、ラザールはようやく眼下の低地平原をはっきりと見ることができるようになった。西の戦いは、激しくつづいていた。数分ごとにロケット弾やミサイルが発射されるのが見え、米軍からの応射があった。海兵隊は、持てる武器をすべて使って戦っていた。第1連隊のBTR数両が、米軍の恐ろしいジャヴェリン・ミサイルを被弾した。ラザールは閃光を眺め、爆発音が遅れて届くのをきいていた。若いロシア兵が、遠くで炎に包まれて死んでいった。

ジャヴェリンはたしかに精確な射撃が可能な兵器だが、海兵隊が保有する数が限られていることを、ラザールは知っていた。

単純ないいかたをすれば、ラザールの兵士と装甲車両の数は、海兵隊のミサイルの数をしのいでいる。

ラザールは、第1連隊のニシュキン大佐に、海兵隊の小規模な孤立部隊を迂回し、最速で進軍し、中心部に圧力をかけろと命じていた。ニシュキンの最新報告によれば、橋は爆破されたが、対岸へ進むことができ、かなりの速度で進んでいるという。三〇ミリ機関砲と七・六二ミリ機銃の赤色曳光弾《えいこうだん》が、激しく輝きつづけ、長い数珠《じゅず》のようにあちこちでなだれ落ち、早朝の空に跳ね返っていた。第1連隊が、フランス軍と米軍の小規模な部隊のあいだを突破するあいだ、二十門ないし三十門の重火器が、ほとんど切れ目なく、最大発射速度で砲声を轟《とどろ》かせていた。

東では、ロシア軍第3連隊が、いまも海兵隊のヘリコプターの妨害を受けていたが、ヘリコプターの数は限られていた。クラヴァ大佐が、念入りに隠蔽《いんぺい》したZSUを巧みに運用して効果をあげていた。海兵隊のヘリコプターが接近しようとするたびに、ZSUが熾烈《しれつ》な弾幕射撃を行なっていた。

いまラザールが見ていると、コブラ四機が遠くで前進していた。ロシア軍の装甲車両めがけてミサイルを発射したあと、旋回して、長距離から二〇ミリ・ガトリング・ガンで撃ちはじめた。

クラヴァ大佐の第3連隊が、迅速に応戦した。イグラ・ミサイルが何基も同時発射され、つづいて二三ミリ対空機関砲の発射音が響いた。ロシア軍特有の緑色曳光弾が空を明るく染め、六十四歳のラザール大将は、死の花火大会をうっとりと眺めた。

米軍の攻撃ヘリ二機が、ほぼ同時に被弾した。黄色とオレンジの光が炸裂《さくれつ》し、機体がきりもみして地面に落ちてゆくのを、ラザールは見守った。

二機とも、山の斜面に墜落した。

でかした、クラヴァ、とラザールは心のなかで快哉《かいさい》を叫んだ。

ラザールは地図を見て、指揮所にいるキール大佐と無線で相談した。それから、向きを変えて、もうひとつの連隊の連隊長に、攻撃を許可した。

ラザールは、戦闘の推移を数分観察してから、敵軍の北の大隊を強襲する第2連隊に、みずから同行した。

74

ベラルーシ　ミンスクの南西
一月一日

凍りつく天気のせいで、サバネーエフ将軍が双眼鏡で見る映像は澄明《ちょうめい》だった。サバネーエフは深く息を吸い、冷たい空気で肺を満たしてから、息をとめて双眼鏡を安定させた。ダイヤルを人差し指でまわし、敵の気配を見分けようとした。

スミルノフ大佐が、そばに近づいた。「サバネーエフ将軍、将軍のさきほどの送信に、モスクワがデジタル戦闘通信を送ってきました。全速力でロシア国境を目指すようにとのことです」

サバネーエフは、じっと聞いていたが、動こうとしなかった。また凍れる空気を深く吸って、遠くのハイウェイの小さなひとつの点を見つめつづけた。民間の大型トラクター・トレイラーかもしれないが、その朝、ベラルーシ政府は一般車の通行をすべて停止させていた。

やがて、点がひとつ、さらにまたひとつ増えた。大型車両で、こちらに向かっていることはまちがいなかった。双眼鏡に目をきつく押し当てたままで、サバネーエフはいった。「総司令部は、ベラルーシ軍が救援に来るというようなことをいっていたか？」

近づいてくる車両が増えた。

「いいえ、将軍。クレムリンが交渉しているのはたしかだが、ベラルーシは動きがとれないということです。NATOに、中立でいるよう最後通牒《つうちょう》を突きつけられて、ベラルーシ政府はいまのところそれに従っているようです」

「くそ」サバネーエフは、低く悪態をつき、まわりに白い息がひろがった。「われわれを追ってくるのは、たかだか一個戦車旅団だ。あとのNATO部隊は、何時間も遅れて、ずっと北のほうにいる。われわれはこの追撃してくる旅団を叩きのめし、弾薬の大部分を消費させた。ベラルーシ軍が連携してくれれば、ものの一時間でこいつらを殲滅《せんめつ》できる」

「総司令部は、ほかになにも指針を示しませんでした、将軍」スミルノフが、厚いコートを顔の前でかき合わせながらいった。ベラルーシの平原は、ロシアの山々や森の多い田園地帯よりも寒かった。さえぎるものがなにもなく、風が叩きつける。夏は心地よい気候なのだろうが、いまは守ってくれる木立すらなく、これまで通過したミンスクの南は、見晴らしのきく農地ばかりだった。

サバネーエフは、視界のなかで大きくなる点々の左に双眼鏡を向けて、いくつかの建物とそれらの点の大きさを比較した。点の群れは出口ランプに近づいていた。アメリカの戦車であれば、そこで後衛が迎撃するはずだった。

「第3大隊から連絡は？」

「いま無線で報告が届いていますが。モスクワ発の通信のほうをお聞きになりたいのではありませんか？」

「モスクワなど知ったことか。いいから第3の報告を聞け。あの車の群れが、西から追ってくる米軍なのかどうかを知る必要がある」

太陽が路面を暖めて、靄《もや》が立ち昇り、遠い車の画像をぼやけさせるようになっていた。サバネーエフは、もっと近くに双眼鏡を向けて、第3大隊のブメラーンクが、一キロメートルほど離れた立体交差上の道路の手前に配置されているのを見た。ブメラーンクはいずれも、接近する車両のほうへ砲塔を旋回していた。

サバネーエフが見ていると、第3大隊の周囲で炎が炸裂《さくれつ》して、土くれが舞った。米軍が射撃を開始したのだ。

サバネーエフはいった。「敵の戦車部隊指揮官は――頭がいかれている。怒りのあまり正気を失い、復讐しようと必死になっている」

「はい、将軍」

「これがただの戦争だというのが、その男にはわからないのか？　いったいなにがそんなに重要なんだ？」

「わかりません」スミルノフがいった。「狂気の沙汰です」

エドゥアルト・サバネーエフは、戦闘をしばらく見守った。ブメラーンクは、射程の長い主砲を備えた大型のM1A2戦車の敵ではなかった。ロシア軍はコルネット・ミサイル数基を発射し、いくつかはターゲットに命中したが、まもなく生残《せいざん》した第3大隊のブメラーンクは、全面撤退を開始し、サバネーエフと司令部部隊の方角に向けて、E30号線を逃走した。

サバネーエフは、双眼鏡をきつく握り締めていた手を離し、額の冷たい汗を拭《ぬぐ》った。集中力が弱まると、顔を叩く風が感じられるようになり、骨の髄《ずい》まで寒さが染み込んだ。

米軍とドイツ軍は、なおも追ってくる。

サバネーエフは、自分の車両に歩いていって、部隊に移動するよう命じた。

回顧録では、小規模だが追撃をやめようとしないNATOの戦車から逃げたことを、正当化する必要があるだろうが、それは今後の問題だと、サバネーエフは心のなかでつぶやいた。

いまはとにかく生き延びることのほうが肝心だ。

ケニア　ムリマ山
一月一日

耳を聾《ろう》する轟音《ごうおん》が坑内に響き、天井から土埃《つちぼこり》と小石が落ちてきた。連隊本部にいたものは全員、天井が崩落するのではないかと不安になって、上を見た。敵弾が襲来したのではなく、それぞれ東と西を守っている第2、第1大隊を支援するための必死の砲撃だった。コナリーは、切羽《せっぱ》詰まった砲撃要請を数分ごとに聞いていた。そのたびに砲兵が弾道を計算し、射撃を行なっていた。

マクヘイル中佐は、二方面からの攻撃に対して、射撃を行なう砲兵を二分していた。キャスターが坑道を出て、部隊のようすを見にいったが、戻ってくるとすぐにマクヘイルの措置に賛成した。どちらの方面も投入する火力が減じるが、ほかに方法があるとは思えなかった。

砲門の数は限られていたが、M777一五五ミリ榴弾砲《りゅうだんほう》のすさまじい砲声が早朝の大気へ放たれると、コナリーも周囲の兵士たちもいくぶん安心できた。だが、砲撃の音が聞こえるということは、敵が砲の射程内に迫っている証左でもあった。つまり、ロシア軍が包囲の輪を縮めている。

海兵隊の通信士は、つぎつぎとはいる連絡を聞き取るのと、相手に自分のいうことを理解させるのに苦労していた。ハンドセットを耳に押しつけ、榴弾砲が近くですさまじい音をたてる合間にやりとりしていた。

「アパッチ・レッド1《ワン》、最後のところをもう一度いえ！」砲撃の短い合間に、通信士が叫んだ。

すぐさま切迫した口調で応答があった。「了解、くりかえす。この陣地の北の強襲偵察海兵《フォース・リーコン》が、ジョンボ山で撃破された」間があった。アパッチ・レッド1は軽装甲偵察《LAR》小隊長の少尉のコールサインだった。荒地をひきかえすあいだ、車両が大きく揺れるので、通信が安定しないのだ。「われわれはフォース・チームの残りを回収した」無線から機関砲の砲声が聞こえて、通信が途切れ、つづいてハンドセットの近くで機銃の連打音が響いた。「いま南に撤退中。ダークホース大隊に、われわれが急追されていることを報《しら》せてくれ。ロシア軍はわれわれの六〇〇メートルうしろにいる！」

銃手とおぼしい男がどなっているのが、交信に混じって聞こえた。「四〇〇メートルです！　交戦中」二五ミリ機関砲の砲声がふたたび少尉の声をかき消し、通信が途切れた。

コナリーのそばの通信士は、平静を保とうとした。「受信している。座標をいえ。射撃任務を命じ、そちらのうしろでドアを閉ざす」

「了解。こちらは小隊の後尾にいる。座標は……」間があり、大きな爆発につづいて、一瞬、沈黙が流れた。やがて小隊長の声が聞こえた。「報せる。被弾した……まだ走れる……南に向かっている。北距《ノーシング》（座標の東西基準線から北に進んだ距離）は二五六。この地点の北はすべて敵だ」

また通信が途切れ、長い間がつづいた。

連隊本部指揮所は静まり返っていた。窮地に陥っている海兵隊員からの通信に、全員が聞き入っていた。小隊長は、少尉になりたての若い士官のようだった。コナリーは、指揮所のみんなとおなじように無線機を見つめ、絶望的な状況を思い描こうとした。

やがて、甲高《かんだか》い雑音が聞こえて、少尉の声が戻ってきたが、血も凍るような悲鳴になっていた。「車体が燃えている！」

無線が途絶した。

コナリーは躊躇《ちゅうちょ》せずに動いた。外の砲兵との直通野戦電話をつかんだ。「愛国者《ペトリオット》、射撃任務だ。緊急制圧射撃。榴弾《HE》と黄燐弾《WP》。砲兵中隊6、ターゲットの座標は二五六、〇九三。東西の線形射向束（射向束〔複数の砲の射弾飛翔範囲〕を長さと高度のみ、あるいは座標二点で指定する特殊な射撃指示）。どうぞ」

射撃任務を受領したという応答があり、座標を砲兵中隊が復唱したが、遅れが生じると告げた。射向を九〇度変えるには、重い榴弾砲の駐鋤《ちゅうじょ》と呼ばれる砲架脚部の金具を持ちあげて、物理的に向きを変える必要がある。緊急制圧射撃任務を受けたときには、歩兵——今回は軽《L》装《A》甲偵《R》察部隊——が大変な事態になっていて、なんとしても砲撃を必要としていることを、砲兵は知っていた。

すこし時間はかかったが、海兵隊砲兵は指定された座標に向けて射撃を開始した。海兵隊の小隊が南へ疾走するあいだ、炎の幕が北の朝空を明るませた。若い少尉を救うのには間に合わなかったが、少尉の死ぬ間際の行動がロシア軍の動きを鈍らせ、小隊の残りを守ることができた。

海兵隊の戦車小隊小隊長が、泥の地面に伏せて、双眼鏡を覗《のぞ》き、曲がりくねっている未舗装路で破壊された海兵隊軽装甲車両が炎を噴き出すのを見ていた。

その若い士官の後方、山の下のほうで小隊長の戦車の装填手《そうてんしゅ》が叫んだ。「おーい、少尉、LARの連中が、ロシア軍に猛追されてるっていってます！　三両しか残っていないLAV-25小隊が、急接近してます。もうじき見えるはずです」

果たせるかな、少尉の双眼鏡に三つの形が出現した。そう遠くないところを、道路をはずれて走っている。少尉は地図ケース、双眼鏡、カービンをつかんで、斜面を急いで自分の戦車のほうへ戻っていった。車内にはいると、ヘルメットをかぶり、ハッチから跳びおりて、車長席にどさりと座った。

インターコムのスイッチを入れた。「操縦手、射撃壕《ホット・ポジション》に進め。急げ！」

左の戦車二両と、右の一両が、すぐにエンジンの回転をあげて、ガタゴトと十数メートル進み、海兵隊工兵が設営した掩体壕《えんたいごう》にはいった。砲手が即座に軽装甲車《LAV》－25の方角に砲塔を旋回させた。

LAV－25三両が甲高い音をたててすぐそばを通過し、一両は地面になかば隠れているM1A2戦車に衝突しそうになった。

M1A2戦車四両の一二〇ミリ主砲が、追ってくるロシア軍車両からターゲットを選び、乗員に可能なかぎり迅速に発砲と装塡をくりかえした。戦車がBTRめがけて撃つたびに、周囲で土煙が湧き起こった。有利な射界を得ていた戦車は、ロシア軍のBTRを一両ずつ狙い射った。

だが、BTRの乗員たちは、砲撃の源《みなもと》を見分けることができたし、ミサイルの狙いは精確だった。四両の戦車のうち、まず一両を破壊し、つづいて二両目を破壊した。

最初の斉射で、海兵隊員八人が死んだ。

残った二両の戦車は、陣地のあちこちにミサイル五、六基が弾着するまで、射撃をつづけた。近くに弾着したミサイルで砲塔が損害を受けたが、二両は射撃壕からどうにか脱け出して、撤退を開始した。あらかじめ決めておいた雨裂《ガリ》や峡谷を抜けて、南をめざした。

　M1A2主力戦車一両が、BTRの迅速な側面攻撃でさきほど被弾していたため、履帯《りたい》がはずれた。海兵隊の戦車兵たちは、ライフルや運べる装備を持って、命が絶えた巨大な戦車からおりて、生残していたたった一両の戦車に向けて駆け出した。戦車兵たちは車体によじ登って、M1A2が揺れながら前進し、攻撃するロシア軍部隊から必死で逃げるあいだ、しがみついていた。

　鉱山から一二キロメートル離れたところで、第3大隊のジャヴェリン砲手たちが、射撃準備を終えていた。発射器に備わっている赤外線照準器で、味方のLAV三両を見守っていた。やがて傷ついたM1A2一両が、車体にしがみついている生き残りの戦車兵を乗せて、第3大隊のほうへ撤退してきた。

　海兵隊武器中隊副長が、ジャヴェリン・チームを指揮していた。副長と中隊の一等軍曹が、無線機でやりとりをして、ターゲットを分担した。

　副長の合図で一基目のジャヴェリン・ミサイルが、農家の屋根に伏せていたチームから発射された。灰色の煙はほとんど見えず、発射器から飛び出したミサイルは細い炎を曳《ひ》いているだけだった。

　ミサイルを発射すると、海兵隊の砲手たちはただちに装備を持って屋根から跳びおり、山の方角に二〇〇メートルひきかえして、木立にはいった。そこがつぎの発射陣地だった。

〝射ち放し〟方式のジャヴェリン・ミサイルはなおも空に向けて上昇した。先進的なミサイルは、弧を描いてから、一瞬、水平飛行に転じ、やがて降下して、ターゲットの装甲がもっとも薄く弱い車体上面に弾着する。

ジャヴェリンは対戦車兵器なので、軽装甲のBTRに対して使用するのは、過剰殺戮《オーバーキル》だったが、高価なミサイルを発射することに海兵隊員たちは、なんのためらいもなかった。さらに三基のミサイルの赤い航跡が、一基目にくわわり、四基そろって早朝の空をすさまじい速さで飛翔《ひしょう》した。ロシア軍のBTRには、ジャヴェリンを回避するすべがなかった。破壊される前に、最後の強がりとして、それが発射されたおおよその方角を撃つしかなかった。

海兵隊のミサイル砲手と、フランス軍竜騎兵チーム1の兵士たちは、それぞれジャヴェリンを一基ずつ発射し、べつの隠蔽《いんぺい》陣地に移動した。射っては逃げて、あらたな場所へ行き、ミサイルを再装填し、じりじりと迫ってくる敵に向けてふたたび射った。

マクヘイル中佐は、コナリーとキャスター大佐を脇に呼んだ。キャスターに向かって、マクヘイルがいった。「大佐、敵はダークホースの最終防御線まで北一〇キロメートルに迫っています。ダークホースは、防御区域の戦車が最後の一両になってしまいました」

「状況は知っている」キャスターが、地図を見おろして、小さな赤いピンが鉱山の近くに移動されているのを見守った。

北の状況はかんばしくなかった――前線がゆっくりとではあるが、着実に崩壊しつつあるように見えた――かといって、東と西の状況がずっとましというわけではなかった。ただ、第1大隊がロシア軍を二分させたことは、有利に働いていた。第1には戦車四両があり、LAV小隊は無傷で残っている。

東は山や川に阻《はば》まれている地形なので、BTRは三両横隊《おうたい》しか組めない。そのため、第2大隊はほぼ戦闘を制していたが、それでもじわじわと後退していた。

だが、ダークホースの重要地帯では、ロシア軍が急速に接近していた。

「どう思う、ダン？」キャスターがきいた。

「大佐、わたしがそこへ行って、ダークホースに手を貸せば、いい助言ができますよ」

「ここでできないことが、あっちへ行けばできると思っているのか？」

「もしかすると。射撃指示を出せる将校がひとり増えれば、なにかの役に立つかもしれません。最悪の場合でも、わたしのライフルの腕はなかなかのものですし」コナリーは、にやりと笑って、カービンを持ちあげてみせた。

キャスター大佐は、笑みを返さなかった。「ほんとうかな？　まあ、海兵隊員は階級には関係なく、小銃兵《ライフルマン》であることに変わりはない」まわりを見た。「それに、きょうが終わる前に、われわれはみんな射撃の腕を試されることになるかもしれない」短く刈った灰色の毛をこすりながら、キャスターはいった。「エリック、ここでダンが必要ないようなら、ダークホースへ行かせよう。ダークホース指揮官《シックス》が、戦闘に専念でき、ここからどういう支援ができるか、伝えられるかもしれない」

マクヘイルが同意し、コナリーはすかさず行動を起こした。装備を取り、ずっと携帯していた高性能無線機を肩から吊るした。坑道の壁際にずっと立っていたカシラス三等軍曹を、コナリーは指さした。「行くぞ、軍曹」

「イエッサー！」

「ひとつだけいっておく、ダン」キャスターが、坑道を出ようとしていたコナリーに大声でいった。「ダークホース指揮官《シックス》は、最優秀の超一流の将校だ。それだけに、自分の前線にひびがはいっているのを、最後の最後まで認めようとしないだろう。本物の戦士だからな。だから、ほんとうにまずい状況になり、第2大隊から一個中隊を移動させるか、第1大隊から戦車かLAVを割《さ》く必要があるときには、きみがわたしに報せてくれ」

「アイ、サー」コナリーとカシラスは、坑道の出口へ急いだ。


カシラス三等軍曹が、LAVの操縦手に、鬱蒼《うっそう》としたジャングルの樹冠に覆《おお》われている曲がりくねった急な鉱山道路を通って、ダークホース大隊の陣地へ行くよう命じた。何度か北のほうが見えたときに、曳光弾《えいこうだん》の炎とミサイルが、薄暗い戦場で縦横に条《すじ》を描いているのが目にはいった。砲兵と戦車主砲の射撃の轟音《ごうおん》が、震動をともなう低い爆発音、甲高《かんだか》い破裂音、頭上を飛ぶ曳光弾の鋭い音とあいまって、間断ない交響楽団の演奏のように鳴り響いていた。

コナリーが乗ったLAVは、二カ所の砲兵中隊陣地を通過した。砲兵は発射位置を移動していた。〝生残性移動〟と呼ばれる発射位置移動は、ロシア軍がまもなく射距離に達して、自分たちを攻撃している砲兵に反撃できるようになることを示していた。海兵隊の大型砲の位置に敵が接近しているため、たとえ数百メートルでも移動することは、時間のかかる過酷な作業であっても、砲兵が戦いつづけるために不可欠だった。

砲側員が榴弾砲《りゅうだんほう》を再設定すると、ふたたび熾烈《しれつ》な射撃が再開された。四五キロ近い重い砲弾を人力で運んで、装塡《そうてん》トレイに載せ、槊杖《さくじょう》で閉鎖機に押し込んで、そのあとから薬嚢《やくのう》を装塡する。ＬＡＶが速度をあげて通過するとき、朝の光のなかでコナリーは、分散された砲兵の一隊を眺めた。閉鎖機が閉められて砲手が引き綱を引いて発射するまでが、すべてなめらかな動きで行なわれていた。いまでは三分され、Ｍ７７７榴弾砲がわずか四門ずつ、それぞれの受け持ち方位を防護していることもわかった。

射撃の集中が損なわれている、とコナリーは思った。

まもなく、双方の砲兵のあいだで砲撃戦がくりひろげられるはずだった。ロシア軍はおそらく大口径の一五二ミリ榴弾砲を、歩兵部隊の背後からそっと接近させるはずだ。古い戦術だが、ずる賢い老練な将軍ならやりかねない。

突破（主力で敵正面を攻撃し、突破分断する攻撃機動）して掃滅する戦術だと、コナリーは頭のなかでつぶやいた。

75

ケニア　ムリマ山
一月一日

カシラスのLAVが、ダークホース指揮所に到着した。コナリーは後部ハッチからおりて、自然の雨裂《ガリ》に設営され、丸太と土嚢《どのう》で強化してあるテントに向けて走った。

指揮所にはいると、即座に緊張が感じられた。赤いライトがあちこちにぶらさがっていたが、テントのなかは薄暗かった。中隊防御陣地と指揮所を往復する海兵隊の伝令が、走りまわっていた。

地図と指揮ボードが、テントのいっぽうに吊ってあった。その周囲に、数人が集まっていた。連隊本部とおなじように、無線機数台から戦闘中の兵士たちの声がたえず流れていた。

指揮所の活動は活発だったが、暗いライトのもとで、ひそひそ声で活動が行なわれていた。

ダークホース・ジャヴェリン・チームは、一チーム以外はすべて前進陣地から戻ってきて、それぞれの中隊と合流し、最終防御線に統合されていた。生残《せいざん》した戦車一両は、K中隊《キロ》に配置され、工兵が戦車用掩砲所《えんぽうじょ》（航空攻撃から生き残れるように戦車を遮掩するための構築物）を構築していた。戦車兵も歩兵も、ここではそのＭ１Ａ２が前線の固定した兵器になることを知っていた。もはや撤退する場所がないからだ。

コナリーは、大隊長と話をしようとして、近づいた。大隊長は小柄だががっしりした体つきの中佐で、左頰の下のほうが大きな嚙《か》み煙草《たばこ》でふくらんでいた。コナリーはそのディキンスン中佐とは、マクヘイルとおなじように長年の知り合いだった。

ディキンスンが向きを変えて、コナリーを見た。「手伝いに来たのか、それともおれを解任して交替するために来たのか？」

「きみの下で働くために来たんだ、ベン。使ってくれませんか、監督」

ひび割れた口がゆるみ、渋皮色に日焼けした顔に笑みが浮かんだ。「射撃を手伝えるか？」

「きみの部下が受け入れてくれれば」

「ああ、よろこんで受け入れるさ。ジャヴェリン・チームが戻ってきたあと、五〇口径機関銃の新しい陣地を設置するのに、チームを指揮していた武器中隊副長を行かせなければならなくなった」渋い顔で、地面に煙草の汁を吐いた。「正直いって、やつらがこんなに早く来るとは思わなかった。われわれは猛烈に攻撃したが、やつらはＬＡＲ遮掩《しゃえん》をバターみたいに切り裂き、戦車を脇に転がして、突破してきた」

コナリーはいった。「ボリス・ラザールは、実戦経験が豊富な現場の将軍だ。ぜったいに音《ね》をあげない。われわれは彼の進軍能力を叩き潰さなければならない」

　ディキンスンが、通信士の軍曹から無線のハンドセットを受け取るために向きを変えた。そのあと、マイクを手で覆《おお》いながら、コナリーに向かっていった。「ちょっと待て。団長《おやじ》は、おれが深みにはまらないように見張るために、あんたをよこしたのか？」

　コナリーは、中途半端に肩をすくめた。「ああ、そんなところだ。必要なら第1と第2から一個中隊か戦車を引き抜いて、こっちによこす用意がある」

「いま呼び寄せたいところだが、こういう状態で新手の陣地を準備しなければならなくなったら、手助けになるどころか、足手まといだ。いざという場合には、あんたとふたりで団長に連絡しよう」

　コナリーはうなずいた。ディキンスンが、また大きな嚙み煙草の塊を出して、いままで嚙んでいた塊に重ねた。

　昔なじみが乱戦に深入りしているのを目の当たりにし、ロシア軍が突き進んでいることをじかに聞いて、コナリーは心がざわついたが、戦闘の間近にいられるのはうれしかった。暗い坑道にいたくはなかった。

　コナリーは、あらたなチームと話し合うために移動した。航空統制官、砲兵連絡官、迫撃砲チーム指揮官の三人が、大隊火力支援班を成している。

　これこそが、コナリーの本領だった。コナリーは、諸職種連合部隊である海兵隊の火力使用の権威だった。射撃に関する数学や地図の読みかた、弾道や射つタイミング、縦深《じゅうしん》（作戦の各方面の物理的な広がりなど総合的な要素）の計算に通暁《つうぎょう》している上に、なんといっても戦闘を洞察する能力が優れている。敵の現況、一分後の状況、十分後の状況、その後の状況をできるだけ精確に判断し、それに基づいて、さまざまなリスクを勘案し、戦闘中の各部隊の必要と切迫度を比較考量して、取捨選択を行なうことが重要になる。

　前線からダークホース通信網にあらたな連絡がはいった。空からブーンという大きな音が聞こえるという報告だった。歩兵たちは、それがなんであるのか、わからなかった。

　だが、コナリーは即座にわかった。芝刈り機が何台もうなっているような音が観測されていることからして、ロシア軍の無人機《UAV》にちがいない。ケニア山でも見た。全幅三メートルの無人機は、米軍陣地を精密照準攻撃するデータを集めているにちがいない。すぐに前線の中隊から報告があり、コナリーの推理が裏付けられた。複数の無人機が頭上を飛んでいるのを見たという。

　コナリーはいった。「その中隊は砲撃を受ける可能性が高い」

　コナリーは、自分のあらたな射撃調整班に、砲兵中隊に連絡するよう命じた。無人機がロシア軍の砲撃の前触れだとすると、対砲兵レーダーを作動して、北を捜索させる必要がある。襲来する砲弾の弾道をレーダーで捉えることができれば、逆方位角をもとに三角法で測定し、ロシア軍砲兵がどこから射撃を行なっているかを把握できる。

　五分とたたないうちに、飛来する砲弾の響きが空にひろがった。最初は子供ひとりの口笛のような音だったが、やがて口笛の交響曲のようになり、たちまち爆発が起きた。コナリーがいる場所の南東で、山の斜面に弾着していた。大隊指揮所は発見されなかったか、それとも最初の弾幕射撃のターゲットからはずしたのかもしれない。

だが、一分以内に、弾着が近づきつつあるとわかった。

通信士が、コナリーのほうを見た。「中佐、対砲兵レーダーが、敵砲兵を標定しました。完全ではないですが、じゅうぶんに確実です」

コナリーは、通信士が書いたメモをつかんで、地図で座標を確認した。入念にその目標位置を記入した。密生したジャングルで、現在位置から一五キロメートル離れている。

「どう思う、みんな？」コナリーは、射撃調整班にきいた。

砲兵連絡官が、最初に答えた。「わたしでもここから射ちます。われわれの後背《こうはい》の山の上から発見できない、格好の陣地です」

あとのふたりも賛成した。

コナリーはいった。「射撃任務を作成してくれ。砲兵に連絡し、いますぐにターゲットを攻撃させよう。わたしの推測が正しければ、ほんとうに熾烈《しれつ》な敵砲火は、まだこれからだ」

射撃調整班が作業を行ない砲兵射撃指揮所にデータを送った。数分後に、山頂の海兵隊重砲が応射を開始した。大量には発射されず、十発か十二発だった。対砲兵レーダーで推測したターゲットよりも確実なターゲットを狙い撃つために、弾薬を節約しているのだろうと、コナリーは思った。

それでも、ロシア軍の砲撃はたちどころに熄《や》んだ。

応射の成功を祝いたくなったとき、防御線のライフル中隊三個から連絡が届いた。戦闘空間前縁から五キロメートルの地点で、敵を発見したという。

かなりの規模でそれが前進している。

コナリーは、無線機のほうへ身を乗り出して、通信をすべて聞き取ろうとした。三個中隊は、最大有効射程で交戦していた。SMAW対戦車ロケット弾が、耳を劈《つんざ》く音を発しているのが聞こえた。ブローニングM2五〇口径機関銃の鋭い連射音が、指揮所にやかましく響いた。

それらの騒音は、一分ごとに激しくなっていた。

コナリーは、テントを出て、山の麓《ふもと》に目を向けた。迫撃砲弾が弾着するのが見え、燃える燃料から黒煙の柱が噴きあがって、装甲車両が破壊されたことを物語っていた。

海兵隊の戦線からほとばしる曳光弾《えいこうだん》は、赤、オレンジ、黄色だった。ロシア軍の曳光弾は、グリーンの弧を描いていた。ロシア軍の兵器は当初、遠くで二十カ所ないし三十カ所に散開していたが、やがて四十カ所か五十カ所に増えた。十分とたたないうちに、ダークホース大隊の戦闘正面のすさまじい応酬は、絶え間なく荒々しい恐怖の花火と化した。

コナリーは、騒音を防ぐために片手で耳をふさぎ、反対の手で無線機をもうひとつの耳に押し当てて、前線中隊からの射撃要請を聞こうとした。

ロシア兵は海兵隊が有刺鉄線で障害物を築いた周辺防御に達したと、あらたな報告が届いた。

ほどなく、戦闘の不協和音のなかで、クレイモア地雷の爆発音を聞き分けることができた。コナリーは、ダークホース指揮官《シックス》のほうを見た。ベン・ディキンスンは、無線で躍起《やっき》になって前線の指揮官と交信し、陣地を堅持しろと命じていた。ロシア軍車両が海兵隊陣地を猛烈に砲撃しているせいで、敵への砲撃が弱まり、前線に生じた穴をふさぐために、ディキンスンは数個小隊を移動させていた。

コナリーは、キャスター大佐に連絡しようかと一瞬思ったが、まだその時機ではないと判断して、掩護《えんご》をもっとも必要としているが手が空かないために要求できない区域への火力支援を自主的に開始した。コナリーは射撃調整班と相談した。最大限の支援を行なうよう促す用語を使って、チームが連隊に連絡した。

航空統制官が、UHF無線機で九行指示を伝え、近接航空支援を要請した。すぐさま、ハリアーが二度航過、F／A-18が一度航過を行なうという応答があった。

じゅうぶんな支援とはいえないが、手はじめだった。

迫撃砲チーム指揮官が、八一ミリ迫撃砲で北の座標に向けて撃つよう指示した。あらゆる個所で米軍の前線が薄くなっていると報告されていた。

ダークホース指揮官《シックス》が、こんどはコナリーに向かってどなった。「I《インディア》中隊が、ロシア兵が鉄条網内にはいったと報告している。いますぐ応援できるか、ダン？」

「座標を教えてくれれば、砲兵に緊急制圧任務を命じる」

ディキンスン中佐が座標を伝え、ふたたび無線でI中隊中隊長に、近くに弾着すると注意した。

「ペトリオット、ペトリオット、こちらダークホース射撃統制《ファイアズ》」コナリーはそばのマイクを使って、砲兵連絡官が呼び出した。「射撃任務。緊急制圧。全砲射撃。危険範囲《デンジャー・クローズ》。くりかえす、危険範囲《デンジャー・クローズ》！」

数秒後にスピーカーから雑音まじりの声が聞こえた。「いま呼び出した局、こちらペトリオット。認証が必要だ。どうぞ」

「くそ」コナリーはつぶやいた。上級部隊の認証がないと、砲兵は友軍に当たるおそれがある射撃を行なわない。

山の上のほうの坑道にいるキャスター大佐の声が、連隊指揮通信網に鳴り響いた。「ダン、危険を冒す必要があるのなら、認証する」

「はい、あります」

コナリーは、砲兵連絡官からマイクを取った。「ペトリオット、D《デルタ・チャーリー》　Cを実行しろ」

「ペトリオット、了解。グリズリー指揮官《シックス》の認証により、危険範囲任務《DC》の準備完了」

「受信した。ターゲットの位置を送る」コナリーは答えた。砲兵連絡官が座標を伝えた。

大隊通信網から聞こえる音から判断して、ロシア兵はコナリーが立っているところから三〇〇メートル以内に接近しているようだった。衝撃をともなう騒音のなかで、パンパンというライフルの間近な銃声を聞き分けることができた。海兵隊の歩兵の戦列はすべて、ロシア兵を山に近づけないようにするための激烈な戦闘で、手持ちのあらゆる武器を使っていた。

敵軍に向けて発射された砲弾が、甲高《かんだか》い音をたてて頭上を飛ぶと、テント内で小さな歓声が湧き起こった。砲撃は長くはつづかなかったが、ロシア軍の攻撃を粉砕する効果があることを、コナリーは願った。

だが、そのとき射撃が一瞬弱まり、テントの外を飛ぶ無人機の音が聞こえた。一機、二機、三機。どうやら頭上をブンブン飛びまわっているようだった。

ラザールは、ダークホース指揮所《シックス》に狙いをつけた。

「全員、外に出ろ！　全員、外に出ろ！」コナリーは甲高い声で叫んだ。

コナリーは、射撃調整班が無線機を運ぶのを手伝った。海兵隊たちが、急いでテントの垂れ蓋《ぶた》から出て、砲弾が落ちる前に、できるだけ指揮所から遠ざかろうとした。

コナリーと射撃調整班は、こういう緊急事態に備えて五〇メートル離れた密生した林に掘ってあった塹壕《ざんごう》に跳び込んだ。数秒後に一五二ミリ砲弾が、指揮所のわずか七〇メートル手前の斜面で炸裂《さくれつ》した。海兵隊員たちは、体を丸めてうずくまった。弾子がうなりをあげてあたりに飛び散った。二発目と三発目は、テントから二〇メートル以内に弾着し、四発目は、テントの北側の丸太の壁から一〇メートル以内に弾着した。塹壕に逃げるのが遅れて、弾子に体を切り裂かれた数人の悲鳴が、コナリーのところから聞こえた。

そのあと、たてつづけに三発が弾着するのを、コナリーは見守った。開豁地《かいかっち》にいた海兵隊員四人が、紅蓮《ぐれん》の炎に包まれて消滅した。コナリーには、それをどうにもできなかった――だれもなにもできなかった。

「中佐！」迫撃砲チーム指揮官が叫んだ。「対砲兵レーダーが、この砲撃源のデータを捉えました！」

「嘘だろう。まだ機能しているのか？」

「はい、データがはいりました。これが座標です」座標を描いた紙切れを、迫撃砲チーム指揮官がコナリーに渡した。

ふたたび敵の砲撃が開始され、大口径の砲弾四発が、全員避難した大隊指揮所を木っ端微塵《こっぱみじん》にした。弾子にくわえて、テーブル、防水布、無線機器が、あたりを飛び交った。各個掩体の向こうのほうに、海兵隊員に取り囲まれているダークホース指揮官《シックス》が見えた。いかにも海兵隊の勇敢な指揮官らしく、一部始終を見届けようとして、無線機を耳に当てて、掩体のなかで立ちはだかっている。

コナリーは、砲兵連絡官から連隊射撃調整用無線機を奪い取った。「グリズリー射撃統制《ファイアズ》、グリズリー射撃統制《ファイアズ》、こちらダークホース射撃統制《ファイアズ》。感明度は？」

山の上のほうでも、キャスター大佐の連隊本部指揮所の周囲に、砲弾やミサイルがつぎつぎと弾着していた。多連装ロケット弾発射機の背すじが寒くなる甲高いうなりが鳴り響いていた。敵に精神的衝撃をあたえるロシア軍のお気に入りの兵器で、第二次世界大戦中には〝スターリンのオルガン〟と呼ばれていた。ムリマ山の頂《いただき》のフットボール場数面ほどの範囲にロケット弾が降り注ぎ、坑道の奥に潜んでいたキャスターと指揮所の面々は、弾着のたびに激しく揺さぶられた。衝撃が坑道に押し寄せて、作業するどころか、頭を明晰《めいせき》に働かせるのも難しかった。弾着のたびに土埃《つちぼこり》がなだれ落ちた。

弾幕射撃がつかのま弱まり、連隊補給科の兵士五十人以上が、避難のためにあわてて坑内にはいってきた。負傷者と死者も運び込まれた。汗をかき、体臭がにおい、血を流している男たちのせいで、坑内が狭苦しくなった。

ロシア軍の砲撃が本格的に再開され、坑道の外に死の雨を降らせていた。北の前線が崩壊していることを、キャスターは察した。敵は連隊指揮所を精密照準攻撃しているし、海兵隊よりも兵力がはるかに大きい。

二時間たらずで結末を迎える可能性がある、と思いはじめていたが、キャスターはその考えをふり払って、あらたな命令をつぎつぎとどなった。

76

インド洋
一月一日

ケニアのモンバサ沿岸の二一海里沖で、電線くらいの太さの黒い小さな金属棒が、海面から突き出した。それはレイセオン製の高データ・レート《HDR》衛星通信システムのアンテナで、波のすぐ下に潜んでいた、米海軍のヴァージニア級原潜のマストに装備されている。

攻撃原潜〈ジョン・ウォーナー〉。

ダイアナ・デルヴェッキオ中佐が、操舵ステーションの前に立ち、通信長に目を向けていた。ミルスター衛星網に向けてデジタル送信が発せられ、艦隊作戦本部に〈ジョン・ウォーナー〉の現在位置と配備（特定の目標達成に向けて配置や準備を行なうこと。いわば作戦のための事前計画）が伝えられているところだった。

デルヴェッキオと幹部乗組員はいま、その配備に強い関心を抱いている。

モンバサ沖の水域に哨戒線を設けて特定の音響シグネチュアを捜索しているイランとロシアの水上艦と潜水艦のあいだをくぐり抜けられる見込みはないと、数日前に自分を説得したあと、デルヴェッキオは、乗組員を護《まも》りつつ、陸地のムリマ山でくりひろげられている出来事になんらかの影響をあたえることができるような、もっと遠い沖の哨戒区域を捜しはじめた。だが、その哨戒区域へ移動するあいだに、デルヴェッキオは自信を深めた。数日前に〈ジョン・ウォーナー〉が北で追跡をかわした相手——ことに抜け目のないロシア潜水艦一隻——は、待ち伏せに最適な水域に先まわりしていた。だが、通信を送受信するために浮上したそのロシア艦を電探員が探知し、〈ジョン・ウォーナー〉は察知されることなくそれをやり過ごした。

その時点で、デルヴェッキオはやろうと決意した。ゆっくりと航走し、ソナーに聴知されにくいように、適切な水温躍層《やくそう》にとどまり、水測員チームがその間、丹念に脅威を探して調定しつづければ、ひょっとして戦場にもっと近いところへ行くことができるかもしれない。それができれば、〈ジョン・ウォーナー〉の有用性は格段に高まる。

だから、デルヴェッキオはそれをやり、全乗組員が三十一時間、ほとんど不眠不休で作業を進めた。そしていま、対潜ロケット弾と爆雷を備えているイラン海軍のフリゲイトのわずか一二海里南、それよりも高い対潜能力を備えているロシア海軍フリゲイトの九海里北西に達した。その水域には、潜水艦もいて、〈ジョン・ウォーナー〉は断続的に探知していたが、いまはそれらの潜水艦がどこにいるのか、見当もつかなかった。

海兵隊が必要としているようなら、〈ジョン・ウォーナー〉は巡航ミサイルを一斉射できる位置に着いていた。だが、ターゲットが十六分後もまったくおなじ位置にいないと、ミサイルが弾着しても無駄になる。ミサイルが〈ジョン・ウォーナー〉の現在位置からムリマ山地域へ達するまで、それだけの時間がかかるからだ。

しかも、その斉射後、〈ジョン・ウォーナー〉は、敵艦がすべて接近するなかで、ふたたび包囲網をくぐり抜けて、沖へ逃れなければならない。

デルヴェッキオと副長《XO》は、この三十一時間の大半を海図の検討に費やし、逃げ道を見つけたと判断していた。南東へジグザグ航走するのを隠してくれる海溝が一ヵ所ある。そこへ潜航したあとは、海溝の壁に激突するのを避けるために左に舵を切る手がかりは、海図しかない。

だが、それが可能なら、勝算はじゅうぶんにあると、デルヴェッキオは確信した。

あとは、海兵隊にターゲットを指示してもらい、この大それた行動が苦労に値するものになることを願うしかない。

送信から八分後、衛星通信《SATCOM》係の通信員が、返信を伝えた。海兵隊はムリマ山で絶望的な難局に追い込まれている。激戦が半日つづき、ロシア軍部隊の一部が前線内に達した。艦隊司令部が強襲揚陸艦〈ボクサー〉に連絡し、〈ボクサー〉が〈ジョン・ウォーナー〉とムリマ山の連隊指揮所との通信を確立しようとしている。それにより、兵器を供給する側と提供される側の連絡時間が短縮される。

デルヴェッキオは通信文を読みながら、ゆっくりとうなずいた。

幹部乗組員に向かって、デルヴェッキオはいった。「みんなの努力は無駄にはならない。友軍部隊が助けを必要としているし、射撃は一度きりしかできない」つけくわえた。「射ったら、必死で逃げるのよ」

ケニア　ムリマ山
一月一日

コナリーは、塹壕《ざんごう》の縁から北に目を向け、炎と煙と爆発、自分の陣地と森の際のあいだのひらけたところに横たわっている死者、海兵隊の車両のねじれた残骸《ざんがい》を見て、こんな戦闘はこれまで一度も見たことがないと思った。だが、そう思うのは、コナリーだけではなかった。海兵隊全員が、おなじだった。

　その点では、ロシア軍の兵士もおなじだろう。

　ひとりの通信士が、コナリーに向かっていった。「つぎの一波でここは蹂躙《じゅうりん》されますよ、中佐。われわれの後背《こうはい》で、連隊指揮所も全壊の危機に見舞われています。敵の火砲がすさまじくて、まったく応戦できません。装甲人員輸送車《BTR》が山を登ってきて、塹壕内のわれわれを殺すまで、こうして縮こまっているしかないんです」

　二十二歳のその海兵隊員が、この戦闘を正確に解釈していることは、コナリーも認めざるをえなかった。国防総省のどんな作業部会も、そう判断するにちがいない。

コナリーは、目だけが出るようにして、各個掩体《えんたい》の上からなおも覗《のぞ》いていた。I《インディア》中隊の正面で、なおも爆発がつづいているのが見えた。ロシア軍が小隊規模の部隊のあいだを突破したという報告があったが、F／A－18の一連の攻撃で、BTRが六、七両破壊された。その際に、米軍機一機を損耗《そんもう》した。

コナリーが、コブラの最後の二機を呼ぼうとしたとき、大隊通信士から連絡があった。両数不明のロシア軍BTRが、たしかに防御線の内側にいて、背後から襲撃しているという。

くそ、コナリーは思った。敵はやはり突破したのだ。

コナリーは、航空統制官の攻撃データを見て、ヘルメットを叩き、コブラの攻撃航過を許可した。それから、ダークホース大隊長の戦線のほうを見下ろした。その塹壕では全員が地べたに伏せていたが、ひとりが叫んで、北を指さした。コナリーが首をまわすと、右手から三つの人影《ディスマウント》が近づいてくるのが見えた。ロシア軍の歩兵が、木立を抜けて走っている。BTRの徒歩戦闘員にちがいない。

手榴弾一発が地面を弾み、コナリーの塹壕の正面に転がってきた。

「危ない！」カシラスが、塹壕の後方にとめた軽装甲車《LAV》の上で立ちあがり、M２４０機関銃で連射した。引き金を引きっぱなしにして、接近するロシア兵に銃弾を浴びせた。

コナリーは、塹壕の底に跳びおりて、射撃調整班の上に倒れ込んだ。

手榴弾《しゅりゅうだん》が塹壕の縁から四、五メートルしか離れていないところで、耳を聾《ろう》する爆発音を発した。弾子が頭の上のほうで土に当たり、鉄の雨音のように聞こえた。

コナリーの隣の各個掩体にいた男たちが、さっと身を起こし、直後に現われたべつのロシア兵の一団をライフルで撃った。カシラスもLAVの上から発砲し、敵兵はあわてて物蔭に隠れた。

開豁地《かいかつち》の北東側にあるずたずたになった林から、BTR一両が連射し、LAVやその他の車両の残骸のあいだを抜けて、ひらけた場所に突進してきた。砲弾でめちゃめちゃになった大隊指揮所めがけて、BTRが闇雲《やみくも》に射ち、車両、発電機、救護所テント、コナリーのうしろの林にとめてあった七トン積みトラックを破壊した。ロシア軍のBTRは、砲塔を左から右にゆっくりと旋回して、目にはいるものすべてに機関砲弾を浴びせた。

その砲撃で負傷した兵士の苦痛の叫びが、コナリーの耳に届いた。

BTRがそばを通過したとき、襲いかかる三〇ミリ機関砲弾を避けるために、コナリーといっしょにいた一団は、ふたたび塹壕の底で身を縮めた。その左右で海兵隊員がライフルでさかんに撃ち、ロシア兵は伏せたが、カシラスの中機関銃《MMG》（米軍のM240機関銃。米陸軍が戦車の同軸機銃などの車両用にFN社から調達し、その後ライセンス生産したが、信頼性が高いので米海兵隊が着目し、改良型の二脚や三脚を開発して使用するようになった）でも、BTRの装甲を貫通することはできなかった。

BTRがゆっくりと前進し、ロシア兵がそのうしろで身をかがめ、車体を楯《たて》にして、側面に向けて撃っていた。

コナリーは、カービンを持って、安全装置を親指ではずし、塹壕の上に頭を出した。五十メートルの距離に迫っていたBTRに怒りをこめて数発を放つのが精いっぱいで、すぐさま七・六二ミリ機銃がコナリーの塹壕のほうへ掃射を浴びせた。

塹壕の縁の下へ跳びおりるときに、コナリーは背後をちらりと見た。どこへも逃げられない。コナリーと射撃調整班が跳び出したら、BTRの射撃で体をまっぷたつに引き裂かれる。じっとしていれば、接近してくる敵兵にやがて塹壕を乗っ取られる。

彼らは完全に釘づけにされていた。

突然、すさまじい悲鳴のような音が、頭上を疾《と》く渡っていった。北のほうから爆発音が聞こえ、熱気と炎が塹壕の上を通り過ぎた。

たちまち敵の射撃が熄《や》んだ。

コナリーが首を出すと、BTRの横腹に大きな穴があき、上から煙が噴き出していた。そのうしろにいたロシア兵は、死ぬか負傷するか、あるいは斜面の下のほうで身を隠そうとしていた。

「ざまあ見ろ!」うしろから叫び声が聞こえ、コナリーがふりかえると、カシラス三等軍曹がLAVからおりて、地面に折り敷き、空《から》になったAT－4発射器を両手で持っていた。カシラスが、発射器をほうり出して、LAVによじ登ろうとした。戦闘服の右太腿《ふともも》の部分がズタズタに破れ、光る血でべっとりと濡れていた。

海兵隊員たちが歓声をあげ、生き残りのロシア軍降車兵を激しく撃ちはじめた。

コナリーは、近くにいた射撃調整班のうちのふたりに、カシラスを捕まえろとどなった。

カシラスは、敵襲があった場合に機関銃を使えるように、LAVに登りかけていた。ふたりがすばやくカシラスのところへ行って、嫌がるのを説き伏せた。衛生兵数人が呼ばれて、開豁地の各個掩体にとりあえず設置した救護所に運んだ。

　コナリーは、もう一度、航空機を呼び出して、攻撃航過の確認をしてから、驚嘆して首をふった。撃たれてなお持ち場に戻って責務を果たそうとするのは、海兵隊軍曹ぐらいのものだ、と思った。

　コナリーの隣にいた通信士は、顔にひどい切り傷ができて、顔についた血が、まるで出陣するネイティヴ・アメリカンの隈取り《ウォーペイント》のようになっていたが、それでもなお作業をつづけていた。

「〈ボクサー〉から連絡です、中佐！」

　こういう状況で〈ボクサー〉がどういう支援をしてくれるのか、コナリーには想像もつかなかった。「搭載しているF／A‐18の予備飛行隊全機をよこしてくれるのならべつだが、〈ボクサー〉と話をしているひまはない」

　通信士はそこで起きた出来事に圧倒されて、そのジョークにも笑えず、コナリーに携帯用《フ》救《ツ》難無線機《ク》を渡した。「緊急だといってます」

　コナリーは、むっとして携《フ》帯用救《ツ》難無線機《ク》を耳に当てた。「こちら、厄介者《やっかいもの》のグリズリー5《ファイヴ》（5は副長もしくは先任幕僚のコールサイン。あちこちに行かされるのを、コナリーは皮肉っている）。どうぞ」

送信してきた相手がいった。「〈ジョン・ウォーナー〉が射程内で位置につき、支援するといっている。巡航ミサイルがあるが、発射すると位置を知られるので、急いで回頭して逃げなければならない。ロシア軍の位置までの推定飛翔《ひしょう》時間は十六分だが、座標をきみから聞きたいといっている。一カ所にとどまっているロシア軍部隊はそう多くないので、どれほど有効かはわからない」

一発の砲弾が、塹壕《ざんごう》から二五メートル以下のところで炸裂《さくれつ》した。土、石、枝が、頭のすぐ上へ飛んできたので、コナリーは無線機を耳に押しつけたままで首をすくめた。

だが、目を丸くして驚いていた顔に、笑みがひろがった。

「飛翔時間は十六分だな？　いいとも、それで計算できる。ちょっと待て」コナリーは、まわりの兵士たちを見て、襲来する砲弾の騒音に負けない大声で叫んだ。「TLAMだ！」TLAMがトマホーク対地攻撃ミサイルのことだというのは、その場にいただれもが知っていた。

それでも、塹壕でコナリーのそばにしゃがんでいた海兵隊員たちは、合点のいかない顔をした。やがて、若い大尉がいった。「潜水艦発射のトマホークですね？」

「そうだ。ロシア軍砲兵を沈黙させることができれば、大隊への攻撃を撃退するのに役立つかもしれない。近接航空支援を調整して、Ｉ《インディア》中隊の正面の敵をすべて叩いてくれ。ロシア軍は３／５（戦闘団５第３大隊）Ｉ中隊を突破口に選んだ。敵将軍のもくろみをわたしが正しく推理しているとすれば、敵は攻撃をいっそう強化するだろう。わたしの合図で、近接航空支援パッケージをすべて敵にぶつけてくれ」

航空統制官たちが、いまにも崩れそうな各個塹壕の底でひざまずいて寄り固まり、必要な計算を開始した。

　コナリーは、無線でキャスターを呼び出した。キャスターがべつの通信を終えてコナリーの呼び出しに応じるまで、一分近くかかった。

「きみたちはまだ前線を支えているのか、ダン？」

「大佐、指揮所は破壊され、いまわれわれは塹壕にこもっています。Ｉ《インディア》中隊は、もうじき押し潰されそうです。しかし、〈ジョン・ウォーナー〉が射程内に到着し、トマホークで静止目標を攻撃する準備ができています。ロシア軍砲兵を巡航ミサイルで制圧できれば、Ｉ中隊への圧力が弱まり、ダークホース大隊が前線を調整して、突破しようとする敵に対応できるようになります」

「きみはさきほどそのロシア軍砲兵を排除しようとしたが、まだかなり戦闘力が残っているように思える」

「たしかに、大佐。しかし、精確な座標をつかんでいますし、射撃頻度からして、ロシア軍は残りの砲をすべて使用していると思われます。つまり、砲を移動させていない。ラザールは射撃陣地を移動するよう命じるべきでしたが、こっちの陣地を突破できるという自信があったので、移動しなかったんです。移動すれば、そのあいだ、砲撃が弱まりますからね。したがって、敵の榴弾砲は、一時間前とおなじ場所にあります。十六分後もそこにあると思いますね。ラザールがこういう猛攻をつづけてくれれば、ＴＬＡＭが敵射撃陣地の座標に弾着して、砲兵を沈黙させるでしょう」

「その座標に確信を持っているのか？」

「まちがいのない情報ですよ。わたしの地図によれば、敵の射撃陣地はひらけた場所にあります」

キャスターがいる指揮所は、一瞬、すさまじい砲撃を浴びたようだった。砲弾が炸裂する音のせいで、キャスターの声がほとんど聞き取れなかった。「それなら、潜水艦に働いてもらおう。座標を送れ。わたしはマクヘイルと射撃調整班に指示して、射撃データを確認させ、トマホークの飛行経路が、ダークホースの戦闘正面にすでに集中している砲兵、迫撃砲、ヘリコプター、攻撃機の集束火力と相互干渉しないようにする」

「了解です、大佐」

77

米海軍攻撃原潜〈ジョン・ウォーナー〉
インド洋
一月一日

五〇キロメートル先の内陸部の状況が急を要することを、デルヴェッキオ中佐は承知していた。連隊射撃調整班の海兵隊員からの通信は、切羽詰《せっぱつ》まった声だった。支援要請が届いたときに、爆発音や衝撃音が無線から聞こえた。爆発音を聞いて、発令所で下される指示がすべて活気づいた。

デルヴェッキオはいった。「水雷、その座標にトマホーク八基を発射して。予備に四基を温存するが、発射準備を終えておいて。必要とあればそれも発射するけど、ずっと待っているわけにはいかないと、海兵隊に伝えて」

「アイ、艦長」水雷長が答え、射撃指揮コンピューターの前の射撃員のほうを向いた。

射撃員がコンピューターにデータを打ち込んだ。コンピューターの発射基準と、海兵隊に要求された弾道を、三度確認した。

「艦長、TLAM全基、発射準備完了」水雷長がいった。

デルヴェッキオ中佐は、すかさず命じた。「射て」

すさまじいシューッという音が、船体を揺さぶった。

気圧の変化が、耳に感じられた。垂直発射機に空気が注入され、ハッチが空気で押しあけられ、巨大なミサイルが水中に射ち出される衝撃が伝わってきた。

つづいて、ブースターが点火された。あっというまに一五メートル上昇したミサイルの噴射によって、船体に海水がぶつかった。やがてミサイルがインド洋の海面を割った。そして、後部の莢《さや》を投下し、ロケットエンジンが点火される。トマホークことBGM－109C対地巡航ミサイルは、尾部から黄色い炎を噴き出して上昇し、たちまち最大速度の四七五ノットに達した。すぐにあとの七基もくわわった。通常弾頭のBGM－109C四基と、子爆弾を弾頭に百六十六発搭載するBGM－109D四基という組み合わせだった。

ケニア　ムリマ山の北

一月一日

ラザール将軍は、先頭を切って前進する第2連隊にくわわっているBTRの砲塔に立ち、無線で損耗《そんもう》報告を聞いていた。損害は甚大だった――ラザールが予想していたよりもずっと甚大だった。それでもラザールが前進を命じたのは、米軍前線の中心に亀裂が生じているのが感じられたからだった。

主力をこれほど急速に肉薄させているのは、ラザールの構想の一環だった。グラッキー大佐の連隊の練度の高い兵士たちが、山の北側を護《まも》っている海兵隊大隊をそろそろ壊滅させるころあいだった。それが済んだら、ロシア軍全体が大挙して米軍防衛陣地の内側にはいり、海兵隊の他の大隊二個を背後から攻撃して、防御不能にする。その時点で、戦闘はおおむねロシア軍の勝利に終わる。

つづいて空挺部隊を送り込み、塹壕《ざんごう》や坑道の残敵を掃討する汚れ仕事をやらせる。その戦いも午前零時には終わるはずだ。ラザールは、防戦に追われている海兵隊への猛攻をつづけるのに、いくつか計算済みのリスクをとっていた。だが、砲兵陣地をふだんの流儀に反して一カ所に長時間とどめていることは、リスクとは見なしていなかった。F‐35は精密照準攻撃を行なっていないし、対空砲兵が敵機を近づけないように、巧みに防御している。

ラザールは、状況をじかに視察するためにジョンボ山の蔭の砲兵陣地へ行かせたキール大佐に連絡し、所在を突き止めた敵指揮所への砲撃を続行しろと、砲兵を激励するよう命じた。指揮所が混乱すれば、強襲に対応することができなくなる。

一分後、キールが無線で連絡してきた。「将軍、第3連隊が、停止する必要があるといっています。損耗が激しいとのことです」

ラザールはいらだった。強襲を強行すれば、海兵隊はすぐに消耗するにちがいないが、連隊長たちを信頼しなければならないこともわかっていた。「わかった。クラヴァにしばらく進軍を中断してもいいと伝えてくれ。だが、敵陣地への砲撃は続行しろと命じろ。圧力をゆるめたくない」

「かしこまりました。それから、将軍、グラッキーからの報告を受信しましたか？　海兵隊陣地に数個小隊がはいり込んだそうです。いまにも突破できそうだとのことです」

後背《こうはい》のジョンボ山にいるキール大佐に報告が届いてから、先鋒のすぐうしろのラザールにそれが伝えられるというのは、奇妙な感じだった。ラザールは、グラッキーの連隊の先頭にいる大隊にくわわっていた。だが、戦闘中は、司令官が先頭部隊に移動しても、報告系統を変えない場合が多い。

「それは朗報だな」ラザールはいい、双眼鏡を持ちあげて、前方を見た。ジャングル内の山に通じる上り坂で、接近戦が行なわれているのが見えた。戦闘の音はどれも似通っているが、機銃の掃射がどんどん激しくなり、ライフルの軽快な銃声も絶え間なかった。手榴弾が爆発するのが見えたので、彼我の距離はもうメートル単位になっているとわかった。

いいぞ、ラザールは心のなかでつぶやいた。非常にいい。

「報告しなければならないことがあります、将軍」キールが語を継いだ。「ここの砲兵指揮官が知らせてくれたのですが、ボルビコフ大佐の命令で――」

BTRのエンジン音よりもひときわ高い、なにかの音をもっとよく聞こうとして、ラザールはヘルメットを脱いだ。頭上から聞こえる低いうなりのほうを見あげた。最初は、米軍陣地を突き止めるために砲兵部隊が飛ばしている無人機かもしれないと思ったが、音色がちがっていた。

無人機特有の芝刈り機のような音ではなく、コースを周回するレーシングカーの音に似ていた。アフリカの太陽がまぶしい空を捜すと、三つの物体が見えた、それが四つ、いや、たちまち八つに増えた。葉巻のような細長い黒い物体が八つ、ラザールのBTRの車列と平行に低く飛んでいた。頭上を通過し、たちまち背後の北へ飛翔《ひしょう》していった。

ラザールは、それがトマホーク・ミサイルで、砲兵陣地に向かっていることに気づいた。ラザールは、砲塔のなかで向きを変え、ミサイル六基がジョンボ山の北側のターゲットに急速に接近するのを見守った。

あわててヘルメットをかぶり、無線で警告した。「キール！　身を隠せ！」

ラザールが見ていると、一基目のミサイルがジョンボ山の向こう側に降下し、数秒後にすさまじい衝撃波が、二キロメートル南にいたラザールのBTRに襲いかかった。それがさらに三度、たてつづけに起きた。最初の四基に追随していた四基が、おなじ地点の上空で子爆弾を撒《ま》き、六百六十四発もの子爆弾が、自由落下していった。

ふたたび衝撃波がラザールの陣地を通過し、爆発がつづいて、轟音《ごうおん》は激しくなるいっぽうだった。

北の空が引き裂かれていた。

壮烈な眺めを見るために、敵も味方も射撃を中断し、前線の砲声や銃声が熄《や》んだ。だが、爆発が轟《とどろ》き、焼夷剤《しょういざい》が噴きあがり、濃い白煙が立ち昇っていたので、砲兵陣地と弾薬がほとんど破壊されたにちがいないと、ラザールにはわかった。

ラザールは、無線機のスイッチを押した。「キール？　キール？　損害は？」

応答があるまで、数秒の間があった。キールがようやく、茫然《ぼうぜん》自失した声で答えた。「将軍、砲はすべて消滅しました。いたるところに死者が倒れています」

「くそ、キール、残りの砲兵を準備しろ。まだ敵陣突破は可能だ」

キールが、何度か咳き込んだ。「将軍、さきほどいおうとしたのですが、榴弾砲六門の一個小隊しか残っていません。ボルビコフ大佐が、それを予備として温存するよう要求しました」

「ボルビコフが要求した？　よく聞け。152はスペッナズのものではない！」キールが答えなかったので、ラザールはいった。「温存する予備などない、キール、聞いているか？　予備などない！　兵士も装備もすべて、戦いに投入する――急げ！　敵は屈服する寸前だ」

キールが答えなかったので、ラザールはまたどなった。「キール、そこにいるのか？」

弱々しい咳が、無線から聞こえた。「ドミートリー、負傷したのか？」ラザールはきいた。

「はい……たいしたことはありません。ただ《ダー》――」

ラザールは、大声で交信していたせいで、BTRの周囲で起きていることに気づいていなかった。砲塔のなかで正面のムリマ山と戦場のほうに向きを変えたとき、米軍のジェット機四機が甲高《かんだか》い爆音とともに高い雲を抜け、ラザールのBTRを含めた車列にまっすぐ飛んでくるのが見えた。

狭い道路のBTRに、米軍機は完璧に狙いをつけていた。ターゲットを撃ち損じるおそれはまったくなかった。

「地獄に落ちろ！」ラザールはどなった。だが、反応する時間は数秒しかなかった。ラザールはヘルメットをほうり出し、ハッチから抜け出して、BTRの車体を蹴って跳んだ。ずんぐりした体つきのラザールは、未舗装路に落ち、側溝に転げ込んで、頭を抱えた。そのとき、一基目のミサイルが、ラザールが乗っていたBTRに命中して、そのBTRと前の一両が火の玉に包まれた。

78

ベラルーシ　スロニム
一月一日

かつては恐るべき存在だったエドゥアルト・サバネーエフ将軍の機甲・歩兵連隊は、燃料が尽きかけていた。燃料をむさぼり食らうT‐14アルマータ戦車六両、ブメラーンク装輪装甲車八両が、いまでは涙の旅路と化した国道沿いに置き去りにされ、東へ逃走する機甲車両縦隊の苦難を物語っていた。じきに二両のT‐14がエンストした。ブメラーンク二両が道路脇にとまって、後続の縦隊が通れるように、その二両を動かしてどかすために、少量の燃料をサイフォンで戦車に注入した。

ポーランドとの国境から一〇〇キロメートル以上離れたスロニムには、ベラルーシ軍第11親衛機械化旅団司令部がある。サバネーエフの部隊は、スロニム付近に達したところで、予備の燃料をほとんど使い果たした。撤退するロシア軍の陣営で、サバネーエフ将軍は、地図上で第11親衛機械化旅団司令部がある場所を指さし、規模がだいぶ縮小した各大隊に、その基地へまっすぐに行くよう命じた。燃料と弾薬を補給する手立ては、それしかなかった。これまでの経験から、第11の基地には旧式のT－80戦車数個大隊が配置されているとわかっていたので、東への移動を再開し、踵《かかと》に咬《か》みつく米軍部隊を寄せつけないために必要なものが、ほとんど手にはいるはずだった。

日暮れにロシア軍部隊が第11親衛機械化旅団司令部のゲートに到着すると、逡《しゅん》巡《じゅん》と敵意の入り交じった対応をされた。ベラルーシ軍はすべて、兵舎にこもるように命じられ、米軍とロシア軍のどちらにも干渉しないよう具体的に指示されていた。

〝近づくな。手助けしてはならないし、妨害してもいけない〟というのが、政府からの命令だった。

当初、ゲートの警衛たちは、上層部に命じられているといって、物騒な見かけのロシア軍機甲部隊が基地内にはいることを拒んだ。

そこで、スミルノフ大佐が降車し、縦隊の先頭にすたすたと歩いていって、警衛を叱りつけ、ゲートをあけろと要求した。スミルノフは怒りをたぎらせて、愕然《がくぜん》としているベラルーシ軍の兵士に、燃料貯蔵所の鍵を持っている係下士官を捜してこいと命じた。ベラルーシ軍の兵士は、同盟国のロシア軍と協働するのに慣れていたし、現在の状況と領内のロシア軍旅団に関する政治には疎《うと》かったので、スミルノフの命令に従い、外側のバリケードをあげて、鍵を管理している軍曹を捜しにいかせた。まだ走れる戦車とブメラーンクが基地内にはいり、列をなして角をまわり、基地の広い通りを進んでいった。

燃料貯蔵所の鍵が見つかり、攻囲されたロシア軍縦隊をよみがえらせる作業がのろのろと進められた。

ベラルーシ軍の警衛は、当然ながらこっそり指揮系統の上にこの出来事を報告し、機械化旅団の兵站《へいたん》幕僚の大佐が突然やってきたことに、驚いたふりをした。大佐は幕僚車で燃料貯蔵所へ行き、道路のまんなかで急停止させて、憤然と現場へ歩いていった。

「ヴォレスキー軍曹、ただちにポンプをとめろ！」

軍曹が従って、あとに下がった。ロシア軍と兵站幕僚が撃ち合いをはじめるかどうかはわからなかったが、不穏な事態になるのは明らかだった。

「どのような権限で、わたしの燃料を盗んでいるのだ、大佐？」第11親衛機械化旅団の大佐が詰問した。

スミルノフは、こういう事態を予期していた。「燃料ポンプの前からどけ、同志」拳銃の革ホルスターに手をのばしながら、怒気をこめていった。

たちまち、ベラルーシ軍大佐の顔に恐怖がひろがった——ご主人さまであるロシアは、つねに恐れられ、敬《うやま》われている——だが、もっと大きな権限を持つ人間がやってきてこの場をおさめるための時間稼《かせ》ぎだと、スミルノフは見抜いていた。

まもなく憲兵の車両が到着し、スポットライトをつけた。憲兵たちが降車し、暗くなりかけているなかを、兵士たちが集まっているところに向けて歩いてきた。スミルノフは、もっとも近くにいた兵士の一団に合図した。車列に沿って駆け足でひきかえした一団が、一個小隊かそれ以上の数の兵士を呼び集めて、ロシア軍車両の正面を固めるよう命じた。

ベラルーシ軍の大佐が、憲兵と話し合い、躍起《やっき》になってスミルノフ大佐を指さした。明らかに度を失いかけ、これがどういう結末になるか、わかっていないようだった。苦慮している大佐を見て、憲兵たちが拳銃を抜いた。集合していたロシア兵がベラルーシ兵にAK‐47を向けて、スミルノフ大佐の横に並んだ。

事態がそれ以上悪化する前に、サバネーエフ将軍が、ロシア軍車両縦隊のなかごろにとまっていた指揮車のブメラーンクからおりて、厚い冬用の手袋を将官用の上等なウールのコートに叩きつけながら、自信に満ちた大股で、ポンプのそばのひとだかりに近づいた。そのままひとだかりを進むと、サバネーエフの前でロシア兵が従順に分かれて、静まり返った。

サバネーエフは、小柄なベラルーシ軍大佐の前に行って、指で胸を突いた。「大佐」サバネーエフは、ゆっくりといった。「ただちに燃料貯蔵所のコックをあけないと、集団安全保障条約違反で射殺する」ベラルーシなどの小国五カ国とロシアが結んでいる条約のことだ。

その衝撃的な言葉と、混乱のさなかにロシア軍の将軍が突然現われたことで、ベラルーシ側は完全に沈黙した。どう反応すればよいのかわからず、自身満々の美男子の将軍を、ただ目を丸くして見つめていた。ベラルーシ側が動揺しているのを見てとったサバネーエフは、たたみかけた。「条約に定められたとおり、ただちにわが軍を支援するのだ。集団安全保障条約加盟国に対する攻撃が行なわれた際に、ロシア政府は——いま、ここではわたしがその代表だ——率先して加盟国を護《まも》ると、定められている。

そしていま、大佐、おまえが気づいているかどうかわからないが、おまえの国はＮＡＴＯと戦争状態にある」

サバネーエフが唱えたロシアとベラルーシのおおざっぱな軍事同盟の条項は、大佐が受けている、退却するロシア軍を支援するなという命令と合致しない。ベラルーシ政府に通知せずに領内を通過して西側を攻撃したことは条約違反だと、命令に明記されていた。

だが、大佐が頭のなかでそのややこしい問題とどう格闘していたにせよ、鋭く反響する音とそのあとの爆発音によって中断した。突然、それがその場の全員の代わりに結論を出した。正面ゲート前にとまっていたＴ‐14一両が、主砲での射撃を開始した。一発目につづいて二発目がすぐに放たれ、他の戦車も射撃しながら機動しはじめた。

「なにをやっているんだ？」まわりに立っていた兵士に、サバネーエフは語気鋭くきいた。いちばん近くのブメラーンクの砲塔から、ひとりが首を突き出した。「同志将軍、アメリカのＭ１とドイツのレオパルトが、西から接近しています！」

襲来する砲弾が付近の通りに弾着し、ベラルーシ軍の装甲車が空高く吹っ飛ばされた。サバネーエフは、ベラルーシ軍の兵站幕僚の肩をつかみ、ともにそばの建物の階段を昇って、なかにはいった。

給油の順番を待って並んでいたロシア軍車両が、向きを変えて、さまざまな方角へ走っていった。秩序は消滅し、ロシア兵は自分の車両に駆け戻ったり、指揮官とおなじように身を隠す場所を捜したりした。ロシア軍が応射して防戦したにもかかわらず、前進する米軍の射撃が頭上で轟音《ごうおん》を響かせていた。

　ロシア軍の戦車とブメラーンクは、林に向けて突っ走り、飾り物にすぎない煉瓦《れんが》の胸牆《きょうしょう》の蔭にはいった。米軍の砲撃から逃れようとして、煉瓦の建物に突っ込んだ車両もあった。

　ロシア軍の戦車の多くは、戦闘能力を失っていたし、ブメラーンクもほとんどが対戦車ミサイルを射ち尽くしていた。いますぐに燃料と弾薬を補給しないと、西側からの侵略軍に蹂《じゅう》躙《りん》されるおそれがあった。


　建物内にはいると、サバネーエフはベラルーシ軍大佐の襟《えり》をつかんだ。「戦時装備はどこに保管してある？」

　自分の基地が攻撃されていることに困惑していた大佐が、首を横にふった。「すみません、同志。わたしには権限が――」

「おまえの権限などどうでもいい。答えろ――早く！　どこにある？」

「ここにはありません」

「嘘だ！　この基地には、われわれの軍がどうしても必要になった場合に使えるように、ロシアが供与した弾薬が大量にあるはずだ。武器があるのはわかっている。どこにある？」

　戦車砲の砲弾が、表で何発も弾着していた。すさまじい混戦のさなかで、ロシア軍の応射の音が轟《とどろ》いていた。

　大佐がいった。「たしかにありましたが、なにもかも、けさミンスクにトラックで運ばれました」

「いったいどういうことだ？」

「総司令部からの命令です。政府はこの失敗に終わった西側襲撃に関わらないことにしたのです。ロシア軍はベラルーシの物資を使用しては――」

戦車砲の榴弾《りゅうだん》一発が建物の側面に命中して、ガラスが割れ、壁が揺れ、そこにいた男たちが床に倒れた。石造りの古い建物が崩れて、埃《ほこり》が充満した。

サバネーエフと大佐は、どうにか立っていた。立ちこめた埃のせいで、一瞬、おたがいが見えなくなった。

「なにがある？」サバネーエフはきいた。

大佐がすぐに答えなかったので、サバネーエフは小柄な大佐の体を壁に押しつけて、ホルスターから拳銃を抜いた。顎《あご》の下に銃口を突きつけてどなった。「答えなかったら、いまここで撃ち殺す！」

大佐が恐怖にかられて顔を覆《おお》い、答えた。「T‐72とT‐80用の榴弾百発ずつです、同志将軍。それだけです。誓います。統合演習の手順に従い、木箱に入れて保管してあります。ここから一キロメートル離れた弾薬用掩蔽壕《えんぺいごう》のなかです」

T‐80主砲は一二五ミリ滑腔砲《かっこうほう》で、サバネーエフの部隊のT‐14とおなじ口径だ。

また一発が建物に当たった。サバネーエフは大佐から手を離し、銃口を下に向けたが、そのまま脇で持っていた。「わたしの作戦主任幕僚のスミルノフ大佐を案内し、動ける戦車をすべてその掩蔽壕に行かせろ。燃料を補給して出発できるようになるまで、基地内で戦う。撤退するときには、おまえの部下に掩護《えんご》させろ。わかったか？」

さらに数度の大きな爆発が起きた。すべて米軍の戦車砲の砲弾で、建物の正面に当たっていた。サバネーエフと大佐が立っていた廊下に弾子が飛び込み、ふたりは床に伏せた。身を隠そうとして建物内に身を躍らせた若い通信士の腕に弾子が当たった。肘《ひじ》から手までの肉を引きちぎられた通信士が、腕から血をだらだら流し、苦痛にもだえて床を転がった。

サバネーエフは、通信士の傷には目もくれず、装備ベストに取り付けてあった無線機のハンドセットを取った。「スミルノフ、弾薬が手にはいるが、一キロメートル離れたところにある。そっちはどうなっている？」

数秒のあいだ、応答がなかったが、やがて聞こえた。「指揮車が破壊されました！」聞いたことのない声だった。間があった。「大佐は見当たりませんが……だれも生き延びられなかったでしょう！」

「くそ！」サバネーエフはどなった。無線機に向かっていった。「べつのＢＴＲを用意して、司令部ビルの正面に持ってきてくれ。三十秒後に出ていく。交戦中の戦車以外はすべて、わたしの車両につづいて弾薬があるところへ行くのだ！」

サバネーエフは、苦痛に身もだえしている若い兵士のそばにハンドセットをほうり投げ、ベラルーシ軍大佐の肩をつかんで、立ちあがらせた。「主砲の砲弾があるところへ案内しろ、大佐」

米軍のエイブラムズ戦車の斉射がふたたび建物を襲ったが、サバネーエフは廊下の残骸《ざんがい》や倒れている兵士には目もくれず、大佐の袖《そで》をつかんだままで、正面出入口に向けて走った。司令部ビルの正面出入口から跳び出すと、あたりは煙に包まれていて薄暗かった。ふたりは階段をおりて、燃料貯蔵所の前の道路に立った。そこまで行くと、ようやく煙が晴れて、行く手が見えた。ふたりの正面には、破壊されたロシア軍車両が六両あった。戦車が基地の周辺の金網の柵越しに、遠い敵ターゲットと交戦していた。戦車のエンジンのうなりと疾走するブメラーンクの轟音《ごうおん》が、あたりに鳴り響いていた。ロシア軍車両は、米軍に応戦できる陣地を確保しようとしていた。

冬支度をほどこした芝生、小ぎれいな煉瓦で正面を飾られた建物、整然とした道路が、のんびりした雰囲気をかもし出していたベラルーシ軍基地が、いまでは煙と炎に覆われた大混乱の場になっていた。

金網の柵の内側には、ロシア軍車両しか見えなかった。ベラルーシ軍の車両はいない。サバネーエフはきいた。「大佐、おまえの部隊はどこだ?」

大佐が答えた。「支援するなと命じられていたので……なにをやれというんですか?」

サバネーエフは、さまざまな形の戦闘を経験していたが、このベラルーシ軍大佐は、敵を斃《たお》す目的で発砲したことは一度もないのだと気づいた。

ゴミでも捨てるように大佐の袖から手を放し、サバネーエフは迎えにきているはずの車両を捜した。用済みになった大佐は、埃が充満している建物内に駆け戻った。

襲来する砲弾が爆発し、応戦の砲声が轟いているなかで、サバネーエフは拳銃を握ったまま立ち、腹立たしげに煙を睨《にら》みつけた。連隊の兵士はそれぞれ、生き残るための戦いに余念がなく、迎えにこいという命令にだれも従わなかったようだった。

数秒後に、左からの低い響きが大きくなり、右からもおなじ響きが聞こえた。甲高《かんだか》いウィーンという音は、ロシア軍装甲車両のディーゼルエンジンの音とは異なっていた。左右から米軍のエイブラムズ戦車が姿を現わし、基地のゲート付近のロシア軍車両に主砲の砲口を向けた。

サバネーエフは、さっと向きを変えて建物内に逃げようとしたが、五〇口径機銃のカンバスを引き裂くような恐ろしい音が聞こえ、ぴたりと足をとめた。石の階段の上、一〇メートル先の正面出入口が、銃弾によって引き裂かれていた。

射撃が熄《や》み、サバネーエフは恐ろしい光景のほうへふりかえった。落雷を思わせる轟音とともに、数ブロック離れたところでT－14戦車数両が炎に包まれた。だが、自動装塡《そうてん》装置と砲弾収納庫が空《から》だったので、ここ数日、何度も目の当たりにした二次爆発の爆風をくらうことはなかった。

ドイツ軍のレオパルト2戦車が、撤退するロシア軍車両を追って、主砲で射ちながらそばを通過した。

サバネーエフは、戦闘でめちゃめちゃになった左右の通りを眺めた。勝手がわからないベラルーシ軍基地に煙が充満し、残骸が散乱しているせいで、方向感覚を失っていた。戦闘部隊の生き残りと合流できるだろうか？　サバネーエフは、頭を明晰《めいせき》にしてつぎの手を考えようとした。

だが、考えが決まる前に、米軍のM1A2・SEPエイブラムズ戦車の巨体が、サバネーエフが立っている建物の角から現われた。鋼鉄の巨大な履帯《りたい》が、歩道と車道に半分ずつ乗り、ギシギシと音をたてて進んでいた。エイブラムズ戦車は、五、六メートルしか離れていない通りに一二〇ミリ主砲を向けて、建物の側面に車体を寄せ、コンクリートの路面を削り取りながら、その場で旋回した。巨大な車体と主砲が、まっすぐサバネーエフのほうを向いた。

アメリカ人の車長が砲塔に立ち、何日も風雪にさらされてきた顔に厳しい表情を浮かべ、サバネーエフの胸にM240機銃の狙いをつけた。その若い戦車兵は、機銃で射ち殺すか、それとも主砲でまっぷたつにするか、迷っているように見えた。

サバネーエフは、拳銃を凍った階段に落とし、両手をあげた。目鼻立ちが整っている顔に深い疲労がにじみ、途方に暮れた表情になっていた。

79

ケニア　ジョンボ山
一月一日

テントの垂れ蓋《ぶた》が勢いよくあけられ、三人の男がはいってきた。一陣の熱い夜風が三人のあとから吹き込んだ。

ロシア軍旅団司令部の幕僚たちがふりかえると、キール大佐が衛生兵ふたりの肩を借りて、はいってきた。キール大佐の顔は血と土にまみれていた。戦闘神経症《シェルショック》に襲われているような感じで、口をだらしなくあけていた。左足から血がしたたっていた。

少佐と大尉数人が、キールに駆け寄った。

衛生兵ひとりがいった。「救護所には行かないというんです。重傷なのに、ここに来るといい張ったんです」その命令に従いたくないことは明らかだった。

キールは、折りたたみ椅子に連れていかれて、どさりと座った。息が荒かった。戦闘服のズボンが破れている膝《ひざ》の部分を、手で押さえていたが、指のあいだから血がにじんだ。キールはすぐに傷口から目をそむけて、血まみれの両手で頭を抱え、目をこすった。

ひとりの少佐が水筒を渡し、キールが水を飲むあいだに、衛生兵ひとりがしゃがんで膝に包帯を巻きはじめた。

キールは水筒から目をあげた。「前線から……将軍から連絡は?」

通信士が首をふった。「連絡はありません。グラッキー大佐の副長が、第2連隊の先頭大隊はほぼ全滅に近いと報告しています。将軍はその第1大隊にくわわっていました。いまのところ、報告はそれだけです」

キールは、しばらくじっと座っていた。ようやく口をひらいた。「グラッキーに、戦闘を中断するよう命じろ。撤退して、陣容を立て直すためだ。それから、ラザール将軍を捜せといってくれ」

キールが話をしているあいだ、スペツナズ士官四人に囲まれたユーリー・ボルビコフ大佐が、司令部テントに勢いよくはいってきた。五人とも抗弾ベストをつけ、銃を持っていた。

「その命令は撤回!」ボルビコフが、すばやくあたりを見た。「ラザール将軍はどこだ?」

はじめはだれも答えなかった。やがて、ひとりの少佐がいった。「第2連隊に同行していました。連絡がありません」

「では……死んだのか?」

「まだわかりません。米軍機がグラッキーの連隊の先鋒を攻撃してからずっと、応答しなくなっています」

ボルビコフは、テントの垂れ蓋の近くに立ち、薄暗い司令部を眺めまわした。キールのほうを見た。「大佐、負傷しているじゃないか。ただちに救護所へ行け」

キールは、ボルビコフのほうを見あげた。ぼうっとしていた頭が、すぐさまはっきりした。

「そのつもりはない」

居丈高《いたけだか》な野太い低音で、ボルビコフ大佐がどなった。「キール大佐、たったいまここで、おまえを作戦主任幕僚から解任する！　おまえはショック状態だし、おまえの行動は兵士がパニックを起こす原因になる。敵と直面しているときに、許しがたいことだ」

ボルビコフは、すぐさま通信士に向かっていった。「グラッキーに、陣容を立て直し、将軍の遺体を捜すあいだ、戦術休止していいと伝えろ。ムリマ山の北側への緊急増援をただちに行なう。一個強襲大隊を派遣するといえ」

強襲大隊大隊長フェドゥーロフ中佐が、大尉数人とともに地図テーブルの前に立っていた。ボルビコフの言葉を聞いたフェドゥーロフが、驚いて顔をあげた。ムリマ山〝掃討〟と鉱山奪取後の守備の接近戦だけに投入されるという話だったからだ。

フェドゥーロフはいった。「大佐、米軍の前線を抜くのには、われわれ強襲部隊よりも歩兵部隊のBTRのほうが適しています」

「おまえたちの部隊が来たら、グラッキーも兵士たちも、勇気づけられて前進するはずだ」

「お言葉ですが、同志大佐、歩兵を鼓舞するのは、われわれの役目ではありません」

キール大佐が立ちあがった。衛生兵がまだ脚の傷に包帯を巻いている最中だったので、包帯がほぐれて床に落ちた。キールは、ボルビコフに指を突きつけた。「貴様はどういう権限でそういう命令を下すんだ、大佐？　貴様の役割は司令部の顧問だ。助言する役目でしかない」

ボルビコフは答えた。「なんの権限もないのは、おまえのほうだ、キール。おまえの上官は行方不明だし、おまえは負傷して、指揮をとるのに適していない」

キールは、目にはいる血を拭《ぬぐ》い、動揺した口調でわめいた。「当直将校！」

「はい、大佐」数メートル離れたところにいた大尉が答えた。

「報告はどうなっている？　米軍機の攻撃後、北方面の部隊指揮官はだれも連絡してこないのか？」

「連絡はありました。指揮官ふたりが現況を報告しています。第3連隊は、攻撃を中止していましたが、将軍の命令で海兵隊への砲撃を再開しています。第1連隊は、進撃が鈍く、降車兵の対戦車兵器でたえずBTRを攻撃されています。いずれの連隊もかなり深刻な人的損害が生じています。第2連隊からはまったく連絡がありません。先頭の大隊が全滅したと連隊長が報告してから、連絡が途絶えました」

キールは、ボルビコフのほうを向いた。「これが現況だ。つぎの野戦指揮官は第1連隊大隊長の大佐だ。わたしが手当てを受けているあいだに、彼がここに来て指揮をとる」

ボルビコフは首をふった。「馬鹿な。大尉、衛生兵を呼び戻して、この男を連れ出すよう命じろ。日誌には、わたしが陸軍総司令官にあたえられた権限で、いまから旅団の指揮をとると記録しろ」

大尉が目を丸くして、大佐ふたりを交互に見た。葛藤《かっとう》に襲われ、自分の指揮系統が一瞬、わからなくなったようだった。

ボルビコフは、議論をそこで打ち切った。テント内にいたスペッナズ隊員に合図すると、ひとりが外にいる隊員を無線で呼んだ。すぐにＡＫ－12を構えたスペッナズ隊員四人がはいってきた。ふたりがキール大佐の両腕をつかんで、大声で抗議するのもかまわず、テントの外へ力ずくで連れ出した。

特殊部隊の大柄な兵士たちの邪魔をするものは、司令部にはひとりもいなかった。

ボルビコフは、度肝を抜かれてぼうっとしている二十四歳の当直将校から無線機を取りあげ、送信しはじめた。「全局に告ぐ、全局に告ぐ。こちらはユーリー・ボルビコフ大佐だ。残念ながら同志ボリス・ラザール大将が死んだことを報《しら》せなければならなくなった。いまからわたしが旅団を指揮する。われわれは団結しなければならない、同志諸君。偉大な指導者で友人であった将軍の死を悼《いた》むのは、これが終わってからにしよう。モスクワと母なるロシアは、諸君全員がそれまで将軍の任務を完遂することを期待している。受領通知しろ」

司令部にいた幹部士官たちは、無線機をじっと見つめた。一瞬、遠い戦闘の音のほかは、なにも聞こえなかった。第３連隊が、海兵隊の前線で激しい交戦をつづけている。

ほどなく、無線機から応答が聞こえはじめた。

「第１連隊、受領した」ニシュキン大佐が、緊張のにじむ声でいった。

「クラヴァ大佐、命令を受領した」第3連隊連隊長が、低い声でいった。「第2連隊、送信を受領。こちらは作戦幕僚。グラッキー大佐は、前線で死んだことが確認されたが、将軍はいまだに――」

ボルビコフはさえぎった。「わかった。どの部隊もかなり犠牲を払ってきたが、いまは戦うときだ。その犠牲を無駄にしないために、目前の責務を果たすのだ。まもなく指示をあたえるが、二時間以内に攻勢を開始すると思っていてくれ。すべての戦闘正面を全連隊によって再攻撃するのとタイミングを合わせて、精兵の空挺部隊に敵陣地を強襲させ、敵を釘づけにする」

ボルビコフは、無線機を置いて、司令部要員に向かっていった。

「今夜の攻撃計画は、いま諸君が聞いたとおりだ。全部隊に準備をさせろ。人的損耗《そんもう》をわたしに報告しろ」強襲大隊大隊長のほうを向いた。「フェドゥーロフ中佐、命令をあたえたぞ」

顎《あご》が角張っている三十八歳の中佐は、階級が上のボルビコフに反論した。「大佐、前線からの報告はかなり深刻です。第2連隊は、甚大な被害を受けています。進撃して鉱山を奪取できると、本気で確信しているのですか？」

「それほど深刻な状況ではないし、そういう言葉を使うな」

「わたしはただ、他の二連隊が――」

ボルビコフは、その先をいわせなかった。「あとの連隊は攻撃力を維持し海兵隊を砲撃しつづける。そのあと、おまえたちは支障なく進撃する」

「しかし――」

「いいかげんにしろ！　しごく単純な理屈でわれわれが有利なのがわからないのか？　兵力だけでもこっちのほうがずっと多い」

「任務に疑問を呈しているのではありませんが、戦術には問題があるように思われます。他の二連隊は、敵に肉薄するのに必要な軽装甲車両を大幅に損耗したと聞いています。砲兵もほとんど消滅しました」

ボルビコフは、強襲大隊の中佐を睨《にら》みつけた。中佐がなにを考えているのか、わかっていた。ラザール将軍とはちがって、ボルビコフは戦術の重要な働きを理解していないと、あてこすっているのだ。

ボルビコフは、その非難をまともに取り合わなかった。「米軍は一日たったら空母打撃群を使えるようになる。空を覆《おお》うほど地上攻撃機を飛ばすだろう。われわれが鉱山を奪取すれば、空爆できなくなる。だから、鉱山を占領する必要があるのだ。

おまえたちは、最終強襲でわたしの突撃部隊になる。この任務をやるのが無理だというのなら、キール大佐の場合とおなじように、わたしが指揮を引き受ける」

第76親衛空挺師団第23空中強襲連隊の強襲大隊を指揮する中佐は、それ以上なにをいっても無駄だと察した。うなずいて無線機を取り、強襲大隊の攻撃を支援するために強襲前位置に前進するよう兵站《へいたん》将校に命じた。

ボルビコフは、溜息をついた。もっとも忠誠だった部下までもが、命令に異を唱えるようになっている。最後の攻勢をかけて、すべての兵器と装備で海兵隊を攻撃する潮時だ。空挺部隊が要求どおりの利点を得られなかったら――海兵隊の周辺防御を破れなかったら――敵を打ち負かすために、もっと過激な手段を使わなければならなくなる。

ダン・コナリー中佐の射撃調整チームは、ダークホース指揮所への強襲で生き残ったロシア軍の負傷兵ふたりを結束バンドで縛りあげた。I《インディア》中隊に大きな人的損害が生じたが、周辺防御を越えた装甲人員輸送車《BTR》の残りはすべて掃討できたと、大隊長が伝えてきた。ロシア軍の三〇ミリ機関砲と八二ミリ迫撃砲の攻撃を受けていたが、米軍のスナイパー、ジャヴェリン・チーム、軽装甲車《LAV》、残っていた戦車一両が、あらたな攻撃を撃退しているようだった。

それは長つづきしそうになかった。ジャヴェリンはほとんど残っていない。ロシア軍の接触がすくない東と西の防御地区から、数発が移されたが、ロシア軍がまた調整攻撃を仕掛けてきたら、海兵隊のもっとも威力がある対戦車兵器であるジャヴェリンを使い果たすはめになるだろう。

コナリーは、水筒を出して、口に当てた。水は残っていなかった。各個掩体《えんたい》の無線機のそばを片時も離れたくなかったので、近くに水がないかと見まわした。

半分残っているペットボトルが見つかったので、それを飲みながら、海軍の衛生兵がめちゃめちゃになった指揮所を通って、負傷者を手当てし、あとで遺体を回収するために戦死者の位置を入念に記録しているのを見守った。

航空統制官が、インスタントコーヒーの小袋をコナリーに渡した。コナリーは小袋を破いて、酸味がある乾いた粉末を飲み込み、引き裂かれてくすぶっている森からつぎの敵襲がある前に、必要なエネルギーを湧き起こそうとした。塹壕《ざんごう》の近くにいた兵士たちにも渡され、全員がそれを利用した。

コナリーとそのチームも含めた指揮所要員は、塹壕のなかで北の区域に目を凝らしていた。何人かは負傷していたが、重傷者を先に処置させるために、手当てをあとまわしにしていた。

ダークホース指揮官と話をするために、コナリーはキャスター大佐の無線を聞くのをひとりに頼んだ。ベン・ディキンスン中佐は、塹壕のなかで立っていた。片方の袖《そで》がちぎれてなくなり、乾いた血が腕と手の甲にこびりついていた。出血を抑えるために肘《ひじ》に包帯を巻いていたが、包帯は血が染みて、泥、木の葉、木の破片がくっついていた。真っ赤になった包帯が、ディキンスンの前に積んであった。

「ひどいな、ベン、その腕は診《み》てもらったほうがいい」塹壕でそばにしゃがみ、いまにもBTRが開豁地《かいかつち》に走ってくるのではないかと思って北を向いたままで、コナリーはいった。

「われわれの正面を戦車一個小隊で掃討し、ロシア軍BTRに向けて長距離射撃を行なうよう、団長《おやじ》に頼んだ」

衛生兵に診てもらったほうがいいという助言は黙殺されたが、コナリーは黙っていた。理解できた。大隊の海兵隊員すべてが危険にさらされている。千二百人を指揮する立場だから、自分の肘のことなどかまっていられないのだ。「団長はやってくれるだろう、ベン。ダークホースは持ちそうか？」

「ひどく叩かれたが、防御はいまも堅牢だ。しばらくしたら、前線をまわって点検する。おい、ダン。キャスターに連絡するときには、ダークホースはぜったいに破られないといってくれよ」

コナリーは、旧友のディキンスンに笑みを向けた。「その言葉に同感だ、きょうだい。戦車を早くよこすよう頼もう」

それから二時間、ダークホース大隊の疲れ果てた海兵隊員たちは、つぎの強襲に備えた。

コナリーは目をこすって疲労を追い払い、指揮所の周囲の闇に目を凝らした。各個掩体や火点（機関銃などの自動火器を備えた陣地）を掘ると、海兵隊員たちはほとんどが地中に潜っていた。コナリーの小規模な前線射撃連絡チームは、彼らの足もとで土の壁にもたれ、うとうとしていた。

うしろのほうで動きがあり、コナリーはじっくり検討しようとしていた火力支援地図から目を離した。ふりむくと、大柄なフランス軍特殊部隊大尉が、コナリーの陣地に歩いてくるところだった。汚れているが力強く、重武装した竜騎兵三人を従えていた。

コナリーは、小声で呼んだ。「アポロ大尉、こっちに来てくれ」

アポロが、部下三人の先頭に立ち、コナリーの塹壕に来た。「中佐殿《モン・リュトナン・コロネル》。会えてうれしいです」

「わたしもだ。ここでなにをやるんだ？」

「敵の前方準備位置を偵察してから、ダークホース大隊の防御の前方を攻撃します。ロシア軍が前進しはじめたら、砲兵に連絡して、激しく叩く予定です」

「それはたいへんだぞ、大尉。われわれはロシア軍の陣地を把握できていないんだ。前の攻撃のあと、敵はダークホースの正面で散開して、幅が六キロメートルないし八キロメートルにひろがっている。われわれが砲兵陣地を破壊してから、戦闘は中断しているが、われわれのあいだの中間地帯には、機関銃陣地、鉄条網、対戦車壕、地雷がびっしりと設置されている」

「ウイ。ですから、砲撃できるようにロシア軍の前方準備地域をすべて作図するつもりです。I中隊の分隊と合流するよう指示されています。その分隊が、道案内と警備をやってくれます」

「わかった。わたしはI《インディア》と調整する。最優秀の分隊をきみたちのために用意するよう頼んでおく」

アポロが質問した。「ロシア軍が攻撃を中断した理由について、なにか情報はありますか？」

「それについてはわからないが、ロシア兵をふたり捕虜にした。大隊規模の空挺部隊が、強襲のために前方に派遣されるのを待っていると、そのふたりがいった」コナリーは、腕時計を見た。「その部隊がつぎの一波にくわわるかどうかはわからないが、強襲は夜明けごろに来ると思う。あと八時間もない。気をつけるんだぞ、アポロ。それから、敵の最終強襲がはじまったら、中間地帯にはいないほうがいい。ダークホースが持てる武器すべてでそこを叩くはずだ」

「いつだって気をつけていますよ、中佐」アポロは、暗い森から出てきた残りの竜騎兵のほうを手で示した。

アポロと最初に現われた三人を含めて、強壮な竜騎兵五十六人が残っていた。AT‐4や重機関銃、軽火器を携帯しているのが見えた。偵察部隊にしてはかなり精強だし、そこに海兵隊ライフル分隊がくわわる。

コナリーはつけくわえた。「敵の前方準備地帯それぞれをきみたちが発見できたら――歩兵、燃料車、弾薬集積所といったものを見つけたら――〝ふるって焼く《シェイク・アンド・ベイク》〟（もとの意味は粉をふるいにかけてパンを焼くことだが、砲撃では黄燐弾で敵をいぶし出してから榴弾で破壊すること）攻撃を行なう」

その軍事用語を理解したアポロが、闇のなかでかすかに見える笑みを浮かべた。アポロが任務の偵察の部分を成功させたら、ロシア軍がダークホースに向けて最終進撃を開始する前に、コナリーがロシア軍歩兵部隊に対して、黄燐弾《おうりんだん》と榴弾《りゅうだん》を混合させた砲撃を行なわせる。歩兵部隊に対する間接照準射撃で、高熱で物を燃やす黄燐弾と、高性能爆薬をこめた榴弾を組み合わせるのは、かなり残酷な手法だった。それが成功すれば、剃刀《かみそり》のように鋭い弾子と二七〇〇度以上で燃焼する黄燐が引き起こす大火災という、地獄の組み合わせが歩兵と軽車両を襲う。その衝撃と破壊によって、敵を阻止できるかもしれない。

コナリーは、アポロと竜騎兵たちが、ダークホース指揮所の前の荒れ果てた森にはいってゆくのを見送り、首をふった。この冒険的な行動が、叙事詩に描かれそうな悲劇になるおそれがあることを、あらためて認識したからだ。

そうともかぎらない。ほんとうにうまくいくかもしれない。明るい面を見ようとしたが、いまの状況では、楽観するのがきわめて難しかった。

80

ケニア　ムリマ山
一月二日

アポロ・アルク＝ブランシェット大尉とそのチームは、ダークホースの前方準備地域を通り過ぎて、山を下り、Ｉ《インディア》中隊の前線へ行った。途中で停止して、防御の各層を通過する許可を求め、先任の士官が先に進めるように手配するのを待った。

フランス軍竜騎兵は、ようやく海兵隊戦線の最前線小隊の最前線分隊の最前線射撃チームのところへ達した。地形が一変した。背後は鬱蒼《うっそう》とした森や茂みだったが、前線に近づくにつれて、地面が大口径の砲弾やロケット弾によって穴だらけになっていた。燃えたり折れたりしている樹木や藪《やぶ》と、放棄された米軍とロシア軍の車両の残骸《ざんがい》が、入り混じっていた。ガソリン、オイル、タイヤがまだ燃えている車両もあり、瀕死の人間の息のように炎が弱々しくはぜ、夜空に濃い黒煙が立ち昇っていた。この世の終わりかと思うような戦場の光景は、前線にいるものはだれでも死ぬおそれがあることを、ぞっとするような形ではっきりと示していた。

アポロと竜騎兵たちは、海兵隊が支配している範囲を表わしている鉄条網のわずか二五メートルほど手前の塹壕《ざんごう》で、若い少尉とともにしゃがんだ。鉄条網の向こうは、ずたずたに引き裂かれたジャングルだった。左のほうで動きがあったので、一同が首をまわすと、小柄で痩《や》せた強靭《きょうじん》な体つきの海兵隊軍曹が、塹壕におりてきた。分隊の十三人がいっしょにおりてきたので、すでに窮屈だった塹壕は、閉所恐怖症を起こしそうなくらい狭苦しくなった。

少尉が大きな嚙《か》み煙草《たばこ》の塊をポーチから出して、頰の内側に詰め込んだ。手を払ってからいった。「大尉、クルーズ三等軍曹を紹介します」泥と汗にまみれた若い海兵隊員の肩を叩いた。「うちの小隊で最高の分隊長です……くそ、生き残った最後の分隊長ですから、無事に帰らせてください。クルーズと彼の分隊が、あなたたちを先導してわれわれの地雷原を通り、偵察を手伝い、襲撃ではいっしょに暴れます。そのあと、ここまでまた案内します」

シューッという発射音と、吊光弾《ちょうこうだん》のパラシュートがひらく音が聞こえて、そこにいたものがほとんど空を見あげた。中間地帯の上を吊光弾が漂うのを、彼らは無言で見守った。アポロはその光で、あらたな仲間をちらりと見た。ムリマ山の海兵隊員すべてとおなじように、戦いに疲れているようだったが、注意怠《おこた》りない態度だった。

クルーズ三等軍曹の顔に、口もとの皺《しわ》から頰骨の上にかけて、長さ一〇センチの傷跡があるのも見えた。雑に縫《ぬ》ってあり、血がにじんでいた。

この任務にうってつけの男たちだ、とアポロは思った。

クルーズが、数百メートル離れたところで響いている機関銃の銃声よりひときわ高く、ちょっと喧嘩腰《けんかごし》のブロンクスなまりでいった。「で、あんたをなんて呼べばいいんですか、大尉？」

「アポロ大尉でいいよ」

「わかりました。で、どんな計画ですか……アポロ大尉？」

「ロシア軍が来る前に、山を下ってそいつらと戦う」

分隊のひとりがいった。「結構だね」もうひとりがつけくわえた。「攻め込む潮時だ」そこで、アポロは任務について説明した。

十五分後、アポロの小隊とクルーズの分隊は、ずたずたに引き裂かれたジャングルの闇を用心深く進み、鉄条網の障害物を抜けた。そこからはクルーズが、分隊と五十六人の竜騎兵を先導して、びっしりと配置されたクレイモア地雷や仕掛け爆弾《ブービートラップ》を避けて進ませた。

竜騎兵と海兵隊がロシア軍の戦線に忍び込むことができたのは、ロシア軍が防御ではなく攻撃のためにそこに配置されていたからにほかならなかった。ロシア軍は、すべての武器装備を投入して、米軍の戦線をできるだけ早く崩壊させることをもくろんでいた。合計七十人に近い竜騎兵小隊と海兵隊分隊は、それにつけこんだのだ。ロシア軍はこれまでずっと、打撃を連続して行なうために部隊を送り込んでいたが、米軍とはちがって、防御を敷いていなかった。海兵隊は鉄条網、対戦車壕、機関銃を設置した各個掩体《えんたい》を築いて、死に物狂いで防御を固めていたが、ロシア軍は攻勢のドクトリンに従い、攻撃部隊を温存して、意図的にもっとも後尾の区域だけを通常の強襲に対して防御していた。むろんそれは、戦場を占領もしくは保持するのではなく、静止している海兵隊を殲滅《せんめつ》するための戦術だった。

それが功を奏しているのはたしかだが、鉱山守備隊には効果的な逆襲を行なえるような部隊はないと、ロシア軍は過信していた。しかし、その過信のせいで、小規模な侵入部隊に対して脆弱《ぜいじゃく》になっていた。

キャスター大佐が、アポロとそのチームを前進させたのは、それに賭けたからだ。アポロのチームのゆっくりした用心深い隠密裏の敵戦線侵入は、もののみごとに成功した。


灰色の夜明けの気配が訪れたときには、アポロは疲れ果てて腰まであるガマの叢《くさむら》に座っていた。膝《ひざ》をついて背中を丸め、頭だけを出していた。海兵隊員も竜騎兵も息を切らし、間隔をあけてアポロのまわりに配置され、武器を円の外側に向けて全方位防御を敷いていた。六十八人が夜通し、すばらしい技倆《ぎりょう》を発揮して、ロシア軍の前線をこっそりと通過し、迂回し、奥にはいって、燃料と弾薬の備蓄を数カ所で発見した。いずれも海兵隊に空から探知されないように、赤外線隠蔽《いんぺい》カムフラージュの下に隠してあった。そこが攻撃の際に前方準備地域になることは明らかだった。それらの場所は防御が軽微だったが、アポロは前方準備地域だと見抜いた。まもなく兵員と装甲車両が集結するはずだ。

海兵隊員たちがそれらの位置の座標を地図に記入し、コナリー中佐に座標を無線で報《しら》せた。

アポロは、隠蔽された陣地すべてを発見できるというような幻想は抱いていなかったが、チームは見つかることなく、夜明け前に見つけられるだけの陣地を見つけていた。

アポロは、ささやき声が聞こえるところまで、各分隊長と海兵隊軍曹を呼び寄せた。「おい、みんな、夜の仕事は終えた。まだ暗いうちに、最後の仕事の準備をしようじゃないか」

カービンの赤外線ポインターで、平坦な地形の三〇〇メートル先の一点を示した。「あそこのロシア軍のもっとも東の中間準備地域に、何本もの道路が集中している。つまり、ロシア軍の右側面がおれたちの前を通過する」

男たちはじっと座って、あらたな指揮官を見つめた。

クルーズ三等軍曹がいった。「中間準備地域に集まる部隊を攻撃するつもりですね」

「ウイ」

「隠れる場所がありませんよ」クルーズがいった。

ダリエル一等軍曹がいった。「大尉殿《モン・キャピテーヌ》。おれもおなじ意見です。この場所でやるのは自殺行為です」

「この丈の高い草は格好の隠蔽に使える。それ自体は遮掩《しゃえん》にならないが、ひそかに塹壕《ざんごう》を掘るのに役立つ」

だれも答えなかったので、アポロはいった。「なあ、みんな、おれたちは攻撃しなければならないんだ。発見した前方準備地域五カ所は砲兵が集中攻撃できる。おれたちはこれを叩く。支援が必要になったら、呼べばいい」アポロは、空を見あげた。「三十分くらいしたら、ロシア軍歩兵部隊があの開豁地《かいかつち》に満ちあふれる。そこでおれたちが攻撃しなかったら、そいつらとその仲間が、ダークホースを蹂躙《じゅうりん》する。防御側にすこしでも勝算をあたえてやらないといけない」

「それができなかったら？　つまり、やつらがこっちへ突進してきたら、どうなりますか？」クルーズ三等軍曹がきいた。

アポロは、怒りを含んだ凄《すご》みのある声で、ゆっくりといった。「そうしたら、おれたちは死ぬ、海兵隊《マリーン》。歩兵に想像できる、もっともおぞましい死にかただ。履帯《りたい》や前進する敵兵に踏み潰されて、挽《ひ》き肉になる」薄暗がりで見えるクルーズの目を睨《にら》んだとき、切り裂かれた頬に血が光っているのに気づいた。傷口がひらいたのだ。「それが聞きたかったんだろう、クルーズ三等軍曹」

ひと呼吸置いて、クルーズがいった。「ああ、大尉。そういってもらえればじゅうぶんですよ。おれたち海兵隊員は、どれくらい勝ち目があるかを知りたい。ずばりといってほしい。ロシア兵の群れを狙い撃てるんなら、死ぬのはどうってことはない。

おれがみんなに説明します」クルーズがつけくわえて、部下を集めにいった。

「手厳しすぎたんじゃないですか、大尉殿《モン・キャピテーヌ》」ダリエル一等軍曹がいった。

「ああ。だが、海兵隊員は上官にそういうふうに扱われるのを望んでいる。どういうことでも反対し、指揮官が確信しているかどうかをたしかめるんだ。勝ち目について嘘をいったら、二度とまともに話を聞いてもらえなくなるが、栄光を浴びながら死ぬといえば、地獄の底まで進む。それが海兵隊だ」

「海兵隊が好きになってきましたよ、大尉殿《モン・キャピテーヌ》」ダリエルがいった。

「おれもだ。さて、塹壕を掘らせ、ロケット弾すべてを射てるようにしよう。最初の斉射が肝心だ。二度目は射てないかもしれないからな」

六十八人は、短時間で待ち伏せ攻撃の準備をした。北から南へ間隔をあけて横陣《おうじん》を敷いた。西を向いて一五〇メートルの範囲を防御し、高い叢に身を隠して、浅い穴を掘った。

まもなく起きる戦闘をよく調整するために、あと十五分ほしいとアポロは思っていたが、竜騎兵と海兵隊の陣地の北のほうから、エンジンを始動する轟音《ごうおん》が聞こえ、それよりも早く敵が現われるとわかった。

アポロは、危険を冒して、体をかがめ、待ち伏せ攻撃の戦線を全力疾走して、最後の部署点検を行なった。北の陣地はダリエル一等軍曹が指揮し、南の陣地はクルーズ三等軍曹が指揮している。AT-4対戦車ロケット弾発射を担当する十二人が、ロケット弾を二発ずつ並べ、安全装置をはずしてあることを、アポロは確認した。機関銃の銃手十数人それぞれが、給弾ベルトを四本か五本きちんと配置し、ベルトの端を持って手早く機関銃に差し込めるようにしていることも確認した。

それが済むと、アポロは待ち伏せ攻撃陣地の中心の持ち場に戻り、深さ一メートルの塹壕にはいって、海兵隊通信士の隣に伏せた。通信士がヘッドセットに向かってささやき、相手の送信を聞いてから、アポロのほうを向いた。

「砲撃準備ができたか？」アポロはきいた。

「はい、大尉。グリズリー砲兵は、大尉が射撃諸元を伝えた位置五カ所を捉えています。航空支援をこちらに派遣できる可能性は低いそうです。それから、あの道路をロシア軍車両十二両がやってくるのを、われわれの無人機が確認したとのことです」

「よし。戦闘準備。しっかり伏せていろ」

「はい、大尉」通信士が、ふたたびヘッドセットをかけた。


竜騎兵と海兵隊員たちは、十分のあいだ双眼鏡やライフルの望遠照準器で遠い中間準備地域をじっと見ていた。装甲人員輸送車《ＢＴＲ》、テント、弾薬の木箱、燃料の袋タンクがいくつも見えた。その地域の周囲で十数人が懸命に立ち働いていたので、強襲がまもなく開始されるにちがいないと、アポロは判断した。

やがて、回転をあげたエンジンの音がけたたましくなった。ロシア軍の第一波が視界に現われた。ＢＴＲ六両に、装軌車のＺＳＵ－23－4〝シルカ〟自走対空機関砲が一両。

「待て」アポロは、ヘッドセットを使って命じた。

その第一波に、トラック二両がつづいていた。いずれも幌なしで、兵士を満載していた。車体にしがみついている空挺兵もいた。

「待て」アポロは、小声でいった。

さらに六両のＢＴＲが道路に現われ、前の車列につづいて、開豁地《かいかつち》にはいった。その前方準備地域は、車両を迎え入れる準備ができていた。

願っていたとおり、車両が密集して停止したときに、アポロは叫んだ。「射て！」

AT-4射手八人が折り敷き、ロケット弾を発射した。後方爆風が轟《とどろ》いた。夜明け前の青みがかった暗い光のなかでロケット弾が条《すじ》を描き、高い草の上を越えて、三〇〇メートル離れた土の道の向こうにある前方準備区域へと飛翔《ひしょう》した。

ロシア軍は完全に意表をつかれ、ロケット弾四発はターゲットに命中した。

BTR三両が破壊され、兵士を満載したトラック一両が炎に包まれた。死体がぬいぐるみの人形のように宙を飛び、残骸《ざんがい》が飛散した。

間を置かずにつぎの六発が発射され、BTR二両が被弾した。金属をも溶かす白熱した噴気が、密閉された車両内にほとばしり、乗員と乗っていた兵士は、文字どおり生きたまま焼き殺された。二次爆発が、前方準備地域ですでに降車していた兵士たちを襲った。

こんどは海兵隊と竜騎兵の機関銃手が、ひらけたところにいるロシア兵数十人を撃ちはじめた。ライフルの射撃がそれにつづいた。

北の道路に、べつのBTRの縦隊が現われた――一個中隊とおぼしい規模だった――中間準備地域が、東の高い叢から精密射撃を受けていることに、その部隊がすぐさま気づいた。BTRの縦隊は武器をそちらに向け、車体を弾ませて未舗装路からそれ、アポロたちの陣地に接近した。

銃撃戦が激しさを増し、竜騎兵ふたりが野原越しにAT-4を発射して、BTR一両に命中させたが、夜明け前の北の方角から、装甲車がまた何両も現われた。

敵の射撃は熾烈《しれつ》で、アポロは地面に顔を埋めなければならなかった。周囲の地面に銃弾が当たり、土くれや草が飛び散った。

アポロは、竜騎兵と海兵隊の前線を見まわした。全員が釘づけになって動けなかった。BTRの機銃の射撃をしのぐあいだ、ライフルか機関銃で撃っているのは、ほんの少数だった。

やがて、土の道の近くから撃ってくる降車兵の射撃が、しだいに精確になった。

くそ《メルド》！　アポロは心のなかでつぶやいた。おれたちはこうして死ぬのか。

さらに何両もが陣地に接近する音を聞いて、アポロは凄愴《せいそう》な満足感をおぼえた。目をあげて見なくても、待ち伏せ攻撃を行なったアポロたちを皆殺しにするために、ロシア軍がまたBTR部隊をふりむけていることがわかったからだ。いまでは一個中隊のすべての車両が、待ち伏せ攻撃に対応するために、進軍を中断している。

ダークホース砲兵がべつの前方準備地域五カ所を粉砕している音が、遠くから聞こえた。

ウイ、おれたちはこのアフリカの土にまみれて死ぬ、とアポロは思った。だが、目標は達成されようとしている。

アポロは危険は承知で草の上からうしろを見て、逃げ道を見つけようとしたが、どの方角も平坦だった。どこへも行けない。伏せているしかない。ふたたびヘルメットが土に食い込むほど顔を地べたにくっつけた。

襲来する銃弾の甲高《かんだか》いうなり、風を切る音、飛翔音で、頭のうえにスズメバチの巣があるようだった。

アポロは、背後から熱が押し寄せるのを感じた。ふりむくと、ロシア軍の猛攻で叢が燃えていた。

海兵隊通信士が死の危険をものともせず、アポロににじり寄った。「大尉！　大尉！　グリズリー射撃調整から連絡です。頭を低くしろと、コナリー中佐がいってます」

「これ以上、低くできるわけがないぞ、二等兵」

「コナリー中佐は、危険範囲《デンジャー・クローズ》といいました。それから、おれは伍長です」

なんてこった、とアポロは思った。確実に死ぬというときに、階級のことで文句をいうのは、海兵隊員しかいないだろう。だが、そう思ったのはつかのまで、一〇〇メートル離れたところから近づいてくるBTRを、AT－4が破壊したため、待ち伏せ攻撃陣地に対する敵装甲車両の射撃が一段と激しくなった。

左手でだれかが叫んだ。「徒歩戦闘員《ディスマウント》が接近している！」

指さされた方角を見ると、一個小隊のロシア兵がBTRとならんで叢を突進してくるのが見えた。その一団を殲滅《せんめつ》しないと、一分以内に待ち伏せ攻撃陣地に敵兵がはいり込んでしまうと、アポロは気づいた。

またAT－4がアポロの右手のロシア軍に向けて飛び、BTRのタイヤに弾着して、機動《モビリ》性撃殺《ティ・キル》を行なったとき、甲高い爆音が背後の空から聞こえた。

アポロはただちに、それがなんであるかを知った。

「ジェット戦闘機《ファスト・ムーヴァー》だ」アポロはいった。

五〇メートル離れたところから、クルーズ軍曹の叫び声が届いた。「くそったれのファスト・ムーヴァーがやっと来た！」

ここのロシア軍部隊に航空機はない。ジェットエンジンのキーンという甲高い爆音が、アポロの耳には天使のささやきのように聞こえた。

その他の竜騎兵と海兵隊も、おなじことに気づき、釘づけにされている防御線からくぐもった歓声があがった。

最後の頼みの綱だ、とアポロは思った。降車兵を陣地にはいり込ませずに殲滅しなければならない。

肩越しに見ると、海兵隊のF‐35戦闘機が、かなりの急角度で降下し、接近してくるのが見えた。胴体下のガンポッドで四銃身の二五ミリGAU‐12イコライザー機関砲が輝きを発した。曳光弾《えいこうだん》の絶え間ない流れが、頭上を通り過ぎるのを、アポロは眺めた。前を向いたとき、一〇〇メートルも離れていないロシア軍部隊に、その流れが激突した。

地面が揺れた。

敵車両が野原を散り散りになり、南に向かう未舗装路を接近してきたBTR数両が、他の車両と距離を置き、米軍機を惹《ひ》きつけない小さなターゲットになるために、道路からそれた。

F‐35の左右の主翼からミサイルが一基ずつ発射され、地上に向けて飛翔した。ほとんど間を置かずに、GBU‐39精密誘導爆弾二基も投下された。アポロは顔をそむけて、浅い塹壕に伏せ、なにも見えなくなったが、雷鳴のような音が二度轟《とどろ》いたので、海兵隊のパイロットがターゲットに命中させたのだとわかった。爆弾は、アポロから一〇〇メートルしか離れていないところに弾着した——弾子が塹壕のまわりを飛び、破片が前線にバラバラと落ちるくらい近かった。

二機目のF‐35——一機目の掩護機《ウィングマン》——が数秒後につづいて機関砲と爆弾で攻撃した。ターゲットに弾着して、ふたたび落雷のような音が鳴り響き、アポロが草の上に顔をあげると、黒煙の柱と、二次爆発の火花が飛び散っているのが見えた。

アポロの期待は高まった。だが、それは尚早《しょうそう》だった。

三番機は、それほど幸運ではなかった。

ロシア軍はあらたな脅威にすばやく対応した。戦場の向こう側に八両ないし十両いたZSU‐23‐4のレーダーがロックオンし、銃身が太く発射速度が速い四連装対空機関砲が、射撃を開始した。

ロシア軍の流儀に従って、前進する車両縦隊にZSUがくわわっていたのは、まさにこのためだった。

つぎに起きることを、アポロは見守るしかなかった。

曳光弾の条《すじ》は、消防車の放水のように空で踊り、最初は広い範囲にばらついていたが、やがて射距離と精確な位置を捉え、同時に一点に収束した。

急降下していた三機目のF‐35のパイロットは、罠にはまったと気づいて、機首を起こし、逃れようとしたが、間に合わなかった。大口径弾が胴体に弾着して突き刺さった。

片方の主翼がもげた。

F-35はすさまじい螺旋《らせん》降下に陥り、当初の軌道で制御を失って、速度を増しながら地表に向けて落ちていった。主翼がもげた場所から、流星のように炎を吐き出していた。

射出する時間はなかった。パラシュートは見えない。パイロットが悲運から逃れるすべはなかった。

F-35は東のジャングルを越えて見えなくなり、やがて薄いオレンジ色の火の玉が、回転しながら朝の空を昇っていった。

一分前に前進していたBTRはすべて破壊されるか、損壊して動けなくなっているか、あるいは未舗装路に向けて撤退していた。

だが、アポロはなおも降車兵のことが心配だったので、煙と炎を透かして前方を見た。敵兵は叢に隠れているか、これまで自分が気づかなかった雨裂《ガリ》を見つけたにちがいないと判断した。F-35に殲滅《せんめつ》された可能性は薄い。

アポロは無線で、手榴弾《しゅりゅうだん》を投げろと命じた。

だが、そのとき陣地前方からAKの銃声が聞こえ、さらに南のほうからも銃声が聞こえた。

「敵が前線内にいる！」アポロが無線で叫んだとき、ロシア兵ひとりがライフルを肩付けして銃撃戦のさなかに姿を現わした。アポロはカービンをそちらに向けて、五、六発撃った。ロシア兵が叢に仰向《あおむ》けに倒れた。アポロは敵兵を斃《たお》したときも落ち着いていて、ロシア軍空挺部隊の戦闘服を着ていると気づいた。

燃える叢から、さらにロシア兵が何人も現われた。数人が狭い塹壕《ざんごう》に跳び込み、かなり接近した銃撃戦になった。アポロは、二〇メートル右の大柄な空挺兵のほうを向いたが、竜騎兵と海兵隊員が射線にいたので、狙い撃つことができなかった。

待ち伏せ攻撃前線のあちこちで、中機関銃、カービン、ライフルが炎を噴いていた。叫び声や甲高《かんだか》い声が四方から聞こえ、頭上ではふたたびF‐35がBTRへの攻撃航過を行なっていた。

アポロが右側の敵を撃つのをあきらめて、さっと左を向いたとき、くすぶっている叢からロシア兵が躍りあがって、海兵隊員を銃剣で突き刺そうとしているのが見えた。アポロはカービンを構えて撃とうとしたが、正面からの銃撃がロシア兵を引き裂き、何発かがアポロの塹壕をかすめて飛んでいった。

塹壕内の銃撃戦は一分しかつづかず、すぐに白兵戦になった。逆上したロシア軍空挺兵たちは、空から攻撃されているBTRや四方の燃える叢から、必死で遠ざかろうとし、敵の前線がもっとも安全だと判断したため、そういう大混戦が引き起こされたのだ。

だが、アポロはそういう恐ろしい状況のなかで戦い抜き、間近な脅威と戦っている竜騎兵を狙い撃とうとした空挺兵をみずから撃ち殺した。アポロは分隊無線機で、注意を怠《おこた》らず、射撃規律を守れとどなった。ものの一分もたつと、AKの銃声が近くから聞こえなくなった。

ロシア兵の塹壕襲撃は、はじまったときとおなじように、あっというまに終わった。それでも、そう遠くない未舗装路に敵兵が残っているし、BTRも撤退した車両は機能している。叢がくすぶっている平地にも、まだ敵兵がいるにちがいない。

ダリエル一等軍曹が立ちあがり、最初は左を、つづいて右を撃ち、荒々しく悪態を叫びながら前進しはじめた。動いているロシア兵がいると、カービンの狙いをつけて連射した。ロシア兵が燃える叢から立ちあがって応射したが、ダリエルは容赦なく連射を浴びせつづけた。

浅い塹壕からフランスの特殊部隊員と海兵隊員がひとりまたひとりと立ちあがって、勇敢な一等軍曹《セルザン・シェフ》につづき、前進した。

海兵隊の機関銃手数人が、中機関銃を腰だめにして、破壊されたBTRの蔭から現われたロシア兵に集中射撃を行なった。給弾ベルトが機関銃に吸い込まれ、反動と戦いながら、機関銃手たちは前進した。海兵隊員ひとりがAKの連射によって倒れたが、あとのものは前進をつづけた。

二〇メートル進んだところで、アポロは撃ちかた待てと叫んだ。ロシア兵の生き残りは、道路に撤退して、車両の残骸《ざんがい》の向こう側に跳び込んでいた。

気はたしかかという表情で、海兵隊員たちがアポロを見た。おれたちは勝っているのに、と思った。だが、アポロは先を読んでいた。味方は武器でも人数でも劣勢で、敵地にいる。撤退できる見込みがあるし、できるだけ多くを米軍の前線に無事に連れ帰ることが、いまのアポロの任務だった。

アポロは、撤退命令を下した。

アポロのチームは、きびきびと射撃しながら後退した。負傷者と死者を肩にかついで、すさまじい破壊の痕《あと》を残し、燃える叢を駆け抜けた。うしろから敵がまばらに撃ってきたが、爆発の大音響が西から聞こえ、明るくなりつつあるなかで煙が盛大に立ち昇っていたので、自分たちの仕事がうまくいったことがわかった。前方準備地域五カ所で、米軍があらたに組み立てた砲撃により、ロシア軍は激しく揺さぶられた。加えて、ここでの側面への待ち伏せ攻撃で、ロシア軍は総崩れになった。また、煙の靄《もや》を通して見える空挺兵はすべて、車両に乗り、北に向かって高速で撤退していた。

疲労が痛烈な勢いで襲いかかったが、アポロはそれをふり払い、担架に載せた仲間を運んで走るのに苦労している海兵隊員たちを手伝った。

勝利を収めた。アポロはそれを痛切に実感した。だが、損耗《そんもう》も実感していた。竜騎兵が何人死に、何人負傷したのか、見当もつかなかった。この短期間の熾烈《しれつ》なアフリカ会戦で最初に死んだフランス人には、アポロの父親も含まれている。最後に死んだもののなかに、勇敢な部下も含まれているだろうかと、アポロは思った。

そのとき、無線機から声が聞こえた。ダリエルからだった。「大尉、コンスタンチンが死にました」

「くそ《メルド》」担架を持ちながら、アポロは低くつぶやいた。

81

ケニア　ムリマ山の北
一月二日

ユーリー・ボルビコフは、指揮所テントを出て、BTR兵站車《へいたんしゃ》へ行った。

選り抜きのスペツナズ隊員たちが、ボルビコフを出迎えた。ロシアからアゼルバイジャン、イランを通ってアフリカに来るまで、彼らがその車両を警備していた。この任務に選ばれたのは、ふたつの特性があるからだった。彼らは精鋭の技倆《ぎりょう》を備え、ボルビコフに揺るぎなく心の底から献身している。

兵站車は、べつのBTR二両によって護《まも》られていた。二両とも優秀な大男のスペツナズ隊員が乗っている。このBTR三両の車両縦隊は、いかなる戦闘にも巻き込まれないように、ラザールの本隊よりもずっと後方にとどまっていた。

「準備はいいか？」BTRの上にいた軍曹に、ボルビコフはきいた。

「準備はできています、同志大佐」

「よし、予備砲兵陣地へ行こう」

BTRは三両とも、完璧に整備されたエンジンの爆音を響かせて前進した。

ラザールの計画が失敗に終わったことを、ボルビコフは知っていた。前線の機甲部隊は弾薬が尽きかけ、砲兵はほとんど消滅した。ボルビコフが前線に送り込んだ空挺兵は、前方準備地域で多数が殺された。

だが、ボルビコフには切り札が一枚残っていた。願っていたように栄光に包まれてロシアに戻ることはできなくなったが、三年前に鉱山を奪った西側に、そういうことを自分とロシアに対してやった代償を払わせるつもりだった。

アメリカは、ここで起きたことに莫大な代償を払うことになる。ロシアの軍事と経済の勝利だというのには無理があるが、ボルビコフ自身はそれを勝利だと見なしている。

ボルビコフは、きょう勝利をものにするつもりだった。

ロシア軍の小規模な予備砲兵陣地は、土埃《つちぼこり》が立つ砂利道の横にあるジャングルの開豁地《かいかつち》にあり、巧みに隠蔽《いんぺい》されていた。兵器と車両は空から見えないようにカムフラージュされ、砲身も開豁地の際の樹木に隠されていた。

そこにいた士官は、巨大な2A65〝ムスタ〟‐B一五二ミリ榴弾砲《りゅうだんほう》の砲兵中隊を指揮していた。巨大な榴弾砲六門は予備として温存され、砲兵たちは、他の砲兵中隊が歩兵に統合されて前線へ移動し、その際に弾薬をほとんど持っていったことを、妬《ねた》ましく思っていた。

だが、いまや他の砲兵中隊は、空爆と、沖の潜水艦から発射されたとおぼしいトマホーク・ミサイルによって死に、砲を破壊されて壊滅した。

ただちに前線に移動しろという命令を中隊長は予期していたが、連絡は来なかった。中隊長はいま、じっと待ちながら不安にかられ、前線に駆り出されたときには、アメリカはくそ航空機もくそ巡航ミサイルも使い果たしているはずだと思おうとした。

砲兵たちはあたりにたたずみ、煙草《たばこ》を吸いながら射撃指揮所の無線に耳を澄ましていた。自軍が先刻の攻撃に失敗したことは明らかだった。海兵隊はほとんどの陣地を堅持している。自分の砲兵が山の斜面に砲弾を射ち込んで、鉱山のレアアースを吹っ飛ばすよう命じられなかった理由が、禿頭《はげあたま》の中隊長には、どうしても理解できなかった。

BTR三両が砂利道を南から近づいてきて、射撃指揮所のそばで停止した。ユーリー・ボルビコフ大佐がおりて、砲兵中隊の砲兵二十人全員が立っているところへ、足早に近づいた。土埃《つちぼこり》と汗にまみれた中隊長の大尉が、ボルビコフのほうへ歩いていって、敬礼をした。

「おはようございます、大佐。旅団のケツにいるわれわれのところへわざわざお越しいただき、ありがとうございます」

ボルビコフはいった。「もうケツではない。これまで発射した弾数は？」

「モヤレとケニア山で数百発です、同志大佐。しかし、ここでは一発も射っていません。攻撃に参加する準備はできています」

ボルビコフは、中隊長をしばらく見てから、砲兵を査閲《さえつ》した。「ついてこい」中隊長の大尉にいい、BTR－80兵站車の後部へ行った。

ロシア軍で最新の抗弾ベストを身につけ、新型のカラシニコフAK－12アサルト・ライフルを持ったスペツナズ隊員四人が、後部ハッチを護っていた。ボルビコフが合図をすると、スペツナズ隊員が鋼鉄のハッチをあけた。

兵站車《へいたんしゃ》のなか、ハッチのすぐ近くに、重い鋼鉄のケースが三つ重ねて積んであった。カンバスで一部が覆《おお》われ、ケースに書いてある文字が大尉には見えなかった。

そのケースが砲弾二発を収納する通常の箱とおなじ大きさだということに、中隊長は気づいた。砲兵としての経験が長いので、それは見分けられたが、通常の弾薬箱は木製だった。

中隊長は、困惑してボルビコフのほうを見た。「一五二の弾薬箱のように見えます。ありがたいですが、砲弾ならじゅうぶんにあります」

ボルビコフは手をのばして、カンバスをつかむと、うしろにほうり投げた。「さあ――見るんだ」

中隊長が、ケースを見た。放射性物質であることを示すマークに、たちまち気づいた。

ボルビコフが、上のケースの蓋《ふた》をあけると、中隊長が低いあえぎを漏らした。

ケースには、核砲弾二発が収められていた。下の箱にもそれぞれ二発ずつはいっているにちがいないと、中隊長は思った。

「大佐？」ほかの言葉が出てこなかったので、中隊長はかすれた声できいた。

「きょう、おまえは歴史的存在になるのだ、大尉。六門それぞれに一発ずつ砲弾を装填《そうてん》するよう、おまえは命じる。座標は鉱山の中心だ。わたしの命令で効力射（前回の修正で正しい射撃諸元が得られ、つぎは目標を破壊できるという判断による本格射撃命令）を行なう」

「しかし……核砲弾の訓練を受けていません。安全装置を解除する……などの手順は必要なのですか？　扱いかたがまったく――」

「砲弾は安全解除され、発射準備ができている。進めろ」

砲兵中隊長はうなずき、愕然《がくぜん》とした面持ちで、うしろの若い砲側員たちに命令をどなりはじめた。

五分後、榴弾砲六門に核砲弾六発が装填され、砲側員が位置についた。座標が砲に入力され、ムリマ山の北側で頂上に弾着して、二発が上から鉱山まで貫通するような射弾散布が組まれた。

目的からすれば過剰殺戮《オーバーキル》だった。鉱山と山の生き物はすべて掃滅され、放射能の雲が垂れ込め、放射性同位元素が山全体と残骸《ざんがい》と岩を覆いつくすことになる。

ボルビコフは、射撃統制無線機のハンドセットを持ち、戦域のロシア軍部隊すべてに送信するよう通信士に指示した。送信準備が整うと、ボルビコフは送話ボタンを押した。「全部隊、こちらは暫定《ざんてい》司令官ユーリー・ボルビコフ大佐だ。すべての部隊は、当初の集結地域に可及的速やかに撤退しろ。急げ――ロシア軍攻撃機が十五分後に襲来する。確認しろ」

全三個連隊から、命令を了解したという応答があった。

ボルビコフは、ハンドセットを置いて、その場に立ち、南を見やった。まだ薄暗いのでムリマ山は見えなかったが、まもなく明々《あかあか》と照らし出されるはずだと、悪趣味な皮肉を心のなかでつぶやいた。

砲兵中隊中隊長の大尉が、ボルビコフに近づいてきた。「大佐……味方部隊が死の灰が降る地域を出るのに、十五分で足りますか？」

「足りる」ボルビコフは、周囲のジャングルを覆っている薄闇に、依然として目を凝らしていた。

「射つ前に、集結地域に全部隊が戻ったことを確認すべきではありませんか？」

ボルビコフは、言下に却下した。「そんな時間はない。われわれが全面撤退を開始した時点で、米軍は危険を察するだろう。なにが襲ってくるかはわからないだろうが、なにかが襲ってくると考えるにちがいない。やつらを焦《あせ》らせたいのは山々だが、防御を強化する隙《すき》をあたえたくない」

「しかし、お言葉ですが、いくら土嚢《どのう》を積んだところで、核兵器の爆発は防げませんよ」

ボルビコフは、小柄な中隊長のほうを向いた。「十三分後に、射撃命令を下す。従わなかったら、わたしの部下のスペッナズに引き綱を引かせる。おまえは手錠と足枷《あしかせ》をかけられてロシアに戻ることになる」

中隊長は、しばし考えていたようだった。ようやく答えた。「もちろん、ご命令に従います」

ＢＴＲの長い車列が東のジャングルから現われて、道路のまんなかにとまっていたスペッナズのＢＴＲ三両のうしろで停止した。兵士たちがおりて、榴弾砲六門の中央にある射撃統制所に向けて歩きはじめた。

ボルビコフはいった。「残りの部下が来た」向きを変えて、榴弾砲のほうへぶらぶら歩いていった。尾栓をあけたままの砲の暖かい鋼鉄に触れ、南に向けて短い距離を飛ぶことになる砲弾が収まっているのを見た。

そしてようやくふりかえり、新手の兵士たちを見た。

ボルビコフのところから二〇メートルしか離れていない射撃統制所に最初にやってきたのは、ボリス・ラザール大将だった。六十四歳の将軍は、巨大な榴弾砲が並んでいるところへつかつかと歩いていった。顔と首に包帯が巻かれ、腕に副木《そえぎ》を当ててあった。ラザールの怒りを、その怪我《けが》が一段と強調した。ラザールがあたりを見まわして、一五二ミリ榴弾砲のあいた尾栓のそばに立ち、こちらを眺めているボルビコフを見つけた。

ボルビコフは、激しい衝撃に襲われているようだった。いくつか息を吸ってからいった。

「将軍、無事なお姿を見てほっとしました」

ラザールはいった。「死からよみがえったといいたいんだろうな」

ボルビコフが、しどろもどろでなにかをいったが、ラザールが鋭く睨《にら》んで黙殺した。キール大佐が、ラザールの横に進み出た。右脚をひどくひきずり、額と左脚に白い包帯を巻いていた。

キールとラザールは、一瞬ボルビコフを睨んでから、状況を観察し、すぐさま詰め寄った。ボルビコフの目の前まで行くと、ラザールはいった。「貴様は正気じゃない。おなじロシア人を砲撃するつもりなのか？」

ボルビコフがいった。「撤退命令を出しましたよ」

ラザールは、嫌悪もあらわに首をふった。「ただちに投降しろ。大佐。軟禁する」

ボルビコフが背すじをのばし、小柄な将軍を見おろした。「拒否《ニェット》する。理由がない。わたしには指揮をとる権限がある」スペツナズ警備陣のひとりを呼んだ。「オソロドキン大尉！」

薄暗がりから兵士たちが現われたが、スペツナズではなかった。強襲大隊の大隊長と生き残りの空挺兵たちだった。全員武装し、銃を構えていた。

フェドゥーロフ中佐は、戦闘で汚れていた。胸の弾薬帯に血がこびりつき、正面のスペツナズ大佐を悪意のこもった目で睨みつけていた。

「ああ、よかった。フェドゥーロフ」ボルビコフがいった。わけがわからなかったが、動揺を隠していた。「中佐、キールとラザールをただちに逮捕しろ」

「どんな容疑で？」

「彼らは、ロシア連邦軍総司令部が打ち立てた目標を達成するのに失敗した」

「ピョートル」ラザールが、こんどはフェドゥーロフに向かっていった。「わたしが最初にきみを射場へ連れていったときのことを、憶えているか？　きみの小隊と強襲戦術の訓練をやったときのことは？」

「憶えています、同志将軍」

「忠誠について、わたしはきみになにを教えただろうか？」

「将軍はおっしゃいました。〝部下への忠誠が第一、部隊への忠誠が第二、ロシアへの忠誠は、そのふたつが損なわれたときの最後の希望〟だと」

「そのとおりだ、ピョートル。きみたちにボルビコフ大佐を捕らえてもらいたい。スペツナズ部隊を取り押さえたのとおなじように。ボルビコフはモスクワに連行し、抗命の罪で告発される」

「かしこまりました、同志将軍」

ボルビコフが、こんどはラザールに向かっていった。「将軍、われわれは勝利をものにできる！　いますぐに！　この砲弾を山に射ち込み、守備軍を全滅させ、西側が鉱山を利用できないようにしましょう」

「だれも鉱山を利用できなくなる、という意味だな」

ボルビコフはうなずいた。「そういういいかたをしたければ、そうです！　最適とはいえないが、西側との相対的関係における戦術的立場を改善できる。それくらいわかっているはずです、将軍！」

「アフリカの石ころのために核戦争を引き起こすつもりはない」

「アメリカは核戦争をはじめはしない。われわれが戦術核を使ったくらいでは――」

ラザールは、砲側員の聴力が落ちた耳朶《じだ》を激しく打つような大声でいった。「アメリカがどうするかについて、おまえの予想など聞きたくない、ボルビコフ！　やめろ！　アメリカの行動についておまえが予想したことは、ことごとくはずれた。いってみろ、若造、アメリカのベラルーシ侵攻も、わたしに知らせていなかっただけで、おまえの壮大な計画に含まれていたというのか？　サバネーエフが米軍によって拘束されるのもわかっていたというのか？　サバネーエフはもう終わりだ。戦争犯罪で裁かれて有罪になることはまちがいない。このアフリカで勝利を収めるために、われわれがヨーロッパでやった汚いことは、すべて暴かれるだろう」

ボルビコフがいい返す前に、ラザールは砲兵中隊中隊長のほうを向いた。「尾栓から砲弾を取り出せ、大尉」

「はい、同志将軍」大尉がそれに取りかかり、空挺兵たちがボルビコフに近づいた。

レッド・メタルは完璧な計画だったと、ボルビコフはいまだに確信していた。将軍ふたりが命令に従っていれば、サバネーエフがヴロツワフを迂回していたら、ラザールが港からの移動を迅速にやっていれば、戦況はまったくちがっていたはずだ。

ボルビコフはわめいた。「あんたは帰国したらすぐに逮捕されるぞ、同志将軍！　任務に失敗したのだ。わたしはリーフキン大統領に直接話をして、ここでなにがあったかを伝える。命令を実行しなかった罪で、あんたは銃殺される」

ラザールがにやりと笑ったので、一同はびっくりした。「銃殺すればいい。だが、この常軌を逸した戦いを終わらせてからだ。わたしは米軍に連絡し、和平を請う」

ボルビコフに視線が集中した。怒声、感情の激発、あるいはせめて抗弁があるものと、だれもが思ったが、ボルビコフはがっしりした将軍を睨みつけただけだった。言葉はなかったが、怒りの炎が燃える目で、貫くように見据えていた。

ラザールは、空挺兵たちに命じた。「連れていけ」砲兵中隊中隊長とキール大佐と相談するために、向きを変えた。

ボルビコフが肩を落とし、手をかけないほうがいいと判断した空挺兵ふたりに挟まれた。

ボルビコフは、空挺部隊の車両に向けて歩きはじめた。空挺兵ふたりはボルビコフの左右を歩き、ライフルは銃身を下に向けて、体の前に吊っていた。

三歩か四歩進んだところで、ボルビコフが手をのばし、右側の空挺兵のライフルを両手でつかんだ。負い紐《ひも》をひっぱって若い空挺兵の首からはずし、一〇メートルと離れていないところに立っていたラザール将軍と士官数人に向けた。

ラザールはキールと中隊長に顔を向けていたが、三人ともその動きに気づいた。危険に対応できたのは、キールだけだった。

キールは、ひどくないほうの脚で蹴って身を躍らせ、ボルビコフのＡＫ-12からラザールをかばった。

連射の音が、あたりの大気を叩いた。キールは七・六二ミリ弾を何発も受けて、体が跳ね、両腕があがった。

もうひとりの空挺兵が、ライフルを構えて、至近距離からボルビコフの背中を撃った。一発目は抗弾ベストに食い込んだが、最後の数発が背中の下のほうと腰に当たった。体の前に射出口ができて、ボルビコフはライフルを落とし、顔から倒れ込んだ。

ドミートリー・キール大佐は死んで横たわり、中隊長は左前腕を撃たれて、踏みしだかれた叢《くさむら》に転がった。

ラザール将軍は、あらたな傷を負うことなく立っていたが、一瞬の出来事に茫然《ぼうぜん》としていた。

ラザールはひざまずき、キールの頭を両手でかかえた。「あわれなドミートリー」数秒の沈黙のあとで、砲側員と空挺兵に向かっていった。「核砲弾を安全な場所に移せ。ケースに入れて、わたしの指揮車に積んでくれ。指揮所まで、いっしょに来てくれ」

砲側員たちが、躊躇《ちゅうちょ》せずラザールの指示に従った。

ボリス・ラザールには、それほどの影響力がある。

82

ベラルーシ　スロニム
一月二日

トム・グラント中佐は、オフィス用の大きな革椅子にだらしなく座り、巨大なオークのデスクに足を載せた。汚いブーツにこびりついていた泥がはらはらと落ち、書類や地図のオーバーレイにふりかかった。戦車服はオイル、グリース、火薬の残滓《ざんし》にまみれ、汗と血の染みでごわごわになっていた。グラントは、この一週間、一度も鏡を見ていなかった。やつれた顔を見ると、いっそう疲れるのではないかと思い、わざと見ないようにしていた。だが、鏡を見るまでもなく、顔が炭を塗ったように真っ黒になっているのはわかっていた。戦車の主砲から砲弾が発射されるたびにガス状の炭素が噴出するからだ。

設備が整っているオフィスを、グラントは見まわした。このビルはベラルーシ軍第11親衛機械化旅団司令部だと聞いていたが、ここで戦闘が起きたあと、すべての将士が姿を消していた。

グラントは、広い木のデスクから足をおろし、身を乗り出して、デスクの上の銀の箱をじっと見た。ベラルーシ軍の機甲部隊の徽章《きしょう》が刻まれていたが、その下のキリル文字はオハイオ州出身のアメリカ人であるグラントには判読できなかった。蓋《ふた》をあけると、内側は装飾的な布張りで、葉巻が二十本はいっていた。その保湿箱《ヒュミドール》から葉巻を一本出すと、長年貯蔵のブランデーと煙草《たばこ》の甘い香りが、たちまちあたりにひろがった。グラントは、葉巻を鼻に近づけた。

ケロッグ曹長とヴォルフラム部課最先任曹長《オベルスタブスフエルドヴエベル》は、占領している司令部ビルの廊下を、足をとめずにすたすた歩いていた。戸口の前を通ったときに、グラントの姿が目にはいり、ひきかえしてはいってきた。優雅なオフィスの光景に驚いて、ふたりはきょろきょろ見まわした。

「やあ、ボス」ケロッグがいった。グラントは顔もあげずに、デスクの引き出しをあけて、ライターを探した。「捕虜になっていたＮＡＴＯ軍将士は、すべてここの診療所で診察を受けています。中佐に会ってお礼がいいたいといってますよ。将軍やら提督やらがおおぜいいますから……」

グラントは、まだライターを探していた。

「……会ったらどうですかね」

グラントは相変わらず返事をしなかった。

「それとも、会わないんですか」ケロッグがひと呼吸置いて、咳払いをしてからいった。

「それから、鹵獲《ろかく》したロシア軍の装備の数を最終確認しました。ブメラーンクも戦車も、すべて運用可能ですが、半数がガス欠ですし、半数以上が弾薬切れです」笑みを浮かべるために言葉を切った。「やつら、おれたちがベラルーシまで追いかけてくるとは、予想していなかったんでしょうね」

ヴォルフラムがそれを聞いて笑ったが、グラントは答えなかった。葉巻の端を乱暴に食いちぎり、床に吐き捨てた。

「中佐が査読しに来るときには、あとの報告書も仕上がっています」まだグラントがなにもいわないので、ケロッグは黙ってオフィスを見まわしてから、言葉を継いだ。「もちろん、ここでゆっくりなさっていてもかまいません。なかなかいいオフィスですね」

グラントは、重い鋼鉄のライターを引き出しのなかから見つけて、笑みを浮かべながら手で重みをたしかめてから、発火石をこするやすりをはじいた。念入りに作られたライターの灯心が赤と黄色の炎をあげた。

ケロッグが、さらにいった。「それから、例の将軍が下にいます。サバドゥダド……とかいう名前の。会ったことがありますか。映画スターみたいな美男ですよ。もちろん、怯《おび》えきってますが、強面《こわもて》のふりをしてます。とにかく、降伏する用意があると、通訳を通していってます」

グラントは、ライターの炎を葉巻の端に触れさせ、椅子でふんぞり返った。陸軍の支給品のM9銃剣が椅子の革をこすって、深い切れ目をこしらえた。グラントは気にするふうもなく天井を見あげて、葉巻をふかし、ブランデーの豊かな香りを楽しんだ。銀の箱を指さし、やっと口をひらいた。

「諸君、持っていっていいぞ。われらが下士官に行き渡る数がある。葉巻をもらうのにふさわしい働きぶりだった」

グラントは、冬用戦車服のジャケットのポケットに、ライターを突っ込んだ。曹長ふたりは、デスクに突進して、ヒュミドールの葉巻をわしづかみにして、ドロップポケットに詰め込んだ。

グラントはいった。「用意ができたら降伏を受け入れると、将軍に伝えろ。それから、戦争犯罪容疑で裁くために、ブリュッセルのNATO本部に連行されることになるといっておけ。それが身に沁《し》みてわかるように、間を置く。葉巻を吸い終えたら、下に行く」

ケニア　ムリマ山の北
一月二日

軽装甲車《LAV》十六両が、昼前の太陽を浴びながら、戦争によって拓《ひら》かれた未舗装路の下り坂を北に向けて走っていた。ロシア軍の中型装甲車の焼け落ちた残骸《ざんがい》や、爆弾や砲弾の破片による穴があちこちにある。空中を漂っている細い銅線は、ロシア軍と米軍の対戦車ミサイルの残滓《ざんし》だった。装甲人員輸送車《BTR》の車体は裂けて、ねじくれた金属の塊となり、内部の機器が、あたりの泥や藪《やぶ》にこぼれ落ちていた。

車両と燃える植物から煙が昇り、不快な濃い靄《もや》が熱い大気に浮かんでいた。

いくつかの地域では、けさの夜明け後に戻ってきた住民が印をつけて、戦いで荒廃した土地をふたたび利用するために、徒労とも思える活動をはじめていた。不発弾がある場所に注意を促す、Tシャツの旗や曲がった枝などの目印があった。

死体が道路に転がり、車両からぶらさがっていた。ずたずたになって木にひっかかっているロシア兵ふたりの死体が、コナリーの目に留まった。焼け焦《こ》げて見分けがつかなくなっている死体も数多かった。

コナリーとキャスターは、LAV−C2のハッチ内に座り、アフリカの平原に散らばる残骸を見渡した。

「惨憺《さんたん》たるありさまだな」コナリーはつぶやいた。

歴史に残る戦場すべてとおなじように、自然はこの土地を数年以内に取り戻すだろうと、コナリーは想像した。いま見ているような光景を思い描く人間は数すくないはずだし、それがいちばんいいと思った。

キャスターが口をひらいた。「惨憺たるありさまだな」

ふたりが乗るLAVが、海兵隊のM1A2戦車のそばを通過した。砲塔が吹っ飛んでいて、若い海兵隊チームが、上半身裸になり、遺族のもとへ送れるように乗員の遺体を回収していた。

おぞましい破壊の光景を四十五分以上かけて通り過ぎてから、米軍の車両縦隊はようやくジョンボ山を登りはじめた。コナリーは、山の麓《ふもと》のロシア軍周辺防御にはいったときに、カービンを構えたくなる衝動をこらえなければならなかった。明らかにまだ戦えるBTR数十両が、道路脇の開豁地《かいかつち》にとまり、林のなかに数百人のロシア兵がいた。地面に横たえられたり、担架に寝かされたりしている負傷兵もいたが、包帯を巻かれ、戦闘後シェル《シエル》ショックから醒《さ》めずにただ立っている兵士もいた。

コナリーが見ている若い兵士たちの多くは、さきほどあとにした米軍の最前線にいる若い海兵隊員たちと、よく似ていた。

LAVの縦隊は、土嚢《どのう》を積んだ機関銃座や救護所の近くを通り、ロシア軍司令部テントの手前で停止した。正面に将官旗が吊られ、朝の風にはためいていた。

アポロ・アルク＝ブランシェットがLAVからおりて、自分のLAVからおりたコナリーに、ぎくしゃくした動きで近づいた。アポロは、ずらりと並んでいるBTRを指さした。

「あれは格好のターゲットだね」

コナリーは答えた。「ああ、これが計画どおりに行かなかったら、すぐに戻って、あれを吹っ飛ばそう」

アポロがくすりと笑い、小声でいった。「本気ですか？　なにを使って？」

米軍とフランス軍の戦車、ヘリコプター、攻撃機、ミサイルが払底しているのを、ふたりとも知っていた。

コナリーはウィンクをして、そっとささやいた。「ここではブラフをきかせないといけない、大尉。その役柄にはまろうとしているだけだ」

ロシア軍下級士官の代表団が、アポロ、コナリー、キャスターに近づいた。アメリカの代表団のあとの士官たちも、広いテントに案内された。

テント内は暗く、西側の人間の目から隠すために、通信機や地図にはブランケットをかけてあった。グリッグズ少佐とNSA局員は、ここにある装備すべての詳細な構造を把握しているにちがいないが、海兵隊の連隊指揮所でこの会見が行なわれたら、自分もおなじことをやるだろうと、コナリーは思った。

野外で使い古された迷彩服を着て、大将の徽章《きしょう》を帯びている、胸の厚い禿頭《はげあたま》の男が、テント内のテーブルの向こう側に座っていた。身上調書の写真を見ていたコナリーは、ボリス・ラザール将軍だとわかった。左右に大佐が三人、着席していたので、コナリーは迷彩服の胸にあるキリル文字の名札を見て、どれがボルビコフなのかを見分けようとした。

悪名高いボルビコフ大佐はいないようだったので、くそ野郎と目を合わせることができないのを、コナリーは残念に思った。

通訳をつとめる若い歩兵大尉が、テーブルの端で立ちあがり、米軍士官たちに座るよう手招きした。キャスターが中央に陣取り、マクヘイルがその左、コナリーとアポロが右に着席した。

ラザール将軍がロシア語で切り出したが、英語に堪能だというのを、身上調書を読んだコナリーは知っていた。

通訳がいった。「あなたがたは、わたしたちに降伏するために、ここに来たのですか?」

ラザールの口もとには、かすかな笑みが浮かんでいた。横に座っていた大佐たちは、まったくの無表情だった。

キャスター大佐は、ラザールのジョークをおもしろがらなかった。

ラザールが、ふたたびロシア語でいった。「それでは」通訳がいった。「ノー」「なんの話をしましょうか?」

「あなたがわたしを呼んだのだ、将軍」

ラザールがうなずき、長々と答えた。それが英語に訳された。「ああ、そのとおり。わたしが呼びました。あなたと部下は勇敢に戦いました。しかし、あなたがたの弾薬が残りすくなくなり、装甲車両をほとんど失い、すべての包囲で脆弱《ぜいじゃく》になっていることを、わたしは知っています。空母打撃群一個がアジアからやってくるそうですが、わたしが鉱山を奪取し、あなたがたがわたしたちを排除するのが不可能になる前に、攻撃距離に到達するのは無理です。わたしたちにはべつの奥の手がありますし、大佐、なんとしても勝利をものにしろという命令を受けています。

流血をやめようと、わたしは提案します。あなたとあなたの部隊は、鉱山から退去する――われわれの鉱山から――見返りに、モンバサまで安全に戻れるようにしましょう」

キャスターは、ラザールの提案をまったく受け入れなかった。のんびりしたテキサスなまりで、キャスターはいった。「あんたたちはケニアから離れろ、アフリカから離れろ……さもないと最後の一兵まで殺す」

　通訳がキャスターの言葉をすべて伝える前に、ラザールがしゃべりはじめた。大尉がそれをすぐさま英語に訳した。「では、脅すつもりなのか？」

　キャスターは答えた。「脅しではない。事実だ。立ち去らなければ死ぬ。あんたたちは、わたしの部下をおおぜい殺した。わたしはあんたのジョークや駆け引きの相手をするためにここに来たのではない」

　大尉が通訳するあいだ、ラザールは無表情を崩さなかった。

　テーブルの端で、通訳の大尉がいった。「どちらの側も、もう若者を死なせるべきではない」

「その点については、あんたとわたしは同意見だ」キャスターはいった。

　大尉がそれを訳そうとしたが、ラザールはただうなずいて、手をふった。コナリーが知っていたとおり、ラザールは英語がわかるのだ。ラザールが、しばし沈黙して、テーブルを指で叩いていた。

　ラザールの言動はすべて計算されていると、コナリーは判断した。経験豊かで世知に長《た》けた、抜け目のない男だ。この場にいる軍人のなかで、戦場の経験がもっとも豊富にちがいない。

　キャスターはいった。「あんたが攻撃を中断したのは、わたしの前線を破れなかったからだ。あんたがぶつけた圧力すべてに、わたしの海兵隊は耐えた。いまやあんたの軍は、攻撃を続行できないくらい弱くなっている。

だが、それに対して、わたしは応援を受けている」

それを聞いて、ラザールが笑みを浮かべ、あたりを見まわした。「ほんとうかね？　どこにも見当たらないが」

「それはあんたに、沖にいるものが見えないからだ。われわれの空母打撃群は、攻撃範囲に到着した。わたしが海兵隊のライフル連隊一個で、あんたの全部隊を押し戻したくらいだから、海軍のF／A－18が数十機あれば、どういうことができるか、想像はつくはずだ」

ラザールが活気づいてしゃべりはじめ、通訳が熱をこめてそれを伝えた。「ライフル連隊一個？　それよりも大規模な兵力があったぞ、大佐。潜水艦から発射されたトマホーク・ミサイルに助けられたんじゃなかったのか？　強襲揚陸艦の艦載機についてはどうなんだ？」

キャスターは、肩をすくめた。「味方を連れてくるのは当然だろう。もっとおおぜいの味方が到着したんだ。あんたの味方はきょうどこにいる、ラザール将軍？」

テントの垂れ蓋《ぶた》の下から、土埃《つちぼこり》が舞い込んだ。テーブルの上を虫が這《は》い、暖かい昼前の空気のなかでブンブンうなっていた。

ラザールが身を乗り出し、計算された落ち着いた声で、ゆっくりといった。「大佐、きみはよっぽどポーカーが得意にちがいない。四十二年、職業軍人としてやってきたが、わたしにも、きみがブラフをかましているのかどうか、わからないくらいだからな」笑みを浮かべた。「ブラフなんだろう？　応援の部隊がいるとは思えない。わたしの部隊は、きみたちをたえず監視しているんだ。沿岸部からの動きはないし、エアクッション型揚陸艇《LCAC》が潟《かた》を横切ったり、かの有名なオスプレイが数百人の兵員を輸送したりしている気配はない。空母打撃群がこっちに向かっているのはたしかかもしれないが、きみの言葉とは裏腹に、まだ到着していない。到着していれば、空を軍用機がびっしりと飛んでいるはずだ。きみたちは兵力が減少した一個連隊にすぎない。それで粘土でできたちっぽけな山と一兆ドルの価値があるレアメタルを護《まも》っているんだ」

　悪意に満ちた冷酷な口調だった。

　事実、空母打撃群がF／A－18戦闘攻撃機を展開できる位置に達するまで、あと七時間半かかる。しかもそれは、作戦行動が可能なぎりぎりの距離だ。コナリーと代表団が目にしたBTRをすべて投入すれば、ロシア軍はその半分の時間で鉱山を奪取できる可能性が高い。ラザールはそれを見抜いているにちがいないと、コナリーは思った。ラザールの行為をコナリーは憎んでいたが、敵の状況を読む能力は尊敬せざるをえなかった。

　キャスターは、一瞬の間を置いた。ブランケットに隠したロシア軍の無線機からくぐもった音が聞こえるくらい、テントのなかは静まり返った。

　やがて、キャスターが身を乗り出していった。「わたしのいうことを信じないなら、ちびのカエル……跳んでみろ」

　奇妙な言葉が通訳されるあいだ、キャスターは一分待った。ラザールと大佐たちは、不思議そうな顔をしたが、やがてロシア側の代表団は怒りを爆発させた。

全員がラザールを見た。ラザールは一瞬動かなかったが、くすくす笑いはじめた。そのうちに馬鹿笑いになり、副木《そえぎ》を当てているのをテーブルの下に隠していた手で、脇腹を押さえなければならなくなった。

キャスターは無表情のままだった。

ラザールが英語に切り換えたので、コナリーはびっくりした。「わかった……ちびのカエル」笑みがふっと消えた。「この会見の要件を話さなければならないようだな。これだ」――一枚の書類を、キャスター大佐に渡した――「ロシア連邦軍総司令官ケツォフ上級大将からの直接命令だ。わたしの部隊をジブチまで後退させ、補給と装備補充を待てと命じている。ジブチで戦車と合流し、アフリカの友好国の給油を受ける――どの国かはいえない。わかるだろうが、そのあとで、戻ってきて鉱山を奪取するか、ロシアに戻るかを決定する。あなたがたにいっておこう……ジブチに戻るのを妨害してはならない。妨害すれば、いまある部隊と弾薬を相当数使用して防御する。

わたしのいうことが、よくわかったかね、大佐？」

キャスターは、まばたきもしなかった。「将軍、北に戻るのにどれだけ時間をかけても結構だ。しかし、一歩でも……また……南に戻ろうとしたら、それが最後の一歩になるだろう」

周囲でつぶやきがひろがった。ロシア軍の大佐のひとりが、ラザールに耳打ちした。ラザールが、耳を傾けてから、椅子に背中をあずけた。

ラザールが、ロシア語に切り換えて、キャスターに話しかけた。キャスターが、通訳されるのを待った。「それで決まりだ。われわれはただちに撤退準備をする。もう話し合うことはない。ありがとう、キャスター大佐」

キャスターは立ちあがり、コナリーたちを従えて出ていきかけた。キャスターが立ちどまってふりむくと、まわりで全員がおなじようにした。キャスターはいった。「あんたの部隊があすの朝もまだここにいたら、不当攻撃と見なす」ラザールにうなずいてから、海兵隊のヘルメットがステットソン帽でもあるかのように、指先で触れた。

そして、まわれ右をして、出ていった。

コナリー、マクヘイル、アポロ、海兵隊員たちがつづいた。

ダン・コナリーが、最後の一瞥《いちべつ》をくれたとき、テーブルに向かって座っているラザール将軍は、鋭い目つきで立ち去る米軍将校団を見送っていた。

五分後、コナリーはふたたびマクヘイルのLAVに乗り、ムリマ山へひきかえしていた。

「ボルビコフがいなかった」コナリーはいった。「これはすべて、ボルビコフの企んだことだった。ロシア軍にまだ攻撃するつもりがあるのなら、ボルビコフがあそこの中央で前面に出ていたはずだ。いないということは、殺されたか、負傷したか、あるいは……解任されたのだろう。いずれにせよ、百ドル賭けてもいい——いや、レアアースが大量にある鉱山を賭けてもいい――やつらはあすには行ってしまうだろう」

マクヘイルがいった。「ラザールは、われわれがうろたえるかどうかを見たかっただけだ。キャスターがびくともしなかったから、ラザールは生き残りの兵士たちを母国に帰らせることのほうが心配になった。ボルビコフについては、あんたが考えているとおりだろう。キャスターはそれもすべて見抜いているのかな？」

戦いで荒廃した景色を見ながら、コナリーは肩をすくめた。「どうでもいい。キャスターは、ほんもののテキサス人らしくふるまった。〝おれの土地から出ていかないと、おまえと仲間のやつらを叩きのめす〟というふうに、ロシア人には聞こえたはずだ」

車両縦隊が、ふたたび米軍とロシア軍の車両の墓場を通った。ロシア軍の作業班が戦場のあちこちにいて、ハンヴィーに乗った海兵隊員とトラックに乗ったフランス兵が、倒れた戦友の遺体を回収していた。米軍の戦車回収車が停止して、水が溜まってぬかるんでいる灌漑《かんがい》用水路から、ミサイルと火災で大破したBTRを引きあげるのを手伝っているのを、コナリーは見守った。

マクヘイルがいった。「数時間前には殺し合っていたのに」首をふった。「戦争は常軌を逸している、ダン」

コナリーはうなずいた。「ご高説、うけたまわりました、エリック」

83

ケニア南部
一月三日

出発したラザール軍は、衛星三基以上と米空軍の偵察機二機に上空から監視され、強襲揚陸艦〈アメリカ〉の海兵隊機にも二十四時間態勢で監視されていた。ロシア軍が編成し直してどこかに突然現われることがないように、海兵隊は念入りに見張っていた。ジブチに向けて北進するロシア軍は、かつての威容を失っていた。移動がなんとか可能な車両や装備が足手まといになって、かなりの日数がかかりそうだった。

ボリス・ラザール将軍は、車両をおりた兵士たちとともに、指揮車の横で道路を歩いていた。兵士たち同様、ひどい姿になっていた。迷彩服は裂け、ブーツには赤黒い泥の塊がこびりついていた。折れた腕を三角巾で吊り、土埃《つちぼこり》にまみれて面相もわからなくなっている。内側についた汗を拭《ぬぐ》うためにゴーグルをはずした痕《あと》が、大きな丸になっていた。

数百人が装甲車両に乗り、あとの数千人は時速数キロメートルで足をひきずりながら、北へと歩いていた。ケニア政府がジブチへ送り届けるためのバスを手配していたが、それがいつやってくるのかは、見当もつかなかった。ケニア政府は、ロシア軍に一刻も早く領内から消えてほしいと思っていたが、輸送手段を用意するのにはたいして熱心ではなかった。ケニア領内を歩いているあいだに、ロシア軍が暑さのために損耗《そんもう》すれば、その分、手間がはぶける。

キール大佐の副官だったウスチノフ少佐が、作戦主任幕僚を引き継いでいた。ウスチノフが、ラザールのBTRの砲塔に立ちあがり、長い車両縦隊の轟音《ごうおん》のなかで聞こえるように、大声でラザールを呼んだ。「将軍、第1連隊が燃料をいくらか徴発し、速度をあげたと報告しています」

「第2と第3は?」

「いずれも、兵は疲弊《ひへい》しているが、進みつづける力はあるとのことです。モヤレまで戻ったら小休止し、燃料、食糧、水を徴発しようといってあります」

「ああ。そうしよう」ラザールは、キールと何度となくこういうやりとりをしてきたため、べつの人間がキールの役目を担《にな》っていることが、現実とは思えなかった。

ウスチノフがいった。「将軍、しばらくお乗りになりませんか?」

キールなら、そんな馬鹿な質問はしないはずだ、ラザールは心のなかでつぶやいた。「いや、負傷兵を乗せなければならない。それに、わたしは兵士たちといっしょに歩くのが好きなんだ」苦しい状況であるにもかかわらず、ラザールは笑みを浮かべた。コーヒーと煙草《たばこ》のヤニに染まった歯が、土埃と砂に覆《おお》われていた。「うしろへ行って、第3連隊の連中に会ってくる」

「了解しました」

ウスチノフ少佐はうなずいた。ウスチノフは世知に長《た》けていたので、ラザールがただ兵士と雑談をするだけではないと知っていた。兵士たちといっしょにいるのが、ほんとうに楽しいのだ。

ラザールは、道路で立ちどまり、向きを変えて、第3連隊の生き残りを探しにいった。

ドイツ　ランドシュトゥール
ランドシュトゥール地域医療センター
一月四日

「この機動を見て」サンドラ・グリソンが、意地の悪い笑みを浮かべていった。ビデオゲームのコントローラーを右手で持ち、〝X〟ボタンをたてつづけに押していた。テレビの画面でサンドラのアパッチ・ヘリコプターが一八〇度方向転換し、ポッドからロケット弾が発射されて、ジェシーのロシア軍のミルMi‐24攻撃ヘリコプターに激突した。Mi‐24が煙を吐いて燃えながら地面に向けてきりもみ降下し、ジェシーは怒りに任せて、プレイステーションのコントローラーをベッドにほうり出した。

「いんちきだ」ジェシーはいった。

「認めなさいよ。わたしがあんたをやっつけたのよ」

「なんとでもいえ、キラキラ《グリッター》ちゃん。あんたがいんちきをやって、一機しかないアパッチを盗んだからだ」

サンドラは、身を乗り出して、トーマス中尉が持ってきた〈ジャック・ダニエル〉入りの缶入りコカコーラに差したストローをくわえようとした。テネシーウィスキー入りのコーラは、格別好きではなかったが、ここランドシュトゥールの米陸軍警衛の厳しい監視の目をごまかしてトーマスが持ってきたので、それで満足していた。

サンドラはギプスで体を固められ、ほとんど身動きできない状態だった。足首から腰の上まで覆われていた。片腕もギプスごとプラスティック棒によって持ちあげられている。ウィスキー入りコーラをごくごく飲んでから、サンドラはいいほうの腕をのばして、花瓶ふたつの下から英字新聞を引き出した。大きなベッドの枠に滑車と鋼線でサンドラをつないでいる牽引器具に、新聞をもたせかけた。

ページをめくって記事や広告を眺めながら、サンドラはそっと溜息をついた。病室に閉じ込められているせいで、頭も体も休まらなかった。あと三週間、入院してから、ほんものの苦痛を味わうことになるといわれていた。体をちゃんと動かせるようになり、歩けるようになるために、リハビリをやらなければならない。

障害が残る可能性があると、医師たちはいっていた。だが、サンドラはその注意を度外視していた。わたしの底力を彼らは知らない。みごとに快癒《かいゆ》して、彼らをぶったまげさせてやる。

そうはいっても、リハビリのことを考えると暗い気分になるので、考えないようにあらゆる手を尽くした。

ウィスキーがそれを手伝ってくれる。

サンドラは新聞をめくり、アフリカでの海兵隊の戦闘についての記事を読むために、めくるのをやめた。「ちょっと、ジェシー、海兵隊がケニアでなんかやってたっていうこの記事、読んだ？」

副操縦士のジェシーのほうが怪我《けが》は軽かったが、大腿骨《だいたいこつ》骨折なので、数週間ベッドから出られない。

「どうでもいい」ジェシーがいった。「海兵隊の活動は付け足しみたいなものだから、興味はない。大きな戦いはこっちで行なわれたんだ」

「装備も兵員も不足しているのにロシア軍と戦ったことについて、インタビューで海兵隊員が語っているの。装甲車両はわずかしかなく、弾薬は乏しくなる。ぎりぎりの状態でがんばったって」

「海兵隊の計画がまずかったのさ。もっとたくさん弾薬を持っていけばよかったんだ」

「こっちは海兵隊戦車兵のインタビュー。一個中隊をほとんど損耗したそうよ」

「第37機甲連隊は、一個大隊分の戦車を失った。おれたちがやったことと、第37の戦車兵と、パイロットたち、フランス軍特殊部隊の働きが——ほんものの戦争だった。ポーランド民兵が、エースになった——つまり、RPGやロケット弾だけで、戦車を五両か十両破壊したそうだ。すごいつわものだな」

サンドラ・グリソンは笑ったが、そのために頭のてっぺんから爪先まで激痛が走った。一瞬ののち、サンドラは目をつぶって、苦痛やかゆみのことを考えないようにした。ロシア軍と戦える強さがあるのだから、これから一年か二年、リハビリに耐える強さはじゅうぶんにあるはずだと、自分にいい聞かせた。

ポーランド　ワルシャワ
一月四日

楽団がポーランド国歌の『ドンブロフスキーのマズルカ』を演奏しはじめた。「ポーランドは滅びない……われらが生きているかぎり」ナポレオン・ボナパルトと連携して戦った亡命ポーランド人部隊の士気を高揚するための歌で、弾圧から解放されることがポーランドの長年の願いであったことを象徴している。陸軍男声合唱団が熱情と誇りをこめて歌い、パウリナ・トビアスと八人の男が、気を付けの姿勢で立っていた。ふたりが松葉杖をつき、ひとりは車椅子に座っていたのに、パウリナの手を借りて立ちあがり、国歌が演奏されるあいだ、彼女にもたれていた。

全員が、ポーランド共和国のさまざまな軍服を着ていた。

男たちに目を向けたとき、パウリナは罪悪感に襲われた。何人かは、一生、不自由な体のままだろう。

結局、自分はなにをやったのだろう？　生き残っただけだ。

ちがう、重要なことをやった。ポイント切替所で列車をロシア軍の意図とはちがう線路に進ませるという単純な行為が、戦況を大きく変えた。とにかく、そう説明された。

誇りに思うべきだというのは、わかっていたが、激しい悲しみに囚《とら》われて、明るい気持ちにはとうていなれなかった。

いまはポーランド地上軍の将校なのだと、パウリナは何度も自分にいい聞かせなければならなかった。貴重な人材なので、現役からはずすわけにはいかないのだと、前夜に大統領からじきじきに理由を告げられた。パウリナはことにリーダーになりたいわけではなかったが、大統領に執拗《しつよう》に説得され、ポーランド軍で新人少尉に任官した。

十日ほど前は、〈ハウス・カフェ・ワルシャワ〉の副店長になって、バリスタのチームを切り盛りしたいというのが、パウリナの切なる願いだった。

パウリナは観衆を眺めて、父親と兄をようやく見つけ、父親が傍目《はため》もかまわず泣いているのが目にはいったので、照れくさくなって顔をそむけた。

ジエリンスキ大統領が進み出て、ワルシャワ旧市街の中心部に集まっている観衆のほうを向くと、楽団が演奏をやめた。パウリナが勤めていたコーヒーショップから、半ブロックしか離れていない。数人が怒りをこめたささやきを発した――ジエリンスキがロシア軍をヴロツワフに引き寄せる決断を下したという噂が流れていたからだ――だが、集まっていたひとびとの大半は、敬意を表していた。

小雪が舞うなかで、たいへんな数の観衆が体をくっつけ合うようにして集まり、凍《い》てつく冬の大気のなかで吐く息が白く立ち昇っていた。

ジエリンスキ大統領がいった。「わたしのうしろには、英雄たちが立っている。国のために尽くしてくれた彼らに感謝したい。彼らは謹《つつし》んでこの名誉を受けるだろう。なぜなら、きょう彼らが受ける名誉は、おなじようにわたしたちが名誉を授けたいと思っているひとびと、いまわたしたちの足もとで安らかに眠っているひとびとの勇気と勇敢さを示すものでもあるからだ」

ジエリンスキ大統領は、すこし間を置いてからいった。「将軍、受勲者を紹介してくれ」

きちんとプレスされた正装の軍服を身につけた将軍が、命令書を大声で力強く読みあげた。

「叙勲されるものは……中央前へ、進め」

パウリナとあとの八人が、いっせいに歩き、あるいは足をひきずって進み出た。全員が敬礼して、直立不動になった。

カメラのストロボがいくつも光った。

大統領は、受勲者ひとりひとりに近づいて、ポーランドの軍人が受ける勲章で第二位にあたる、金色の軍功章を胸に留めた。各人が敬礼を返し、大統領の手を握った。

パウリナが最後だった。不安や怯《おび》えはなかった。できるだけ早く終わるといいと思っていただけだった。ひと目を惹《ひ》きたくなかったし、行きたいところがあった。

楽隊の演奏がまたはじまり、パウリナとあとの八人はまわれ右をして離れていった。パウリナは、車椅子に男を戻すのを手伝い、階段を通りへおりていった。報道陣がインタビューを求めた。戦闘の最初の朝、ロシア軍に撃たれたパウリナの写真が、ポーランドのすべての新聞に掲載され、いまではインターネットで世界中にひろまって、この戦いの象徴になっているのに、だれもパウリナからひとことも談話をとることができなかった。

これからも、パウリナは話をするつもりはなかった。無言で報道陣のそばを通過した。

一団はまもなく更衣室に案内され、私服に戻った。世話役のポーランド地上軍大尉が、叙勲記念晩餐会《ばんさんかい》について、厳しい指示を彼らにあたえた。「ぜったいに遅刻してはならない」大尉がいった。「軍服をプレスして、準備しておく。一九〇〇時までは自由だ。解散」

パウリナは、髪をまんなかで編んだままで、銀色に輝くストッキングキャップをかぶり、マスコミを避けるのに使うよう指示された地下通路から出た。

地下鉄のM1線に乗り、第一次世界大戦後、ウッドロー・ウィルソン米大統領にちなんで命名された、ヴィルソナ広場（ウィルソン広場）駅でおりた。もちろん、共産主義者がポーランドを支配していた時代には改名されていたが、ソ連崩壊後、もとの名称に戻された。

パウリナは雪の上をしばらく歩き、一度だけ、スウォヴァツキ通りで花束をふたつ買うために、花屋に寄った。ひとつはヒマワリとヒナギクの明るい花束。もうひとつは、青いワスレナグサ、白ユリ、美しい紅バラ二本にカラフルなピンクのリボンを蝶《ちょう》結びにした、大きな花束だった。戦争で供給が途絶していたので、花を仕入れるのは大変だったはずだが、パウリナがいまや有名人なのが、役立ったようだった。

歩くと寒かったが、楽しみもあった。首都の生活は、なんとかふだんの状態に戻りつつあるようだった。

ヴロツワフではそうはいかないだろうと、はっきりわかっていた。

配達トラックがバックファイアを起こし、パウリナは花束ふたつを取り落とした。拾いあげて、いつくしむように雪を払い落とし、ポヴォンズコフスカ通りをそのまま進んで、軍人墓地の鉄の門を通った。墓地にはいると、あらたに造られた墓地の焦茶色《こげちゃいろ》の掘り痕《あと》が、あちこちにあった。黒い服を着た沈鬱《ちんうつ》な雰囲気の遺族がおおぜい、墓所のあいだの小径《こみち》を歩いていた。今回の紛争で亡くなった親族を悼《いた》んでいるのがうかがえた。

パウリナは、墓地の中央へ歩いていった。黒い弾薬車一両が、そこにあった。通常は馬が牽《ひ》く荷馬車だった。その馬車に棺《ひつぎ》が載っていたが、馬はどこにも見当たらなかった。

ポーランド軍兵士ふたりと、米空軍兵士ふたりが、気を付けの姿勢で棺を護《まも》っていた。パウリナが目立たないように現われたにもかかわらず、ポーランド兵はすぐに顔を見分けた。ポーランド兵が米空軍兵にそっと話しかけると、米空軍兵が好奇の目をパウリナに向けた。

それから四人いっしょにそこを離れ、礼儀正しく距離を置いて、すこしでもプライバシーを保てるように、見物人を追い払った。

パウリナが革梯子《はしご》を昇ると、弾薬車の鉄のリーフスプリングがきしんだ。パウリナは厚手のダウンコートをかき合わせ、毛皮の裏地で首と顔をくるんで、アメリカ国旗をかけた棺のほうを向き、座席に座った。

手をのばして国旗に触れ、赤、白、青の花束を上に置いた。

パウリナは、すこし溜息をついてから、無言で思いにふけった。やがて、指にはめた小さな銀の契《ちぎ》りの指輪に目を落とした。指でまわして抜き、刻まれた言葉を読んだ。きのう領土防衛軍士官に渡されたときから、もう百回ぐらい読んでいた。米軍パイロットの遺体のそばで指輪が発見されたと聞いて、その士官はだれに渡されるはずだったかを、即座に察したのだ。

指輪には、こう刻まれていた、〝戦火が絆となり、愛によって契った。レイ〟。

パウリナは、数分のあいだ、人目もはばからずに泣いた。

ようやく、ぎしぎし音をたてる弾薬車からおりるとき、いかないでくれと哀願するように、懸架《けんか》装置のスプリングがまた激しくきしんだ。パウリナは、レイモンド・〝ジャンク〟・ヴァンス大尉の遺体が収められた棺を最後にもう一度見てから、向きを変え、地下鉄駅にひきかえした。歩哨四人の目が、その背中を見守っていた。

84

ドイツ　ニュルンベルク

一月四日

軍用列車がニュルンベルク中央駅に到着したのは、午後三時過ぎだった。トム・グラント中佐は、窓のカーテンをあけて、街の上に垂れ込める陰気な灰色の雲を眺めた。

グラントは向きを変え、車両内の周囲の兵士を見た。いまでは大隊長代理をつとめている暫定《ざんてい》作戦幕僚のブラッド・スピレーン大尉と、ドイツ陸軍のブラッツ・オット少佐も、窓から外を見ていた。

三人は同時に立ちあがり、バックパックを持った。

一分後、グラントは、オット、士官と下士官数人と集まった。

着装武器を身につけている陸軍少尉が、グラントに近づいた。「グラント中佐ですね？」

「そうだ」

「了解です。これにサインしてください」少尉が、封をした茶封筒と配達票をグラントに渡した。グラントが配達票にサインすると、少尉は無言で向きを変え、離れていった。

ケロッグとヴォルフラムが、そばに来た。「なんですか、ボス？」ケロッグがきいた。

「逮捕状か命令書だろう。この封筒から判断して」

グラントは銃剣を出して、封筒の封を切り、署名と日付がはいった通信文一枚を取り出した。

すばやく読んでからたたみ、戦車服のジッパー付き胸ポケットに入れた。

「教えてください、中佐」ケロッグがせがんだ。

「命令書だ」

「刑務所行きの？」

「ちがう。フォート・ブリスに戻れと書いてある。空港で飛行機がわれわれを待っているとのことだ」

「わたしたちのことは？」オットがきいた。

「なにも書いてない、ブラッ。きみもじきに命令を受け取るだろう」

「では、これでお別れですか？」

「そうだな。いまのところは」

「ちょっと待ってください」ヴォルフラム上級曹長がいった。「ケロッグ、いっしょに来てくれ」ふたりは駅のなかに走っていき、一分以内に瓶ビール数本を持って戻ってきた。ヴォルフラムがいった。「別れを惜しむひまはないので、ほんもののドイツのビールをいっしょに飲みましょう。ヤー？」

「ヤー！」全員が声をそろえていった。

夕方の凍えるような寒さのなかで、四人は立ってビールを飲んだ。話したいことはいくらでもあったが、だれもしゃべらなかった。

やがて、米軍兵士はドイツ軍兵士と握手を交わし、駅の外で待っていた空港行きのトラックに向かった。

強襲揚陸艦〈ボクサー〉

一月四日

アメリカ国旗をかけたアルミの棺《ひつぎ》が、〈ボクサー〉の格納庫甲板で幾重にも列をなしていた。キャスター大佐は、旗が軍の基準どおりにかけられているのを確認し、名札を読みながら、そのあいだを恭《うやうや》しくゆっくりと歩いた。戦死者の名前を、キャスターはそっとつぶやいた。キャスターが最後の列へ進むまで、上級曹長が待っていた。このあと、ふたりは、楽しい儀式になることを願いつつ、タスク・フォースの海兵隊員を飛行甲板に集合させる予定だった。戦闘を生き延びた海兵隊員や海軍兵士を称揚《しょうよう》し、戦場での勇猛果敢な行動に対して勲章を授与するために。

タスク・フォースの兵士は全員、受勲する資格があると思いながら、キャスターは国旗をかけた棺すべてに触れた。アメリカ国旗の布地を触《さわ》ると、指にごわごわした感触があった。すべてアメリカ国内で手縫《てぬ》いされた国旗だった。

この斃《たお》れた男たちもすべて、きょう叙勲されるのだ、と思った。戦闘で負傷したり、最悪の場合には死んだ部下に、それをあたえるのを願ったことは、二十六年の海兵隊勤務のあいだ、一度もなかった。名誉戦死傷勲章《パープル・ハート》。今夜、その推薦状に署名し、指揮系統を通じて大統領に届ける。大統領がみずから署名したいと報《しら》せてきたからだ。そのあと、今夜またべつの儀式があり、葬送ラッパが奏でられたあとで、棺に勲章を留め、大型輸送機に積み替えるために、〈ボクサー〉の艦載機で空輸する。

二百四十二基の棺。

二百四十二個の勲章。

遺族への二百四十二通の手紙。

キャスターは、その数字を記憶にとどめた。全員をよく知っていたわけではないが、その数字は意識に深く刻まれた。彼らの名前も記憶したかったし、できるだけ顔を思い出そうとした。

彼らは大切な部下だった。

そして、まもなく、すべて母国に送り届けることになる。

願わしくない帰国になる、と思いながら、キャスターは粛然《しゅくぜん》と棺のあいだを歩いた。命がぷつんと絶たれた。ひとり残らず勇敢だった男たちが、母国や愛するひとびとと遠く離れた地球の反対側で、レアアースという土くれのために命を落とした。

米海兵隊は、昔からずっとこういう役割を担《にな》わされてきた。

三層上で、海軍軍楽隊が、海軍の戦いの歌『錨をあげて』の練習をしていた。朝陽が雲間を通り、巨大な油圧エレベーターのドアから射し込んでいた。二〇ノットの速力でかきわけられるインド洋は、濃いブルーに澄み、陽光を浴びて輝いていた。キャスターから二列離れたところで、海兵隊軍曹が三人、一基の棺を囲んで座り、低い声で話をしていた。分隊で人気があった兵士なのか？　斃れた下士官仲間なのか？

キャスターは三人の邪魔をしないように、左側の棺に視線を落とした。すべての棺の前でやってきたように、戦死者の名前をささやいた。「クリストファー・ホール一等軍曹」

キャスターはふと足をとめて、棺に手を置いた。敬意を表するためだけではなく、自分の体を支えるためでもあった。名前を知っているものもいた。だが、鋼鉄の甲板を歩いていた足をとめさせたのは、それが第2海兵師団上級曹長の息子の棺だったからだ。キャスターは、今夜、二百四十二通の手紙を書くつもりだったが、上級曹長宛の手紙には、ひとこと書き添えようと思った。息子が戦死したことは、すでに知らされているはずだ。デジタル時代には、たとえ海兵隊が訃報《ふほう》をひろめないようにしても、情報はすぐに伝わる。

「心配するな、ホール上級曹長。きみの勇敢な息子は、できるだけ早く帰宅させるよ」キャスターは、そっとつぶやいた。

連隊戦闘団5団長キャスター大佐は、気を静めようとした。迷彩服を整え、しゃんと背をのばし、つらい気持ちを心の奥に押し込んだ。

待っていた上級曹長にうなずいて、ともに飛行甲板に通じる昇降梯子《ばしご》のほうへ行った。儀式のために練習している軍楽隊が、『海兵隊讃歌』の演奏をはじめていた。爽《さわ》やかな潮風が上の水密戸から吹きおろし、鋼鉄の梯子を昇って飛行甲板に出たふたりを出迎えた。

キャスターは、戦死者にしばし敬意を表した。こんどは生者に敬意を表する。

「カシラス三等軍曹、中央前へ……進め！」ダン・コナリー中佐が、精いっぱい戦場向けの大声でどなった。

若い軍曹が、松葉杖を二本ついて、ゆっくりと足を進めた。膝《ひざ》の上までのギプスが傷を覆《おお》っていた。インド洋の波を切って二〇ノットで突き進んでいる〈ボクサー〉の甲板の傾斜を見誤ったために、カシラスが転びそうになったので、集合していた兵士たちは一瞬、息を呑んだ。だが、カシラスは体勢を立て直して、アルミの松葉杖で体を支え、脚を切開した海軍軍医がロシア軍の七・六二ミリ弾三発を摘出したような負傷だったにもかかわらず、決意のほどを示した。

カシラスが位置につくと、上級曹長がどなった。「全員、気を付け！」そして、表彰状を大声で読みあげた。

「アメリカ合衆国大統領は、アメリカ海兵隊のヴィクター・ハンバート・カシラス・オルテガ三等軍曹に、銀星《シルヴァー・スター》章を授与することを光栄に思うしだいである。カシラス軍曹は、十二月三十一日、ケニアのモンバサ付近で、ミノトール・フォージ作戦を支援する戦闘行動の際に、第1海兵師団連隊戦闘団5、タスク・フォース〝グリズリー〟のもとで戦い、たぐいまれな武勇と豪胆を発揮した。カシラス軍曹は、手榴弾《しゅりゅうだん》とAT－4対戦車ロケット弾を用いて、ロシア軍のBTR－82A歩兵戦闘車一両と敵戦闘員数人を殲滅《せんめつ》し、さらに自動火器の火《か》点《てん》を設けてロシア兵六人を殺して、大隊長、大隊作戦幕僚、大隊指揮所要員多数、みずからの車両の乗員四人の命を救った。カシラス軍曹の働きは、ケニアのムリマ山における連隊の目標を保持するのに役立った。カシラス軍曹の大胆なリーダーシップ、勇敢な行動、責務への忠実な献身は、本人の偉大な信望を示すとともに、アメリカ海兵隊とアメリカ海軍全体の最高の伝統を支えたのである」

上級曹長が表彰状を読んでいるあいだに、コナリーはカシラスの胸に銀星章を留めた。声を殺してつぶやいた。「ミノトール・フォージ？」ムリマ山にいたものはひとりとして、いままでその作戦名を聞いたことがなかった。それどころか、戦闘が終わったあと、国防総省はきのうまで、作戦名をつけるシステムを作動させていなかった。コナリーも海兵隊の他の兵士たちも、それどころではなかったので、いまようやく作戦名がなかったことに気づいた。

コナリーは、将校らしい口調で述べた。「きみは、わたしたちすべてに栄光をもたらした、デヴィル・ドッグ。きみは、われわれが愛する海兵隊とわれわれの偉大な国の名誉となる人物だ」

「ウーラーッ、サー」負傷したカシラス軍曹が、かけ声を発した。松葉杖に寄りかかって敬礼した。上級曹長がカシラスに下がってよしと命じ、コナリーも飛行甲板を遠ざかった。つぎに大隊長のひとりが、部下を表彰するために登場した。

　隊列のうしろ、飛行甲板の隅のほうで、キャスター大佐がにやりと笑って、コナリーを出迎えた。コナリーが敬礼すると、キャスターが答礼し、手をのばして心のこもった握手をした。

「よくやってくれた、ダン」

「本部付きになっただけなのに、やらせてくれて、ありがとうございました。カシラスはものすごい戦士です」

「ほかのやりかたなど考えられない」耳慣れたゆっくりしたテキサスなまりで、キャスターがいった。「きみが戦闘団5の戦列にくわわってくれてありがたかった」

　コナリーは笑みを浮かべ、海軍用衣納《シーバッグ》を船室に取りにいくために向きを変えた。〈ボクサー〉を飛び立ってアメリカ本土への長い旅を開始するまで、あと二十分しかない。

フランス　パリ
一月六日

アポロ・アルク＝ブランシェットは、七人の棺昇《かんかき》とともに、父親の棺を肩にかつぎ、最後の安息所となるパリのサン＝ヴァンサン墓地へ向かう霊柩車《れいきゅうしゃ》に向けて、小雪のなかを歩いていった。

大男の大尉は、正装の軍服を着て、前日に大統領から授与されたばかりの殊勲章を首から吊っていた。

フランス大統領はきょうも参列し、夫人とともに、アポロとその姉のクローデットと短い言葉を交わして、国としての弔意と感謝を述べた。

アポロもクローデットも、父親が生きていて大統領夫妻に会えたらどんなによかっただろうと思った。

棺昇七人とともに、輝く楓《かえで》材の棺を霊柩車の後部に入れるとき、アポロは涙をこらえた。悲しかった――それに、腹が立っていた。怒りはじきに収まるだろうが、悲しみはずっと残るとわかっていた。

父親が殺され、部下の竜騎兵六十四人のうち十九人が戦死したことに正義がなされるのを見れば、怒りを乗り越えられるとわかっていた。

そのため、父親の葬儀の日に、ロシア大統領アナトーリー・リーフキンが、ロシア連邦国会の権限で罷免《ひめん》されたというニュースを見て、気分が楽になった。クラースヌイ・メタルの軍事、政治、経済すべての面での失敗が、日を追うごとに明らかになり、リーフキンはあらゆる非難を浴びていた。

ロシア国防省からの情報漏洩によって、リーフキンの命令でロシア軍が核兵器をアフリカに持ち込んだが、鉱山を攻撃した部隊の司令官が使用を拒んだことが暴かれた。

ヨーロッパでは、エドゥアルト・サバネーエフ将軍が、ハーグの国際刑事裁判所に初出廷し、ロシアの外交筋は、サバネーエフを取り戻して、ロシア軍が犯した戦争犯罪をうやむやにしようと、躍起《やっき》になって活動していた。

これまでのところは、それに成功していない。

アポロは、サバネーエフが絞首刑になるのを見たかったが、そうはならないだろうとわかっていた。とはいえ、ロシア軍の侵攻と犯罪行為が、世界中のメディアに大々的に報じられていることは、好意的に解釈しなければならないとアポロは思った。国際社会はいずれべつの出来事に目を向けるだろうし、そうなったら、このおぞましい出来事は、世間の視界から消え失せる。

アポロは、姉のためにドアをあけてやり、リムジンの後部に、ふたりして乗った。リムジンが、教会を離れて墓地に向かう霊柩車のあとを走っていった。

二時間後、アポロは雪の降る街を車で走っていた。ウイFMラジオが、人気のあるパリっ子のデュエットが歌う『それをあなたにあげる《ジュ・テ・ル・ドネ》』を流していた。

アポロの横に乗っていたダリエル一等軍曹が、ラジオの音量を下げた。「コンスタンチン伍長の家族はどういうふうになりますかね、大尉？」

「わからない」アポロはぼんやりと答えた。国防省のプリントアウトされた道案内と、シトロエンのダッシュボードのGPSを比較しながら方向指示器を出していた。

「パケ二等兵の家族みたいに、おれたちをどなりつけるんじゃないですか？」

アポロは、パケの母親に血が出るほどひっかかれ、包帯を巻いている首に触れた。平気だった。すこしでも気が休まるのなら、そういうふうに十カ所くらいひっかかれてもかまわないと思っていた。

アポロはいった。「フールニェイの父親みたいにショットガンを持ち出さなければ、かまわないさ」

きのうのその事件を思い出して、ダリエルが黙った。「何カ月かたってから行ったほうがいいですよ。遺族がすこし落ち着いてから」弔問はうまくいく場合もあれば、そうではない場合もある。悪くすると、戦死した部下に対するその最後の務めで、遺族の怒りをまともにくらう。うまくいく場合——というよりは悲しい弔問——は、強い印象が記憶にとどまり、心の痛みが深まる。

「賛成だ」アポロはいい、その話をしたくなかったので、ハンドルのスイッチでラジオの音量をあげた。

最後の五キロメートル、ふたりは黙っていた。柵にペンキで〝コンスタンチン〟と書いてある田舎《いなか》の小さな農家に着くと、GPSが電子音を発した。アポロは、未舗装路の反対車線に車をとめた。悲しい用心だが、きのうのように襲われたときには、そのほうが逃げやすい。

ふたりは車をおりて、蔦《つた》に覆《おお》われて錆《さ》びている古い鉄の門の前で立ちどまった。

反射的におたがいの正装の軍服を見て、相手の勲章をまっすぐにして、白い手袋をはめた。

アポロは、ダリエルにうなずいてみせた。「心の準備はできたか？」

「こんなことに心の準備ができますか？」

「ノン、まったく《パ・デュ・トゥー》できない」アポロはそういって、横木を打ちつけた厚いオークのドアへふたりで歩いていった。

エピローグ

ヴァージニア州　クリスタルシティ
一月十四日

クリスタルシティのアイリッシュパブ、〈シネ〉は、てんやわんやの大騒ぎだった。小さな店を国防総省《ペンタゴン》が乗っ取っていたから、当然のことだった。木のバーカウンターには、ビールのピッチャーが所狭しと置かれ、空いている場所もないくらい男女がぎゅう詰めになっていた。

大佐に昇級したばかりのダン・コナリーは、奥のほうのボックス席で、半分になったビールをちびちび飲んでいた。そして、中佐に昇級したばかりのボブ・グリッグズが、テーブルの向かいでブラック＆タン（通常、ペールエールとスタウトを半々に注いだビールカクテル）を自分のほうに引き寄せていた。

グリッグズは、コナリーの新しい鷲の階級章を、両手で左見右見《とみこうみ》していた。

しばらくして、コナリーがいった。「もういいだろう、ボブ。フレンチフライの油でぎとぎとになる」

「あまりよすぎて、つぎにビールから目をあげたときには、きみのポケットに収まっているんじゃないかと心配だ」一瞬、コナリーは真顔になった。「士官は階級のことばかり考えてはいけない。飾り物をほしがるやつは、高い代償を払うことになる」

グリッグズが重々しくうなずき、また階級章を見た。「でも……この鷲はいいなあ、ボス」

「でも、なにしろ、はじめてこいつに近づきましたからね」

それを聞いて、コナリーは笑った。「なにをいっているんだ。世界を救ったんだから、これからどんどん昇級できるさ」

グリッグズが、笑って階級章を返した。「だめでしょう、ボス。いまは人気があっても、じきに睨《にら》まれないほうがいい相手を怒らせちまうでしょうね。スポットライトからはずれて、ペンタゴンのどん底のファイルキャビネットに囲まれたデスクに逆戻りですよ」向かいに座っているコナリーの顔を見た。「敵に狙い撃たれるよりはましな暮らしですけどね」

コナリーはうなずき、ビールをすこし飲んだ。「賛成したくなってきた」

ふたりが知っている海軍中佐が、若い士官数人の肩にかつがれて、バーカウンターのほうへ運ばれていった。話し声からして、もう飲めないと中佐が断わった罰として、カウンターに立って『錨をあげて』を歌うか、ラムを飲むよう、おおぜいの士官に強制されたようだった。

中佐はラムを飲むほうを選び、それがいいとコナリーは思った。酔っ払いがひしめく店内では、ただでさえ下手《へた》な歌があちこちで鳴り響いていた。

海軍中佐を見て、コナリーは〈ジョン・ウォーナー〉の艦長のことを思った。彼女は、ムリマ山の海兵隊とフランスの竜騎兵を救援し、攻囲戦を生き延びるのを助けた英雄だった。その後、敵の前哨艦隊からみごとに逃れて、無事にインド洋に達した。

その艦長、ダイアナ・デルヴェッキオ中佐は、まだ哨戒中で、波の下に潜み、港に戻るのは数週間後になるが、コナリーは会う日を楽しみにしていた。握手をしたあと、向こうのカウンターの中佐のように肩にかつぎたくなるのを我慢しなければならないだろうが。

グリッグズが通りかかった陸軍少佐と話をするあいだ、コナリーはしばしビールを無言で飲んでいた。コナリーは、ジュリーや子供たちのところへ帰りたかった。抜け出すことができたら、すぐにそうするつもりだった。コナリーは三日前に、なにも報《しら》せずにアフリカから帰ってきて、家族を驚かせた。ジュリーには花を、子供たちには空港で買ったチョコレートをあげた。戦闘と何日もの旅で、埃《ほこり》にまみれ、垢《あか》だらけになり、汚れた服を着ていた。

子供たちはおおよろこびした。コナリーは子供たちと遊んでから、父親モードになり、ベッドに行かせた。そして、ようやくふたりきりになると、コナリーはジュリーとリビングで赤ワインを飲んだ。

この一週間についてコナリーが話している途中で、ジュリーがグラスを置き、コナリーのグラスも取ってコーヒーテーブルに置いた。そして、コナリーの膝に載り、キスをした。この二十年間、すべての危険な海外派遣のあとで、ふたりはそうした。コナリーは今回もそれがとてもうれしかった。

　いや、これまでにも増して、ものすごくうれしかった。

「もうひとつのやつも見せてくれますか？」グリッグズがいって、コナリーが家庭の楽しい出来事を空想するのを邪魔した。

　長い溜息をついて、コナリーはポケットから海軍十字勲章《ネイヴィー・クロス》を出した。注意を惹《ひ》きたくなかったので、パブにはいるときに隠したのだが、だめだった。酔っ払った同僚に要求されて、すでに四度もポケットから出して見せなければならなかった。

　そしていま、五度目にポケットから出してグリッグズに渡そうとしたが、そのとたんにポケットの携帯電話が震動するのがわかった。

「待ってくれ」発信者を見た。ディスプレイに〝ＴＸ－１８５〟と表示されていた。アメリカの携帯電話会社との取り決めで、軍上層部の警報は無料で送受信できることになっている。

「くそ、事務局からだ。なにか重大なことが起きた」

　グリッグズも携帯電話を出し、じっと見た。

「ああ、こっちもおなじですよ」

　ふたりは顔を見合わせた。

「こんどはなんだ？」コナリーがいった。

　だが、グリッグズは両手で頭を抱えた。「なんだか、おたがいにわかっているじゃないですか？」

コナリーは、席を立った。「くそ、そういうことか」

台湾
一月十五日

台湾の総統選挙の結果は最初から読めていたが、国際社会は固唾《かたず》を呑んで見守っていた。それでも、結果が出ると、アジア市場は急落した。

予想どおり強硬派が勝ったが、数ポイントの僅差《きんさ》だった。それでも中国はただちに、台湾政府が統一推進派の候補を暗殺したと非難し、選挙結果は違法だと宣言した。

開票結果確定の数時間後、台湾海峡を挟んだ中国の小島の港に、中国軍部隊が集結しているのを、アメリカの衛星が発見した。

中国が攻めてくる。きょうではないかもしれないが……いずれ攻めてくる。

成《チェン》大尉は、腰のメッシュバッグから暗視装置を出して、台湾沿岸の平穏な海岸線を眺めた。背後の海峡から吹く海風にゆるやかに揺れている木々が、潜水艦のセイルの高みから、はっきりと見えた。

成はセイルの下の甲板にいた中国特殊部隊中士（軍曹に相当）を見おろして、うなずいた。中士が水密戸《ハッチ》の下に合図し、たちまち甲板に海龍部隊の精兵四十人が集まってきた。四十人は、待機していた膨張《インフレータブル》式ボートに乗った。黒っぽい迷彩服は、夜明け前の闇のなかで、ほとんど見分けられない。背負ったライフルと装備が当たる音だけが、かすかに聞こえていた。

成大尉は、艦長のほうに顔を近づけて、発進に同意を得た。発進が承認されると、成はセイルの海水と藻《も》に覆《おお》われた鋼鉄の梯子《はしご》をおりて、先頭の膨張式ボートにさっと乗り込み、先日上陸した敵国の海岸をふたたび目指した。

訳者あとがき

マーク・グリーニーとH（ハンター）・リプリー・ローリングス四世海兵隊中佐（退役）の共著『レッド・メタル作戦発動』*Red Metal*（2019）をお届けする。ハードカバー六三八ページの超大作である。

八月下旬、東アジアで有事が勃発した。発端は年末に行なわれる台湾の総統選挙に対する中国の強硬な姿勢と、アメリカ軍上層部のスキャンダルだった。まず親中派の候補者が暗殺され、総統選挙後に中国が台湾に侵攻しようとする構えをとったため、アメリカは厳戒態勢を敷いた。

ところが、折しもインド太平洋軍情報部本部の新本部長（男性）と太平洋艦隊副司令官（女性）がセックスをしている動画がネットに流され、米軍上層部は、太平洋地域に通暁《つうぎょう》しているふたりを解任せざるをえなくなった。それにより、太平洋地域の米軍の即応性が損なわれることは必至だった。

台湾近海の緊張が高まるなかで、米海軍のミサイル駆逐艦〈ステザム〉が、中国潜水艦の魚雷攻撃を受け、反攻して潜水艦を撃沈した。〈ステザム〉も被雷し、航行不能に陥った。危機感を強めたアメリカは、東アジアに戦力を集中した。そのため、他の方面が手薄になった。

統合参謀本部事務局のダン・コナリー海兵隊中佐と、ボブ・グリッグズ陸軍少佐は、中国が仕組んだとおぼしいそのスキャンダルが、どういう手順で実行されたかを調べ、軍幹部ふたりが解任されたことが太平洋戦域の戦争計画にどう影響するかを分析するようにと、海軍作戦部長に命じられた。

だが、コナリーとグリッグズが調査を進めるうちに、ロシアが関与したのではないかという疑いが浮上する。ふたりは上官に進言するが、統合参謀本部は一触即発の状態にある東アジアのことしか眼中になく、またロシアはふたりの担当地域ではなかったので、ふたりの意見は握りつぶされた。だが、その後もコナリーとグリッグズは、ひそかにロシア関連の情報を集めつづけ、上層部を動かそうと画策した。

ロシアは、自国が開発しながらも奪取されたケニアのレアアース鉱山の奪回をもくろんでいた。レアアースを手中にすれば、ハイテクの分野で勢力を強められるからだ。それを達成すべく、ロシアはヨーロッパでの作戦に着手する。

クリスマスの祝日直前、ヨーロッパではNATOの重要な実戦部隊の指揮官クラスが休暇をとり、事変への適応力が弱まっていた。そういう状況のもとで、フランス特殊部隊将校アポロ・アルク゠ブランシェット大尉は、ジブチ駐在のDGSE（対外治安総局）諜報員である父親パスカルに電話したときに、気がかりな情報を知らされた。高価なバックパックなどの装備を持っている体格のいいロシア人の集団がジブチ市にいると、パスカルがいったのだ。その集団は、ロシアの一般市民ではなく、特殊部隊スペツナズのチームである可能性があった。

アポロはNATOの統合情報センターへ行き、スペツナズの衛星電話機の追跡情報を要求した。たしかにジブチから発信されていたものもあったが、一件はなぜかドイツ―オーストリア・アルプスの山頂から信号が発信されていた。アポロはチームを集めて、念のため調査に赴くことにした。ところが、山頂近くにヘリコプターで降下したアポロのチームは、思いがけないものを発見する。

東欧では、ロシアがベラルーシで大規模な機動展開演習を行なうと発表していた。演習を指揮するのは、ヨーロッパ方面を担当する西部統合戦略コマンドのサバネーエフ陸軍大将。クリスマス中に演習とは、いかにも不審だった。ポーランドは警戒のために民兵を動員し、要所に配置した。とはいえ、旧式の武器しか持たない民兵がロシア軍に攻撃されれば、全滅するのは目に見えていた。

ロシアはまずハッキング攻撃と通信衛星攻撃によって、ヨーロッパでの作戦を開始した。衛星通信と無線が不通になり、レーダーが機能しなくなって、NATOの指揮系統、監視網、連絡網は麻痺《まひ》した。使えるのは一部の陸上有線《ランドライン》だけだった。つづいて、連隊規模のロシア軍機甲部隊が、ベラルーシからポーランドを突破する電撃的な進攻を開始した。アメリカ陸軍とドイツ陸軍の戦車部隊は、指揮官が休暇中で不在だったため、整備部の将校が指揮をとって、ロシア軍を迎え撃った。ただ、NATOは巨大な横陣《おうじん》で進撃するのがロシア軍のドクトリンだと想定していたので、ロシア軍機甲部隊は大部隊の前衛であるかもしれないと見なされた。いっぽう、通信途絶のため、アメリカはヨーロッパの状況が把握できなくなっていた。ロシアは、イランでも演習を行なうと発表していた。だが、コナリーとグリッグズは、NSA（国家安全保障局）アナリストのメラノポリスの協力を得て、南部軍管区司令官ボリス・ラザール陸軍大将が率いる一個旅団規模の部隊がアゼルバイジャン経由でイランを縦断し、イランの港で輸送船に乗って出航したことを突き止めた。目的地はケニアのレアアース鉱山で、それを奪い返す意図があるのではないかと、コナリーたちは推測する。

コナリーはようやく、統合参謀本部副議長に状況をブリーフィングする機会を得て、ラザールの部隊の動きを伝えた。東アジアとヨーロッパの危機を抱え込んでいた上層部は、コナリーの説明に納得し、対応を決断した。事情を知悉《ちしつ》するコナリーは、海兵隊の即応部隊である遠征打撃群《ESG》に顧問として赴き、アフリカ方面へ同行するよう命じられた。

本書『レッド・メタル作戦発動』には、各種の水上艦・潜水艦・戦闘機にくわえ、AH－64アパッチ攻撃ヘリコプター、A－10近接航空支援機などが登場し、圧倒的に多勢のロシア軍に対抗するNATOの戦車部隊やポーランド民兵を支援して雄々しく戦う。しかし、ロシア軍には連隊規模の機甲部隊以外の奥の手があった……。

ストーリーの中心をなすのは、なんといっても機甲戦だ。現代の機甲戦では、戦車に装甲人員輸送車やその他の装甲車両がくわわり、高い機動力を発揮して、敵を不利な位置に追い込み、主導権を握ることが肝要とされる。現在のロシア軍は、ヨーロッパ侵攻などの地上戦に的を絞っていて、そのための武器装備がかなり近代化され、充実している。〝レッド・メタル作戦〟には、最新鋭の武器装備が惜しみなく投入されている。

たとえば、第五世代の主力戦車T‐14アルマータは、砲塔を無人化し、自動装塡《そうてん》装置を備えている。乗員三人は前部の乗員室にならんで着座し、特殊装甲に護《まも》られている。いっぽう、米軍の主力戦車M‐1Aエイブラムズは、もちろん理由あってのことだが、装塡手を必要とするので、乗員は四人になる。改良を重ねてはいるが、アルマータのような斬新さはない。ロシア軍の中型装甲装輪共通車体ブメラーンクは、歩兵戦闘車や人員輸送車など、目的に応じたさまざまな型がある。二五トン級で、米海兵隊の軽装甲車《LAV》（約一三トン）に速度では劣るが、はるかに強大だ。このように、同種の装甲車両でも使用目的によって、設計や仕様が大幅に異なる。それらの特徴が現実の戦闘でどう利用されるかが、本書ではみごとに描かれている。たとえば、LAVは高速走行できることを活《い》かして、威力偵察に用いられている。

ヨーロッパのサバネーエフ将軍麾下《きか》の機甲部隊が、ロシア軍の最新鋭の戦車や装甲車両を備えているのに対し、昔気質《かたぎ》のラザール将軍の部隊は、数の上ではいまもロシア軍の主力であるT‐90戦車を使用している。T‐90はT‐14の前の第四世代の戦車で、T‐72を大幅に改良した型だ。米軍のM‐1Aよりもだいぶ小さい。ラザールの部隊では、装甲人員輸送車も前世代のBTR‐82Aを使用している。BTR‐82Aは、BTR‐80のエンジン出力をあげ、一四・五ミリ機関銃を三〇ミリに強化した型で、今後ブメラーンクに取って代わられる予定である。

ラザールの部隊のもっとも恐ろしい対空兵器は、ZSU‐23‐4自走高射機関砲だろう。この部隊には甲冑《パーンツィリ》‐S1近距離対空防御システム搭載車ユニットもあるが、一九六六年に登場したZSU‐23‐4自走高射機関砲は、いまだに防空に威力を発揮する。その二三ミリ機関砲四門は、高速で飛行するジェット機とヘリコプターに対して必殺の弾幕を張ることができる。ついでながら、ZSU‐23‐4の後継の2K22ツングースカ自走対空機関砲・対空ミサイル複合体は、ラザールの部隊には配備されていない。

現代の機甲戦のひとつの実例は、〝イラクの自由作戦〟だろう。緒戦では、ミサイルや精密爆弾などで離隔《スタンドオフ》攻撃が行なわれたが、バグダッド攻略の決め手となったのは、なんといっても機械化部隊だった。戦車や戦闘員が乗る装甲人員輸送車の電撃的な進軍が、勝利を決定的にした。最終的には、機械化されて機動性が高まった歩兵が、地上戦の趨勢《すうせい》を左右することを如実に示している。その後の戦闘や治安維持でも、機械化歩兵部隊がおおいに活躍したことはいうまでもない。

本書のアフリカ方面の戦いでは、海兵隊が重要な役割を果たす。アメリカ軍では、海兵隊は陸軍、海軍、空軍につぐ四番目の軍種で（最近、宇宙軍がそこにくわわった）、海軍省の管轄下にあるものの、独立性が強く、指揮系統も海軍と並列である。さらにいえば、海兵隊は創設以来その存在理由《レゾンデートル》をつねに問われ、自己変革によって存続してきた組織でもある。

たとえば、第一次大戦後、海兵隊が縮小されたとき、海兵隊幕僚エリス少佐は、水陸両用作戦（amphibious operation）という概念を打ち出し、太平洋で日本軍の前進基地を一カ所ずつ奪取することが肝要であると唱えた。エリスは南太平洋諸島でひそかに情報を収集し、日本軍が拠点をほとんど要塞化していないことを知った。エリスはパラオで客死するが、彼の打ち立てた思想は当時の海兵隊司令官に受け継がれた。それが太平洋戦争でのアメリカ海兵隊の奮闘の基盤になったことはいうまでもない。

　しかし、海兵隊は存在理由を示すために、多大な犠牲を払った。タラワでは戦闘員の半数近くが死傷し、戦死者は約千人、負傷者は約二千三百人にのぼった。硫黄島では米軍側に戦死者と戦闘中行方不明者合わせて六千八百人以上、負傷者一万九千二百人以上という、膨大な人的損耗《そんもう》が生じた。これは日本軍の死傷者数を上まわっていた。海兵隊はみずから深い傷を負うことで、力量を示してきたといえる。その一端を、本書の下士官の言葉の端々《はしばし》からうかがい知ることができる。

　その後、朝鮮戦争とベトナム戦争を経たアメリカ海兵隊は、水陸両用戦の枠を超えて、即応部隊へと進化した。陸・海・空軍を統合して海外へ派兵するには、長期の立案と準備が必要だが、海兵隊はそれらの軍種すべての特性を備えたコンパクトな混成部隊として、強襲揚陸艦を中心に、迅速に作戦を実行できる。

　本書では、まさにその海兵隊の遠征打撃群《ESG》が戦域に派遣される。じつは、その下級部隊である第5連隊第3大隊〝ダークホース〟（本書でおおいに奮闘する）は、共作者〝リップ〟

・ローリングスが大隊長をつとめたことがある部隊なのだ。ローリングスは、海兵隊に二十三年以上勤務し、イラク、アフガニスタン、ジブチなどへ十回にわたって配属され、最終的には海兵隊大学指揮幕僚カレッジの副学長をつとめた。出版社と海兵隊員を主人公とするシリーズの契約を結び、二〇二〇年九月に第一作 *Assault by Fire* が出版される予定になっている。

グリーニーのグレイマン・シリーズも、新作 *One Minute Out* が、二〇二〇年二月に出版された。ペイパーバック・オリジナルの『暗殺者グレイマン』*The Gray Man*（2009）から数えて九作目にあたる。悪党を始末する単純な任務でボスニアに赴いたコート・ジェントリーは、人身売買を目の当たりにして、その密輪網をあばき、組織のトップに迫ろうとするが……。この作品では視点と語り口を変えているのが新鮮だ。乞うご期待。

『レッド・メタル作戦発動』は、スケールの大きい冒険小説・ハイテク軍事スリラーに不可欠な要素をすべてそなえているだけではなく、これだけの長さにもかかわらず、読みはじめたらやめられないおもしろさだ。しかも、それぞれの持ち場で死力を尽くして戦う登場人物たちが、じつに魅力的に描かれている。残酷で血腥《ちなまぐさ》い戦場で、彼らは泥と血とオイルにまみれて戦う。読者は映画でも観ているように、豊かな臨場感を味わうことができる。この種の小説は数多くあるが、戦場をじかに見聞した人間ならではの描写がちりばめられているのが、本書の大きな魅力のひとつだろう。

二〇二〇年三月